スター作家傑作選

雪の花のシンデレラ

ノーラ・ロバーツ
キャロル・モーティマー
シャロン・ケンドリック

Published by Harlequin Japan,
a Division of K.K. HarperCollins Japan, 2024

Contents

クリスマスの帰郷

Home for Christmas

ノーラ・ロバーツ

中川礼子 訳

ノーラ・ロバーツ

メリーランド州に育つ。1981年『アデリアはいま』でデビュー。1998年に『マクレガーの花婿たち』でニューヨークタイムズのベストセラーリスト第1位に輝き、翌年には年間14作がベストセラーリスト入りを果たすなど、記録的な人気と実力を誇る。活発で、激しい気性のヒロインを得意とし、著者そのままの躍動感あふれる女性像を描いている。

主要登場人物

フェイス・カークパトリック……ドールショップ経営。
クララ・カークパトリック……フェイスの娘。
トム・モンロー……フェイスの元夫。
ジェイソン・ロー……ピューリッツァー賞受賞ジャーナリスト。
マーチャント夫人……ジェイソンの恩人。
ポール・タイディングス……ジェイソンの幼なじみ。

1

一〇年もたてばすっかりかわっているだろう。覚悟はしている。いくらニューイングランドの忘れられたような小さな町とはいえ、一〇年のあいだ、なんの変化もないわけがない。亡くなった人もいるだろうし、新しい誕生もあっただろう。家や店も持ち主がかわり、なかには店をたたんでしまった人もいるかもしれない。

故郷の町を訪ねてみようと決めてから、何度決心がぐらついたことか。町はぼくを受けいれてくれるだろうか、違った世界を求めて飛びだしていったぼくを。

故郷を出たときの彼は、みすぼらしいジーンズをはいた反抗的な二〇歳《はたち》の若者だった。いま彼は反抗のかわりに、成りあがり者の傲慢《ごうまん》さを身につけてもどってきた。からだつきはあいかわらずほっそりしているが、七番街やサヴィルローのしたてのいい服を着こなしている。一〇年の歳月は彼を、成功することに必死だった若者から、一見満ち足りた男へと変貌《へんぼう》させた。しかし、内面までかわってしまったわけではない。彼はいまだに自分のルーツ、自分の居場所を探し求めている。クワイエット・バレーにもどってきたのも、それが目的だった。

一〇年前、グレイハウンドの長距離バスに乗って、いまとは反対方向に向かっていたときと同じように、道は曲がりくねり、森のあいだをぬけ、山をのぼったりくだったりしている。雪がなめらかに地面をおおっているが、その下には石がごろごろころがっているはずだ。日の光に木々が輝いている。これがなつかしかったのか？　腰まで雪が積もっているアンデスで、ひと冬を過ごしたこともある。アフリカの暑い冬を経験したこともある。クリスマスを祝ったことなどなかったが、奇妙なことに、この一〇年クリスマス休暇をどこで過ごしたかということだけは、はっきりと覚えている。道は狭くなり、大きいカーブにさしかかった。雪化粧をした松におおわれた山々が見渡せる。

いきなり太陽が雪山の上から目を射た。サングラスをかけなおし、車をとめて外に出ると、吐く息が白く見える。寒気に鳥肌がたったが、コートのボタンをかけようとも、ポケットから手袋を出そうともしなかった。この寒さを感じたかったのだ。希薄で氷のような空気を吸いこむと、何千もの小さな針が肺を刺すようだった。ジェイソンは道路の端まで歩き、眼下にひっそりと広がる集落を見おろした。

ボストンの北にある人口三二六人の小さな町、クワイエット・バレー。ジェイソンはここで生まれ、育った。ここで悲しみというものを知り、そして恋を知った。ここからでも彼女の家が見える。いや、彼女が嫁いでいくまでいた家だ。そう思ったとき、一〇年前の怒りがこみあげてきた。いまは別の新しい家に住んでいるはずだ。夫や子どもと一緒に。

こぶしを握りしめていたことに気づいて、ジェイソンはゆっくりと力をゆるめた。気持ちを切りかえることにかけては、この一〇年でほとんど名人の域に達していた。飢餓や戦争や難民についてレポートするときにそれができるなら、自分自身にだってできるはずだ。あのころフェイスに対して抱いていた感情は、いかにも少年らしいものだった。だが、ぼくはもう少年ではない。彼女もクワイエット・バレーと同じように、自分にとっては過去の一部なのだ。そしてそれを証明するために、五〇〇〇キロ以上もの旅をしてきた。ジェイソンは車にもどり、山をおりはじめた。

遠くからだと、山と森にはさまれてひっそりと雪におおわれたクワイエット・バレーは、まるでカリアー・アンド・アイブズ社の版画のように見えたが、近づくにつれ牧歌的な印象がうすれるかわりに、なつかしく思えてきた。周辺部の家のいくつかはペンキがそげ落ち、雪の重みで傾いている柵《さく》もある。以前野原だったところに、新しい家が建っているのに気がついた。予期していたことだ。

あちこちの煙突から煙がたちのぼっている。雪のなかを子どもや犬がかけまわっている。腕時計は三時半をさしていた。学校が終わる時間だ。もう一五時間も旅してきたのか。まずは、バレー・インがまだやっているかどうか、空室があるかどうか確かめるのが賢明だろう。ビーントゥリー老人がまだ切りまわしているだろうかと考えると、微笑が浮かんだ。老人に、何度となく、トラブルを引き起こすだけのやつだ、と言われたことを思いだす。それだけの男でないことは、ピューリッツァー賞と海外プレス賞が証明してくれた。

家の数が増えてきた。よく知っているベッドフォード・プレイスだ。ティム・ホーキンの家やマーチャント夫人の家がある。羽目板を青く塗ったこざっぱりした夫人の家の前に来ると、車のスピードを落とした。ペンキの色はかわっていない。そのことに気づいたとき、なんだかばかばかしいほどうれしくなった。前庭のエゾマツの古木は、はやばやとまっ赤なリボンで飾りつけられている。夫人はとても親切にしてくれた。ホットチョコレートをこしらえ、自分がいつか実現したいと夢見ていた旅の話など、何時間も聞いてくれたものだ。自分がこの町を出ていったとき彼女は七〇を過ぎていたが、タフなニューイングランド人の彼女のことだ、きっとまだキッチンで旧式のストーブの薪《まき》を辛抱強くたきつけているることだろう。いまでもラフマニノフを聞いているだろうか。

　町の通りは清潔でこざっぱりしていた。ニューイングランド人というのは働き者だし、彼らが築きあげた基盤と同じように揺るぎなく頑固だ。町は思っていたほどかわってはいなかった。レールを製造している会社はまだメインストリートの角にあったし、ガレージほどの小さなれんがづくりの建物だった郵便局もそのままだ。少年のころのクリスマスシーズンと同じように、街灯から街灯へ赤い花飾りがかけ渡されている。リトナー広場の正面で、子どもたちが雪だるまをつくっていた。しかし誰の子どもたちなのだろう？　赤いマフラーを首に巻き、ぴかぴかのブーツを履いた、誰よりも賢そうな子どもが目を引いた。あれがフェイスの子だろうか？　また怒りがこみあげてくる。ジェイソンは目をそらした。

　バレー・インの看板は塗りかえられていたが、四角い石づくりの建物は昔のままだった。歩道はきれいに掃除が行きとどき、二本の煙突からは煙がたちのぼっている。だが、ジェイソンはその前を通りすぎた。角を曲がって一ブロックほど行ったところにある、自分が生まれ育った家を見にいくこともできたが、それもあとでいい。まず、先にすることがあった。

　メインストリートのはずれに、大きなふたつの出窓と広いポーチのある、きれいな白い家が立っているはずだ。

　トム・モンローが花嫁を迎えた家だ。たぶんフェイスは、いつもほしがっていたレースのカーテンをあの窓にかけただろう。トムは彼女があこがれていた美しい陶器のセットを買ってやっただろうか。たぶん、彼女がほしがるものならなんでも与えてやったにちがいない。ぼくなら、スーツケース一個を持って、数えきれないほど各地のモーテルを泊まり歩くことぐらいしか、彼女にしてやれなかっただろう。

そう、彼女は選んだのだ。

一〇年たっていても、そのことを受けいれるのはむずかしかった。落ちつけ、落ちつくんだ。そう自分に言いきかせながら、縁石に車をのりあげた。

フェイスとはかつて友だちだった。そしてほんの少しのあいだ恋人同士だった。それからぼくには何人も恋人ができた。彼女には夫ができた。しかしぼくはいまでも、愛らしく、やさしく、真剣な、一八歳の彼女を思いだすことができる。彼女はぼくと一緒に行きたがったが、ぼくにはまだその準備ができていなかった。彼女は待っていると約束した。しかし約束は守られなかった。

彼は深呼吸して車からおりた。

通りに面した大きな出窓のなかに、クリスマスツリーが飾られているのが見えた。夜には魔法のようにきらめくのだろう。熱心に魔法を信じていたフェイスのことだから、そうにちがいない。

歩道につっ立ったまま、ジェイソンは自分が怖がっていることに気づいた。戦争を取材し、テロリストにインタビューしたこともあったが、ドアの横にヒイラギの葉が飾ってあるまっ白な家の前で、雪かきされた歩道に立っているこのときほど、胃をしめつけられるような恐怖を味わったことはない。くるりと背を向けてここからたち去ることだってできるのだ。宿に引きかえしてもいい、あるいは町を出ていけばいい。彼女に会う必要などないのだ。ぼくの人生とは関係のない人なのだから。

そのとき、窓にかかったレースのカーテンに気づいた。昔の傷がうずきはじめる。それは、いま感じている恐怖と同じくらい強烈な感覚だった。

歩きはじめたとき、家の横手からひとりの少女がかけだしてきて、そのすぐうしろから雪つぶてが飛んできた。少女は積もった雪のなかにころがってそれをよけ、すぐに立ちあがると自分も投げかえした。

「命中よ、ジミー！」そう叫んで勢いよくかけだした拍子に、ジェイソンにぶつかった。「ごめんなさい」頭から足の先まで雪だらけの少女は顔をあげてにっこりした。まるで時間が逆もどりしたようだった。

なんてことだ、母親とうりふたつだ。帽子からはみだした黒髪が肩にかかり、小さな逆三角形の顔のなかで、ひときわ大きく見える青い目が、なにかおかしくてたまらないことがあるようにきらきらしている。しかし、なによりも強烈なのはその笑顔だった。おもしろいでしょ、と言っているようなその微笑《ほほえ》みに、喉がつまるほどの息苦しさを覚える。少女が雪をはらい落として顔をあげたとき、ジェイソンはからだをふるわせながらあとずさりした。

「会ったことないわね」

彼はポケットに両手をつっこんだ。昔会ったんだよ、と心のなかでつぶやきながら。「そうだね。ここに住んでるの？」

「そうよ。でもお店は家の横をまわったところにあるわ」彼女の足もとにまた雪つぶてが飛んできた。少女は大人っぽく眉をあげてみせた。「ジミーだわ」まるで求婚者にうんざりしている女のように言う。「いつもねらいをはずすんだから」お店は家の横よ」そう言って、また雪の玉をつくりはじめた。「右に行けばいいのよ」

少女は両手にひとつずつ雪つぶてを持って走っていった。ジミーはすぐにびっくりさせられるだろう。間違いない、フェイスの娘だ。彼女の名前も聞かなかったし、呼びとめるつもりもなかった。関係のないことだ、と自分に言いきかせる。つぎの仕事にかかるまで、ほんの二、三日、ここにとどまるだけなのだから。ただの通りすがりだ。自分の過去にかたをつけにきただけだ。

ジェイソンはあともどりして家の横手に入った。

トムがどんな店を持ったのか想像もつかなかったが、まず彼に会っておくほうがいいだろう。それは、ほとんど楽しみにさえ感じられた。

小さな作業場のような店を予想していたが、目の前に現れたのはビクトリア朝ふうのコテージのような店だった。玄関前に置いてあるソリには、シルクハットとボンネットに、マントと乗馬靴姿の等身大の人形がふたつのっている。ドアの上には〝人形の家〟と書かれたきれいな手書きの看板があった。ドアを押すと、ベルが鳴った。

「すぐ行きます」

奥から声が聞こえた。もうあともどりはできない。ジェイソンは追いつめられたような気分になった。だいじょうぶ、うまくやるさ、と自分に言いきかせる。そうしなければならないのだから。サングラスをはずし、それをポケットにしまうと、まわりを見渡した。

子ども用のサイズの家具があちこちに配され、店は居心地のいいリビングのようだった。形もサイズもスタイルもさまざまな人形が、椅子やスツール、棚などに置いてある。妖精《エルフ》の大きさに合わせたような暖炉には火が燃えており、その前にはレースの帽子とエプロン姿のおばあさんの人形が座っている。いまにもロッキングチェアが動きだしそうだ。

「お待たせしてすみません」片手に陶器の人形を抱え、もう一方の手には花嫁のベールを持ったフェイスが、戸口から姿を現した。「ちょっと手がはなせなかったものですから……」その足がとまり、手からベールがひらひらと落ちた。音もなく床に舞い落ちる。蒼白《そうはく》になった顔とは対照的に、深いブルーの瞳が濃さを増してすみれ色に見えた。

ただの反射的な動作か、それとも防御の姿勢か、フェイスは人形をしっかりと胸に引きよせていた。

「ジェイソン」

2

戸口に立ったフェイスは小さな窓から射《さ》しこむ淡い冬の光を受けて、彼の記憶よりずっと美しかった。こんなはずではなかった。自分は彼女に対して過大な幻想を抱いていると思っていたのだ。しかし彼女はいま現実に目の前にいる。彼の息を奪うほど美しく。おそらくそのせいだったのだろう、ジェイソンの微笑は皮肉っぽく、その声は冷たかった。

「やあ、フェイス」

彼女は身じろぎもしなかった。長いあいだ苦しみ、抑えこんできた感情がどっとよみがえってきたが、それは秘密のままにしておくしかなかった。「お元気？」人形を抱きしめたまま、やっとのことで聞いた。

「ああ」彼はフェイスのほうに近づいた。彼女の目のなかに動揺が表れるのを見るのはうれしかった。しかし、昔と少しもかわっていない彼女の香りをかぐのは苦しい。ほのかな、若々しく、無垢《むく》な香り。

「きみはあいかわらずきれいだね」あくびでもするように、気がなさそうに言う。

「あなたがここへ来るとは思ってもみなかったわ」期待しすぎないこと、それがこの歳月彼女が学んだことのひとつだ。落ちつきをとりもどそうと、人形を抱いた手の力をゆるめた。「この町にどのくらいいるの？」

「二、三日かな。急に思いついてね」

彼女は笑い声をあげてから、ヒステリックに聞こえなければいいけど、と願った。「あなたはいつもそうだったわね。あなたのことはいろいろ読んで知っているわ。昔から行ってみたいって言っていた場所には、すべて行くことができたんでしょう」

「思っていた以上にね」

フェイスは顔をそむけ、気持ちを落ちつけようと一瞬目を閉じた。「あなたがピューリッツァー賞をとったときのことは新聞の第一面で読んだわ。ビーントゥリーさんなんて、まるで自分があなたのアドバイザーだったみたいに言いふらしてたのよ。ジェイソン・ローはたいした少年だった、こうなることはわかってたんだってね」

「きみの娘に会ったよ」

フェイスのなかでぴんと神経が張りつめた。いちばんおそれていたことだった。同時にいちばん大きな願望でもあった。何年も抑えつけてきた夢だ。フェイスはなにげなさそうにベールを拾いあげた。

「クララに？」

「すぐそこでね。ジミーとかいう男の子をやっつけてた」

「そう、クララだわ」子どものことになると、たちまちはっとするほど美しい笑顔になった。「どうしようもない負けず嫌いなのよ」あの子の父親みたいにね、と心のなかでつけ加える。

言うことはたくさんあった。たくさんありすぎてなにも言えなかった。その瞬間、ジェイソンが望んだのは、手をさしのべて彼女にふれることだった。一度だけでいい、彼女の感触を思いだしたかった。

「きみのレースのカーテンを見たよ」

後悔が胸をしめつけた。窓も壁もむきだしのままにしておけばよかった。「ええ、わたしはレースのカーテンを手に入れて、あなたは冒険を手に入れたわ」

「それにこの店もね」ジェイソンはもう一度店内を見まわした。「いつはじめたの？」

ありきたりの会話だわ。このくらいちゃんとやってのけなくちゃ。フェイスは自分を励ます。「もう八年ほどになるわ」

ジェイソンはゆりかごの布人形を手にとった。

「人形を売ってるんだね。趣味で?」

フェイスの目に、なんとも表現しがたい光が宿った。強く険しい光だ。「いいえ、仕事よ。人形を売ったり、修繕したり、それからつくったりもするわ」

「仕事?」人形をもとにもどして彼女をふりかえった。その顔に冷たい笑みが張りついている。

「トムが妻に仕事をさせるなんて想像できないな」

「そう?」フェイスは傷ついたそぶりも見せず、陶器の人形をカウンターに置いてベールをつけはじめた。「あなたはいつもなんだって知っていたけれど、この町から何年もはなれていたのよ」肩ごしにふりかえった彼女の目は、神経質そうでも頑固そうでもなかった。ただ冷たいだけだった。「何年もね。トムとは八年以上も前に離婚したの。最後に聞いたところでは、ロサンゼルスにいるということだったわ。彼も、こんなちっぽけな町のことなんて、どうでもいい人だったのよ。ちっぽけな町の女のことも」

彼の心をかき乱すものがあったが、それがなんなのかわからず、無視することにした。皮肉っぽくやりすごすほうが簡単だ。「きみはついてないようだな、フェイス」

彼女は笑い声をあげた。しかし、手のなかのベールはくしゃくしゃになっている。「そのようね」

「きみは待っててくれなかった」とめようと思う間もなく、口から出た言葉だった。彼は自分を、そして彼女を憎んだ。

「あなたが行ってしまったのよ」フェイスはゆっくりふりかえって手を組んだ。

「ぼくはもどると言ったよ。できるだけ早く連絡すると言ったはずだ」

「だけど、電話も手紙もくれなかったわ、三カ月も。

わたし――」

「三カ月？」かっとなって思わず彼女の両腕をつかんでいた。「あれだけふたりで話しあって、あれだけ将来のことを相談しあって、そのあげくぼくにはたったの三カ月しか与えられなかったのか？」

一生でも与えるべきだったのかもしれない。でも、わたしに選択の余地はなかったのよ。フェイスは努めて平静を装いながら彼の目を見つめた。あのときと同じように張りつめた、いらだたしげな目を。

「あなたがどこにいるかもわからなかったのよ。それさえ教えてくれなかった」そしていつもそうだったように、耐えられなくなって彼からはなれた。

「あなたが行ってしまったとき、わたしは一八だったのよ」

「そしてトムがいた」

フェイスは一瞬歯をくいしばった。「そうよ、トムがいたわ。だけど、ジェイソン、一〇年のあいだ、一度も手紙をくれなかったあなたが、いまごろどうして？」

「ぼくも同じことを考えてるんだ」ジェイソンは立ちつくしているフェイスを残して出ていった。

フェイスの夢はいつも美しすぎた。彼女は白い馬とガラスの靴を夢見る少女だった。貧しすぎた家庭では、日々現実というものに向きあわざるをえなかったが、夢を見ることは自由にできた。

ジェイソンに恋するようになったのは、彼女が八歳で彼が一〇歳のときだった。彼は、彼女を雪のなかにつき倒した三人の男の子をやっつけてくれたのだった。そのときのことを思いだすと、いまでも幸せな気分になる。なによりもはっきり思いだせるのは、そのとき彼女を助けてくれたジェイソンの顔つきだ。彼はやせっぽちでひじのところにつぎのあたった、だぶだぶの上着を着ていた。彼女を見おろして心配そうに眉をひそめた彼の目は、深いブラウンだった。淡い金髪は雪だらけで、冷たい風に顔は赤くなっていた。その目をのぞきこんだ瞬間、彼女は恋に落ちたのだった。彼女を起こしながら、彼はトラブルを起こした彼女を責めた。それから手袋もしていない両手を上着のポケットにつっこんで、行ってしまった。

子どものころも思春期に入ってからも、ほかの男の子には見向きもしなかった。もちろんジェイソン・ローの目を引きつけようとして、ほかの男の子に気があるふりをしたことはあったが。

そして彼女が一六歳になり、タウンホールのダンスパーティのために母親が縫ってくれたドレスを着ているのを見たとき、彼はやっと気づいたのだ。ジェイスは数人の男の子たちと派手にふざけあっていた。心のなかではただひとり、ジェイソン・ローのことだけを考えながら。つぎつぎに相手をかえて踊る彼女を、彼は不機嫌そうに挑戦的に見ていた。彼女はそれを確かめると、彼のほうをまっすぐに見つめて、外の空気を吸いに出た。彼女が望んだとおり、彼はあとからついてきた。大人っぽいふりをしていた彼女にくらべて、彼は無器用だった。そして満月の下を彼は家まで送ってくれた。

その後もふたりは、連れだって散歩した――春も夏も秋も冬も。若者だけにしかできない、危なっかしく無邪気な恋だった。彼女は彼に、家庭や子どもたちやレースのカーテンや陶器といった、自分の夢を話した。彼は旅をして、あらゆるものを見て、それを書くという情熱を語った。彼がこの小さな町に閉じこめられていると感じていること、愛も希望も与えてくれない父親に束縛されていると感じていることを、彼女は理解した。彼は、彼女がクリスタルの花瓶のある静かな部屋を夢見ていることを、理解した。ふたりはおたがいに引かれあうあまり、おたがいの夢までいっしょくたにしてしまった。

そして野草の甘い香りがむせかえるようなある夏の夜、ふたりは無邪気な関係に別れを告げ、大人の世界に足を踏みいれた。

「ママ、また夢を見てるの？」

「えっ？」ひじまでせっけん水に手をつっこんだまま、フェイスはふりかえった。フランネルのガウンにくるまった娘が、キッチンの戸口に立っている。髪をよくとかし、顔をきれいに洗った彼女は天使のようだ。しかしフェイスはだまされない。「そうみたいね。宿題はすませたの？」

「うん。学校はもうすぐ終わるのに、まだ宿題があるなんていやになっちゃう」

「わたしに言ってもしかたないわ」

「機嫌が悪いのね」クララはクッキーの入れ物に目をやった。「いつもみたいにお散歩してくれればいいのに」

「ひとつだけよ」フェイスは娘の魂胆をたやすく見ぬいた。「歯を磨くのを忘れないでちょうだい」娘が入れ物からクッキーをとりだすのを待ってからたずねた。「きょう、男の人に会った？　金髪の背の高い人よ」

「うーん」クララは口いっぱいに頬ばったクッキーをのみこむのに苦労している。「家のほうに来たのよ。だからお店を教えてあげたわ」

「彼は……なにか言った？」

「別に。最初はおかしな顔をしてたわ。まるでわたしのこと、前に見たことがあるみたいに。ママ、あの人のこと知ってるの？」

胸の鼓動が静まるまで、ゆっくりと手をふいた。

「ええ、ずっと昔このあたりに住んでいたのよ」

「そう。ジミーはあの人の車が好きなんだって」クララの目がまたクッキーのつぼに向かった。もうひとつおねだりできるかどうか、考えている顔だ。

「やっぱり散歩してこようと思うの。でもあなたが寝てからよ」

クッキーはおあずけってわけね。「もう一度ツリーの下のプレゼントを数えてもいい？」

「もう一〇回も数えたじゃない」

「また増えてるかもしれないもの」

フェイスは笑って娘を抱きあげた。「そんなことあるはずないじゃないの」クララをリビングに抱いていく。「でも、どうしても気になるなら、もう一度だけ数えてごらんなさい」

外に出ると、空気は凍《い》てつくようで、雪のにおいがしていた。この町ではドアに鍵《かぎ》をかける必要などなかった。町の人たちはみんな顔見知りだし、彼女が生まれてこのかた、犯罪が起こった記憶もない。コートをしっかりかきあわせ、娘が眠っている二階の窓を見あげる。家が寒々としていないのも、彼女の人生が空虚でないのも、ひとえにクララがいるおかげだ。

ツリーのライトも、ドアのまわりの飾りのライトも、つけたままにしておいた。クリスマスまであと四日。魔法の季節がまたやってきた。彼女が立っているこの場所から見ると、通りに並んだ街灯や広場のツリーに彩られて、町は絵葉書のような美しさだ。煙突の煙と松の木の香りが漂ってくる。

こういう町をこのうえなく居心地よく思う人もいれば、退屈だと感じる人もいるだろう。しかしフェイスはここを自分と娘の家と決めたのだ。自分なりの生活を築きあげ、その生活にしっくりとなじんでいる。

後悔はしていないわ。もう一度娘の部屋の窓を見あげて、心のなかでつぶやいた。後悔なんかするものですか。

歩いているうちに風がほんの少し吹きはじめた。たぶん、ホワイトクリスマスになるだろう。なんとなくわかる。そう、クリスマスはすぐそこまで来ている。もう過去などふりかえるのはやめよう。

「いまでも散歩が好きなの？」

3

彼に会うことを期待していたのだろうか？　そうかもしれなかった。「昔とかわらないこともあるのよ」車からおりてきたジェイソンに、フェイスはあっさりと言った。

「そのことは昼間わかったよ」ほとんど昔とかわらない町のことを思って彼は答えた。それに、いま横にいる女への自分の気持ちもかわらない。「きみの娘は？」

「寝ているわ」

昼間にくらべて彼は平静だった。このまま平静を保っていようと自分に言いきかせる。「ほかの子どものことを聞いていなかったね」

「いないわ」その声は心なしか残念そうに聞こえた。まるでため息のようだった。「クララだけよ」

「どうしてクララって名前にしたんだい？」

彼女はにっこりした。誰も考えつかないような質問をするのは、いかにも彼らしい。「くるみ割り人形からとったのよ。いつまでも夢を見つづける人になってくれるように」それは彼女自身の姿だった。

コートのポケットに両手をつっこみ、静かな町を歩いているのは、ただの旧友なのだと思おうとした。

「あの宿に泊まっているの？」

「そうだよ」ジェイソンはおかしそうに顎をこすった。「ビーントゥリー老人がぼくの鞄《かばん》を運んでくれたよ」

「田舎の人は義理がたいのよ」彼女は彼をふりかえった。歩きながらだと、こうして彼を見ることも楽にできる。不思議だわ。昼間会ったときは彼を昔のままの少年としてしか見ていなかったのに、いまはひとりの男として見ている。あいかわらずみごとな金髪は、無造作だが魅力的にカットされ、さりげなく眉の上にかかっている。顔はいまだにほっそりとしていて、彼女が好きだった頬のそげた感じも残っている。唇もふっくらとしたままだが、以前にはなかった厳しさが備わっているのは、苦労した証拠だろうか。「あなたも頑固にやりとげたんでしょう？　すべてあなたが望んでいたとおりに」

「ほとんどすべてと言ったほうがいいかな」目と目が合った瞬間、彼女のなかにかつてのあこがれがよみがえってきた。「きみのほうは？　フェイス」

彼女は歩きながら空を見あげた。「わたしはあなたほどたくさんのことを望まなかったもの」

「幸せかい？」

「もしそうでない人がいたら、それはその人自身のせいだわ」

「それじゃ単純すぎるよ」

「わたし、あなたみたいにいろんなものを見ていないし、あなたのようにいろんなことをやってきたわけじゃないわ。わたしは単純よ、ジェイソン。困ったことにね」

「そうじゃない」彼女の顔に手をあて、自分のほうに向きなおらせた。手袋もしていないのに、指先が温かい。「きみはかわってないね」身じろぎもしないでいる彼女の顔から髪に手を滑らせた。「月明かりのなかできみがどんなふうに見えるか、数えきれないほど思い浮かべたよ。ちょうどこんなきみを」

「わたしはかわったわ、ジェイソン」しかし、その声はかすれていた。「あなたもね」

「かわってないものもある」そう言ってしまうと、もうこらえきれなかった。

唇がふれあったとき、彼のなかで熱いものがこみあげてきた。ぼくは確かに帰ってきたんだ、彼女のもとに。すべての思い出が、失っていたと思っていたもののすべてが、ふたたび自分のものとなったのだ。彼女はやわらかで、雪のなかでも春のような香りがした。彼女の唇は、はじめて味わったときと同じように喜びにあふれていた。これまで抱いたどの女も、彼女の前では幻にすぎなかったような気がしてくる。いま彼女は現実にぼくの腕のなかにいて、ぼくが忘れていたすべてを与えてくれている。

その彼の腕に身をあずけながら、フェイスは自分に言いきかせていた。一度だけ、一度だけよ、と。自分のなかにこんなすきがあったとは知るよしもなかった。不可能なことと知りながら、ジェイソンを自分の人生から完全にしめだそうとしてきたのだ。若者にありがちな一時の情熱にすぎない、子どもっぽい夢にすぎないのよ、と自分に言いきかせようとしてきたが、それが単なる言いのがれであることはわかっていた。ほかに男などいなかった。ただひとりの男の思い出と、希望と、半分忘れかけた夢しかなかった。

いま彼女は、すべてを忘れて現実の彼を抱きしめていた。彼のすべてがなつかしかった。彼の唇の味も、指をからませたときの髪の感触も、少年のころからかわらない男らしい香りも。はなれていた歳月をとりもどそうとでもするように、ジェイソンは彼女の名をつぶやきながら、いっそう力をこめて引きよせた。

フェイスも昔と同じように情熱をこめて彼を抱きしめた。足首のあたりで冷たい風が巻きおこり、雪を舞いあげている。月がこうこうとふたりを照らし、街灯が淡い光を投げかける。

でも、あのときとは違う。彼女はふとわれに返って身を引いた。いまはきのうでもないし、あしたでもない。面と向きあわざるをえない現実を思いださなくては。わたしはもう無責任な子どもではないし、愛とはあまりに大きすぎて、ほかのものを見えなくしてしまうものだということも知っている。わたしには育てなければならない子どももいるし、守っていかなければならない家庭もある。だけど、彼は放浪者だ。昔からそれしか頭にない人だったもの。

「わたしたちはもう終わったのよ、ジェイソン」しかし彼女は、あと少しだけ彼の手を握っていたいと思った。「もうずっと前に終わったのよ」

「違う」彼は、背を向けて行きかけた彼女をつかまえた。「終わってないんだ。ぼくも終わったと自分に言いきかせてきたし、それを証明するためにもどってもきた。でも、思っていた以上にきみはぼくの人生に入りこんでしまっていたんだよ、フェイス。終わることなんてないんだ」

「あなたはわたしから去っていったのよ」けっして流すまいとしていた涙が、こらえようもなくあふれだした。「わたしの心をずたずたにしてね。それをいやす時間なんかなかったのよ、ジェイソン。二度とそんなことしてほしくないの」

「ぼくが町を出なければならなかった理由は、きみにもわかっていたはずだ。きみが待っていてくれたら――」

「いまとなってはどうでもいいことよ」頭をふりながら彼女はあとずさった。なぜ待てなかったか、けっして説明するつもりはなかった。「二、三日したら、あなたはまた行ってしまうんですもの。どうでもいいことだわ。お願いだから、わたしの生活に勝手に出たり入ったりして、気持ちをかき乱さないでほしいの。わたしたちはそれぞれの道を選んでしまったのよ、ジェイソン」

「ぼくはきみが忘れられないんだ」

彼女は目を閉じた。ふたたび目をあけたとき、涙はすっかり乾いていた。「わたしだってあなたを忘れられなかったわ。でも、そんな感傷に浸っている暇はなかったのよ。もうわたしのことはほうっておいて、ジェイソン。もし、わたしがあなたと友だちでいられるのなら――」

「ぼくたちはずっと友だちだった」

「もう終わったわ」そう言いながらも、両手をさしのべ、彼の手をとっていた。「ああ、ジェイソン、あなたはわたしのいちばんの友だちだったわ。でもあなたはわたしを脅やかすの。だから温かく迎えるわけにはいかないのよ」

「フェイス」彼は彼女の手を強く握りかえした。「もっと時間をかけて話しあおう」

ブラウンの瞳を見つめる彼女の口から、長いため息がもれた。「わたしがどこにいるか知っているでしょ、ジェイソン。あなたはいつだってわたしを見つけたわ」

「家まで送るよ」

「いいの」フェイスは落ちついた笑みを浮かべた。

「もういいのよ」

ジェイソンの部屋の窓からは、メインストリートがほとんど見渡せた。もし見ようと思えば、ポータ一フィールドの雑貨店の混雑ぶりや、町の広場を歩く人たちを見ることもできた。しかし彼の視線は通りの向こうの白い家に向いていた。まだ朝早い時間だ。友だちと登校するクララを送って、家から出てきたフェイスの姿が見える。彼女はかがみこんで娘のコートの襟をなおしている。こちらに背を向けている彼女の髪が、風に吹かれてなびいている。ここにぼくがいることを知っているはずなのに、彼女はこちらを向こうともしない。結局ちらりともふりかえらずに、店のほうへ行ってしまった。

数時間たって、ジェイソンはまた窓のところに立っていた。かなりの人が〝人形の家〟へ向かっているところを見ると、彼女の店は繁盛しているようだ。自分がポータブルのタイプライターをわきに置いたまま、ひげもそらずに窓のところでぼんやりしていたあいだ、フェイスは忙しく働いていたのだ。

彼はこの数日間、小説を書こうと計画をたてていた。いつかきっと書くと決めていた小説だが、あいつぐ取材旅行のために果たせないままでいる。しめきりやあわただしい日常からはなれて、この静かで居心地のいい町へ来れば、小説が書けるかもしれないという期待があったことは確かだ。故郷に対する期待はいろいろあったが、まさか二〇歳《はたち》の若者だったときと同じように、フェイスに激しい感情を抱くとは夢にも思わなかった。

ジェイソンは窓に背を向け、タイプライターを見つめた。原稿用紙も、封筒に入れた覚え書きも、書きかけの原稿もそこにある。そこに座って一日中、夜中までタイプを打つこともできる。しかし彼の人生でまだやり終えていないことは小説以外にもあった。彼はいま、そのことに気づきはじめていた。

ひげをそって服を着ると、もう昼すぎだった。通りを渡ってミンディの店へ行き、彼女がまだ町で最高のホームメイドのスープを出しているかどうか、確かめてみようか。しかし、カウンターごしのおしゃべりを楽しむ気分ではない。彼はフェイスの家とは反対の、南のほうへ歩きだした。フェイスを追いまわすようなみっともないまねをするつもりはない。

ぶらぶら歩いていくと、五、六人ほど知りあいに出会った。背中をたたかれたり、握手を求められたりした。角を曲がってレフト・バンクのほうへ下り、カーナビー・ストリートへ出て、ベニスの狭い道に入る。一〇年間はなれていたせいか、メインストリートを歩くのがなんだかいやに楽しく思えた。理髪店のぐるぐるまわるポールもそのままだ。洋品店の前ではボール紙のサンタが客を招いている。

ポインセチアが並んでいるのに気づいて、ジェイソンは自分で運べるいちばん大きな鉢を買った。クラスメートだった女店員に一〇分間ほど引きとめられてしまった。

あれこれ質問されることは覚悟していたが、自分が町の名士になっているとは思いもよらなかった。おかしなことだな。そう思いながら、かつて数えきれないほど通った道を歩いた。マーチャント夫人の家に着くと、彼は正面玄関へは行かず、昔の習慣どおり裏へまわって、風よけドアをノックした。ドアはあいかわらずがたがたしていた。そんな小さなことでも、たとえようもなくうれしくなる。

ドアが開いて、夫人の小鳥のような目が、鮮やかな赤い葉ごしに彼をのぞきこんだとき、ジェイソンは一〇歳の少年のように笑っていた。

「そろそろ来るころだと思ってたよ」夫人は彼を招きいれた。「泥をちゃんと落としておくれ」

「はい」ジェイソンはごわごわしたマットでブーツをこすり、それからキッチンのテーブルにポインセチアの鉢を置いた。

一五〇センチにも満たない夫人は、両手を腰にあてて立っていた。老齢のため腰は少し曲がり、顔には無数のしわが寄っている。胸あてつきのエプロンは小麦粉だらけだ。オーブンからクッキーのにおいが漂い、リビングのスピーカーからはクラシックの荘重なメロディーが流れている。

夫人は鉢を見てうなずいた。「あんたはいつもおおげさだね」小鳥のような目が、彼を上から下まで眺めまわす。ジェイソンは反射的に背筋をのばした。「少し肉がついたね。でももう少し太ってもよさそうだ。さあ、キスしておくれ」

ジェイソンは挨拶《あいさつ》がわりのキスをするために身をかがめたが、自分でも思いがけないことに、夫人を抱きしめていた。いまにもこわれそうなほどもろい感じがした。それは彼女を見ているだけではわからないことだった。しかし彼女はなつかしいにおいがする。せっけんと小麦粉と砂糖のにおいだ。

「あんまりびっくりしてないみたいだね」

「あんたが帰ってきたことは知っていたよ」夫人は目に涙がにじんでいるのをごまかすために、オーブンをのぞきこんだ。「宿帳に書かれたあんたのサインのインクが乾かないうちに、もう知っていたさ。まあ、お座り。コートを脱いでね。いま、このクッキーを出してあげるから」

ジェイソンはようやく家に帰ってきたような気分を味わいながら、黙って腰をおろした。彼が年齢にふさわしい子どもでいられたのも、ほっとできたのも、この家に来たときだけだった。夫人は年季の入った小さな鍋《なべ》で、ココアをわかしはじめた。

「どのくらい、いるつもりだい？」

「わからないな。二週間以内に香港《ホンコン》へ行くことになると思うんだ」

「香港」夫人は口を引き結んでクッキーを皿に並べ

た。「あんたは自分で行きたがってたところへは、全部行ったんだね。思っていたとおり、すばらしいところだったかい？」

「そういうところもあったよ」彼は脚をのばした。身も心もくつろぐということが、どういうことだったか、忘れていたような気がする。「でも、そうじゃないところもあった」

「あんたは帰ってきた」夫人はクッキーをテーブルに置いた。「どうしてだい……」

言いのがれをすることもできた。自分に嘘《うそ》をつくことだってできた。しかし彼女に嘘をつくことはできなかった。「フェイスなんだ」彼はかつて悩み多い少年だったが、大人になったいまもそうだった。

夫人はストーブのところへ戻って、ココアをかきまわした。「彼女がトムと結婚したことは聞いたんだね」

彼女の前では苦々しい気持ちを隠せなかった。

「ここを出て半年後に、ぼくはトゥデーズ・ニューズ社に就職したんだ。シカゴの小さいうす汚い支局にやられたけどね。でも、それだってぼくにとってはたいしたことだった。そのことをまっ先にフェイスに知らせたくて電話したら、彼女のお母さんが出て、ぼくに同情するように、フェイスは三カ月前に結婚して、もうすぐ赤ん坊が生まれるって教えてくれたんだよ。電話を切ったあと、ぼくは飲んだ。そしてつぎの朝、シカゴにたったよ」彼は皿からクッキーをつまんで肩をすくめた。「人生は続くんだからね、そうでしょう？」

「そうだよ。人生はわたしたちと歩調を合わせて進むこともあるが、どんどん先へころがっていっちまうこともある。それで、彼女が離婚したことも知ってるんだね？」

「ぼくたちはおたがいに約束した仲だった。それなのにフェイスは別の男と結婚しちまった」

　夫人はやかんから蒸気が吹きだすような音をたてた。「あんたはもう意地っぱりの男の子じゃない。見たところだってすっかり大人だ。分別のある大人なんだよ。フェイス・カークパトリックは――」

「フェイス・モンローだよ」

「それでもいいさ」夫人は辛抱強くそう言い、熱いココアをマグについだ。それをテーブルに置いてから、息を切らしながら腰をおろす。「フェイスは見かけも芯《しん》も強くて美しい女だよ。ひとりで娘を育てながら仕事だってちゃんとやってきた。ひとりきりでね。ひとりっていうのがどんなことか、わたしだって少しはわかってるつもりだよ」

「彼女が待っていてくれたら――」

「そうさ、彼女は待っていなかった。その理由については、わたしなりにわかっているつもりだけど、それを言うのはよしておこう」

「なぜトムと離婚したのさ？」

　老婦人は椅子の背にもたれ、すりきれたアームにひじをあずけた。「トムはクララが六カ月のときに出ていったんだよ、彼女と赤ん坊を置いてね」

　マグをつかむ手に力が入った。「出ていった？　どういうことなんだ」

「あんたにはわかりそうなもんだけどね。あんた自身もやったことじゃないか」彼女はココアのマグを両手で包んだ。「荷物をまとめて出ていったんだよ。彼女には家と、そして請求書が残された。トムは貯金を全部おろして西部へ向かったのさ」

「でも彼には娘がいたのに」

「あの子がおむつをしていたときから、彼は赤ん坊を見ようともしなかったよ。だけどフェイスはなんとか、たちなおった。世話をしてやらなきゃならない子どもがいたからね。彼女の両親が支えになってくれたんだ。ほんとにいい人たちだよ。娘が二歳になったとき、彼女はお金を借りて、あの人形の店をはじめたんだ。わたしたちはみんな彼女のことを誇りに思ってるよ」

ジェイソンは、窓の外の雪と氷におおわれたプラタナスの木をじっと見つめていた。「ぼくが出ていって、彼女はトムと結婚した。そしてトムも出ていった。フェイスは男運が悪いようだね」

「そう思うかい？」

夫人には急にそっけなくなる癖があったんだっけ。

ジェイソンは思わず口もとをゆるめた。

「クララはフェイスにそっくりだね」

「確かに似ているね」夫人は湯気のたちのぼるマグを見つめながら微笑《ほほえ》んだ。「だけどわたしにはあの子に父親の面影があるのがわかるよ。ココアが冷めちまうよ、ジェイソン」

彼はうわの空でココアをすすった。その味にはたくさんの思い出があった。「故郷に帰ってきたような気持ちになれるなんて、期待していなかったのに。おかしいね。ここで暮らしていたときには、自分の故郷だなんてまったく感じなかったのに、いまになって……」

「昔住んでたところへはまだ寄ってないのかい？」

「ああ」

「いま、あそこにはいい夫婦が住んでるよ。裏にポーチを建て増ししてね」

彼にとってはなんの意味もないことだった。「あれはぼくにとって家庭じゃなかった」彼はココアを置いて彼女の手をとった。「ぼくの家はここだけだ。ぼくが母親と呼べるのはあなたしかいなかった」

やせて紙のように乾いた手が彼の手を握りかえした。「あんたのお父さんは厳しい人だった。あんたのお母さんを若くして亡くしたから、いっそう厳しくなったんだよ」

「父親が死んだとき、ぼくはほっとしただけだった。悲しむ気も起きなかった。ここを出たのも、ひとつにはそれもあると思うんだ。親父《おやじ》が死んで家もなくなったとき、いまこそ出ていくときだと思ったんだ」

「あんたにとってはそうだったのかもしれないね。そして今度ももどってくる潮時だったのかもしれない。あんたはいい子じゃなかったね、ジェイソン。でもそんなに悪い子でもなかった。昔のあんたは時間を惜しんでがむしゃらにやってきたけど、その分の時間をいま少し使ってみたらどうだい？」

「フェイスのことは？」

夫人はまた椅子の背にもたれた。「わたしの覚えているかぎりじゃ、あんたはあのころ、彼女にぜんぜんちやほやしてやらなかった。あの娘《こ》ばかりが必死になってあんたを追いかけていたようだ。あんたほどあちこち旅して経験を積んでいれば、女のご機嫌のとり方ぐらい覚えただろう。甘い言葉のひとつやふたつ使ってみるんだね」

彼はクッキーをつまんでかじった。「ひとつかふたつぐらいなら知ってるけど」

「甘い言葉を聞いてうっとりしない女なんて、お目にかかったこともないよ」

ジェイソンは身をのりだして、夫人の両手にキスをした。「ほんとに会いたかったよ」

「あんたはきっともどってくると思ってたよ。わたしぐらいの年になると、待つのも苦じゃなくなるんだ。恋人に会っておいで」

「ああ、そうするよ」立ちあがってコートを着た。

「また来るよ」

「わかってるよ」彼がドアをあけるのを待って、夫人は言った。「ジェイソン……コートのボタンをおかけ」夫人がハンカチーフを引っぱりだしたのは、ドアが閉まる音を聞いてからだった。

4

外に出たジェイソンの頭上には、太陽が輝いていた。通りの向こうにあった雪だるまが、ひとまわり小さくなっている。きのう車のなかから見た通りにもう一度行ってみた。きょうも学校が終わった子どもたちでいっぱいだ。ふいに彼自身も自由になりたい衝動を感じた。北へ向かって歩いていくと、ひとりの少女が子どもたちの群れをはなれてこちらへやってくるのが目に入った。帽子をかぶり、マフラーを巻いていたが、すぐにクララだとわかった。

「こんにちは。この町に住んでいたってほんと？」

「そうだよ」はみだした髪を帽子のなかにたくしこんでやりたくなったが、我慢した。

「ママがそう言ってたの。きょう学校で先生が言ってたけど、あなたは町を出て有名になったんですってね」

思わずにっこりせずにはいられなかった。「そうさ。町を出たんだよ」

「それから賞をとったのね。マーシーのお兄さんもボウリングでトロフィーをとったのよ」

彼はピューリッツァー賞のことを考え、かろうじて笑いだすのをこらえた。「ぼくの賞も、まあそんなものかな」

クララには、自分はふつうの人間に見えるのだろう。世界中を冒険旅行した男とは見えないにちがいない。

彼女は疑い深そうに目を細めた。「みんなが言ってるように、ほんとにああいうところを旅したの？」

「みんながどう言ってるかによるけどね」暗黙の了

解のうちに、ふたりは並んで歩きはじめた。「あちこちへ行ったよ」

「東京も？　日本の首都なのよ。学校で習ったわ」

「東京にも行ったよ」

「生のお魚を食べた？」

「いまでもよく食べるよ」

「気持ち悪い」しかしクララは喜んでいるように見えた。歩調を乱さずに、木の枝の雪をすくいとる。

「フランスでは足でぶどうをつぶしてるの？」

「自分で見たわけじゃないけど、そう聞いたね」

「それじゃ、これからは絶対に飲まないわ。らくだに乗ったことはある？」

雪の玉を木の根もとめがけて投げるクララを見ながら、ジェイソンは答えた。「もちろん」

「どんな感じだった？」

「乗り心地はよくなかったよ」

彼女もそれは予想していたことらしく、すんなりと受けいれた。「きょう先生があなたの書いたお話を読んでくれたの。中国で発見されたお墓のことよ。その彫像を見たの？」

「見たよ」

「レイダースみたいだった？」

「なにみたいだって？」

「知ってるでしょ、インディ・ジョーンズの映画」

納得するのに一分ほどかかった。彼は笑いながら、無意識に彼女の帽子を目の上まであげてやる。「そうだったような気もするな、ほんの少しだけどね」

「あなたって文章を書くのが上手なのね」

「ありがとう」

ふたりは彼女の家の前の歩道に来ていた。ジェイソンはふと目をあげて驚いた。いつの間にここまで来てしまったのだろう。もう少しゆっくり歩けばよかったと悔やんだ。

「わたしたち、アフリカについてレポートを書かなきゃならないの」クララが鼻にしわを寄せた。「五枚も書くのよ。ジェンキンズ先生ったら、クリスマスのお休みが終わったらすぐに提出しなさい、なんて言うの」

「お休みは何日ぐらいあるんだい？」

クララは芝生の端の雪の上に円を書いた。「二週間」

そんなに長かったかな？　彼は自分の少年時代のことを思いだしていた。「もうはじめてるの？」

「うん、ちょっとね」彼女はぱっとふりかえってきれいな笑顔を向けた。「あなたはアフリカへ行ったんでしょう？」

「二回ほどね」

「それじゃ、気候や文化やいろんなことをよく知ってるわよね？」

ジェイソンはにやにやした。「まあね」

「今夜、うちで夕食を食べていってよ」そう言うと、クララは返事も待たずに、彼の手を引いて店のほうへ連れていった。

フェイスは人形を箱に入れながら、客の相手をしていた。髪をうしろでひとつにまとめ、ジーンズにゆったりしたスエットシャツを着ている。「ローナ、自分の思いどおりにしようったってむりよ」

「そんな！」女性客は大きなおなかに手をあててため息をついた。「どうしてもクリスマスの前に生まれてくれないと困るわ」

「まだ三日もあるじゃない」

「ママ！」

フェイスは笑顔で娘をふりかえった。その顔が凍りつき、手に巻かれていた赤いリボンがくるくるとほどけて床までたれた。「クララ、足をふかなかったわね」やっとのことで言ったものの、視線はジェイソンのほうへ向けたままだ。

「ジェイソン！　ジェイソン・ローね」客の女性が

叫んだ。大きなおなかもかまわずかけよってくる。

「ローナよ、ローナ・マクビーよ」

彼はかつての隣人だった、愛らしいまる顔の女を見おろした。「やあ、ローナ」視線をさげ、それからもとにもどした。

「おめでとう」

ローナはおなかに手を置いて笑った。「ありがとう。でも、もう三人めなのよ」

これが隣に住んでいた、あのやせっぽちの意地悪だった少女だろうか。「三人？　随分早業だね」

「ビルのせいよ。ビル・イースターデーのこと、覚えてる？」

「ビルと結婚したの？」なにかトラブルを求めて町の広場にたむろしていた少年のことなら覚えている。自分も数回トラブルを提供してやったことがあった。

「わたしが彼を更生させたのよ」にっこりして答える。「彼はね、いま銀行を経営してるの」ジェイソンの表情を見て、ローナはくすくす笑った。「ほんとだってば。いつか寄ってよ。さあ、もう行かなきゃ。娘がこの箱を見つけないように、クローゼットに隠さなきゃならないのよ。ありがとう、フェイス。あの子、きっと気に入るわ」

「わたしもそう願ってるわ」

冷たい風が吹きこんで、ローナが出ていった。

「花嫁のお人形？」クララが聞いた。

「そうよ」

「あれ、ごてごて飾りすぎだわ。ねえ、ママ、マーシーのところに行っていい？」

「宿題は？」

「あのいやなアフリカのレポートのほかにはないわ。彼に手伝ってもらうの」ジェイソンににっこり笑いかけ、眉をあげて見せた。「そうよね？」

ジェイソンは、この表情に逆らえる男など、一〇〇キロ以内にひとりもいないと、断言してもいいと思った。「そうさ」

「クララ、そんなこと――」

「いいのよ。夕食に誘ったんだもの」彼女は得意気に微笑《ほほえ》んだ。マナーについて日ごろ口うるさく言っている母親も、これなら反対できないだろう。「これから二週間学校はお休みなんだから、夕食のあとで宿題をしてもいいでしょう？」

ジェイソンは少しぐらいなら彼女に加勢してもかまわないだろうと思った。「アフリカに六週間行ってたことがあるんだ。クララはきっとAをとれるよ」

「あの子ったらそこに目をつけたのね」フェイスはつぶやいた。クララにかかったら、大の大人もまるでかたなしだわ。「夕食の支度にかかったほうがよさそうね」

クララはたちまち隣の家の庭に向かって走りだした。フェイスは店のドアを閉め、〝オープン〟と書かれた札を裏がえした。

「あの子が迷惑をかけたのならごめんなさい、ジェイソン。人を質問攻めにする癖があるの」

「ぼくは気にいったよ」

「ご親切ね。でもむりして手伝ってくださらなくてもいいのよ」

「手伝うって言ったんだ。約束は守るよ、フェイス」ジェイソンは彼女の髪のピンに手をふれた。

「せっかく夕食に招待されたんだし」

彼女はじっと彼を見つめた。そうせずにはいられなかった。「もちろん喜んで夕食にお招きするわ」

コートをとり、袖《そで》に手を通す。だが、ボタンをはめようとした指がふるえて、なかなかうまくいかない。

「そろそろチキンを揚げようと思っていたところなのよ」

「ぼくも手伝うよ」

「いいのよ」

彼はかまわず彼女の手をとった。「昔のぼくは、きみにこんなに気を遣わせなかったよ」

「そうね」フェイスは動揺を抑えて言った。彼はどうせまた二、三日のうちに出ていってしまうんだもの、わたしの人生から。少しぐらいつきあうべきなのかもしれない。「それじゃ、お願いすることにするわ」

ジェイソンは彼女の腕をとって店を出た。彼女が少し逆らうそぶりを感じたが、彼はそれを無視した。「マーチャント夫人に会ってきたんだ。焼きたてのクッキーをごちそうになったよ」

裏口のドアを入ると、フェイスはやっと落ちついた。「彼女はあなたの書いたものなら、一字一句間違えずに覚えているのよ」

キッチンは、彼がつい先ほど出てきたキッチンの、ほぼ二倍の広さがあった。冷蔵庫の前に子どもの描《か》いた絵がはってあったり、すみにふわふわしたスリッパが脱ぎ捨ててあったり、いかにも家庭的な雰囲気が伝わってくる。フェイスはやかんを火にかけ、自分のコートをドアの横のフックにかけてから、彼のコートを受けとろうとしてふりかえった。その手を彼の手が包んだ。

「きみはトムが出ていったことを言わなかったね」

ジェイソンがそれを知るのに、たいして時間はからないだろうと予測はしていた。「そんなこと毎日考えていられないもの。コーヒーはいかが？」

彼のコートをフックにかけてふりむくと、またも彼が立ちはだかっていた。「なにがあったんだ、フェイス？」

「わたしたち失敗したのよ」フェイスは平静を通りこして、冷淡にさえ聞こえる声で言った。以前には聞いたことのない口調だった。

「クララがいるのに」

「もうよして」彼女の目に一瞬怒りの色がよぎった。

「そのことは話したくないのよ、ジェイソン。クララのことはわたしの問題だわ。わたしの結婚も離婚も、わたしの問題よ。いまになって帰ってきて、答えを全部聞けるなんて思わないで」

ふたりは一瞬黙って見つめあった。やかんがシューシュー音をたてはじめたとき、彼女はやっと呼吸をとりもどせたように思えた。「お手伝いしてくださるなら、ポテトの皮をむいてちょうだい。そこの貯蔵庫にあるわ」

なんでこんなにせわしげにするんだ。フライパンに油をそそいだり、チキンに衣をつけたりしているフェイスを眺めながら、ジェイソンは憮然《ぶぜん》とした思いだった。彼女がいらいらしているのを見たのは、これがはじめてではない。以前は自分が矢面に立たされているような感じがして、あるときはその矛先をかわし、あるときはまっ向からぶつかったものだ。ぼくはなだめ方だって知っていたんだ。彼はひとり言のように、自分が旅してきたあちこちの場所のことを話しはじめた。南アメリカのキャンプ旅行のとき、目が覚めたら頭のすぐ横に蛇がとぐろを巻いていた話をすると、彼女は笑いだした。

「そのときはおかしいどころじゃなかったよ。五秒フラットでテントの外に飛びだしていたんだから。素っ裸でね。カメラマンはとても興味深い作品をものにしたってわけだ。ネガを買いとるのに五〇ドルもはらったよ」

「それ以上の値うちがあると思うわ」フェイスは心から楽しそうに笑っている。どうやら彼の作戦は効を奏したようだ。「あなたのサンサルバドルのシリーズでは、蛇のことなんか出てこなかったわね」

「書かなかったから」彼は関心をそそられてポテトの皮をむく手をとめた。「あれを読んだの？」

フェイスはチキンを熱い油に入れはじめた。「もちろんよ。あなたの文章は全部読んだわ」

彼はポテトを流しへ運んだ。「全部？」

その口調に思わず笑みがこぼれたが、彼には背を向けていた。「うぬぼれちゃだめよ、ジェイソン。あなたのいちばんの問題点はそこなんだから。クワイエット・バレーの人たちの九〇パーセントはあなたのものを全部読んでると思うわ。わたしたちはみんな、あなたに関心を持っていると言ってもいいくらいよ」彼女は炎を調節した。「ともかく、このあたりでホワイトハウスのディナーを食べた人なんていないんだもの」

「スープはうすかったよ」

フェイスはくすくす笑いながら、水を入れた鍋《なべ》をストーブにかけてポテトを入れた。「いいことがあったら悪いこともあるって覚悟するべきね。二年くらい前にあなたの写真を見たのよ」彼女は淡々と続けた。「たぶんニューヨークのチャリティかなにかの催しのときの写真だったと思うわ。あなたの腕のなかに、半分裸の女の人がいたわ」

ジェイソンは思わず、あとずさりした。「そうだっけ？」

「そうね、正確には半分裸というほどじゃなかったわね」彼女はのらりくらりと続けた。「ただドレスの分量よりも髪の分量のほうが多かったから、そんなふうに思えたのかもしれないわ。わたしの記憶が確かなら、ブロンドよ――純粋のブロンドだったと思うわ。でも言わせてもらうなら――頭でっかちだったわね」

彼は渋い顔をした。「きみはぼくの仕事関係で、いろいろ興味深い人たちを見つけたようだね」

「そのとおりよ」彼女は器用にチキンを引っくりかえした。油が快い音をたてる。「あなたもとても刺激を受けるでしょ」

「この会話ほど刺激的じゃないよ」

「ここ、暑すぎるかしら？」彼女はつぶやいた。

「そうだね。もう暗くなってきたけど、クララが帰る時間じゃないのかい？」

「すぐ隣のお宅にいるのよ。五時半に帰らなきゃいけないことはよくわかってるわ」

彼は窓のところへ行って隣の家のほうを見た。その横顔をフェイスが観察する。かつてより強く、たくましくなった感じだ。おそらく、そうならざるをえなかったのだろう、とフェイスは思った。かつてわたしがあれほど愛した少年の部分は、どのくらい残っているのだろう？　たぶんそれは、フェイスにもジェイソンにも、はっきりとわからないことだった。

「きみのことはしょっちゅう考えてたよ、フェイス」彼はこちらに背を向けていたが、フェイスはその言葉に、肌を愛撫《あいぶ》されているような感触を覚えた。「とくにこの季節になるとね。取材があったり、しめきりが迫っていたりすると、きみのことは考えないようにできるけど、クリスマスの時期になるとだめなんだ。ぼくたちが一緒に過ごした場面をひとつひとつ思いだして。きみが店から店へぼくを引っぱりまわしたときのことなんかをね。きみと一緒に過ごした数年間が、寂しかった子ども時代を埋めてくれたことも」

かつての同情がふたたびこみあげてきた。「あなたのお父さんはクリスマスを祝ったりする気になれなかったのよ。お母さんなしでは、どうしたらいいかわからなかったんだわ」

「いまとなればそれも理解できるよ。きみを失ったいまでは」彼はふりかえった。彼女はストーブにかがみこんでいた。「きみもクリスマスをひとりで過ごしてきたんだね」

「いいえ、わたしにはクララがいたわ」彼が近づいてくるのを見て、フェイスは緊張した。

「きみの靴下に贈りものをつめてくれる人も、ツリーの下になにがあるか秘密を分かちあう人もいなかった」

「なんとかやってきたわ。人生は自分に合わせてかえていくものよ」

「それはそうだ」彼は彼女の顎をとらえた。「ぼくもそれを信じはじめてるよ」

ドアが勢いよく開き、びしょぬれになったクララが飛びこんできた。「マーシーと雪の天使をつくったのよ」

フェイスは眉をあげた。「わかったから、五分以内にそのびしょぬれのものを脱いで、テーブルの用意をしてちょうだい」

クララは悪戦苦闘してコートを脱いだ。「ツリーのライトをつけてもいい？」

「いいわよ」

「来て」クララはジェイソンの手を引っぱった。「このあたりじゃ、いちばんすてきなツリーなのよ」

一緒に出ていくふたりのうしろ姿を見ながら、フェイスのなかでさまざまな感情がふつふつとわきたっていた。

5

それは食事が終わってもまだふつふつとたぎりつづけていた。娘が人なつこくて、ときには常識はずれなほどあけっぴろげな子どもだということはわかっていたが、クララは長いあいだはなれていた友人のように、ジェイソンに接している。明るく、くったくなく彼に話しかけている。

明らかにふたりとも気づいていない。フェイスは皿を積み重ねているクララを眺めながら考えた。もしふたりが気づいてしまったら、どうすればいいのだろう？　嘘《うそ》をついてすませられるとは思えない。いままで嘘をついて生きるように自分を強いてきたにもかかわらず、そう思った。

ふたりはクララの本を出してきて腰を落ちつけた。フェイスにはほとんど注意を向けていない。昔ながらの快く流れるような口調で、ジェイソンはクララにアフリカの話をはじめている。それぞれ独自の生命と危険に満ちた砂漠やジャングルの話を。

ふたりは額をくっつけるようにして本に見入っている。それを見ているうちに、フェイスはパニックに陥りそうな気がしてきた。

「ちょっと、お店に行ってくるわ」衝動的に出た言葉だった。「仕事がたまってるの」

「そう」ジェイソンはそれだけ答えると、もう彼女のことは頭にないようだった。

喉もとに苦しいほど笑いがこみあげてくる。コートをつかむと、フェイスはその場を逃げだした。

人形は彼女にとって単なるおもちゃではなかった。仕事以上のものであることは確かだ。店いっぱいの人形たちは若さや無垢《むく》や奇跡を信じる心のシンボルなのだ。クララを産んだあとすぐにも店を開きたかったのだが、トムの反対は強硬だった。彼女は負い目を感じていたので譲歩した。それまであまりにも多くのことに譲歩してきたのと同じことだった。そして、養わなければならない子どもとふたりきりになったとき、彼女はごく自然なこととして店をはじめたのだった。

思えばこれまでただひたすら働きつづけてきた。娘への愛をもってしても埋められない、むなしさをまぎらすために。

店の奥にある仕事部屋の棚には、人形のあらゆる部品がぎっしり並んでいる。陶器の頭部、プラスチックの脚や胴もある。別の棚には、腕が片方なくなった人形やおなかのつめものがはみだした人形など、フェイスの治療を待っている病人やけが人が並んでいる。人形を売るのも楽しいし、オリジナルの人形をつくるのもわくわくするような喜びだが、愛されてこわれた人形をふたたびよみがえらせることほど満足できることはなかった。彼女は明かりをつけ、ラジオのスイッチを入れて仕事にかかった。

人形に向かっていると、いつだって気持ちがなごんでくる。しばらくすると、ささくれだった神経などどこかへ行ってしまった。かぎ針や輪ゴム、にかわなどを使って、心をこめてこわれた四肢を修繕する。絵の具をほんの少し使って、表情のなくなった人形たちに微笑《ほほえ》みをとりもどしてやる。新しい服を着せ、新しいヘアスタイルにしてやることもある。針と糸と器用な指があればなおる人形もあった。

いつしか彼女はハミングさえしていた。

「それ、なおすつもり?」

いきなり声がして、フェイスは危うく針で指を刺すところだった。ジェイソンがポケットに両手をつっこんで戸口に立っている。「そうよ。クララは?」

「本を見ながらうとうとしかけたんで、ベッドへ連れていったよ」

「あら、もうそんな時間……」彼女は椅子から立ちあがろうとした。

「もう眠っているよ、フェイス。あの子がベルナルドと呼んでる、毛のふわふわした緑色のボールと一緒にね」

　気を楽にするのよ。フェイスはもう一度椅子に座りなおした。「あれがお気にいりなの。クララはふつうのお人形にはあまり興味がないのよ」

「母親とは違って？」彼は興味深そうに仕事部屋のなかを歩きだした。「ぼくはこわれたおもちゃや、ぼろぼろになった人形は捨てるもんだと思ってた」

「そういう人が多いのよ。そんなの、喜びを与えてくれたものに対して、あまりにひどいしうちだわ」

　彼はやわらかいプラスチックの頭部を手にとり、つるつるの頭をしげしげと見てにやりとした。「きみの言うとおりだろうね。でも、いまきみが持ってるそのぼろきれの塊に、いったいなにができるんだい？」

「できることはたくさんあるわ」

「まだ魔法を信じてるの、フェイス？」

　彼女は顔をあげ、はじめて心からの笑みを浮かべた。その目は温かかった。「ええ、もちろん。とくにクリスマスのシーズンにはね」

　彼は手をさしのべ、フェイスの顔を撫《な》でずにはいられなかった。「さっき、きみが忘れられなかったって言っただろう。その気持ちがどんなに強いか、自分でもわかっていなかったんだ」

　彼女の内部で、求めてやまない心がふるえていた。こがれる心が懇願していた。しかし両方とも無視して、人形に集中した。「クララの宿題を手伝ってくださってありがとう、ジェイソン。でも、これ以上あなたを引きとめたくないわ」

「誰かが見ていると仕事のじゃまかい？」

「いいえ」彼女はつめものをつめなおしはじめた。「患者を診るときに、心配性の母親がそばについているこどもときどきあるわ」

彼は腕を組んでカウンターに寄りかかった。「ここへもどるときにいろんなことを想像していたけど、これだけは想像できなかったな」

「なんのこと？」

「きみがぼろきれに生命《いのち》をつめこむのを、こうやって見ていることさ。きみは気づいてないかもしれないけど、それには顔もないよ」

「顔はできるわ。レポートはどんな具合？」

「あとはしあげだけだ」

フェイスはいたずらっぽく上目づかいに彼を見た。「それをやるのはクララ？」

「クララも同じことを言ったよ」ジェイソンはうしろに寄りかかってにっこりした。この部屋は彼女のにおいがする。彼女はそれに気づいているだろうか？「クララは頭のいい子だね」

「ときどきこっちが困るくらいよ」

「きみは運がいい」

「わかってるわ」慣れた手つきで、つめものをつっこんでいく。

「子どもは無条件で愛してくれるだろう？」

「そうじゃないわ」フェイスはもう一度彼を見あげた。「こっちもそれにふさわしい人間でなきゃならないのよ」針と糸をとって縫い目をつくろいはじめる。

「でも、ほんとにすなおな子だよ。目もあけていられないくらい眠かったのに、もう一度ツリーのところへ行ってプレゼントを数えるって言いはるんだ。もうひとつ増えるような気がするって」

「がっかりしなきゃいいけど。彼女のリストときたら、まるで軍隊の要請書みたいなんですもの。制限せざるをえないのよ」糸を置くと、今度は絵筆をとりあげた。「わたしの両親があの子を甘やかしすぎたんだわ」

「まだこの町で暮らしているの？」

「ええ」フェイスは人形をなおしているあいだに、すでにその個性をつかんでいた。ひと筆ひと筆ていねいに顔を描《か》いていく。「しょっちゅうフロリダのことを話してるわ。でもほんとうに行くつもりだかどうだか。クララのせいなの。ふたりともクララに夢中なんですもの。両親の家に寄って会っていってくださる？　母はいつもあなたのことが好きだったわ」

ジェイソンは自分のてのひらほどもない小さな赤いドレスを眺めまわしていた。「きみのお父さんは違ってたよ」

フェイスはにやにやした。「あなたのことを信用しきれなかっただけよ」ジェイソンに向かって意味ありげに笑いかける。

「信用できなくてとうぜんだよ」彼はフェイスに近づいて人形をのぞきこんだ。「ぼくらはなんてばかだったんだ」魅せられたようにそれを手にとり、明かりのほうに掲げた。みじめなぼろきれの塊が小粋な人形に変身していた。大きな目のまわりに誇張したまつ毛が描かれ、カールが気を引くような具合に、眉にかかるような位置に縫いつけられている。大人の男にも、小さな女の子がこれを見たらにっこりするだろうということはわかった。

自分の作品に見入っている彼を見て、ばかげているとは思ったが、うれしくてならなかった。「気にいった？」

「感動したよ。こういうものをいくらで売っているの？」

「これは売りものじゃないのよ」フェイスは人形を部屋の奥の大きな箱に入れた。「この町には、クリスマスにプレゼントを買ってもらえる余裕のない小さな女の子が、一〇人ちょっといるの。もちろん男の子もね。それで、雑貨店のジェイクとふたりで、数年前から対策を講じてるの。クリスマス・イブに、戸口のところに箱を届けるのよ。女の子の家にはお人形。男の子にはトラックとかボールをね」

気づくべきだった。いかにも彼女らしいことではないか。「サンタはほんとうにいるんだね」

フェイスは微笑みかえした。「クワイエット・バレーにはね」

あけっぴろげで親しげな、その微笑のせいだった。ふたりとも気づかないうちに、ジェイソンは彼女のすぐそばまで近づいていた。

「きみはどうなんだい？　きみはクリスマスにほしいものをもらってるの？」

「わたしは必要なものはすべて持ってるわ」

「すべて？」彼は両手で彼女の顔を包んだ。「きみこそ、いつも夢を見ていたんじゃなかった？　望みはきっとかなうと信じていたんじゃなかったかい？」

「わたしは大人になったわ。ジェイソン、もう帰る時間よ」

「そんなの信じない。夢を見るのをやめたなんて信じないよ、フェイス。きみと一緒にいるだけで、ぼくだって夢を見はじめてる」

「ジェイソン」彼女は両手で彼の胸を押した。こうしていてもきりがないことはわかっている。自分が終わらせなければ。「いつもほしいものが手に入るとはかぎらないのよ。それは、あなただってわかってるはずだわ。あなたはもうすぐこの町から出ていくのよ。数えきれないほどたくさんのことをしたり、たくさんの場所へ行ったりするんでしょう」

「それがいまこの瞬間になんの関係があるんだい？　いつだっていまが大切なんだよ、フェイス」彼女の髪を撫でるとピンが落ち、豊かな黒髪が彼の手にふわりとかかった。ジェイソンはいつもこの感触、この香りを愛していた。「きみはぼくにとってたったひとりの女性《ひと》なんだ。昔からずっと」

彼に引きよせられ、フェイスは目を閉じた。「あなたは行ってしまうわ。でも、わたしはここにいなきゃならない。昔、あなたが去っていったとき、わたしはただ見ているしかなかった。もしもう一度そういうことになったら、もう耐えられるとは思えないの。それがわからない？」

「わからないよ。わかっているのは、昔よりずっときみをほしいと思っていることだけだ。きみがぼくを受けいれないでいられるとは思えない」しかし彼は、ふたりのためにうしろにさがった。「いつまでもぼくを拒みつづけられるとは思えない。さっききみは、すべてを聞きだす権利なんか、ぼくにはないと言ったね。たぶん、そのとおりだろう。でもひとつだけ、どうしても知りたいことがある」

彼が身を引いたのは猶予だったのだ。わたしに考える時間を与えてくれたってわけね。フェイスは長いため息をついてうなずいた。「いいわ。でも答えたら帰ると約束して」

「約束するよ」ジェイソンはじっとフェイスを見つめた。「きみは彼を愛していたのかい？」

おそれていた質問だった。彼女に嘘はつけなかった。顎を誇り高くあげ、彼をまっすぐに見つめた。

「あなた以外、誰も愛したことはないわ」

彼の目に表れたのは、勝利と、そして怒りの色だった。彼が手をのばしたとき、彼女はそれをさっとはらいのけた。

「帰るって言ったでしょ、ジェイソン。わたし、あなたの言葉を信じたのよ」

言ったとたん、後悔した。ジェイソンの表情がみるみる冷たくなっていく。

「きみは一〇年前にもぼくの言葉を信じるべきだっ

たんだ」そう言い残して、ジェイソンは暖かい仕事部屋から、凍《い》てつくような闇《やみ》のなかへと飛びだしていった。

6

クワイエット・バレーは、クリスマスの熱気にわきかえっていた。金物店の屋根にとりつけられた仮設のラウドスピーカーからは、ひっきりなしにクリスマス・キャロルが流れ、近くの農場から来た元気な若者たちが、ぼろ車でメインストリートを行ったり来たりしている。学校が終わり、クリスマスの期待に興奮しきった子どもたちが町中を走りまわっている。空はすっかり厚い雲でおおわれていたが、まだ雪は降ってこなかった。

ジェイソンは簡易食堂のカウンターの前に座ってコーヒーを飲みながら、町のうわさを聞いていた。ヘネシー家のいちばん上の子どもが水疱瘡《みずぼうそう》にかかって、当分家から出られないだろうという話や、カルロッタの店でクリスマスツリーを半額で売っていること、金物店で大安売りがはじまったことなど。

一〇年前のジェイソンなら、こうした会話を平凡でつまらないと思っただろう。しかしいま彼は満足感に浸ってコーヒーを飲みながら耳を傾けていた。長いあいだ書こうと試みてきた彼の小説に欠けていたのは、おそらくこういうものだったのだろう。彼は世界中を旅したが、いつもあわただしく、せっぱつまったスケジュールで、ゆとりなどなかった。彼の書いたレポートそのままに、命が危険にさらされたこともあった。それは起こってみなければわからないことだ。しかしいま、こうしてコーヒーの香りやベーコンのにおいに包まれた暖かい食堂に座っていると、そうしたことを違った目でふりかえってみることができる。

彼の仕事はたいてい危険を伴うものだった。彼が危険に無頓着《むとんじゃく》だったからだ。と同時に、彼はすでに、自分の大切なものの一部を失っていたからだ。何年もかけて歯がみをするような思いをしながら、少しずつそれをとりもどしてきたことは事実だ。しかしけっして完全にとりもどすことはできなかった。なぜなら、彼はここから、自分の育った場所から出ていってしまったから。いま彼はどうすればそれをとりもどすことができるのか、どうあっても考えねばならなかった。

「きっとこの町の全員になにか売りつけるつもりだぜ」

なにげなく声のほうにふりむいたジェイソンはにっこりした。「ポール！　ポール・タイディングスじゃないか」さしだした手は、大きながっしりした両手につかまれた。

「なんてこった、ジャス、昔のまんまだな。ちっともかわってない」

ジェイソンは幼なじみをつくづくと眺めた。かつて、まんまるの血色のよい顔のまわりでカールしていた豊かな髪は多少薄くなったものの、そのかわりいまはもじゃもじゃの口ひげを生やしている。牛のようながっちりした体格を見こまれて、ラグビーチームではいつも攻撃の先頭に立っていたが、いまそれはますますあつみを加えて、上品な言い方をするなら、いわゆる成功者の体型になっている。

「そうか。そう言うおまえだって昔とかわらずいい男だよ」

ポールは笑い声を轟《とどろ》かせてジェイソンの背中をたたいた。「おまえが帰ってくるなんて、思ってもみなかったよ」

「ぼくもおまえと会えるなんて思わなかったよ。ボストンにいると思ってた」

「そうさ。いくらか金ができたんで、結婚したんだ」

「冗談じゃないだろうな。結婚して何年になるんだ？」

「この春で七年になる。子どもは五人」

ジェイソンは危うくむせかえりそうになった。

「五人？」

「三人と、双子がひと組さ。ともかく六年前に帰省したときに女房を連れてきて、それ以来、毎年ひとりずつ増えてるってわけだ。マンチェスターで宝石店をやってたんで、こっちにも店をひとつ開いたんだ。このことじゃ、おまえに感謝しなきゃならないな」

「ぼくに？　どうして？」

「おまえはいつもおれに、いろんな考えをふきこんだじゃないか。それからおまえは町を出ていった。それでおれも少しばかりあちこち見てこようかと思ったのさ。一年ぐらいボストンの宝石店に勤めて、そこで、はじめて見るようなべっぴんに会ったんだ。

おれはすっかりあがっちまって、彼女のクレジットカードの番号をひかえるのを忘れてしまった。でも彼女はつぎの日、なんにも書いてないレシートを持って店にやってきて、くびになるところだったおれを助けてくれたんだ。それどころか結婚までしてくれたってわけさ。おまえが、見ておくべき場所はいっぱいあるんだっておれに話さなかったら、彼女に会うこともなかったよ」彼の前にコーヒーが運ばれてきた。「フェイスには会ったんだろう？」

「ああ、会ったよ」

「うちのちびどもは、彼女の店のお得意なんだぜ」

彼はにやりと笑ってコーヒーに砂糖をふたつ入れた。

「彼女、あいかわらずきれいだな。タウンホールでダンスしていたあのころと、ちっともかわってない。今度こそ身をかためるつもりかい、ジャス？」

あいまいに笑いながら、彼は冷めたコーヒーを押しやった。「たぶんね」

「家へ寄って家族に会ってくれよ。町の南の石づくりの二階建てだ」

「車のなかから見たよ」

「それじゃあ、今度は素通りしないようにしろよ。有名になってもどってきた男に、ほんとうの友だちはそう何人もいないんだぜ、ジェイソン。そう言えば——」彼はちらりと腕時計に目をやった。「いまごろフェイスは昼休みだな。おれもそろそろもどらなくちゃ」もう一度背中をたたいてから、ポールは彼をカウンターに残して出ていった。

ジェイソンは冷めたコーヒーをすすりながら、ひとりもの思いにふけった。ぼくはこの町を一〇年はなれていた。けっして短い歳月ではない。なのに会う人みんなが、ぼくとフェイスをカップルとして見ている。一〇年の歳月などなかったことにできそうな気さえする。たぶん他人にとってはたやすいことなのだろう。しかし、ぼくとフェイスにとってはそうじゃない。たとえ歳月のことを無視できるにしても、彼女の結婚と子どもをどうやって無視するんだ？

ぼくはまだフェイスを求めている。それはかわらない。ぼくはまだ傷ついている。それもいえてはいない。しかしフェイスはどんな気持ちでいるんだろう？　ゆうべ彼女は、ぼく以外の男を愛したことはないと言った。ぼくをまだ愛しているという意味なのだろうか？　ジェイソンはカウンターに紙幣を置いて立ちあがった。それを確かめるには方法はひとつしかない。彼女に聞くことだ。

〝人形の家〟は子どもたちで満員だった。ジェイソンが店のなかへ入っていくと、歓声と笑い声が壁に反響していた。ヘリウムガスの風船が天井にひしめきあい、床にはクッキーのかけらがこぼれている。仕事部屋へ通じる戸口のところには、背の高いボール紙製のお城が置いてある。つやのある白いカーテンの前にはサンタクロースと緑の服を着た妖精《エルフ》のあやつり人形が立っていて、しゃべりながらおおげさな身ぶりで、ぴかぴか光る金色のソリに色とりどりの箱を積んでいるところだった。エルフは二度も顔を下にしてころび、子どもたちを大笑いさせている。大騒ぎの末にやっとプレゼントを積み終えると、サンタはホーホーホーとかけ声をかけて、ソリに乗った。ベルを鳴らしながらソリは滑りだし、カーテンのあいだに消えていった。

拍手が起こり、あやつり人形たちがずらりとステージに並んでおじぎをした。サンタクロース夫人やふたりのエルフ、そして赤鼻のトナカイもいる。サンタがよく響く声で「メリー・クリスマス！」と叫んだ。そのようすを、ジェイソンはドアにもたれてにやにやした顔つきで見ていた。そのときフェイスがステージの仲間に加わるためにお城のうしろからひょっこり現れた。

ジェイソンの姿を目にしたとたん、急にばかばかしくなったが、それでも押しよせてくる子どもたちに向かって、にっこりおじぎをした。それからベテランの幼稚園の先生のように、子どもたちをパンチとクッキーのほうへ連れていった。

「とてもよかったよ」彼女の耳もとにジェイソンがささやいた。「だけど、残念なことに少ししか見られなかった」

「たいしたことはないわ」そう言って髪をかきあげた。「何年もほとんど同じことをやってるのよ」子どもたちのほうをちらりと見る。「でも子どもたちはそれでいいみたい」

「ぼくもそう思うよ」彼女の手をとって唇にあてた。

「たいしたものだ」

「おばさん」ニンジン色の髪をしたそばかすだらけのまる顔の小さい男の子が、フェイスのスラックスを引っぱった。「サンタはいつ来るの？」

フェイスはしゃがみこんで彼の頭を撫《な》でてやった。

「ねえボビー、サンタは今年すごく忙しいって聞いたわ」

ボビーは不満そうに下唇をつきだした。「でも、いつもは来るよ」

「そうね、きっとなんとかしてプレゼントを持ってきてくれると思うわ」

「でも、ぼくサンタと話したいんだ」

フェイスまで泣きべそをかきそうな顔になった。

「もしサンタがどうしても来られなかったら、わたしにお手紙を書いてちょうだい。かならずサンタに渡すから」

「なにか困ったことでもあるのかい？」立ちあがった彼女に、ジェイソンがささやいた。

「いつもはジェイクがサンタになって、人形のショーのあとでちょっとしたプレゼントを配るのよ。たいしたものじゃないんだけど、子どもたちは楽しみにしているの」

「ジェイクは今年はだめなの？」

「ヘネシーさんのところの男の子から水疱瘡を移されちゃったのよ」

「そうか」彼はもう何年もクリスマスを祝っていなかった……フェイスから去って以来。「ぼくがやるよ」思わず口をついて出た言葉に、自分自身驚いていた。

「あなたが？」

彼女の表情のなにかが、ジェイソンの決意をかためさせた。いままでで最高のサンタになってやる。

「そうだよ、ぼくがやる。衣装はどこだい？」

「裏の小部屋よ。でも……」

言いかけたが、すでに彼の姿はカーテンの向こうに消えていた。

彼がうまくやってのけるとはとても思えなかった。もしかしたら気がかわって、あのまま裏口から出ていってしまったんじゃないかしら。フェイスは不安になってきた。

袋をかついだサンタが表のドアから入ってきたとき、口いっぱいにクッキーを頬ばった子どもたちも含めて、誰よりもいちばん感激したのはフェイスだった。

彼がメリー・クリスマスと言ったとたん、子どもたちがどっとつめかけた。フェイスは呆然《ぼうぜん》とした面持ちで、飛んだりはねたり、サンタにしがみついたりしている子どもたちを見つめていた。

「サンタは椅子がほしいな」ジェイソンの強いまなざしにフェイスははっと息をのんだが、すぐに立ちあがった。急いで裏の部屋に行き、背もたれの高い椅子をとってきて部屋の中央に置く。そして、そのそばのテーブルに、ステッキ形のキャンディが入ったボールを置いた。

「さあ、みんな並んで」フェイスはてきぱきと子どもたちを並ばせた。「順番にね」子どもたちはひとりずつ、ジェイソンの膝にのった。心配する必要などなかったんだわ。でも、適当な応対のしかたを教えておかなければ。いちばん気をつけなければならないのは、うかつな約束をしないこと、失望させないことだ。しかし、三人めの子どもが膝からおりるころには、フェイスは安心しきっていた。ジェイソンはすばらしい。

もちろん彼自身にとってもすばらしい体験だった。彼女を助けるために、おそらく彼女に印象づけようという気持ちもあってやったことだったが、彼はそれ以上のものを得ていた。子どもを膝にのせたのもはじめてだし、彼らに信頼と愛をこめて見あげられるのも、はじめての体験だった。彼は子どもたちの願いや告白や不平を聞いてやった。

抱きつかれたり、べとべとの唇でキスされたり、ひげを引っぱられたりしたが、ジェイソンはこのうえなく幸せな気分だった。子どもたちも幸せな気分で両親や友だちと一緒に店を出ていった。

「たいしたものだったわ」子どもたちがいなくなってしまうと、フェイスはひと息つくためにドアの札を裏がえしにいった。

「ぼくの膝にのりたいかい？」

フェイスは笑いながら彼に近づいた。「ほんとうにすばらしかったわ、ジェイソン。どれだけ感謝してるか、言葉では言えないくらいよ」

「じゃあ態度で示してくれよ」そう言うと、ジェイソンはさっと彼女を膝の上に抱きあげた。彼女は笑って彼の鼻にキスをした。

「わたし、赤い服の男性を見ると夢中になってしまうのよ。クララがいたらよかったのに」

「あの子はどこにいるんだい？」

フェイスは小さくため息をもらして彼にもたれか

かった。「彼女はこういうことをするには年をとりすぎてるって言うのよ。マーシーと買い物にいってるわ」

「九歳で年をとりすぎてるって？」

フェイスはしばらく黙っていたが、やがて肩をすくめた。「子どもってあっという間に大きくなるのよ」その顔に笑みが広がった。「あなたはきょう、たくさんの子どもたちを幸せにしてくれたわ」

「きみも幸せにしたい」ジェイソンは彼女の髪を撫でた。「幸せにできたときもあったね」

「もう一度あのころにもどりたいと考えたことはない？」フェイスは満たされた思いで彼の腕にからだをあずけた。「わたしたちが一〇代のほんの子どもだったころは、なにもかもがとても簡単なことに思えたわ。そしてほんの少し目をつぶっていたら、大人になってしまったのよ。ああ、ジェイソン、わたしをどこかへ連れていってほしかった。お城でも山の頂上でも。わたし、ロマンチックなことばかり考えていたわ」

人形たちに囲まれ、遠くの子どもたちの笑い声を聞きながら、彼はしばらく彼女の髪を撫でていた。

「きみのロマンチックな夢に、ぼくはふさわしくなかったんだね？」

「あなたはしっかり自分の現実を踏まえていたのに、わたしは頭を雲のなかにつっこんでいたのよ」

「いまは？」

「いま、わたしには育てなきゃならない娘がいるわ。ほかの人間の生命《いのち》が自分の責任にかかっていると思うと、ときどき恐ろしくなるの。あなたは……」話がきわどいところに来ているのに気づいて、彼女は口ごもった。「あなたは子どもをほしいと思ったことがある？」

「考えたこともないよ。自分の命に責任を持つことさえ危うい場所へ、行ったことならあるけど」

フェイスはそのことを考えてみたことがあった。悪夢を見たことも。「そういうことはまだあなたをわくわくさせるのね」

ジェイソンは、これまで目にしてきた残酷で悲惨な世界をいくつか思いだしていた。「じつをいうと、ずいぶん前からわくわくしなくなったんだ。それでもやりとげる自信はあるけど」

「きっとあなたはそうなるだろうって、ずっと前から知っていたような気がするわ。ジェイソン――」彼女はからだを起こしてまっすぐに彼の目を見つめた。「帰ってきてくれてうれしいわ」

彼女が頰を寄せてきた。ジェイソンの指に思わず力がこもる。「それを言うなら、ぼくがセイウチみたいに太ってからにしたほうがいいんじゃないのかい」

フェイスは笑って、彼の首に両腕を巻きつけた。

「絶対逃げられる心配がないって感じね」

「そんなものに自分の人生を賭《か》けちゃおしまいだよ」唇を重ねると、彼女が小刻みにふるえているのが伝わってきた。「なにがおかしいんだい？」

笑いをこらえながら彼女は身を引いた。「なんでもないわ。そういえば、赤い帽子と鈴をつけたひげの男にキスされる夢を見たことがあるなって思いだしたものだから。さあ、このひどい部屋を掃除しなくちゃ」

彼女が立ちあがったのを見て、彼もあわてて立ちあがった。「いまにタイミングがぴったり合うときが来るさ」彼女はなにも言わず、床に散らかった色紙のくずを集めている。ジェイソンは袋をとりあげ、なかをのぞいた。「まだひとつ残っているぞ」

「それはルーク・ヘネシーのよ。水疱瘡の」カーペットにくっついた、べとべとのキャンディをとろうと、顔もあげずに言う。

「ルークはどこに住んでるんだい？」

手にキャンディを持ったまま彼女はふりかえった。カールした白いひげにおおわれた顔、上から下までまっ赤な服、おまけに胸から腰までクッションのつめものでふくれあがっている。そんな彼を、こっけいに思う人もいるかもしれない。しかしフェイスには、いままででいちばんすてきに見えた。彼女は近づいていってひげを顎の下まで引っぱりおろし、腕をまわして唇を押しあてた。

彼女のキスは昔と同じように温かかった。希望と素朴なやさしさにあふれている。彼のなかで欲望が芽生えはじめたが、それは甘美な満足感にかわっていった。

「ありがとう」フェイスはもう一度、友情のしるしのキスをした。「ルークの家は〝ニレと野バラの園《エルム・アンド・スイートブライアー》〟の角よ」

ジェイソンは気持ちを落ちつかせるためにひと呼吸おいてから言った。「もどってきたらコーヒーを一杯ごちそうしてくれるかい？」

「いいわ」フェイスはそう言って彼のひげをもとどおりに撫でつけた。「家のほうで待ってるわ」

7

　サンタの格好で町を歩くのは、じつに刺激的なことだった。子どもたちはぞろぞろとついてくるし、大人たちは声をかけたり、手をふったりしている。数えきれないほどのクッキーももらった。しかしいちばんうれしかったのは、ヘネシー家の少年の顔に浮かんだ表情を見たときだった。彼の母親も戸口にサンタクロースが立っているのを見たとたん、目をまんまるにして驚きを隠そうとしなかった。

　ジェイソンはこの状況を楽しみながら、ゆっくり広場を横切った。衣装をかえただけでたやすく別人になれるとは、奇妙なことだ。自分がなんだか、善意にあふれた人間のように思えてくる。もしぼくの仕事仲間がこの姿を見たら、気を失って雪のなかに倒れてしまうかもしれない。ジェイソン・ローは短気でぶっきらぼうで、すぐかっとなるという評判の男なのだ。ぼくは善意にあふれているせいで、ピューリッツァー賞を獲得したわけではない。しかしいまこの瞬間、なぜかこれまで獲得したすべての賞よりも、ポリエステルのひげと安ものの鈴のほうが満足感を与えてくれるような気がしていた。

　彼がホーホーとかけ声をかけながら歩いていると、クララが雑貨店から飛びだしてきた。小柄なブルネットの女の子と一緒にくすくす笑っている。

「あら、あなた――」

　ジェイソンのウインクはききめがあった。クララは言いかけていた言葉をのみこみ、ぎょうぎょうしく手をさしだした。「ご機嫌いかが、サンタさん」

「とてもいい気分だよ、クララ」

「ジェイクじゃないわ」マーシーがクララにささや

いている。彼女は彼に近づいて、ふわふわしたひげのなかの顔をじっと見つめた。

ジェイソンはおもしろがってウインクしてみせた。

「やあ、マーシー」

ブルネットの目がまるくなった。「どうしてわたしの名前を知っているの？」クララにささやく。

クララは口に手をあてて笑いをこらえた。「サンタはなんでも知っているのよ。ね、サンタさん？」

「わしのところには世界中から情報が集まるんでね」

「ほんとはサンタなんかいないのよ」しかしマーシーがいくら大人っぽくふるまおうとしても動揺は隠せなかった。

ジェイソンは身をかがめて、マーシーの帽子についている毛糸の玉をぽんとはじいた。「クワイエット・バレーにはいるんだよ」彼女に言ったものの、それは自分に向けられた言葉だった。マーシーはひげごしにじろじろ見るのをやめ、はにかみながら片手をさしだした。魔法を受けいれたようだ。

これ以上やってぼろを出さないように、彼はふたたび歩きだした。赤い服を着てふくれあがった男が、人目を引かずにドアから滑りこむのは至難の業だった。フェイスの店の裏の小部屋に入ると、サンタの衣装を脱いだが、できればもう一度やりたい気分だった。こんなに楽しい思いをしたのは何年ぶりだろう。この楽しさの一部分はフェイスの瞳のせいだった。彼女にあの目でほんの少しでも見られると、言いようもなく心が温かくなるのだ。そして、もうひとつには、ただ喜んでもらいたいがために、やったからでもあった。なんの目的もなくなにかをしたことなど、あっただろうか？　仕事でもつねにかけ引きがつきまとう。真実を探りだし、それをレポートするためには、同情や哀れみを捨てる必要がある。もし自分のレポートが鋭い切れ味を持っているというなら、要求されるものをとことん追究して書くからだ。そうやって仕事をしていれば、よけいなことを考えないでいられた。しかしここでは、そんなことは不可能だ。

自分はほんとうはどういう男なのだろう？　彼はいま、それさえ定かではなかった。しかし自分をつくりあげるにせよこわすにせよ、それができる女性がひとりいる。クローゼットに衣装をしまって、ジェイソンは彼女に会いにいった。

フェイスは彼が来るのを待っていた。一〇年間彼を待ちつづけていたことを認める心の準備はできていた。彼が町へ行っているあいだに結論を出した。自分の人生を成功させるのよ。たやすくはないけれど、きっと満足できるにちがいない。長い歳月のうちに、ひとりでやっていける自信もついてきた。いまこそ、彼がふたたび去っていったら自分の人生はどうなるのかなどとおそれるのをやめて、さしだされた贈りものを受けいれるときなのよ。彼はいまここにいて、そしてわたしは彼を愛している。

ジェイソンが家に入ってきたとき、彼女はツリーのそばの椅子でからだをまるめ、頬をアームにのせて、彼がそばに来るのを待っていた。「ときどき夜になるとこんなふうにしているの。クララは二階で眠っていて、家は静まりかえっているようなときにね。子どものときと同じようにこまごました小さなことから、とてつもなく大きなことまで、あれこれ考えるわ。ツリーの光がまざりあってとってもきれい。木のにおいをかいでいると、天国にいるみたいよ。こうしているとどこへでも行けるわ」

フェイスを抱き起こすと、からだをあずけてきたのが感じられた。ジェイソンは彼女を膝の上にのせて椅子に座った。「クリスマスのころ、きみのご両親の家でこうして座ったことがあったね。きみのお父さんは不服そうだったけど」

フェイスはからだをすりよせた。自分がよく知っている引きしまった肉体が感じられる。「母が父をキッチンへ引っぱっていって、わたしたちをしばらくふたりきりにしてくれたわね。母はあなたの家にツリーがないことを知っていたのよ」

「ぼくの家にはなにもなかったよ」

「あなたがいまどこに住んでいるのか聞いてなかったわね、ジェイソン。幸せになれる場所は見つかったの？」

「あちこち旅行ばかりしているからね。とりあえずニューヨークに基地がある」

「基地？」

「アパートだよ」

「それじゃ家とは思えないわ」彼女はつぶやいた。

「クリスマスには窓にツリーを飾るの？」

「たまたまアパートにいたときは、一度か二度飾ったことがあるけど」

それを聞いて彼女の胸は痛んだが、なにも言わなかった。「母はいつも、あなたには放浪者の魂が宿ってるんだって言ってたわ。生まれつきそういう人もいるのね」

「ぼくは自分がどんな男なのかを、はっきりさせなきゃならないんだよ、フェイス」

「誰に？」

「自分自身に」彼は彼女の髪に頬をあてた。「それから、きみにさ」

フェイスは松の香りを深々と吸いこんだ。ツリーの明かりがまたたいている。こんなふうに座っていたのは、ずっと昔のことだった。はるか遠い昔。その記憶は現実と同じように生々しく甘美だった。

「わたしはあなたに、なにかはっきりさせてほしいなんて思ったことは一度もないわ、ジェイソン」

「たぶんぼくがそうしなきゃならない理由のひとつはそれなんだ。きみはぼくにはもったいないんだ」

「ばかげてるわ」フェイスはからだを起こそうとしたが、彼にしっかり押さえられていた。

「昔もそうだったし、いまもそうだ」彼もツリーを見つめていた。飾りがライトを受けてきらめいている。「たぶんぼくが町を出なきゃならなかったのは、そのせいなんだ。そして町にもどってきたのも同じ理由だと思う。きみはなにもかもすばらしいんだよ、フェイス。きみと一緒にいるだけで、ぼくのいいところが引きだされてくる。ただぼくのはあんまり多くないけどね」

「あなたは自分に厳しすぎるのよ。そういうのって好きじゃないわ」フェイスはからだを起こし、両手を彼の肩に置いてまっすぐに見つめた。「わたし、あなたに恋をしたわ。それには理由があるの。あなたはそうじゃないふりをしていたけれど、やさしかったからよ。あなたが手に負えない問題児と見られたがっていたのは、そのほうが安心できたからだわ」

彼はにっこりして彼女の頬に指をふれた。「ぼくは問題児だったよ」

「そういうところも好きだったのかもしれないわね。あなたはものごとをただ受けいれることなんかなかった。反発するのをおそれなかったわ」

「反発したおかげで二度も危うく学校を追いだされるところだったよ」

昔の怒りがよみがえってくる。わたし以外、誰も彼を理解しようとしなかったの？　彼の内部でなにが渦巻いていたか、わかる人は誰もいなかったの？

「あなたは誰よりも頭がよかったわ。必要なら、それを証明することだってできたはずよ」

「きみはぼくの弁護ばかりしていたね」

「あなたを信じて、愛していたからよ」

彼女の顔にふれるしぐさは昔のままだった。「いまは？」

言いたいことがありすぎて、どう言えばいいのかわからなかった。「卒業記念ダンスパーティの夜のこと、覚えている？　満月で、空気は甘い夏の香りがしていたわ」

「きみは青いドレスを着ていて、そのせいで瞳がサファイアみたいに見えた。あんまり美しすぎて、さわるのが怖いぐらいだった」

「それでわたしのほうが誘惑したのね」

彼はいかにも楽しそうに笑った。「きみはそんなことしなかったよ」

「したわ。あなたは絶対にわたしを抱いてくれそうになかったんですもの」彼の唇に唇をふれた。「またわたしのほうから誘惑しなくちゃならないの？」

「フェイス――」

「クララは隣のマーシーの家へ夕食に招かれたの。今夜は泊まってくるわ。お願い、わたしとベッドへ行って、ジェイソン」

彼女の声に彼はからだをふるわせた。彼女の手がふれた部分が、まるで炎にあたったように熱い。しかし彼女への欲望を引きとめているのはけっして成長しない彼の愛だった。「ぼくはきみがほしいよ。でもぼくたちはもう子どもじゃないんだ」

「そうよ」フェイスは彼のてのひらに唇をあてた。「わたしはあなたがほしいだけ。わたしたちが一緒に過ごしたあの美しい夜のように。わたしを愛して」彼女は立ちあがりながら手をさしのべた。「つぎの一〇年のために、なにかがほしいのよ」

ふたりは手をつないで階段をのぼった。ジェイソンは彼女が選んだもうひとりの男のこと、もうひとつの生活のことを、考えないでいようと決心した。一〇年の失われた歳月を意識からしめだし、いまさしだされているものを受けいれようと。

冬の夜は早く、もううす暗くなっていた。フェイスは黙ってろうそくに火をともした。部屋は金色に輝き、影が揺らめいた。彼女はにっこり笑って彼のほうをふりかえった。その瞳に女性としての信頼と理解がうかがえる。なにも言わずに近づくと、唇を向けてすべてをさしだした。

彼のシャツのボタンにのびた彼女の指はふるえていなかった。しかし彼の手はふるえていた。その手が肌にふれるのを待ちながら、彼女は歓《よろこ》びの吐息をもらした。ふたりはゆっくりとおたがいの服を脱がせていった。一瞬一瞬をいつくしみ、一挙一動に心をこめて。

はじめてのときと同じようにほっそりとして愛らしく、言葉で言い表せないほど無垢《むく》なフェイスの裸身がジェイソンの目を射た。頭のなかが欲望と疑惑にかっと熱くなるようだ。彼女は昔よりも強くなっている。肉体的にではなく、精神的に。たぶん彼女はかわったのだろう。しかし彼のなかをかけめぐる彼女への欲望は、かつて彼が大人になりかけの少年だったころと同じだった。ふたりはあのときと同じように無我夢中でベッドに倒れこんだ。

ふたりはまるではじめてのときのように、新鮮でがむしゃらだった。違うのは大人になったいま、そのぶん欲望も飢えも激しいことだ。フェイスは彼を引きよせ、抑えつけられていたものを解きはなつように情熱的に愛撫《あいぶ》した。あまりに長いこと待ちすぎて、もう一瞬も待っていられなかった。

しかしジェイソンはその手をつかまえて唇に持っていった。そして彼女の荒い息づかいを唇でふさいだ。

「はじめてのとき、ぼくはどうすればいいのか、ほとんど知らなかったんだ」彼はやさしく彼女の喉に唇を這《は》わせ、うめき声をあげさせた。それから顔をあげて微笑《ほほえ》んだ。「でも、いまはそうじゃない」

これまでふれられたことのない場所に彼の手がのびてきた。めくるめく快感に、フェイスは高みへ高みへとのぼりつめ、そしてとつぜん息苦しく感じられるほど暗い深みへとつき落とされた。なぜ？　どうして？　フェイスは彼に必死にしがみついた。彼にすべてを与えたいのに、そうさせてくれない。やさしくそっと愛撫する彼の指に、全身がわなないている。それを感じとったのか、ジェイソンは彼女のため息を唇で吸いとると、急に激しく容赦なく攻めたてた。だが、ふたたびゆっくりとじらすように愛撫しはじめる。彼女のなかであらゆる感覚が高まり、もうなにも考えられなくなっていた。

そしてふたりはひとつに結ばれた。それはふたりにとってすべてを意味した。時はあともどりしたり、ふたりをがんじがらめにしたりすることなく、いまこの場所でふたりを溶けあわせた。

ジェイソンは彼女をしっかりと抱きしめ、そのままの姿勢でふたりは静かになった。フェイスは目を閉じて完全な安らぎを味わっていた。彼にすべてを捧《ささ》げ、そしていまこの瞬間、無になっていた。しかしジェイソンのほうは、エクスタシーも満足感も、心に浮かびあがってくるいくつかの疑問のせいで、完全に味わうことはできないでいた。彼女はとても温かく、彼女の感情はとても自由だった。彼女はぼくを愛している。それを知るのに言葉はいらなかった。しかし、かつて彼女の本質だと思っていた誠実さは、なくなってしまっている。なぜだ？　知らないままでは、とても安らかな気持ちにはなれない。

「ぼくはどうしても、なぜ一〇年もむだにしてしまったのか知りたいんだ、フェイス」なにも返事が返ってこない。ジェイソンは彼女の顎に指をかけ、こちらを向かせた。揺らめくろうそくの明かりに彼女の目はきらきらと光っていたが、涙は流れ落ちなかった。「いま、どうしても知りたいんだ」

「質問はなしよ、ジェイソン」

「ぼくはもう十分待った。もう待つのはごめんだ」

長いため息をひとつついて彼女は起きあがった。膝を胸に引きつけ、抱きしめる。長い髪が背中に滝のように流れている。彼はそれを手にとらずにはいられなかった。彼女はかつては完全にぼくのものだった。誰もぼくのように彼女にふれたことはなかった。彼女の結婚も、彼女の子どもも受けいれるべきだということはわかっている。しかしまず、なぜ彼女が自分が去ったあとすぐにほかの男のもとへ行ったのか、それを理解する必要があった。

「答えてくれ、フェイス。どんなことでもいい」

「わたしたちは愛しあってたわ、ジェイソン。でもわたしたちはそれぞれ違うものをほしがっていたのよ」彼女はふりむいて彼を見た。「いまでもそうだわ」彼の手をとって頬にあてる。「わたしを一緒に連れていってくれたらよかったのに。そうしたら家も家族も捨てて、けっしてふりかえったりしなかったわ。でも、あなたはひとりで行きたがったのよ」

「ぼくはきみのためになにも持っていなかった。それに――」言いかけた彼を、フェイスは視線でさえぎった。

「あなたはわたしに選ばせてくれなかったわ」

ジェイソンはもう一度彼女に手をふれた。「いまきみに選んでくれと言ったら？」

フェイスは目を閉じて、額を彼の額にくっつけた。「いまのわたしには子どもがいるわ。彼女から家庭を奪うことはできないもの。自分のことをいちばんに考えることはできないのよ」額をはなして彼の顔をのぞきこむ。「あなたの望みもいちばんに考えることはできないわ。以前はなぜか、あなたがほんとうに行ってしまうことなんてないと思いこんでいたけど、いまはわかってる。だからいまのわたしたちのままでいいのよ。せめてこのクリスマスは、おたがいを与えあいましょう、お願いよ」

彼女は唇で彼の唇をふさぎ、質問を封じこめた。

8

クリスマス・イブは魔法だわ。フェイスはいつもそう信じていた。目が覚めて、かたわらにジェイソンがいるのに気づいたとき、それは魔法以上にすばらしいことに思えた。彼女はしばらくそのまま、眠っている彼を眺めていた。こんなことを、少女のころも大人になってからも、夢見たことがあった。でも、いまは夢見る必要はない。彼は自分の隣にいる。温かく、静かに。外は雪が降っている。フェイスは彼を起こさないようそっとベッドからぬけだした。

目が覚めたとき、ジェイソンは彼女のにおいをかいだ――彼女の髪の春の香りが枕《まくら》に残っている。からだのすみずみまで彼女の香りをしみこませたくて、しばらくそのままでいた。満ち足りた気持ちで仰向けになると、ゆうべは暗くてよくわからなかった部屋のなかを見まわした。

アイボリーの壁紙に小さなすみれの模様が見える。窓辺には派手な花をつけたプリシラが置いてある。さまざまな色の瓶や箱がのせてあるアンティークの紫檀《したん》の机もある。化粧台には古風な銀の柄のブラシやくしが置いてある。外の雪を眺めていると、ベッドの横のスタンドからポプリのにおいが漂ってきた。いかにも彼女らしい部屋だ。魅力的で新鮮で、とても女らしい。椅子の背にストッキングが引っかけてあろうと、男物のシャツと女物のブラウスが床に落ちていようと、男が心からくつろげる部屋だ。彼は二度と彼女をはなすまいと思った。

階段を半分ほどおりると、コーヒーの香りがしてきた。ステレオからクリスマス音楽が流れ、ベーコンを焼くにおいがする。キッチンに入っていって自分の女が自分のために料理しているのを見るのが、これほどいい気分のものだとは知らなかった。

「起きたのね」フェイスは鮮やかなフランネルのローブ姿だった。腹のあたりで欲望がうずきはじめる感覚があった。

「においでわかったよ」彼女のそばに近づいた。「コーヒーが入ってるわ」

「目が覚めたとたん、きみのにおいがした」

フェイスは彼の肩に頭をあずけた。ずっと前にこんなふうになっていたかもしれない、などと考えるのはよそう。「まだ何時間でも眠れそうな顔をしてるわよ。でも起きてきてくれてよかった。ベーコンが冷めてしまうもの」

「きみこそもう少しベッドにいてくれれば、ぼくたち――」

「ママ、ママ！　雪よ！」クララが裏口から飛びこんできて、キッチン中を踊りまわった。「今夜、干し草の荷馬車に乗ってキャロルを歌うのよ。きっと一面に雪が積もるわ」ジェイソンの前で立ちどまってにっこりした。「ハイ」

「やあ」

「ママと一緒に雪だるまをつくるのよ。クリスマスにつくる雪だるまは最高なんだって。あなたも手伝ってもいいわよ」

ジェイソンが朝の食卓にいるのを見たら、クララがどんな反応を示すか、それだけが気がかりだったのに。フェイスは頭をふりつつ卵を割りはじめた。いったん好きになった人なら誰でも喜んで受けいれる彼女の性格は、母親譲りのものだった。「朝ごはんを食べてからよ」

クララは襟につけたプラスチックのサンタをいじっている。ひもを引くと鼻の明かりがつくようになっているこのサンタは、彼女のお気にいりだ。「マーシーの家でコーンフレークを食べたわ」

「マーシーのお母さんにお礼を言ってきた？」

「うん」クララは一瞬口ごもった。「言ったと思うわ。それでね、わたしたちこれから雪だるまをふたつつくって、結婚式をするつもりなの。マーシーがどうしてもしたがるのよ」ジェイソンに向かって肩をすくめてみせる。

「クララは戦争ごっこのほうが好きなんじゃないのかい？」

「それはあとでやるつもり。その前にホットチョコレートを飲むの」彼女はクッキーのつぼのほうを見てチャンスをうかがった。

「いまつくるわ。クッキーは雪だるまのあとよ」フェイスはふりむきもせずに言う。「コートはドアの横にかけてね」

クララはコートを脱ぎ、ジェイソンに話しかけた。

「もうアフリカにはもどらないの？　クリスマスのアフリカはあんまりおもしろそうじゃないわね。マーシーのお母さんが言ってたけど、あなたはきっと、もっときれいなところへ行くつもりだろうって」

「たぶん二、三週間のうちに香港《ホンコン》へ行くよ」彼はフェイスのほうをちらりと見た。彼女はふりかえらなかった。「だけどクリスマスのあいだはこのあたりにいるよ」

「あなたの泊まっている部屋にツリーはあるの？」

「いや」

クララは目をまるくした。「それじゃ、プレゼントはどこに置くの？　ツリーがないなんてクリスマスじゃないわ。ねえ、ママ？」

フェイスは、ツリーもないジェイソンの少年時代を思いだしていた。彼はむきになって平気なふりをしていたものだ。「ツリーは、人々にクリスマスだってことを知らせる役目をしているだけよ」

クララは腑《ふ》に落ちない顔をして椅子にどすんと座った。「そうかしら」

「きみのママも、昔同じことをぼくに言ったんだよ」ジェイソンはクララに話しかけた。「ともかく、ぼくが部屋の床に松の葉を散らかすのをビーントゥリーさんが喜ぶとは思えないからね」

「うちにはツリーがあるわ。だからあなたもうちでお祝いをしたらいいのよ」クララが宣言した。「ママがこんなに大きい七面鳥を焼くし、おばあちゃんもおじいちゃんも来るわ。おばあちゃんはパイを持ってきてくれるの。気持ち悪くなるくらい食べてもいいのよ」

「すてきだね」おもしろがって彼はフェイスのほうを見た。彼女は素知らぬふりをして卵を皿にのせている。「きみのおばあちゃんたちとは二回ほどクリスマスディナーを一緒に食べたことがあるんだよ」

「ほんと？」クララは興味をそそられたようにじっと彼を見つめた。「あなたがママのボーイフレンドだったたって、どこかで聞いたような気がするわ。どうして結婚しなかったの？」

「ホットチョコレートができたわよ、クララ」フェイスは娘の前にマグを置いた。「急いだほうがいいわ、マーシーが待ってるわよ」

「ママも来るでしょう？」

「あとでね」娘の関心がほかにそれたことにほっとしながら、ベーコンと卵の皿をテーブルに並べた。ジェイソンがおもしろがって見ているのを無視して、席につく。

「ニンジンとマフラーがいるわ」

「ママがあとから持っていくわ」

クララはにっこりしてチョコレートを飲みほした。

「帽子もよ」

「わかったわ」

キッチンの窓に雪の玉があたり、クララはぱっと立ちあがった。「マーシーだわ。いってきます。すぐ来てよ、ママ。ママがいちばん上手なんだもの」

「服を着がえたらすぐ行くわ。いちばん上のボタンをかけなさい」

裏口のところでクララがふりかえった。「わたし、自分のお部屋に小さいプラスチックのツリーを持ってるの。もしほしかったら、あなたにあげてもいいわ」

ジェイソンは胸をつかれた。母親そっくりだ、と彼は思った。恋に落ちるのはこれで二度めだ。「ありがとう」

「どういたしまして。バーイ」

「とても素直な子だね」彼女が出ていってしまうと、ジェイソンはフェイスに向きなおった。

「そういうあの子が好きよ」

「雪だるまを手伝ってこよう」

「あなたはそんなことしなくてもいいのよ、ジェイソン」

「やりたいんだ。それからちょっと用事もあるし」

彼は腕時計を見た。久しぶりに迎えたクリスマス・イブだ。男が二度めのチャンスを与えられたというのに、ぐずぐずしている暇はない。「今夜の招待、受けてもいいのかな？」

フェイスは皿のものをつつきながらにっこりした。「昔は招待なんかしなくたって来たでしょう」

「料理はしなくていいよ。ぼくがなにか持ってくるから」

「いいのよ、わたし――」

「料理はしないでくれ」彼はさっと立ちあがると、身をかがめてキスをした。そして唇をくっつけたまつぶやいた。「もどってくるからね」

彼が行ってしまってから、フェイスは粉々にしてしまっていた手のなかのトーストに気づいた。香港。少なくとも今回は行き先だけはわかっている。

ジェイソンは家の横手の庭を苦労して歩いていった。ずらりと並んだ雪だるまがそれを見ている。両手にいくつも箱をかかえ、バランスをとりながら、ブーツの爪先で裏口のドアをノックした。雪はいっこうにやむ気配もない。

「ジェイソン……」戸口に立ったフェイスはそれ以上言葉が続かなかった。うしろにさがって、よろよろと入ってくる彼を呆然《ぼうぜん》と見つめる。

「クララはどこだい？」

「クララ？」まじまじと彼を見つめたまま、彼女は髪をかきあげた。「二階で干し草の荷馬車に乗る準備をしているわ」

「よかった。いちばん上のピザの箱をとってくれないか？」

「ジェイソン、これはいったいどういうこと？」

「ピザを床の上にぶちまけたくなかったら、お願いだからいちばん上の箱をとってくれ」

「いいわ。でも……」彼の腕に積まれたいくつもの箱が揺れているのを見て笑いだした。「ジェイソン、いったいなにをしたの？」

「ちょっと待って。これを置いてくるから」

フェイスはピザを手に持ったまま、箱を居間へ運ぶ彼を見ていた。「ジェイソン、それはなんなの？」

「プレゼントさ」彼はツリーの下にそれを並べはじめた。ツリーの横の壁にもいくつかもたせかける。それから満面に笑みをたたえてふりかえった。これまでの人生で、これ以上いい気分だったことはなかったような気がする。「メリー・クリスマス」

「あなたにも。ジェイソン、その箱はなんなの？」

「くそっ、外はかなり冷えこんでたよ」いまになって手をこすりあわせたが、冷たい風のことなど気づいてもいなかった。「コーヒーをもらえないか？」

「ジェイソン」

「クララのだよ」彼は少々ばかげていると感じながらも、うれしくてたまらなかった。

「あの子にプレゼントなんて買うことなかったの

に」そう言ったものの、わきあがる好奇心を抑えられなかった。「それはなんなの？」

「これ？」ジェイソンは背丈ほどもある箱をたたいた。「ああ、なんでもないさ」

「教えてくれないとコーヒーは飲めないわよ」彼女はにやっとした。「ピザを持ってるのもわたしなんだけど」

「意地が悪いな。これは平底ゾリ《トボガン》だよ」フェイスの腕をとって部屋を出た。「雪だるまを一緒につくってるとき、クララから聞いたんだ。誰かがトボガンを持ってて、レッドヒルを弾丸みたいに滑りおりるって」

「弾丸ね」熱のこもらない口調でつぶやく。

「こういう雪だと、レッドヒルを弾丸みたいに滑りおりるのにまさに最適さ。だから――」

「あなた、いいカモにされてるんだわ」フェイスはこらしめのために彼に強烈なキスをした。

「ピザを置いて、もう一度ぼくをこらしめてくれないかな？」

彼女は笑ってピザの箱を盾にした。

「わあっ！」

リビングからクララの声が聞こえてきた。

「あの子、箱を見つけたんだわ」

「ねえ、見た、見た？」クララが勢いよくキッチンに飛びこんできた。「もうひとつ増えると思ってたのよ。ほんとよ。あなたぐらい背の高い箱なのよ」ジェイソンに向かって言う。「ねえ」彼の手をつかんで引っぱっていった。「わたしの名前が書いてあるの」

「なんだろうね」ジェイソンは彼女を抱きあげて両方の頬にキスした。「メリー・クリスマス」

「待てないわ」クララは彼の首に両腕をまわしてぎゅっと抱きしめた。「早く見たくてたまらない」

ふたりを見つめながら、フェイスのなかで複雑な感情がせめぎあっていた。どうすればいいのだろう？　どうすることができるだろう？　こちらへもどってくるジェイソンとクララの顔に、ツリーの明かりがちらちらと躍っている。

「フェイス？」彼にはなにも言わなくてもわかってしまうのね。「どうかしたの？」

彼女は箱をきつくつかんでいた。「なんでもないわ。ピザが冷えないうちにお皿に出そうと思って」

「ピザ？」クララの顔がぱっと輝いた。彼女はジェイソンの腕のなかから飛びおりた。「ふたきれ食べてもいいでしょ？　クリスマスなんだもの」

「このいたずらっこ」フェイスはやさしくしかりながら、娘のもつれた髪を撫《な》でつけてやった。「テーブルを用意して」

「どうしたんだ、フェイス？」ジェイソンが、娘に続いてキッチンへ行こうとする彼女の腕をつかんで引きとめた。「なにかあったのかい？」

「なにもないわ」自分を抑えなければ。これまで長いあいだ、すべてうまくやってきたんだもの。「あなたに圧倒されているのよ」にっこりしてみせ、彼の顔にさわった。「前にもこんなことはあったわ。さあ、食べましょう」

たぶん考えごとにふけりたいんだろう。ジェイソンはそれ以上なにも言わず、彼女のあとからキッチンに入った。クララはすでにピザの箱のなかをのぞきこんでいる。こんなにも素直に喜びを表現する子どもがいるだろうか。それにしても、誰かがそばにいるだけで、クリスマス・イブがこれほど特別のものになるとは、思いもよらないことだった。

クララはあっという間にふたきれ食べてしまった。「今夜ひとつだけプレゼントをあけたら、あしたの朝それほど忙しくなくなると思うんだけど」

フェイスは考えこむふりをして結論を出した。「忙しいのは好きよ」きっと毎年交わされる会話なのだろうとジェイソンは想像した。

「今夜ひとつだけプレゼントをあければ、よく眠れると思わない？　そうしたらママは靴下に贈りものをこっそりつめにくるのを、長いこと待たないですむわ」

「そうねえ」フェイスは空になった皿を押しやって、ジェイソンが買ってきたワインを楽しんでいる。

「わたしは夜中にこそこそするの、大好きよ」

「もし今夜――」

「あきらめなさい」

「わたし――」

「だめよ」

「でもクリスマスまでにはまだ何時間もあるのよ」

「それは残念ね」フェイスは娘に微笑《ほほえ》みかけた。

「キャロルを歌いにいくまで、あと一〇分しかないんでしょ？　コートを着たほうがいいわ」

クララはブーツをとりにいった。「わたしが帰ってくるころには、きっとママはあしたの朝まで待つほど重要じゃないプレゼントを、ひとつぐらい見つけているんでしょ？」

「どのプレゼントもすごく重要なのよ」フェイスは立ちあがって娘にコートを着せかけた。「イースターデー夫妻の言うことをよく聞いて、みんなとはぐれないようにするのよ。ミトンはいつもはめてなさい。それから帽子をなくさないように。わかった？」

「ママ」クララはため息まじりに言った。コートのポケットに深く両手をつっこんでいる。「わたしのこと、赤ちゃん扱いするのね」

「あなたはわたしの赤ちゃんよ」フェイスは彼女に音をたててキスした。

「わたしは二月になったら一〇歳よ。二月なんてあしたみたいなもんだわ」

「二月になってもあなたはわたしの赤ちゃんよ。さあ、楽しんでらっしゃい」

クララはひどい誤解をじっと我慢して、ため息をついた。「オーケイ」「オーケイ」フェイスもまねして言う。「みんなによろしく」

クララは母親のうしろをのぞきこんだ。「わたしがもどってくるまでここにいる？」

「ああ」

彼女は満足したように微笑んで、ドアをあけた。

「バーイ」

「まったく手に負えないんだから」テーブルの皿を重ねながらつぶやく。

「彼女はたいしたもんだよ」ジェイソンは立ちあがって、テーブルの上に散らかったくずを集めはじめた。「年齢のわりに小柄だね。もうすぐ一〇歳になるなんて知らなかった。ぼくは――」そこでふと口をつぐんだ。「二月に一〇歳になるのか」

「ええ、わたしだって信じられないくらいよ。ときどき、きのうのことのように思ったり、かと思うと……」彼女はふいに言葉を切り、最後まで言わずに黙りこんだ。慎重な手つきで流しに水を張り、洗剤を溶かす。「すぐにすませてしまうから、リビングでワインを飲んでて」

「二月か」ジェイソンの手がフェイスの腕をとらえた。彼女の顔から血の気がすっかり失《う》せている。彼の手に力がこもり、あざができそうなほどだったが、ふたりともそれに気づいていなかった。「二月で一〇歳……。ぼくたちがベッドをともにしたのは六月だった。ああ、あの夜は何度抱きあったことか。それ以来ぼくはきみにふれていない。それから数週間してぼくが町を出るまで、ふたりっきりになるチャンスはなかった。きみがトムと結婚したのは九月だったな？」

フェイスの喉はからからだった。つばをのみこむことさえできず、ただ彼の顔を見つめるばかりだ。

「あの子はぼくの子だ」低いかすれた声が、部屋中に響いた。「クララはぼくの子だ」

彼女はなにか言おうとしたが、なにも言えなかった。唇をふるわせ、涙を浮かべてうなずいた。

「なんてことだ！」ジェイソンは彼女の両腕をつかみ、そのままカウンターのところまで押しやった。認めたくはなかったが、彼の目に浮かんだ激怒の色に、彼女はすっかりおびえきっていた。「どうしてこんなことができたんだ！　あの子はぼくたちの子なんだぞ。それを黙ってたなんて。きみはほかの男と結婚してあの子を産んだんだ。彼にも嘘《うそ》をついたのか？　居心地のいい家とレースのカーテンを手に入れるために、彼に自分の子だと思わせたのか？」

「ジェイソン、お願いだから――」

「ぼくには権利があったんだ」彼は激情にかられて手ひどいことをしないうちに、フェイスをつきはなした。「ぼくはあの子に対して権利があったんだ――一〇年間。きみはそれをぼくから奪った」

「違うわ！　そうじゃないの。ジェイソン、お願い、聞いて！」

「ひどい女だ」静かな声だった。しかしその口調にはぞっとするような響きが感じられた。彼が大声でどなるなら対抗することはできる。理性的に反論することもできる。しかし静かな怒りには手の出しようがない。

「お願いだから説明させて」

「どう説明できるというんだい？　きみにはなにも言えないはずだ」彼は壁のコートを荒々しくひったくって出ていってしまった。

「あんたはどうしようもないばかだね。ジェイソン・ロー」キッチンのロッキングチェアを揺らしながらマーチャント夫人が顔をしかめた。

「フェイスはぼくに嘘をついてたんだ。もう何年も嘘をつきつづけてきたんだ」

「くだらないね」彼女は窓のそばに置いてあるツリーの飾りをもてあそんでいる。リビングからくるみ割り人形の陽気なメロディが聞こえてくる。「彼女はするべきことをしたんだよ、それ以上でも以下でもないさ」

彼は部屋のなかを歩きまわった。なぜクランシイのバーへ行かずにここへ来たのか、自分でもわからない。一時間近く雪のなかを歩きまわって、気がついたら、夫人の家の玄関の前に立っていた。

「知ってたんでしょう？　ぼくがクララの父親だってことを」

「わたしなりにわかってたよ」ロッキングチェアが揺れるたびにやさしくきしむ。「あの子にはあんたの面影があるよ」

それは彼に奇妙な驚きを感じさせた。どうすればいいのかわからないような気分だ。「あの子はフェイスにそっくりだよ」

「一見そうだけどね。でも、眉も口もあんただよ。あの子の気性ときたら、あんたそのものだ。ジェイソン、もし一〇年前に自分が父親になることを知っていたら、あんたはどうしただろうね？」

「ぼくは帰ってたよ」彼はふりかえって髪をかきあげた。「きっとパニック状態になったにちがいないけど」静かに言う。「でも帰ってた」

「わたしもそう思ってたよ。だけど……そうだね、これはフェイスから聞いたほうがいい。もどって聞くのがいちばんさ」

「そんな理由なんか、どうでもいいんだ」

「悲壮ぶるなんていやだね」彼女はつぶやいた。

彼は激しく言いかえそうとしたが、思いとどまってため息をついた。「きついな。そう言われるとつらいよ」

「それがあんたの人生なんだからしかたないね」彼女は容赦なく言った。「またあのふたりを失いたいのかい？」

「いやだ、絶対にいやだ。でも、どれだけ許せるか自信もないし」

老婦人は眉をあげた。「それでいい。フェイスにもその調子で話すんだよ」

そのとき、キッチンのドアが荒々しく開いた。戸口に立っていたのはフェイスだった。全身雪だらけになり、顔中涙でくしゃくしゃになっている。ぬれた足もかまわず、彼女はジェイソンのそばにかけよった。「クララが……」言いかけた唇が引きつった。

彼女の腕を握ると、ふるえが伝わってきた。彼女の恐怖が彼に移った。「どうしたんだ？」

「いなくなったの」

9

「みんなが見つけてくれるよ」ジェイソンはフェイスの腕を支えながら雪のなかを彼女の車まで歩いた。「もう見つかってるかもしれないし」

「クララとマーシーが、農家の裏の厩《うまや》へ入っていくのを見たって教えてくれた子がいたの。でも、みんなが行ってみたときにはいなかったの。そのときにはもう暗くなってたのよ」フェイスはふるえる手で鍵《かぎ》を探った。

「ぼくが運転する」

彼女は素直に助手席にまわった。「ローナとビルが保安官に電話してくれたの。町の人たちの半数がふたりを探してくれてるわ。でもこんなに雪が降ってるし、あの子たちはまだ小さいのよ。ああ、ジェイソン――」

彼は両手でしっかり彼女の顔を包んだ。「きっと見つかるよ」

「ええ」彼女は手の甲で涙をぬぐった。「急いで」

だが、時速五〇キロ以上のスピードを出す危険は冒せなかった。雪の積もった道をのろのろと走りながら、なにか見えないかと目をこらした。丘も野原もまっ白な雪におおわれてひっそりと静まりかえっている。その美しい景色も、いまは無慈悲なものに見えた。しかし恐怖に押しつぶされそうになりながらも、どうにか涙はこらえることができた。

町の外へ一五キロほど行くと、とつぜん、真昼のように明るい光景が待ち受けていた。道には車が何台も行きかい、男も女も雪を踏みわけて叫んでいる。ジェイソンが車をとめたとたん、フェイスは飛びだしていって、保安官のそばにかけよった。

「まだ見つからないんだよ、フェイス。でも必ず見つけるから。そんなに遠くへは行ってないはずだ」

「納屋やほかの建物のなかは？」

保安官はジェイソンに向かってうなずいた。「すみからすみまで探したよ」

「反対の方角はどうなんだ？」

「そっちにも人をやった」

「ぼくたちも行こう」

降りしきる雪に視界をさえぎられながら、ほかの車のあいだを縫って進んだ。車のスピードをさらに落として彼は祈りはじめた。以前ロッキー山中で捜索隊に加わったことがある。風と雪が短時間でどんな現象をもたらしうるか、いまだに忘れられない体験だった。

「あの子にもう一枚セーターを着せておけばよかった」フェイスは膝の上で両手を握りしめながら、窓の外に目をこらしている。あわてていたので手袋も忘れていたが、手の感覚がなくなっていることにも気づかなかった。「あの子、出かけるときにうるさくされるのが大嫌いだから、楽しい日をだいなしにしないよう、なにも言わないでおいたの。クリスマスはクララにとって特別な日なんですもの。あの子、とても興奮してたわ」恐怖が波のように押しよせてきて、声がふるえた。「セーターを着せておけばよかった。あの子……とめて!」

急ブレーキに車は横すべりした。彼は必死でハンドルをあやつった。

フェイスはドアをあけてころがるように外へ出た。

「あそこよ、見て!」

「あれは犬だよ」誰もいない野原に向かってかけだそうとする彼女を、腕をつかんで引きもどす。「犬だよ、フェイス」

「ああ」フェイスは自制心を失って彼にもたれかかった。「あの子はまだ小さいのよ。どこに行けるっていうの? ああ、ジェイソン、あの子はどこ? わたしがついていけばよかったんだわ。もし一緒にいたら、こんなことには――」

「やめろ!」

「寒いでしょうね。きっと怖がってるわ」

「そしてきみに来てもらいたがってるよ」両方の肩に手をかけ、激しく揺さぶった。「あの子にはきみが必要なんだ」

フェイスは手を口に押しつけ、必死で自制しようとした。「そうよね。ええ、わたしはだいじょうぶ。行きましょう。もう少し行ってみましょう」

「きみは車のなかで待ってろ。ぼくが探してくるから」

「わたしも行くわ」

「ぼくひとりのほうが早いんだ。すぐもどってくるよ」彼女を車にせきたてたとき、赤いものがちらりと動くのをとらえた。「あっちだ!」

フェイスの腕をつかみ、降りしきる雪に目をこらした。野原の向こうに確かになにかが見える。

「クララだわ」フェイスは腕をふりほどいた。「あの子の赤いコートよ」雪をはねあげてかけだす。降りしきる雪と涙のせいで、ほとんどなにも見えない。

彼女はあらんかぎりの声をふりしぼって叫んだ。大きく広げた両腕のなかに、ふたりの少女が飛びこんできた。「ああ、クララ、ほんとうに心配したわ。さあ、ふたりとも寒かったでしょ。車に入りましょう。もうだいじょうぶよ」

「わたしのママ、怒ってる?」マーシーがふるえながらフェイスの肩に顔を押しあてて泣いた。

「いいえ、いいえ、心配しているだけよ。みんなそうよ」

「さあ、行こう」ジェイソンがクララを抱きあげた。そしてほんの一瞬、娘に頬ずりして幸せをかみしめた。フェイスはマーシーを抱きあげている。「だいじょうぶかい?」

フェイスはまだ泣いている少女をしっかりと抱いて微笑《ほほえ》んだ。「軽いもんよ」

「それじゃ家に帰ろう」

「迷子になるなんて思わなかったの」クララの涙がジェイソンの襟をぬらした。「馬を見にいって、その辺を歩いてたの。そうしたら、誰もいなくなっちゃったの。でもわたし、怖くなかった」彼女はしゃくりあげながら彼に顔を押しつけた。「マーシーは怖がったけど」

ぼくの子ども。ぼくの子どもなんだ。クララを抱く腕に力をこめながら、彼もまた視界がぼやけるのを感じていた。「ふたりとも、もうだいじょうぶだよ」

「ママが泣いてたわ」

「彼女もだいじょうぶ」ジェイソンは車のところで立ちどまった。「フェイス、ふたりを膝にのせられるかい？　そのほうが温かいと思うんだけど」

「できるわ」フェイスがマーシーを抱いて乗りこむと、ジェイソンがクララを渡した。クララの頭ごしにふたりの視線がからみあった。

「雪のせいでおうちの明かりが見つけられなかったの」母親の膝の上でクララがつぶやいた。「それから道がわからなくなっちゃって。すごく寒かったわ。でも帽子はなくさなかったわよ」

「わかってるわ、ベイビー。さあぬれたミトンをとりなさい。あなたもよ、マーシー。ヒーターを強にしてるから、あなたたち、あっという間にゆだっちゃうかもよ」彼女は泣きだしそうになるのをこらえて、ふたりの冷たい顔中にキスを浴びせた。「どんなクリスマス・キャロルを歌ったの？」

「〝ジングル・ベル〟よ」マーシーがすすりあげながら言う。

「ああ、わたしの大好きな歌だわ」

「それから〝もろびとこぞりて〟も」クララが言った。ヒーターの温かい空気が彼女の手や顔を包んでいる。「ママはそっちのほうが好きでしょ？」

「そうよ。でも忘れちゃったわ。はじめの出だしはどうだっけ、マーシー？」彼女はクララに微笑みかけてぎゅっと抱きよせた。

涙まじりの、ふるえがちなか細い声で、マーシーが歌いだした。ワンコーラスが終わりかけたとき、捜索隊が見えてきた。

「パパだわ！」マーシーはフェイスの膝から身をのりだすようにして手をふった。「怒ってないみたい」

半分笑いながら、フェイスは彼女の頭のてっぺんにキスした。「メリー・クリスマス、おばさん。またあした、クララ」ドアが開き、マーシーは父親の腕に抱きあげられた。

「なんて夜でしょう」目をしばたたきながらフェイスがつぶやいた。ゆっくりと進んでいく車に、みんな手をふったり歓声をあげたりしている。

「クリスマス・イブよ、ママ」クララが言った。ふたたび安全で温かい世界がもどってきた。「ねえ、やっぱり今夜、あの大きいプレゼントをあけたほうがいいかもしれないわよ」

「だめだめ」ジェイソンが彼女の髪を引っぱった。

フェイスはクララをきつく抱きしめた。

「泣かないで、ママ」

「すぐ泣きやむから、泣かせて」フェイスが言ったとおり、家に着いたときには涙はすっかり乾いていた。

疲れきってうとうとしだしたクララを、ジェイソンが抱いて家に入った。

「わたしが二階へ連れていくわ」

「一緒に行こう」

ふたりはクララのブーツやソックスやセーターを脱がせ、温かいフランネルでくるんでやった。

クララはほとんどまぶたがくっつきそうになりながらも、必死で抵抗しようとする。「クリスマス・イブなのよ、絶対夜ふかしするんだから」

「どれだけ夜ふかししてもいいわよ」フェイスは彼女の頬にそっとキスした。

「朝食にクッキーを食べてもいい？」

「半ダース食べたっていいわ」

それを聞いて、クララはようやく眠りに落ちた。その肩にフェイスは毛布をかけてやった。

「怖かったわ……」娘の頬にそっと手をふれる。「こんなふうに安らかに眠っているこの子の姿を、二度と見ることはできないと思ったわ。ジェイソン、あなたがいてくれて、どれだけ感謝してるかわからないくらいよ。もしわたしだけだったら――」

「下へ行ったほうがいいな、フェイス」

その口調に、彼女は唇を引きしめた。覚悟はできている。どれほど責められ、ひどい言葉を浴びせられようと、耐えぬくつもりだ。

「なにか飲みたいわ」階段をおりながらフェイスは言った。「ブランディはどう？　暖炉の火も消えてるみたいだし」

「ぼくが火をおこすから、きみはブランディをとってきてくれ」

「いいわ」キッチンの棚からブランディとグラスをとりだす。もどってみると、ちょうど火がついたところだった。

彼は立ちあがってブランディをグラスについだ。

「腰をおろしたら？」

「そんな気分じゃないわ」ぴりぴりする神経を落ちつかせるのに、ブランディでも足りないぐらいだ。

「あなたの話がなんだろうと、あなたははっきり言うべきよ、ジェイソン」

10

フェイスが背筋をのばし、目に厳しい表情をたたえてぼくを見つめている。ああ、できることなら、近づいていって思いきり抱きしめたい。ひと晩のうちに自分に子どもがいたことを知り、そして危うく失うところだったのだ。それにくらべたらなんでもないことじゃないか？　しかしうつろな部分は確かにあった。それをはっきりさせなくては、どうしようもない。どうしても答えがほしい。許す前には理解することが必要だし、理解する前には説明が必要だ。しかしどこからはじめたらいいのか？

彼はツリーのところへ歩いていった。ツリーのてっぺんには星がついていて、ほかのさまざまな色のなかで、ひときわ美しい銀色の光をはなっている。

「なにを言いたいのか、自分でも確かじゃないんだ。自分にかなり大きくなった娘がいたことをとつぜん知らされるなんて、そうあることじゃないからね。娘が歩きはじめたところを見たり、片言をしゃべりはじめるのを聞いたり、そういうチャンスを略奪されてたんだって気がするよ、フェイス。きみがどうしようと、なにを言おうと、そういうチャンスをぼくに返すことはできないんだからね」

「そうね」

彼はウエストの高さにブランディを持ったまま、フェイスをふりかえった。彼女は青ざめてはいたが、冷静だった。彼女のなかでどんな感情が渦巻いているのかわからないが、みごとに抑えている。そう、ぼくがこの町に置き去りにしたころのフェイスとは、確かに違っている。こんなふうに自分を抑えることは、少女にはむりだ。


「それに対する弁解はないのかい、フェイス？」

「弁解はあったわ。でも、今夜あの子を失うかもしれないと思ったとき……」語尾がふるえ、彼女は頭をふった。「弁解はしないわ、ジェイソン」

「あの子はトムが父親だったと思っている」

「違うわ！」その目は冷静さを失っていた。強い光をたたえている。「父親があの子を捨てて出ていき、手紙もよこさないなんて、わたしがあの子に言えると思うの？　彼女が知っていることは根本的には真実よ。あの子には嘘《うそ》をついていないつもりよ」

「真実って、どういうことだい」

フェイスは気持ちを落ちつけようと大きく息を吸った。顔はまだ青ざめていたが、その声は冷静さをとりもどしていた。「わたしは彼女の父親を愛していたし、彼のほうもわたしを愛していたけど、子どものことを知る前に遠くへ行かなきゃならなくなって、もどってこられなくなったって言ってあるの」

「もどってこられたんだ」

フェイスの目に浮かんだものは、顔をそむけたせいで見えなかった。「そのことも彼女に言ったわ」

「なぜだ？」怒りが頭をもたげたが、ぐっとこらえた。「ぼくが知りたいのは、なぜきみがあんなことをしたのかということだ。ぼくは長い歳月を失ってしまったんだぞ」

「あなたが？」悲しみは抑えられても、こみあげてくる怒りはとめられなかった。長いあいだ抑えつけ、彼女のなかでふつふつとたぎっていた感情がどっとあふれだした。「あなたが失ったですって？」彼女はくるりと彼のほうに向きなおった。「あなたが行ってしまったとき、わたしは一八歳で、妊娠してて、ひとりぼっちだったのよ」

罪の意識が襲った。それはまったく予期していないことだった。「きみが話してくれたら、ぼくは出ていったりしなかった」

「わたしだって知らなかったのよ」フェイスはブランディを置いて、両手で髪をかきあげた。「妊娠したって気づいたのは、あなたが行ってからちょうど一週間たったときよ。わたし、とてもうれしかったわ」そう言って笑い、両腕で胸を抱きしめた。一瞬、彼女は痛ましいほど若く無垢《むく》に見えた。「とても幸せな気持ちで、毎日、毎晩あなたの電話を待っていたわ。電話で教えてあげようと思って」その目がかげり、微笑が消えた。「でも電話はなかった」

「ぼくには自立するための時間が必要だった。ちゃんとした仕事、きみと一緒に住める場所――」

「あなたと一緒ならどこに住もうとかまわないってことを、あなたはけっして理解しようとしなかったじゃないの」フェイスは頭をふった。「でもいまはそんなこと、どうでもいいわ。その話は終わりにしましょう。一週間過ぎ、二週間過ぎ、そして一カ月過ぎたわ。からだの調子は悪くなるし、いらいらするし、つわりがはじまったわ。そして、あなたには電話をかけるつもりも、帰ってくるつもりもないことがわかってきた。しばらくのあいだ、あなたはわたしをほんとうにほしかったわけじゃなかったんだって、腹が立ってしようがなかった。わたしはしょせん、田舎町の娘なんですもの」

「それは違う。絶対に違う」

彼女はほとんど無感動にジェイソンを見た。ツリーのライトが彼の髪に光を投げ、濃い瞳をきらめかせている。不安な光だ。「そう？」フェイスはつぶやいた。「あなたが町を出たがっていたのは事実だわ。わたしはクワイエット・バレーの一部よ。あなたはそこから出たがったのよ」

「きみと一緒に出たかったんだ」

「でも、その気持ちも実際にわたしを連れていくほど強くはなかったのよ」なにか言いかけた彼を制して、フェイスは続けた。「それにわたしを呼びよせるつもりもなかったのよ。あなたは自分のことだけで頭がいっぱいだったんだわ。わたしにはそれが理解できなかった。でも、あなたがもどってきて、それがわかりはじめたの」

「きみはクララのことを話すつもりはなかったんだね？」

その声に苦々しいものを感じて、フェイスはふたたび目を閉じた。「わからない。正直に言ってわからないの」

からだの芯《しん》まで冷えきった感じだ。ジェイソンはブランディをぐっとあおった。「さっきの続きを話してくれ」

「わたしは赤ちゃんがほしかった。でも怖くて……怖くて母にも話せなかった」フェイスはもう一度ブランディを手にとったが、それを口へ持っていこうとはしなかった。「もちろん、母親に話すべきだったのよ。だけど、なんて言えばいいのかわからなくて」

「なぜトムと結婚したんだ？」その声は穏やかだった。以前感じたような嫉妬《しっと》は消えていた。ジェイソンはただ理解したかった。

「トムはほとんど毎晩のように訪ねてきて、わたしたちいろんな話をしたわ。わたしがあなたのことを話しても、ちっとも気にしないように思えたの。それで、ある晩ふたりでポーチにいたとき、耐えられなくなってうちあけたの。妊娠三カ月に入ってて、からだもかわりはじめていたわ。その日の朝、ジーンズのスナップをはめることができなかったの」彼女は神経質な笑い声をたて、手で顔を撫《な》でた。「ばかげて聞こえるでしょうけど、スナップがはまらなかったことにおびえたのよ。もうあともどりできないんだって。それで彼にすべてを話してしまったの。彼は結婚しようと言ってくれたわ。もちろんわたしはノーと答えたけれど、彼はそれでも説得を続けたわ。あなたにもどってくる気はないんだし、生まれてくる赤ん坊のことを考えてごらんって。子どもには、両親のそろった温かい家庭が必要だって。彼の言うことがとても正しいことのように思えたし、赤ん坊を安全な環境で育てたかった。それにわたしも安心したかったんだと思うわ」喉がやけつくようだったので、ブランディを飲んだ。「はじめから間違いだったんだわ。だって、彼のこと愛していたわけではないんですもの。彼はそれを知ってて、それでもわたしを愛してくれたの。最初のうちは、彼もわたしも努力したわ。でもクララが生まれてから、彼はどうしようもなくなってしまって。あの子を見ると、あなたを思いだしてしまうんでしょうね。だけど、あの子があなたの子どもだという事実をかえることはできないんだし」フェイスはすっかり話してしまうほうが楽だと思った。「それにわたしもかえようとは思わなかった。あの子がいるかぎり、あなたの一部と一緒にいられるんですもの。トムはお酒を飲むようになって、けんかをしたり外泊したりするようになったわ。まるでわたしのほうから離婚を言いだすようにしむけていたみたい」

「でもきみはそうしなかった」

「ええ、しなかったわ。それは……彼に借りがあるように感じていたからよ。そしてある日、クララを散歩に連れだして家に帰ってみると、彼は出ていったあとだったわ。離婚届の用紙が郵送されてきて、それで終わり」

「どうしてぼくに連絡をとろうとしなかったんだい？　雑誌社や新聞社に問いあわせればわかったのに」

「それでなにを言えばいいの？　〝ジェイソン、わたしを覚えてる？　ところであなたの娘がクワイエット・バレーにいるのよ。いつか家に寄ってね〟とでも言えばいいの？」

「たったひと言、きみからのひと言でぼくはすべてをなげうって帰ってきただろう。ずっときみを愛していたんだから」

フェイスはふたたび目を閉じた。「わたしはあなたが去っていくのを見ていたわ。あなたがバスに乗って、わたしの前から消えてしまうのを。わたしはそこに何時間もつっ立ってたわ。あなたはきっとつぎの停留所でバスをおりてかけもどってくるって、半分信じてたのよ。わたしはとり残されてしまったのよ、ジェイソン」

「ぼくは電話したんだ、フェイス。それから半年というもの、なんにも手につかない状態だった」

彼女は微笑《ほほえ》んだ。「あなたが電話してきたとき、わたしは妊娠七カ月だったのよ。母は長いあいだ、電話があったことを話してくれなかったの。トムが出ていってはじめて聞いたのよ。あなたと約束したから話せなかったんだって言ってたわ」

「ぼくにはプライドが必要だったんだ」

「わかってるわ」

フェイスはなにも聞かなかった。黙って微笑んでいる。その笑顔を見て、彼女はずっとなにもかも理解していたのではないか、と彼は思った。「怖かっただろうね？」

彼女の微笑みはやさしかった。「そういうときもあったわ」

「ぼくを憎んだだろう？」

「憎むなんて……。どうして憎めるの？　あなたは行ってしまったけど、わたしにはこれまでの人生でいちばんかけがえのないものが残されたんですもの。あなたもわたしも正しかったのかもしれない。ふたりとも間違っていたのかもしれない。でもクララがいたわ。あの子を見ると、わたしがあなたをどんなに愛していたか思いだすことができたわ」

「いまは？」

「ふるえてるわ」フェイスは少し笑い声をあげ、それから両手を組んで決心したように言った。「クララには話すわ。彼女にだって知る権利があるもの」

そのことを考えると、またブランディに手がのびた。「クララはどう思うだろう？」

「あの子は父親なしでやっていくのに慣れてるもの。父親が必要じゃないという意味ではないけど」フェイスは背筋をのばし、顎をあげた。「もちろんあなたは好きなときにいつでも彼女に会う権利があるわ。でも彼女をふりまわさないでほしいの。彼女の生活に気ままに出たり入ったりできると考えないでほしいの。あなたも彼女とのつながりを保つためには、それなりの努力をしなくちゃ」

彼女がもうひとつおそれていたのはこれだったのだ、と彼は悟った。おそらくそういう懸念を持たれてもしかたがないのだろう。「きみはぼくを信用していないんだね？」

「クララのことが大切だから」彼女はそっとため息をもらした。「あなたもよ」

「もしぼくがこのことを知る前に、もう彼女に夢中になってたと言ったらどうかな？」

フェイスはあの平底《トボガン》ゾリのことや、クララが抱きついたときの彼の表情を思い浮かべた。「あの子にはどんな愛情でもすべてが必要なのよ。わたしたち、みんなそうだわ。彼女があんまりあなたにそっくりだから、わたし……」涙があふれ口ごもった。「だめね、こんなはずじゃなかったのに」彼女は乱暴に涙をぬぐった。「あした、あの子に話すわ、ジェイソン。クリスマスにね。ふたりで準備しましょう。もうすぐ行かなきゃならないことはわかってるけど、あと二、三日ここにいられるなら、せめて彼女のために時間をさいてほしいの」

彼は張りつめた首筋をこすった。「きみはけっしてぼくに多くを望まないんだね」

フェイスはにっこりした。「わたし、あなたにすべてを望んだわ。でもふたりとも若すぎて、その意味がわからなかったのよ」

「きみはいつも魔法を信じてた」彼はポケットから箱をとりだした。「もうすぐ一二時だ。あけてごらん」

「ジェイソン」彼女は髪をかきあげた。どうしてこんなときにプレゼントのことなど思いつくのだろう。「いまはプレゼントどころじゃないと思うけど」

「一〇年も遅れたプレゼントだよ」

彼が箱をつきだすと、フェイスは反射的に両手でそれを受けとっていた。「わたし、あなたにあげるものがないわ」

「きみはぼくに娘をくれたじゃないか」ジェイソンはためらいがちに彼女の顔にふれた。

安堵《あんど》感が彼女の全身にしみわたった。彼の口調に苦々しさはなかった。あるのはただ感謝の気持ちだけだった。けっして消えることのなかった愛が、彼女の目のなかで輝いていた。「ジェイソン――」

「お願いだからあけてみてくれないか」

　ふるえる指でつやつやした赤い包み紙をとると、黒いベルベットの箱が現れた。ふたをそっとあけると、涙のしずくの形をした指輪がそこに凍りついていた。ツリーのライトを反射してきらめいている。

「ポールの店でいちばんいいものだそうだ」

「あの子のことを……知る前に買ったの？」

「ああ。自分の娘の母親に結婚を申しこもうとしてるなんて、思ってもみなかったよ。ぼくたちは、法的にもほんとうの家族になるんだ」彼女の手をとって答えを待った。「二度目のチャンスなんだ。もうきみを失望させたりしないよ、フェイス」

「あなたはわたしを失望させたりしなかったわ」涙があふれた。ふるえる手で彼の頬にそっとふれる。

「あなたのせいでも、わたしのせいでもないの。それが人生だったのよ。ああ、ジェイソン、わかって。わたしがほんとうに望んでいたのはあなたと結婚することだったの。あなたと家庭をつくることだったのよ」

「ぼくに指輪をはめさせてくれ」

「ジェイソン、待って。これはわたしだけの問題じゃないのよ。もしわたしだけだったら、いますぐにでもあなたと一緒にここを出るわ。香港《ホンコン》でもシベリアでも北京《ペキン》でも、どこへだって行くわ。でもわたしだけじゃない。わたしはここにとどまらなくちゃならないのよ」

「きみだけじゃない。わかってるよ」彼は箱から指輪をとりだした。「またきみを置いていくことができると思うかい？　二階にいる娘や、その成長を見守るチャンスを置き去りにできると思うのか？　ぼくはもう、どこにも行かないよ」

「でも、あなた言ってたじゃない、香港のこと」

「やめたよ」口もとに笑みがもれた。一〇年の歳月の重みが跡形もなく消えているのを感じた。「昼間用事があると言ったのはそれだったのさ。ぼくは小説を書くつもりだよ」ジェイソンは彼女の肩に手を置いた。「ぼくは決まった仕事もないし、それに宿屋のひと部屋に住んでる。そしてきみに結婚を申しこんでるんだ」

フェイスは息もできなかった。心臓が激しく打っている。わたしはいつだって魔法を信じていたけど、それがいまかなったのね。「一〇年前、わたしはこれ以上愛せないほどあなたを愛してると思ってた。あなたはそのとき少年だったわね。この数日で大人の男性を愛するってことはそれとはぜんぜん違うんだっていうことを学んだわ」彼女は口をつぐみ、彼の手のなかでツリーの光を受けて輝く指輪を見つめた。「もし一〇年前にあなたが申しこんでいたら、わたしはきっとイエスと答えたと思うわ」

「フェイス——」

彼女は笑って両腕を彼の首にまわした。「そして、いまも答えはかわらないわ。ジェイソン、愛してる、前よりもずっと」

「これから何年もかけて、時間をとりかえさなくちゃならないね」

「ええ」フェイスはジェイソンにくちづけを返した。「そうよ、わたしたち三人でね」

「ぼくら三人」ジェイソンが額を寄せてくる。「三人だけ？」

「来年のクリスマスにクララに弟か妹をプレゼントしたいなら、まだ十分間に合うわ」ふたたび彼女はジェイソンの唇を求めた。「十分すぎるほど時間はあるのよ」

タウンホールから響いてきた鐘の音が、真夜中を告げる。

「メリー・クリスマス、フェイス」

　そのときフェイスは、指輪がすっとはめられたのを感じた。願いはかなえられた。「おかえりなさい、ジェイソン」

青い果実
The Passionate Winter

キャロル・モーティマー

青木翔子 訳

キャロル・モーティマー

ハーレクイン・シリーズでもっとも愛され、人気のある作家の一人。14 歳の頃からロマンス小説に傾倒し、アン・メイザーに感銘を受けて作家になることを決意。コンピューター関連の仕事の合間に小説を書くようになり、1978 年に見事デビューを果たす。以来、数多くの作品を生み続け、2015 年にはアメリカロマンス作家協会から、その功績を称える功労賞を授与された。エリザベス女王からも目覚ましい活躍を認められている。

主要登場人物

リー・スタントン……………准看護師。
カレン・モーガン……………リーの親友、ルームメイト。
キース・マンダース…………カレンのボーイフレンド。
クリスとディール……………リーの兄。
ギャビン・シンクレア………リーの友人。
ピアーズ・シンクレア………ギャビンの父。自動車の設計技師。元レーサー。
パメラ…………………………ピアーズの亡き妻。

1

「でも、やっぱり間違ってるわよ」と、ルームメイトのカレンは若々しい顔を心配そうに曇らせた。

「ギャヴィンと知り合って、まだ二カ月でしょう？」

「それだけあれば、ギャヴィンがあなたの言うようなプレイボーイじゃないことはわかるわ」とリー・スタントンは笑った。しかし、内心は、カレンの心配が取り越し苦労に終わることを心から願っていた。

「ギャヴィンは絶対に安全よ」

　その言葉に自信が持てたら、どんなにいいだろう。

リーはボーイフレンドのギャヴィンから、週末に彼の父親の田舎の屋敷へ一緒に行かないかと誘われて、ろくに考えもせずにそれを承知してしまったことを後悔し始めていた。カレンの言うとおりかもしれない。リーはまだ、それほどよくギャヴィンを知らないのだ。リーが迷っている間にギャヴィンが迎えにやって来た。

　ギャヴィンはTシャツと細いジーンズに身を包み、いつもと変わらぬ、くつろいだ様子だった。リーはそんな彼を見て、ばかげた心配をしたものだと思った。リーと同じ十八歳のギャヴィン・シンクレアには、美男子というよりもまだ美少年という言葉のほうが似合いだった。肩までとどきそうなダークブラウンの髪、意味ありげに突き出した、幼さの残る顎《あご》、陽気な感じの、いつも笑みをたたえた唇とブルーの瞳、それらのすべてが一つの美しい絵になっていた。

「やあ」とギャヴィンはほほ笑んで、二つしかない肘掛け椅子の一つに腰を下ろし、「用意はいいかい？」とリーに尋ねた。

「いいわ」リーは着替えのTシャツと下着だけを詰

めた小さなスーツケースを手に持った。

「気をつけなさいね」カレンはリーと共同で借りているアパートの玄関で、リーにこう忠告した。

「わかってるわ」しかし、リーはもうそんな言葉は聞きたくなかった。カレンがよけいな心配をしなければ、リーだって不安にならずに済んだのだ。

ギャヴィンがリーのために、車体の低い真っ赤なスピットファイヤーのドアを開けた。リーは車内の革張りのシートや、ずらりと並んだ計器類に目を丸くした。リーの古いミニクーパーとは大違いだ。その車はギャヴィンの十八歳の誕生日に父親から贈られたものだった。

「すごい車ね！」リーはさっそうと運転席に乗り込むギャヴィンに言った。

ギャヴィンは返事をする前にエンジンをかけた。

「おやじが選んでくれたんだ」

二人の乗った車は、クリスマスを三週間後にひかえて買物客でごった返すロンドンの繁華街を走っていた。

「あなたの年齢じゃあ、この車の保険料を払うだけでも大変でしょう」

ギャヴィンは慣れた手つきで上手にギアを変えながら首を振った。「払うのは僕じゃない――おやじさ。保険料もプレゼントの一部なんだ。僕の小遣いじゃ、とても払えないからね」

「あなたのお父さん、ずいぶんお金持なのね」リーはなんの下心もなくこう言うと、黒の革張りの低いバケットシートにゆったりと座り直した。

二人の車はすでにロンドンを遠く離れていた。

「そうなんだ」と彼は素直にうなずいた。「ものすごくね」

「だからあなたに甘いのね」

「いいや」ギャヴィンは少し間を置いて答えた。

「そんなことは絶対にない。そりゃあ、この車を買ってくれたけど、それは僕が十八になって成人したお祝いだからさ。いつもはそんなに甘くないんだ。もし僕が甘やかされてるとしたら、どうしてわざわざ専門学校《カレッジ》なんかへ通って、手に職をつけなきゃならないんだ？　そうだろう？」

リーは鼻で笑った。「芸術も職業のうち？」

「才能があれば職業にもなるさ」

「それで、あなたはどうなの？」リーはすみれ色の瞳をいたずらっぽく輝かして尋ねた。「つまり才能があるの？」

いつもの厚かましいほどの自信はどこへいったのか、ギャヴィンは情けない顔をした。「あればいいんだけど、今までいろんなことをやろうとして、すべてうまくいかなかったように、今度も失敗しそうなんだ」

リーは彼のしょげ返った顔を見て、くすりと笑った。「あなたはまだ十八よ、ギャヴィン。これからだって、いろんなことに挑戦できるわ」

「だけど大学にはいろうとして失敗したし、カーレーサーにも挑戦したけど、なれなかった」

「レーサーですって？」リーは驚いて思わず大声をあげた。「いったいなんのために？」

「おやじがレーサーだったんだ。君に話さなかった？」

リーは首を振った。「聞いたおぼえ、ないわ。レーサーですって！　ほんとに？」

「ああ。それも超一流のね。僕はだめだったけど」

「だめなほうがいいわ！」と、リーは腹立たしげに言った。「レーサーなんて、職業にするものじゃないわ。まして、あなたのように若い人は」

「おやじが一人前のレーサーになった時は、今の僕よりもっと若かった」

「自分が年をとって使い物にならなくなったからって、自分の仕事を息子に押しつけるなんて横暴だわ」

　ギャヴィンはひとり息巻くリーを見て吹き出した。

「おやじはそんなに年をとっちゃいないし、僕に仕事を押しつけたことなんてないよ……。むしろ僕がレーサーになるのに反対だった」

　リーは意味ありげな笑いを浮かべた。「それですぐにも挑戦してみたくなったのね。その気持、わかるわ。私もね、秘書の学校へはいろうとして母に反対されたわ、三週間もたたないうちに飽きるだろうってね——母の言うとおりだったわ。親の意見はいつも正しいようね」

「おやじは僕にくどくどと意見したりしなかった。でも、ほんとのことを言うと、僕がレーサーになれなくて、おやじのやつ、ほっとしてると思うんだ。それに僕だって……。すごく危険な仕事だもの」

「でも面白いんでしょう？」

　ギャヴィンは肩をすぼめた。「たぶんね。でも、おふくろはそうは思わなかったらしい。僕が三つの時に出て行った……。ありがたいことに、僕を残してね！」

　リーは、幼いころに母親にすてられた彼の心の傷を思うと、何も言えなかった。

「お父さんのお屋敷まで、まだだいぶあるの？」と、リーは話題を変えた。

「いや、あと一時間くらいだ」

「私が一緒に行くことをお父さんにお話ししたの？」

「もちろんさ」ギャヴィンはあいまいに答えた。

　忘れていた不安がまたよみがえってきて、リーはギャヴィンを鋭く見すえた。「ほんとに話したの？」

「話したと言ったろう」彼はせっかくのハンサムな顔をしかめて、ぶっきらぼうに答えた。「どうして僕がうそをつかなきゃならないんだ？」

「わからないわ」リーは長い黒髪を後ろへ払った。

ギャヴィンは腹立たしげにため息をついた。「おやじには話したよ。誓ってもいい」彼は運転しながらリーを見た。「それより、君の両親はなんと言ってる？」

「両親には話してないの……」リーがそう言った時、ギャヴィンが笑ったように見えたのは、彼女の気のせいだろうか。「しばらく考えたんだけど、週末に友達と出かけるくらいのことで両親に心配をかけるのは無意味だと思ったのよ。以前にも友達とよく出かけたし、今回は友達がたまたま男性だったというだけで、いつもと少しも違わないわ」

リーは両親に黙って来てしまったので、ほんとうは気がとがめていた。今までは、たいていなんでも両親に話した。でも、ギャヴィンと恋愛関係にあるわけではないから、週末を一緒にすごしても問題はないと思った。しかし今、リー自身も自分の考えに自信が持てなくなっていた。

「いや、僕にとっては違うな。大違いだよ」

「ギャヴィン！」リーは彼を叱《しか》りつけた。「言ったでしょう？　私、そういう意味では、あなたに興味がないの。あなたはただの友達よ。どっちにしても、結婚を考えるには私たち若すぎるわ」

ギャヴィンが驚いた顔をした。「結婚だって？　誰がそんなことを言った？　僕は言わないよ」

「ギャヴィン！　結婚の話じゃないとしたら、いったいなんの……？　まあ！」

リーの当惑した顔を見てギャヴィンは笑った。

「確かに結婚の話じゃない。そんなに驚かなくてもいいだろう。かまとぶるのはよせよ。なんのことか、わかってるくせに」

「いいえ、わからないわ！」怒ったリーは、自分の身を守るように胸の前で腕を組んだ。「あなたにそんな下心があるのなら、来るんじゃなかったわ」

「落ち着けよ」ギャヴィンはそっけなく言った。

「どっちにしても、もうすぐ目的地だ。帰るかどうか決める前に、どんな所か、見るだけでも見ろよ」

「悪いけれど、見たくないわ」

ギャヴィンは答える代わりにアクセルを強く踏んだ。リーが車から飛び降りようとしたからではない。彼女はそれほど愚かでも、ヒステリックでもなかった。ただ、リーには自分がどうしようもないばかに思えた。どうして、こんなことになってしまったのだろう。カレンの警告を無視し、自分の潜在意識の警告を無視し、危険に気がついた時にはもう手遅れになっていた。

ギャヴィンはこうなることを知っていたのだ！　リーは彼を思い切り殴ってやりたかった。しかし、そんなことをしても、車ごと溝に落ちるのが関の山だ！　それにしても彼の態度は許せない。リーはもう一度、ギャヴィンを見た。彼がどんなに失礼な態度をとっても、また、彼がどんな腕力の持主でも、力ずくで私を奪うことはできないわ。けんかなら、二人の兄とよくやったから、負けやしない。

ギャヴィンがリーのこわばった青い顔をちらりと見た。「お願いだよ、少し落ち着いてくれないか？　もうすぐ、おやじの家だ。今にもヒステリーを起こしそうな女を無理やり家に連れ込むなんて、ごめんだ。どっちにしても、中へはいれば、そう悪くないことがわかるさ」

「いいえ、もっと悪いことになるに決まってるわ」

ギャヴィンは怒って口をきつく結び、車が長い私道を通って屋敷の前に止まるまで、ひと言も口をきかなかった。彼は車から降りると、運転席のドアをロックし、反対側へまわってリーのためにドアを開けた。

「さあ、降りて」ギャヴィンがリーの腕を引っ張ったので、彼女はよろけながら車を降りた。「それから、大きな音を立てるなよ」

「どうして？」とリーは小声で尋ねた。二人が歩くたびに私道のじゃりがうるさい音を立てた。「お父さんがいらっしゃるの？」リーはかすかな望みを抱いた。

「いやしないよ。でも、地階にニコルという家政婦と庭師の夫婦が住んでる。彼らを起こしたくないんだ」

リーは少しほっとした。じゃあ、この屋敷には他にも人がいるんだわ。それなら、もしかしたら……。

「いいや」と、ギャヴィンはリーの心の中を見ぬくかのように首を振った。「ニコル夫妻は寛大なんだ。この屋敷でずっと働いていたいからね」

「そんな脅しには乗らないわ！」リーは冷たくこう言うと、ギャヴィンにつかまれている腕を強く引いた。こんな人を好青年だと思っていたなんて！　リーの人を信じやすい性格がいつか災いを招くと口癖のように母は言っていた。どうして母の言うことはいつも正しいのだろう。

「ニコル夫妻が寛大なのはおやじに対してさ、僕じゃない」ギャヴィンはいやがるリーを引きずって屋敷にはいった。

「お父さんにですって！」リーはギャヴィンの父親のことを知れば知るほど嫌いになった。

「そうさ」ギャヴィンはにやりと笑った。「ピアーズ・シンクレアって名前、聞いたことないかい？　おやじはレーサーだったんだが、今は引退して、レーシングカーの設計をしてるんだ。君もきっと、おやじの名前を聞いたことあると思うけど」

リーは首を振りかけて急にやめた。そういえば、そんな名前の人に関する記事を読んだことがある。だけど、どんな内容だったかしら。

「君の年代じゃ無理かな」ギャヴィンが玄関のあかりのスイッチをいれると、広々とした応接間に光があふれた。高い天井から下がったシャンデリアが四方八方に光を反射し、あまりの美しさにリーは思わず息をのんだ。そこは、リーが時々夢を求めてめくる高級雑誌の世界だった――足首まで埋まってしまいそうなほど毛あしの長い絨毯《じゅうたん》や、雑誌でしか見ることのできないぜいたくな家具。ギャヴィンがこんな家の息子だなんて、まったく気がつかなかったわ。

ギャヴィンは大きな両開きのドアを開け、リーを居間へ案内した。居間の装飾はオータムブラウンとゴールドに統一され、その優美さに目を奪われた。

リーの小さなスーツケースを下に置いたギャヴィンは、アンティークの洋酒棚へ自信たっぷりに歩いて行って、二つのグラスに酒を注ぎ、一つをリーに差し出した。

「いいえ、けっこうよ。お酒は飲まないの」リーはグラスを受け取れないように両手を後ろにまわし、なるべく明るい声で話した。二人の間に妙な雰囲気が漂い始めた。リーは知恵を働かしてなんとかそれを払いのけなければと思った。

「今夜だけ、いいだろう?」ギャヴィンはしつこく酒をすすめた。

リーは首を振って、きっぱりと答えた。「飲みたくないの」

「飲めよ！　落ち着くから」

「もう落ち着いてるわ！」リーは憎しみを込めて彼をにらんだ。「お酒は嫌いなのよ、知ってるでしょう」

リーが髪をかき上げようとして手を前に出した時、彼が無理にグラスを押しつけようとした。琥珀《こはく》色の液がリーのブルージーンズを濡《ぬ》らし、リーはその冷たさに思わずあえいだ。

「まあ！」見る見る広がるウイスキーのしみを見てリーは顔を真っ赤にして怒り、脚にはりつく濡れたジーンズの感触がいやで鼻にしわを寄せた。

ギャヴィンはハンカチを取り出し、片膝をついて彼女の濡れたジーンズをふき始めた。

逃げるなら今だ、と思ったリーは、ギャヴィンを突き倒し、やみくもにドアへ走った。その中はあかりの消えた暗い部屋だった。ドアを間違えたことに気がついて居間へもどろうとした時、男の人の怒る声が居間から聞こえてきたので、リーは立ち止まった。

「ギャヴィン！　床に転がって、いったい何をしているんだ？」

リーはギャヴィンのおかしな格好を想像して吹き出しそうになるのを必死にこらえた。ギャヴィンはこの男の人にどんな説明をするつもりだろう。

「父さん！」とギャヴィンが叫んだ。リーは驚いてドアから一歩さがった。ピアーズ・シンクレアだ！　さっきのギャヴィンの話から察すると、彼の助けは当てにできそうもなかった。「どうしてここに？」

とギャヴィンはへどもどしながら父に尋ねた。

「たまたま、ここに住んでるんでね。私が私の家にいることに反対はしないだろう？」その声は厳しくギャヴィンを追求した。リーは低くハスキーな魅力あふれる声を持ったその男性に、むしろ興味をおぼえた。

「そりゃあ……まあ……でも……」

「でも？　まったく、ここは酒の醸造所みたいな臭《にお》いだな。いったいどれくらい飲んだんだ？　それから、リーはどこにいる？」

結局、リーを連れて来ることは父親に話してあったのだ！　リーは緊張してこちこちになった体から少し力がぬけるのを感じた。……それとも、ギャヴィンの言うように、シンクレア氏も、私が彼の息子と一夜を共にするつもりで来たと思ってるのかしら！

「リーは……」とギャヴィンはためらった。「リーは父さんの書斎にいる」

「私の書斎だと？　そんな所で何をしている！」

リーが逃げる間もなくドアが勢いよく開いた。リーは突然差し込んだまぶしい光の中で、すみれ色の目を丸くしておびえながら男のシルエットを見つめた。男は一歩リーに近づき、難なく彼女を居間へ引きずり出した。

リーは彼の男らしい顔に光る深いブルーの瞳を見上げた。その時、彼の表情は冷たく険しかったが、それでもリーは彼の魅力に心打たれた。その人がギャヴィンの父親であることは明らかだった。あまりにもよく似ている。ただ、ギャヴィンの顔がまだ若くてあどけないのに対し、父親の顔には、人生の厳しさを知った者の強さと冷たさがあった。年齢は三十五から四十の間だろう。彼のそばにいるとリーの体は震えた。

今まで、こんなふうにリーの心を揺さぶった男性は一人もいなかった。リーは彼の瞳から目をそらすことができなかった。こめかみに白いものの混じった、とび色の髪がふさふさとえりにかかり、もみ上げが顎の線にそって伸びている。ももに張りついたような細い黒のスラックスと、ウエストまでボタンをはずした黒のシルクのシャツと、シープスキンの厚手のジャケットに身を包んだ彼は、ぜい肉がなく、とても魅力的だった。リーはそのジャケットを脱がせて彼をもっとよく見たいと思っている自分に気がついた。ギャヴィンの母親がこの人から去って行ったのも無理はない！　この人を自分だけのものにしておくのは、どんな女性でも難しいだろう。

ギャヴィンの父はつかんでいたリーの腕を放すと、一歩さがって彼女の乱れた黒髪や服をしげしげと眺め、息子にからかいのまなざしを投げた。ギャヴィンはジーンズのほこりを払うふりをして父の視線を避けた。

「それで？」ピアーズ・シンクレアはわざと面倒臭そうに尋ねた。リーには、その顔が眠そうな黒豹《くろひょう》に見えた。

「それで、何？」とギャヴィンはしらばっくれた。

ギャヴィンが時をかせいでいるのは、リーにも、そして彼の父親にもわかっていた。でも、ギャヴィンはリーのことを父親に話さなかったのか――いや、何か話しているはずだ。それなのに、なぜピアーズ・シンクレアは彼女がここにいることに驚いているのだろう。リーは訳がわからなくて大きなため息をついた。

ピアーズ・シンクレアはリーを冷淡に見た。「息子が話す気にならないようだから、君が質問に答えてくれるかね？　いったい君は何者だ？　ここで何をしている？　もっとも、これはきくだけ野暮かもしれないが」と彼は意味ありげに付け加えた。「それに、なぜ君はウイスキーボトルみたいな臭いがするんだ？　むろん、ウイスキーを飲んでいるというのなら話は別だが。飲んでても驚きはしないよ――君の瞳は潤んでるし、身だしなみも完璧《かんぺき》とは言えないようだし」

リーはあぜんとした。これは何かの間違いだ。ここからぬけ出る道がどこかにあるに違いない。しかし、リーはピアーズ・シンクレアの失礼な言いがかりに腹が立ってきた。「私の名前はたまたまリー・スタントンと言いますの」ピアーズ・シンクレアの納得した様子を見てリーは先を続けた。その声には彼の態度に対する非難が込められていた。「私がここにいるのは、あなたの息子さんが私をここへ連れて来たからです。私にウイスキーの臭いがついているのは、ギャヴィンがグラスに注いだウイスキーをすっかり私のジーンズにこぼしたからです。それから最後に、あなたにお会いして、彼の態度がよく理解できましたわ」

「そうですか、ミス・スタントン」ピアーズ・シンクレアの声が妙にやさしくなり、ギャヴィンは不安そうにもじもじ始めた。「ほんとうか？」と今度は息子に返事を迫った。

「ああ、そうらしいよ」

「私にはうそをつくな、ギャヴィン！　おまえの母さんのことがあってから、私はうそが大嫌いなんだ」

「で、でも、僕はうそなんかついてないよ」ギャヴィンの訴えるような目を見ると、リーは彼が気の毒に思えてきた。「週末にリーを連れて来るからって、ちゃんと話したじゃないか」

それでは、ピアーズ・シンクレアは息子の不道徳を公認したのだ。なんという父親だろう！　ギャヴィンが不良になるのも無理はない。

そんなリーの胸中を読み取ったかのようにピアーズ・シンクレアはにやりと笑うと、洋酒棚へゆっくり歩いて行って、自分のグラスにたっぷりウイスキーを注ぎ、それからギャヴィンを鋭く見すえた。

「おまえは確かにリーという子を連れて来ると言った。リーという名前を聞けば私が男の子を想像するとわかっていながら」ピアーズ・シンクレアはギャヴィンが口をはさもうとするのを止めた。「いいだろう、おまえがうそを言わなかったことは認める。しかし、ほんとうのことも言わなかった。おまえは一番肝心なことを話すのを避けたんだ——リーが女の子だってことをな」

「男の子のリーとは綴り《スペル》が違います」とリーは怒って口をはさんだ。

ピアーズ・シンクレアのブルーの瞳がばかにしたようにリーをちらりと見た。「綴りのことまでいちいち気にしていられなかったよ」

リーはスーツケースを持ち、さっさとドアへ向かった。「私だって、いちいちあなたがたの会話なんか気にしてられません。よろしかったら帰らせていただきますわ」

「私のために君のささやかな週末を台なしにすることはない」ピアーズ・シンクレアは部屋が暑いのでシープスキンのジャケットを脱ぎすてた。「私がここにいることは忘れてくれ」

彼を目の前にして、それは不可能だった。ギャヴィンと違って、彼はあまりにも男臭い。リーの目はピアーズ・シンクレアの浅黒いセクシーな顔や、力強い体の線にいやでもひきつけられた。

リーはしゃんと背筋を伸ばした。リーは普通の男性に劣らぬほど背が高かったが、それでもピアーズ・シンクレアには頭一つ及ばなかった。「ギャヴィンがいつも、どんな友達と付き合ってるか知りませんけど、シンクレアさん、もし私にギャヴィンの計画がわかっていたら、ここへは来なかったでしょう」

ピアーズ・シンクレアはソフトレザーの肘掛け椅子に座って片足を向かいの椅子に投げ出し、謎《なぞ》めいたほほ笑みを浮かべた。「私が来るまで、おまえたちがうまくやってたことは確かだ。その点に関しては謝るよ」と彼はギャヴィンに頭をさげた。「おまえが前もって事情を説明しておいてくれれば、私だって、おまえの夜をぶち壊しはしなかったのに」

「いいんだよ、父さん。僕は……」

「あなたたち、いいかげんにしたら！」リーは怒って長い髪を顔から払いのけ、二人をにらみつけた。「なんていやな人たちなの、特にシンクレアさん、あなたは最低よ。残念ながら私はそういうタイプの人間じゃないわ」

ピアーズは彼女をあざ笑った。「ああ、よしてくれ！　君もギャヴィンの仲間の一人なんだろう？　いくらうぶだって、彼らの世界がどんなかくらいわかるはずだ」

「ギャヴィンの友達はほとんど知りません。これからは、知りたいとも思わないわ」

「私に弁解は無用だ、ミス・スタントン」

「父さん、リーは……」

「言わないで、ギャヴィン！」とリーは言った。「あなたのお父さんは私がどんな人間かなんて興味がないのよ。それに、どうせ、あなたのお父さんには関係ないことですもの」

「そのとおりだ。ギャヴィンの友達はみんな髪の長い怠け者ばかりだ」ピアーズ・シンクレアはリーを上から下まで眺めた。「君も例外じゃなさそうだ。もし、私の意見を聴く気があるなら……」

「ないわ！　あなたの意見なんて、私には、どうでもいいんです」リーは怒りをぶつけた。形の良い唇をきつく結んでいるところを見ると、ピアーズ・シンクレアはこんな言い方をされるのに慣れていないらしい。「さあ、よろしければ、私は帰らせていただきます」

「でも、今は帰れないよ、リー」とギャヴィンが口をはさんだ。「こんな夜ふけに君をおくって行けないもの」

「あなたなんかに頼まないわ」ギャヴィンを安全で礼儀正しい男の子だと思ってたなんて！　ピアーズ・シンクレアの息子が下心もなしに女の子を旅行に誘うわけがないわ。「私には丈夫な二本の脚があるし、きっと、誰か親切な人が家までおくってくれるわ」

ピアーズ・シンクレアが立ち上がってシープスキンのジャケットを着た。「君の言うとおりだ——私がおくって行こう」

リーは目を丸くした。「あなたのことじゃありません、シンクレアさん」

ピアーズ・シンクレアはいやがるリーからスーツケースを奪い取った。「荷物はこれだけか？」

リーはスーツケースを取り返そうとしたが、力では彼にかなうはずもなかった。「私の荷物、返していただけません？」

ピアーズ・シンクレアは首を振った。「君は恐らくイギリス中をヒッチハイクしてまわって、ありとあらゆる問題を起こすタイプだろう。しかし、こんな夜ふけにヒッチハイクで二百キロ近くの道のりを帰すわけにはいかん。それでは問題を起こしてくれと言わんばかりだ。もっとも、君がそれを望んでるのならかまわないが。とにかく私は君をおくって行く。息子が君をおくらないと言う以上、君がなんと言おうと、私にはそうする義務がある」

「お気持だけでけっこうです！　あなたのおっしゃるとおり、私、ヒッチハイクには慣れてますから。面白い人たちにもめぐり会えるし」実を言うと、リーは今まで一度もヒッチハイクをしたことがなかったし、そうしたいとも思わなかった。女の子がヒッチハイクをして乱暴されたり、いたずらされた話もたくさん聞いている。でも、今はそんなことを言っている場合ではない。ピアーズ・シンクレアにおくってもらうのは我慢ならないのだ。

「そうだろうな。しかし、今夜はだめだ。ギャヴィン、おまえは私がおまえの……ガールフレンドをおくって行くことに反対しないだろうな？」

ギャヴィンはしかたなく、うなずいた。「父さんがそうしたいんなら、いいさ」

リーの瞳は怒りに燃えた。「ギャヴィン、あなたって、ほんとに紳士ね。あなたみたいな人を好きだったなんて！　それから、シンクレアさん、あなたとこれ以上一緒にいるくらいなら、問題を起こしたほうがましよ！」

「ギャヴィン、おまえの女を誘う腕は大したものだな」と、ピアーズ・シンクレアは目を細めて息子を見た。「彼女はまるで怒った猫みたいじゃないか」

「まるで私がここにいないみたいに、二人して私の悪口を言うのはやめて！」

「君がそこにいるのは、ちゃんとわかっているよ」ピアーズ・シンクレアはおどけて言った。「今までギャヴィンが私に紹介した女の子の中じゃ、君はかなりいい線いってるな」

「こんなに侮辱されたのは生まれて初めてです！」

「それこそ信じられん」

「でも、父さん、リーはほんとに……」

「ギャヴィン、あなたは口を出さないで！　事態を悪くするだけよ――これ以上悪くはならないでしょうけど」

「さあ、時間のむだ遣いが終わったら、出かけることにしよう。家はロンドンだろう？」とピアーズ・シンクレアは尋ねた。

「ええ。でも、私は……」

「お願いだ、ミス・スタントン！」ピアーズ・シンクレアはリーに反論のすきを与えないように強い口調で言った。「けんかはもうたくさんだ。私は君のような子供を勝手にしろと放り出す気はさらさらないから、これ以上口論してもむだだ」

リーはピアーズ・シンクレアの後について屋敷を出た。「私は子供じゃありません、シンクレアさん！」リーは反抗的な目で彼をにらんだ。この時ばかりは自分の背が高いことに感謝した。

外に出てみるとリーはピアーズ・シンクレアの車の美しさに、思わず声をあげそうになった。ギャヴィンの車より、ずっと力強い感じがした。元レーサーだった彼がスピードの出る車を好むのは当然だろう。しかし濃いグリーンの車体は、彼が息子より保守的であることを示している。

ピアーズ・シンクレアはうっとりしているリーを愉快そうに眺めながら、彼女のために助手席のドアを開け、自分も運転席に乗り込んだ。「気にいったかい？」と彼はリーにやさしくきいた。

リーは車内の豪華なインテリアを楽しげに見まわした。窓の曇りガラスが、密室に彼と二人きりでいるような危険な雰囲気を感じさせた。彼の温かい体からアフターシェーブローションの香りと、清潔な男の匂いが伝わってくる。「とても素敵な車ですわね」取りすまして答えたリーは、狭い車内でなるべく彼から離れた位置に座った。

ピアーズ・シンクレアは低く快い声で小さく笑った。「それはどうも」

「これはなんという車ですか？」リーはゆったりとくつろいでいた。彼の運転はギャヴィンより正確で、自信にあふれていた。

「フェラーリだよ。乗ったことはないのかい？」

リーは首を振った。「あなたのご期待に添えなくて残念ですけど、シンクレアさん、私はぜいたくな車を乗りまわして人生をむだにすごすような娘じゃありません。私、仕事を持ってるんです」

「ほう、そうかね？」彼の目はリーをからかって楽しんでいるように見えた。「それじゃあ、息子とどうやって知り合ったんだ？」

「専門学校《カレッジ》で会ったんです。でも……」

「それが君の言う仕事かね？」

リーはピアーズ・シンクレアのばかにした言い方に腹を立てて、ぷいとそっぽを向いた。レーサーだった人なんかに私をばかにする資格があるのかしら！「人は何かを成し遂げる前に学ばなければなりませんわ」

「なのに、ギャヴィンが何も学びとっていないように見えるのは、なぜだろう。いや、愚痴を言ってるんじゃないんだ。ギャヴィンもそのうち、自分に合った仕事を見つけるだろう」

ピアーズ・シンクレアの声には冷たい響きがあった。そんな父親の態度が今夜のギャヴィンの行動に影響しているのではないだろうか。リーには、ギャヴィンが彼なりの方法で父親に自分の行動を釈明しようとしているように見えた。それなのに、彼は息子を軽蔑《けいべつ》するだけだ。ピアーズ・シンクレアに人を裁く資格があるだろうか。

リーは伏せたまつげの下からピアーズ・シンクレアを観察した。残忍さの漂う口元。情に左右されない意志の強さを感じさせる彫りの深い目鼻立ち。リーが一番かかわり合いたくないタイプの男性だ。一度かかわりを持ったら、彼の存在を無視することは難しいだろう。

「満足したかね？」ピアーズ・シンクレアはちらりとリーを見て、再び視線を前方にもどした。

「なんですって？」

「君はこの五分間、まるで私が襲いかかるのを待ってるみたいに、じっと私を見つめていたじゃないか。言っておくが、私の趣味はもっと上品なんだ」

「私のこと、あまり好きじゃないでしょう、シンクレアさん？」

「あまりね」と彼はためらわずに答えた。「でも、それはお互いさまだ。もし、私が君の父親だったら、君をこっぴどく殴って、これからは、君から目を離さないようにするんだが」

「でも、あなたは私の父親じゃないわ」

「ああ、それだけは神に感謝するよ！　君の両親に今夜のことをすっかり話して君を罰してもらおう」

「あら、ギャヴィンが経験を積むことには反対しないくせに」

「ギャヴィンは子供だ」

「わかってます。でも、ギャヴィンだって、ひとりじゃ、こんな経験はできないわ」

「じゃあ、君も経験を積むつもりだったのかね？」

「たぶんね」とリーはうそをついた。

「君は矛盾のかたまりだな、お嬢さん。さっきはギャヴィンの下心に気づかなかったと言ったのに、今度はギャヴィンに抱かれるつもりだったと言うのか。いったいどっちなんだ。君は乱暴された生娘なのか、それとも、スリルを求める現代娘なのか」

リーは彼の侮辱を顔を真っ赤にして怒った。「どっちでもないわ。両方とも、ある部分で私には当てはまらないと思います。それがどの部分かは、ご自分で判断してください」

「そんなことは簡単さ。それにしても、どうして今の親たちは自分の子供をもっと厳しく監視しないんだろう」

「あなたのように?」こう言ってから、リーは、しまったと思った。ピアーズ・シンクレアの口元が恐ろしくゆがみ、手は何かをつかんでいないと彼女を殴ってしまいそうだと言わんばかりに、きつくハンドルをにぎりしめている。彼と息子の関係がどうだろうと、リーがとやかく言う筋合はなかった。「ごめんなさい」リーは彼の顔を見られなかった。

ピアーズ・シンクレアは怒りをこらえるかのように、ふさふさした髪に手を当てた。「ほんとのことを言ったのに謝ることはないさ」彼はあたりの景色に目をやった。「ところで、君の家は?」

二人の乗った車がすでにロンドンに到着していたことに、リーは小さな驚きをおぼえた。時は、あっという間に過ぎてしまった。リーは彼に自分のアパートの方向を教えた。

「着いたよ」ピアーズ・シンクレアがふいに体をリーの方に向けたので、二人の膝が触れ合い、リーは座ったまま、思わず後ずさりした。彼のブルーの瞳は、そんな彼女の反応を楽しんでいるようだった。

「そろそろ降りてくれるかい?」

リーが車体の低い車から降りると、ピアーズ・シンクレアはもう彼女の目の前に立っていた。大柄な割には身軽な人だ。「わざわざ降りてくださらなくても、よかったのに」

彼はリーの腕をしっかりとつかみ、彼女のアパートの方へ向かった。「君の両親に話がある」と彼はこわい顔で言った。「君のような生き方をするには、君はまだ若すぎるんだ」

「私のようなって、どんな？」

「気ままな生き方さ」

リーは怒って彼をにらんだ。「私は両親と住んでいません。それに、私の生き方に口出ししないでください。あなたに干渉されなくたって、今まで、うまくやってきたし、これからだって、きっとうまくやれるわ」

「私もそう思うよ」と彼は冷やかに言った。「それに、君が週末を誰とすごそうと、君の両親が心配していないのに、なぜ私が心配しなきゃならないんだ」

「私は、両親が私のことを心配していないとは言わなかったわ。ただ、一緒に住んでいないと言っただけよ」

「結局、同じことさ」

「ギャヴィンがあなたと離れて暮らしてることについても同じように感じてるのね？」

「いや、まったく違う。ギャヴィンは、私が旅に出ていることが多いので、一緒に暮らしたくても暮らせないんだ」

「私だって、そうだわ。両親の家はここから六十キロも離れてるし私は仕事に通うのに便利な所に住みたいの」

「なるほど、仕事ねえ」と彼は、さもばかにしたように言った。「君の今後のことをお願いできる人がいないとなると、君が自分の人生を破壊するのを黙って見てるしかないな」

「さよなら、シンクレアさん。『お目にかかれて幸いでした』なんて言わないわ。だって、お互いにそう思ってないんですもの」

「そのとおりだ」そう言うと、ピアーズ・シンクレアはくるりと背を向け、立ち去った。

2

ほとんど眠らずに朝を迎えたリーは、疲れた体でテーブルに座り、ふさぎ込んでいた。昨夜、というより、今朝早くアパートに帰った後、ルームメイトのカレンを起こしたくなかったので、居間の肘掛け椅子でまどろんだだけだった。彼女はまだピアーズ・シンクレアの無礼な態度に腹を立てていた。今度会ったら、彼をどう思ってるか、はっきり言おう！

カレンが眠そうに目をこすりながら寝室から出て来た。カレンはリーの姿を見つけると、驚いてぽかんと口を開けた。「いったい、ここで……」カレンは信じられないと言うように首を振った。「何をしてるの？」

「あなたが起きて来るのを待ってたのよ。『だから言ったじゃないの』って言わせてあげようと思って。ギャヴィンはあなたの言うとおり、卑劣な男だったわ」

「まあ！」

リーはカレンの驚きようを見て笑った。「でも、ご心配なく。何も起こらないうちに逃げ出したわ」

ほっと胸をなで下ろしたカレンは、台所へ行って、やかんを火にかけた。「それじゃあ、どうやって帰って来たの？」カレンは居間にもどると、もう一つの肘掛け椅子の上に正座して言った。

「それよりも、初めから話したほうがいいと思うの」とリーはため息をついた。昨夜のしくじりをカレンにすっかり話すと、リーの気持は少し軽くなった。

「じゃあ、ピアーズ・シンクレアがあなたをおくってくれたって言うの？」話を聞きながらいれたコーヒーをリーに渡しながら、カレンはすっとんきょうな声を上げた。

リーは熱いコーヒーをおいしそうにすすった。

「彼、私に対して責任を感じるって言うのよ」

「彼が？」カレンは飛び上がらんばかりに驚いた。

「ええ、彼がよ」リーはけげんそうにカレンを見つめた。「どうして彼を強調するの？　あの有名なシンクレア氏について、何か私の知らないことでもあるの？」

「そのう……」とカレンは口ごもった。「同一人物かどうか、わからないけど……でも、ピアーズ・シンクレアなんて、そうざらにある名前じゃないわね。その人、レーサーだったと言ってなかった？」

リーはうなずいた。「ギャヴィンがそう言ってたわ。それに、その人のハンドルさばきから見ても間違いないと思う」

「じゃあ、本物ね」とカレンは興奮気味だった。

「彼がギャヴィンのお父さんだなんて！　どっちにしても、私の記憶が正しければ、彼は二年くらい前にひどい事故を起こして脊髄《せきずい》を痛めたはずよ。それで再起不能になって、引退せざるを得なくなったの。彼が活躍してるころは、かなり有名だったのよ」

「変ね、私はおぼえてないわ」

「でも、その事故に関係したスキャンダルならおぼえてるんじゃない？　あれは事故じゃなくて、自分の奥さんとシンクレア氏の関係を疑ったライバルのレーサーが、彼を計画的に殺そうとしたんだという噂《うわさ》よ。もちろん当事者たちは否定したけど、噂は消えなくて、とうとう、そのライバルも数カ月後に引退して、奥さんも離婚訴訟に踏み切ったそうよ」

「どうりで、どこかで聞いたような名前だと思ったわ。まったく、なんてご立派な親子かしら！」

「ええ。あなた、そんな親子から、よく逃げられたわね。それに、あなたを父親に売り渡すなんて、ギャヴィンも礼儀正しいとは言えないんじゃない？」

「まさに売り渡すって感じよ。実際、あんなおかしなことになってしまって、ギャヴィンも礼儀どころじゃなかったみたい」リーはくすくす笑った。「あの時のギャヴィンの格好、カレンにも見せたかったわ。素敵な絨毯《じゅうたん》の上に転がって、ほんとにおかしかったわ」

「私も見たかったわ。それに、文句の一つも言ってやりたかったわよ。リーをそんな目に遭わせて」

「そういえば、この二、三週間、彼、おかしなこと言ってたけど、私は、彼が結婚しようって言ってるんじゃないかと思ってたの」

カレンが吹き出した。「なんて信じやすい性格なの。それこそ信じられないわ！」

「ゆうべから私も変わったわ。ギャヴィンには、私がよほど愚か者に見えたでしょうね。私が彼の計画を知っていながらついて来たと思ってたみたい。これからは、私、その人がぜったい信頼できる人物だとわかるまで、誰も信じないことにするわ。特に男性はね。私って、人を見る目がなかったのね」

カレンはリーの顔をじっと見た。「ゆうべはぜんぜん眠ってないの？」

「ほとんど。私、そんなひどい顔してる？」

「そうね、少し疲れてるみたい。ベッドにはいって二、三時間眠ったら？　私は出かけるからじゃましないわ」

「そうもしてられないの。今日は特に用がなければ、家へ帰ってみんなと昼食をとるって父と母に約束しちゃったのよ」と、リーは浮かない顔をした。

「今夜のパーティはどうするの？」

「それまでにもどるわ。どっちにしても家へは帰らなきゃならないの。今日の午後、兄がフットボールの試合に出るのよ。私が応援に行くのを期待してるらしいから、がっかりさせたくないわ」

「今夜はアンジーのパーティに行けるような状態じゃないんじゃない？」

「わからないわ。外の空気を吸ったら元気が出るかもしれない。ただ、ギャヴィンがパーティに来なきゃいいんだけど。もし彼と会ったら、私、ひと騒動起こしそうよ」リーはけだるそうにあくびをした。

「とにかく、シャワーを浴びて目をさまさなくちゃ」

リーは、愛車の古いミニクーパーがありがたいことに途中でエンストを起こさなかったので、昼食前に実家に着くことができた。途中で買った大きな花束を母親に渡し、あたりを見まわした。「みんなは？」

リーの母は胸いっぱいに花の香りを吸い込んで言った。「こんなお金があったら貯金しなさいと言ったでしょう。でも、きれいね」母はリーの頬にキスをして、さっそく花を生けにかかった。「お父さんはお仕事で、デールはジャネットの家よ。クリスはお友達と出かけてるわ。午後の試合の作戦でも練ってるんでしょう」

「家族全員の顔がそろうなんて感激ね」と、リーはおどけて言った。

「一番の心配は、あなたがここまでたどり着けるかどうかだったわ――あなたの車は当てにならないんですもの。どうして、お父さんにお金を出してもらって新車を買わないの？」

「わかってるでしょう、お母さん。私は一生けんめいお金をためて、自分の力であのミニクーパーを買ったのよ。だから大事にしたいの。どっちにしても、この週末は友達と旅行するはずだったから、帰れそうもなかったんだけど、計画が壊れちゃってね」それにしても、ひどい壊れ方だわ！

「がっかりしないで。旅行なら、また行けるわ」

「そうね。クリス兄さんとお父さんは昼食にもどるの？」リーはできるだけ早く話題を変えたかった。

「もちろんよ」母は娘の青白い疲れた顔を心配そうに見た。「少しやつれたみたいよ。夜ふかししてるんじゃない？　それとも働きすぎ？」

「両方とも少しずつね。でも、ここで楽しくすごせば、すぐに良くなるわ」リーは昨夜の出来事で母に心配をかけたくなかった。もう済んでしまったことだ。時がたてば胸の痛みもいえるだろう。

その時、クリスと父親が帰って来たので、リーは父親に駆け寄り、抱き合った。リーは末っ子で、しかも一人娘なので、特に父親に可愛がられていた。

「おまえたちがどんどん大人になるのを見ていると、私も年をとったなあと思うよ。もっとも、リー、おまえが家を出たいと言った時から、それは覚悟しておかなければならなかったんだが……」

「家を出たかったわけじゃないのよ、お父さん。でも、毎日仕事に通うには遠すぎるし、遅かれ早かれ、私は町へ出なきゃならなかったのよ。お父さんも今日のフットボールの試合を見に行くの？」

「私も一緒に行って、クリスたちが打ちのめされるのでも見るとするか」と父は答えたが、その目は言葉と裏腹にきらきら輝いていた。

リーの父親の予想に反して、クリスのチームは四対ゼロで試合に勝った。リーは声がかれるまで応援し、デールとジャネットも声援をおくった。デールは三人兄妹の一番上で二十一歳、クリスは十九歳でリーより一つ年上である。デールとジャネットは来年結婚を考えている。

「クリスマスには帰って来るの、リー？」母親が尋ねた。

お茶の後で家族全員が暖炉のまわりに集まった。リーはその温かな安らぎの場から立ち去り難かった。

「この家ですごすクリスマスが一番よ。たぶん、カレンも家へ帰るでしょう。もし帰らなかったら、うちへ連れて来てもいいでしょう？」

「もちろんよ。クリスマスに家族が一人増えたって変わらないわ。食べ物や飲み物はたっぷり用意しますからね。それに、カレンならいつでも大歓迎よ。特にクリスはね」母親は、赤くなっている息子を見て笑った。「ごめんなさい、クリス、ちょっとからかっただけよ」

リーはとうとう重い腰を上げた。今から帰れば、アパートへもどってパーティのために着替えをする時間はある。「さあ、行かなきゃ。今週中か来週にはまた帰って来るわ。はっきり決まったら電話します」

「ここはあなたの家なんだから、いつ帰って来てもいいのよ」と母はやさしく娘をたしなめた。「電話なんかしなくても、誰か必ずいるわ」

「わかったわ、お母さん」リーは、母の、娘を手元に置けないさびしさを察して母を抱きしめた。家族の中で女性はリーと母親だけなので、二人はとても仲が良かった。「それから、今日は食べ物やお土産はお断りよ」

「そんなこと、母さんが承知するはずがない」と父が笑った。「母さんはおまえがアパートで飢え死にすると思ってるんだ」

母が父をにらみつけた。「今日はアップルパイとチョコレートのスポンジケーキだけですよ。二つともあなたの大好物でしょう」と母は娘に言った。

「甘いんだから、お母さんは。こんなことしてたら太っちゃうわ。でも、お母さんのケーキには目がないの」

「少しは栄養のあるものも食べてもらわなくちゃ。このごろ、ちゃんと食べてないんでしょう?」

「食べてるわ、お母さん。それに、私、そんなにやせっぽちじゃないわ」

「いいから持って行きなさい」と、母はパイとケーキの包みをリーに渡した。「暗いから気をつけて運転するんですよ」

「ええ、気をつけるわ」

リーの車はなかなかエンジンがかからなかった。母の言うとおり、近いうちに車を買い替えなければならないだろう。だから、アパートまであと八キロの地点で車が止まってしまった時も驚かなかった。リーはぶつぶつ文句を言いながら車を降り、ボンネットの中をのぞき始めた。と言っても、機械のことに詳しいわけではなく、少しいじったらまたエンジンがかかるのではないかと思ったからだった。

五分後には、それもむだだとわかり、車に鍵《かぎ》をかけて、近くの自動車修理所まで歩く決心をした。

通りがかりの車が乗せてくれると言うのを断りながら、リーは暗い道をとぼとぼと歩いた。いずれにしても、そう遠い道のりではなかった。

その時、馬力の強い車が猛スピードでリーの横を通りすぎたので、リーはあわてて道の端に寄った。暴走族！　ぷんぷん怒りながら、遠ざかる車を見ると、驚いたことに、その車がものすごい音で急停車してバックし始め、やがてリーの横に止まった。

ボタン一つで窓が開き、ドライバーが顔をのぞかせた。「何かお困りですか？」それは、聞きおぼえのある低くて男性的な声だった。

まあ！　リーは信じられなかった。今夜の彼女はよくよくつきに見放されたらしい。「若い娘を拾う習慣がおありですの、シンクレアさん？」リーは冷たく言った。

「普段は違うんだ、ミス・スタントン」彼は私の名前をおぼえていた！「君が困ってる様子だったから、声をかけるだけかけてみようと思ってね」

「それで、今は？」

「まだ力を貸す気はある」ピアーズ・シンクレアは車のドアを開け、リーが助手席に座ると、彼女の方に身を乗り出して窓を閉めた。リーはすぐに彼の男臭い温かい体を意識し始めた。彼は車内燈をつけてリーの顔を見た。「どうして夜の七時にこんなさびしい通りを歩いてたのか、きいちゃいけないかね？まさか、ゆうべのくり返しだなんて言わないだろうね？　いざという時になって、また気が変わったのか？」ピアーズ・シンクレアの声には明らかに軽蔑《けいべつ》が込められていた。

「ギャヴィンがゆうべのことをそんなふうに言ったんですか？」とリーは怒った。

ピアーズ・シンクレアは口をきつく結んだ。「あれからギャヴィンには会っていない。君をおくった後、私はロンドンの住まいのほうへ帰ったんだ」

「説明なんか、してくださらなくてけっこうです、シンクレアさん。私がここで何をしてたか、ほんとにお知りになりたいのなら、教えてさしあげます。車が三キロほど手前で故障したので、修理所を探してたんです」

「君、運転するの？」

「もちろん。ここまで車を押して来たわけじゃありませんわ」とリーは、いやみな答えを返した。彼はリーが車を運転できないと思っていたのだろう。

「わかった。君には負けたよ」ピアーズ・シンクレアは車をUターンさせた。「君の車はここから遠いのかね？」

「二、三キロの所ですけど、どこが悪いのか、さっぱりわからないんです」

「女ってやつは、いつだってそうなんだ」

「それは女性蔑視もはなはだしいわ、シンクレアさん。あなたはレーサーだったから、車の仕組くらいご存知でしょうけど、だからといって、みんながそれを知らなきゃいけないということにはなりませんわ。反対に、あなたがあまりご存知ない分野のことを私がよく知っているということもありますから」

「そうだろうね。ところで、道案内を頼むよ。来る途中で君の車を見た記憶がないんだ」

リーの車は反対車線の道端に突っ込むようにして止めてあったので、リー自身もあやうく見逃すところだった。急いで車を降りたピアーズ・シンクレアは、無言でリーの車の鍵を受け取ると、故障したミニクーパーのボンネットを開けた。数分後、彼はボンネットを閉め、ミニクーパーの狭い車内に乗り込んだ。まだエンジンはかからない。彼が故障箇所を発見できずにいるのを見て、リーは思わず口元がゆるむのを必死で隠した。これで彼も自分のうぬぼれに気がつくだろう！

彼は何も言わずに車を降り、今度は自分の車のトランクを開けて、大きなガソリン容器を持って来た。

「君、ガソリンメーターを調べたのかい？　それとも、ガソリンタンクを空っぽにする癖があるのかな？」

リーは恥ずかしくて顔から火が出そうだった。

「私……いえ……考えもしなかったわ。故障に慣れっこになってしまって、ガソリンのことなんか考えもしなかったの」リーはもじもじした。「ごめんなさい」

「私に謝ることはないさ」ピアーズ・シンクレアは油で汚れた手を黒いズボンにこすりつけた。「三キロもむだ足を踏んだのは私じゃないんだから」

「ええ、私ですものね」リーは戸惑いを感じた。彼のことをうぬぼれ屋だと思ったなんて！　私のほうこそ思い上がっていたわ。「どうか……どうか、ばかな私のために服を汚したりしないでください。どうぞ、これで」と、リーはきれいなハンカチを彼に渡した。

「どうして？」と彼はやさしく尋ねた。「私が君に洗たく代を請求するとでも思ってるのか？」

「よろしかったら、そうしてください」とリーは生意気に答えた。「でも、払えるかどうかは別問題ですけど」

暗闇《くらやみ》で彼の白い歯が光った。「君も文なしの学生？」

「ギャヴィンは文なしとは言えないわ」

「だから君はギャヴィンと出かけたのか？　ギャヴィンが金持だから？」ピアーズ・シンクレアの口調が厳しくなった。

「あなたの息子さんがお金持だなんて知りませんでした。私はギャヴィンが好きだから一緒に行ったんです。あなたから侮辱されるおぼえはありませんわ、シンクレアさん。ゆうべはまるで私のことを……」

リーはためらった。「私をどんなふうに非難したか、おぼえてらっしゃるでしょう？　今日は今日で、私をこともあろうにお金目当ての女だと疑うなんて。侮辱するのもほどほどにしてください。それとも、まだ何かおっしゃりたいことがあるんですか？」

「今のところ、ない」彼はリーに車の鍵を返した。「もう大丈夫だ。しかし、いずれにしても一度安全点検してもらうべきだな」

「私の車にそんな価値があるかしら」

「ないだろうね」

「どうもお世話になりました！」リーはさっさと自分の車に向かった。「みんながみんな派手な車を乗りまわせるわけじゃないわ」

ピアーズ・シンクレアは驚くほどの速さでリーに近づき、彼女の腕を痛いくらい強くつかんで、乱暴に彼女を振り向かせた。彼の黒い影がリーの目の前に高くそびえた。「君が意見を求めたから、私はそれに答えたまでだ。その意見が君の気にいらなくたって、私が悪いんじゃない。私は正直に自分の考えを言ったんだ。この車を乗りまわすのは危険だ」

「あなたのご忠告は心にとめておきます。ありがとう」リーはわざとらしく礼を言うと、彼の手を振りほどこうとした。

彼が急に手を放したので、リーは少しよろけた。

「おやすみ、ミス・スタントン」と彼は無愛想に言った。

リーは、車のエンジンが一回でかかったことを喜んでいいのか悲しんでいいのかわからなかった。彼に対する嫌悪感はますます強くなったが、彼に少しでも触れられると胸が早鐘のように高鳴ることも事実だった。いつもピアーズ・シンクレアを一人の男として意識してしまう。

彼の低くてハスキーな声は彼女の体に、自分では認めたくないある種の感覚を起こさせる。ピアーズ・シンクレアはどこへ行っても自然にその場の注目を集める存在なのだ。

でも、リーは彼を憎んでいる！　誰よりも何よりも彼を憎んでいる。リーのことをこれっぽっちも知らないくせに、どうして彼はリーを不道徳な娘だと決めつけることができるのだろう！

「いったいどうしたの？　何かきいてくれって言わんばかりの顔よ」リーがようやくアパートに帰り着いた時、カレンが言った。「また車の故障？」

「いつものごとくよ」とリーはぼやいた。「遅くなってごめんなさい。あと十分待って。支度するから」

「気にしないで、リー。キースが迎えに来るって言ってたけど、あと三十分あるわ。ところで、今度はどうやって車を動かしたの？　修理工を呼んで？」

リーの顔が曇った。ピアーズ・シンクレアは修理工とは呼べない。リーは、またしても彼の助けを借りねばならなかったことを認めたくなかった。どうして彼でなければならないのか。どうして彼はあんな所を走っていたのか――彼の家とは逆方向だ。きっと、数多い女友達の一人を訪ねた帰りなのだ。彼のように、見るからに男っぽい男は、肉体的欲望を満たしてくれる女性なしには生きられないのだろう。

リーはため息をついた。そう決めつけるのは早すぎるかもしれない。リーの知る限り、ピアーズ・シンクレアには少なくとも一人は女性がいるはずだ。それは、噂になったあのレーサーの妻――いや、今は離婚しているから、元妻――かもしれない。だとすれば、彼の道徳観念だって、ほめられたものではない。しかし、息子のギャヴィンの話からすると、彼には一人も女性がいないのではないか、とも思える。

「私だって信じられないくらいだから、あなたはなおさら信じられないでしょうけど、私ね、ピアーズ・シンクレアに助けてもらったの」

「なんですって？　また？」

リーはシャワーを浴びるために服を脱ぎ、脱いだ服を自分のベッドの上に投げた。「ええ、またなの。わかるでしょう、私がどんなにうろたえたか。特に、車のエンストの原因がガス欠だとわかった時にはね。まったく、ついてないわ」

「あら、まあ！」カレンはくすくす笑った。

「彼の自信たっぷりな顔、見せたかったわ。彼というと、無性に腹が立ってくるの！」

「リーは彼があまり好きじゃないようね。リーの話を聞いてると、かなり魅力的な人みたいに思えるけど」

「そうねえ」リーは戸棚からタオルを出し、花柄のシャワーキャップに髪を押し込んだ。「豹《ひょう》みたいな人よ。優雅で力強くて、狙った獲物は逃がさない」

「ほんと？　ますます面白そうじゃない」カレンは満足げにほほ笑んだ。

「冗談じゃないわ。彼は私たちみたいな若い娘を朝ご飯に食べてるかもしれないのよ」

「今夜はどの服にする？」カレンはそろそろ話題を変えたほうがいいと思ったようだ。「よかったら、出しておいてあげるけど」

「私のために遅れたりしないでね。私ならタクシーを呼べるわ」

「大丈夫。私もどうせ着替えるから、ついでにね」

「じゃあ、お願いするわ。ベルベットのパンタロンとクリーム色のスモックよ」

リーは湯気の立つ熱いシャワーを楽しみ、いつも使っている香水石けんで全身を洗った。けれど、心は思ったほど休まらなかった。ピアーズ・シンクレアの傲慢《ごうまん》な顔が頭にこびりついて離れない。たった二度しか会ったことのない男性がこんなにも彼女の心をかき乱すなんて信じられない。でも事実なのだ！　ピアーズ・シンクレアに比べたら、今夜パーティで会う男の子なんか、まるで子供だ。リーは心の中で自分を叱《しか》った。彼のことは考えるだけ時間のむだだ。息子に平気で自分の情事を見せびらかす人のことなんか。

リーは濡《ぬ》れた体にタオルを巻きつけてバスルームを出た。カレンはもう着替えを済ませていた。「素敵よ」とリーはカレンに言った。ブロンドのカーリーヘアがカレンのハート形の顔によく似合っている。ドレスは紺と白の地に花柄のプリントのロングドレスで、それを着ると、カレンの小柄で上品な体がいっそう引き立った。「こんなにおめかししたのは誰のため？」とリーはからかった。「キース？」

カレンは可愛らしく頬を染めた。「違うわ。確かに彼は好きだけど、そんなに真剣じゃないの」その時、玄関のベルが鳴った。「きっと彼よ」

リーはシャワーキャップをはずして髪を後ろになびかせ、ほてった顔に化粧を始めた。

カレンが上気した顔であわてて寝室にもどって来たのを見て、リーは冷やかすようにほほ笑んだ。

「どうしたの？　キースがまたふざけたの？」

「違うの。そ、そうじゃないの！」カレンが興奮して言った。「あ、あ、あなたに会いたいって人が来てるの。キースじゃなかったのよ」

リーは首をかしげた。「それで、誰なの？」

「わからないわ。彼、名前を言わないの」

「彼？」リーはタオルを体にしっかり巻きつけ、素足のまま居間へはいって行った。そして訪問者の姿を見た時、リーは思わず足を止めた。その男は窓際に立って外を眺めていた。後ろ姿を見ただけで、その人が誰か、すぐにわかった。あんな豊かな髪とあんな広い肩を持った男性は、他にいない。

「こんばんは。またお目にかかりましたわね、シンクレアさん」と、リーは丁寧にあいさつした。

ゆっくり振り向いたピアーズ・シンクレアは、リーの挑発的な格好を見て目を細めた。「こんばんは、ミス・スタントン」彼の目はタオルに包まれたリーの体を無遠慮に眺めまわした。リーは防衛本能からタオルの折り目をしっかりつかんだ。それがよけい彼の目をひくことになった。「君はいつもそんな格好で客を出迎えるのかね？　それとも、そういうスタイルをはやらせようと思ってるのかな？」

「よしてください、シンクレアさん。あなたはバスタオル姿の女なんか、見飽きてるでしょうに」

「まあね。でも、君は女じゃあない」

「きっと私の……友達がここにいたら、即座にあなたのその言葉を否定するでしょうね」リーは部屋に彼と二人きりでいるという事実に今、初めて気がついた。カレンはなぜか寝室に引っ込んだままだった。彼が誰なのか、カレンにも、もうわかっているだろう。

「経験もないくせに、あるようなふりをするのはよせ」とピアーズ・シンクレアはいとも簡単に言った。

リーの瞳は怒りに燃えた。「どうして、そんなことがわかるの？　あなたの息子さんとベッドを共にしなかったからって、他の男性ともそういうことがなかったということにはならないわ」

「そうしたのか？」と彼は厳しく問いただした。

リーは彼の肉体的魅力から逃れるために顔をそむけた。優雅に着こなした白のタキシードが彼の広い肩幅をよけい広く見せている。黒のスラックスは長い筋肉質の脚をぴったりと包み、思わず息をのむほどセクシーだった。また、彼自身、自分が女性たちに及ぼす影響をじゅうぶん承知しているようだった。顔に刻まれた深いしわと皮肉っぽい表情がその証拠だ。

「あなたには関係ないでしょう」冷静さを取りもどしたリーがそう言いかけた時、キースが到着した。キースはいつものようににっこり笑って居間へはいって来た。

「玄関が開いていたから、はいらせてもらったよ。元気かい、子猫ちゃん」リーを抱きしめたキースは、突然ピアーズ・シンクレアの存在に気づいて、問いかけるようにリーを見つめた。

　リーはキースに申し訳ないような気がしたが、結局、二人を引き合わせないわけにはいかなかった。

「キース、こちらはシンクレアさん。ギャヴィンのお父さんよ。シンクレアさん、こちらはキース・マンダーズ」二人はお互いの訪問の目的を知らないまま握手を交わした。

　カレンが、キースの到着に気づいたらしく、小走りに寝室から出て来てキースの腕に自分の腕をからませ、みんなに恥ずかしそうにほほ笑んだ。「待ってましょうか、リー？　それとも後から来る？」カレンはピアーズ・シンクレアに鋭い視線をおくった。

　リーは他の人にもわかるほどびくっとした。ピアーズ・シンクレアと二人きりになりたくなかった。けれど、これ以上、キースとカレンを待たせるわけにもいかない。「二人で先に行っててちょうだい」リーは不安を隠すのに必死だった。みんながいてもこんなに不安なのに、二人きりになったら、どうなってしまうかしら。「たぶん後から行くわ。もし行かなかったら、今夜は早めに休んだと思ってね」

　キースとカレンをおくり出した後、リーは、難しい顔で押し黙っているピアーズ・シンクレアをこわごわ見つめた。「今度は何？　あなたの顔に、また私があなたのお気に召さないことをしたって書いてあるわ」

　ピアーズ・シンクレアの黒い眉がつり上がった。

「私に気に入られるかどうかが、君にとって、そんなに大事な問題だとは知らなかった。しかし、私が不愉快になった理由をほんとうに知りたいのなら、教えてやろう。さっきの男が自分の家みたいにずかずかとここへはいって来て、まるで当たり前だと言わんばかりに平気でタオル姿の君を見るのが、実に不愉快だ！」

　リーは反抗的に彼をにらんだ。「たぶん、彼にはそれが当たり前なのよ！　私の親友ですもの」事実、キースとはロンドンに出て来て以来のつき合いだった。それに、彼は医者の卵なので、女性の裸には慣れている。しかし、ピアーズ・シンクレアはそのことを知らない。リーもそれを話すつもりはなかった。

ピアーズ・シンクレアが部屋の中央に進み出て、リーの腕をつかんだ。彼の細く長い指が鋭くリーの肌に食い込む。リーは痛くて、悔しくて、涙があふれてくるのを感じた。素足で、タオル一枚巻きつけただけの姿では、どう見ても自分のほうが不利だと悟ったリーは、哀願するように彼のこわい顔を見上げた。

「お願い」リーは怒りに燃える彼の瞳から目をそらすこともできないまま、彼の指を無理やりほどこうとした。「お願い……痛いのよ」

「あの青年がどうしてあんなになれなれしいのか言わないと、もっと痛くするぞ」

彼が急にリーを引き寄せた。リーは驚いて目を丸くし、自分には理解できない感情が彼の中に渦巻いているのを感じた。彼の引きしまったももがリーのむき出しの脚に触れるくらいに、そして、彼のやわらかな息がリーの髪をくすぐるくらいに、二人の体は近づいた。「キースは、と、友達よ」リーは息が詰まりそうだった。

ピアーズ・シンクレアは筋肉質の体にさらに強くリーを引き寄せて、彼女の腕をつかむ指にもっと力を込めた。「どの程度の友達だ？」

「ただの友達よ」彼の指から力がぬけ、リーは麻薬のような魔力を持った彼の体から離れることができてほっとしながら、しびれた腕をさすった。「あなたはいつもこんなに乱暴なの？」

「いつもではない」彼は表情を和らげ、リーの顔色をじっとうかがった。「私にとって重要な問題の場合だけだ」

「じゃあ、私がその場合に当てはまるのね？」とリーはきかずにいられなかった。

腰を下ろしたピアーズ・シンクレアは、ゴールドのシガレットケースからたばこを一本取り出し、リーにもすすめて断られると、おそろいのゴールドのライターで火をつけた。「妙な話だが、そうなんだ」と彼はかすれた声で言った。「君はまだ子供だから、ギャヴィンの付き合うような連中と遊びまわるのは、まだ早い」

「じゃあ、ギャヴィンはどうなの？」

「ギャヴィンは男だし、良くも悪くも、自分のことは自分で決められる」

「それは男尊女卑よ、シンクレアさん。今時珍しく古風ですこと！　今は男女同権の時代よ」

「君のような子供には、それは当てはまらない。独立だの同権だのと言う前に、君はもっと大人にならなくちゃいけない。専門学校へ行ったからって、なんの助けにもなりゃしないよ。ところで、何を勉強してるんだ？」

「プロの怠け者になる方法かしら？」

「皮肉はよしなさい」とピアーズ・シンクレアはリーをやさしく叱った。

「ごめんなさい」少し寒くなってきて、リーの体は震えが止まらなかった。

彼は立ち上がった。「悪かったね。君、寒くなったんだろう？　服を着てくるなら私はここで待っているよ」

「なんのために？」とリーはわざと尋ねた。

「いい子だから、早く服を着て来なさい」

リーは大急ぎでワイン色のベルベットのパンタロンとローンのスモックを着て、長い黒髪が細い肩につやつやと広がるまでブラッシングをした。それから手早く薄化粧をして靴をはくと、ヒールで背が高くなった分だけ自信がわいてきて、寝室を出る時には、横暴なピアーズ・シンクレアにも勇気を持って立ち向かえるような気分になった。

「すばらしい。君はとてもきれいだ」

「私が？」

「そうだよ。あんまり強情を張らなければな」彼は上着のポケットからハンカチを取り出した。「君のだろう？」それは車の油で彼の手が汚れた時にリーが貸したものだ。

リーはハンカチを受け取った。「これを返すためにいらしたの？」

「がっかりしたかい？」

「いいえ！」リーはむきになって否定した。ただ、少しむきになりすぎた。「あなたがこんなものを返すためにわざわざ来るなんて変だと思っただけよ」

「理由はそれだけじゃない。君が無事に家へ着いたかどうか、確かめたかったんだ」

「あなたが？　でも、どうして？」

「私は君に責任を感じるんだ。君は自分で自分の身を守ることのできない頼りないお嬢さんだ。それに、ご両親も君のことをあまり心配してないようだし……」

「あなたは出しゃばりすぎよ！」リーは怒りに燃えてピアーズ・シンクレアの前に立った。「両親は私のことをとても心配してくれてるわ。現に、さっき車が故障した時も、両親の所から帰る途中だったのよ。父と母以上に私のことを心配できる人なんて、他にいやしないわ」

「でも、君のような子供をひとりでロンドンへ出して、君が今付き合ってるような連中と平気で遊ばせておくなんて……」彼はリーの顔がますます赤くなるのを見た。「むろん、君の友達とやらについて、ご両親がご存知ないのなら話は別だが……そうなのか？」

リーはピアーズ・シンクレアの刺すような視線を

避けて、マニキュアを塗った爪をじっと見つめた。

「両親に隠さなきゃいけないことなんて一つもないわ。父や母は、ロンドンで私に友達ができたことを喜んでるくらいよ」

「しかし、その友達のほとんどが、誰とでも簡単に寝たり麻薬を使っている連中だということは話してない。そうなんだろう？」

彼の声には有無を言わせぬ響きがあった。「ええ」とリーはしかたなく認めた。「でも、父も母も、私がそういうものにおぼれるほど分別がないとは思ってないわ。それに私、麻薬中毒の恐ろしさを見て知ってますもの。こういう話はすべて、ギャヴィンになさったら？」

「ギャヴィンは自分の面倒は自分でみられる。ギャヴィンも中毒患者を見たことがあるから、麻薬におぼれることは絶対ない」

「そうですか。わかりました」リーはあきらめてそう言った。「さあ、私が無事に帰ってることを確認なさったんだから、お約束の場所へ行らしたら？女の人を待たせるのはいやだわ」

「私の行動は私が責任をとるよ、お嬢さん。今はこうしていたいんだ」

「私はこうしていたくないわ！　これから出かけるのよ。あなたのごきげんを取っていられないわ」

ピアーズ・シンクレアが立ち上がった。「よろしい。私が君を連れて出かけよう」そう言って彼は真っ白なカフスをぴんと引っ張った。

「パーティ会場までおくってくださるの？」

彼は首を振った。「いいや、私が君を連れて出かけるんだ」彼は吸いかけのたばこをもみ消した。

「用意はいいかい？」

「ねえ、シンクレアさん、どうしてあなたが私と夜をすごしたいとおっしゃるのか、わかりませんけど、あなたに私を誘う義務がないのと同じくらい、私に育った子供以外の何物でもない」彼はよそよそしく一礼した。「では、楽しい夜を」

はあなたと出かける意志はありません。あなたが私のせっかくの夜を台なしにしたなんて、お考えにならないで。パーティは夜中までやってますから」

「ミス・スタントン」と、彼は半分ばかにしたような笑みを浮かべた。「私はしかたなく誘ったりはしないよ。どうして私が君を連れて出かけたいと思っちゃいけないんだ？　前にも言ったとおり、君はとても美しい娘だ」

リーは目を丸くして彼を見た。品定めするような彼の視線にさらされて息が詰まりそうだった。「間違ってたら、ごめんなさい。あなたは、あなたが私に注意しなさいとおっしゃった類《たぐい》の人間じゃありません？」

ピアーズ・シンクレアの笑顔が冷たくひきつり、その情容赦のない視線が、リーに残された自信をことごとくはぎ取った。「私の第一印象は正しかったようだな。君は幼いころにあまりお仕置をされずに

3

リーがタクシーで到着した時、パーティは最高に盛り上がっていた。リーは知った顔を捜した。まさか！　ギャヴィンの顔を見つけた時、リーの心臓は止まりそうになった。ギャヴィンが自分の方へやって来るのが見えたので、リーは急いで人ごみに身を隠そうとした。

なんてずうずうしい人！　怒りがリーの胸にこみ上げた。ギャヴィンは、今リーが一番口をききたくない人間だ。まして、彼の横暴な父親と口論したばかりでは、よけいだった。

とうとうリーに追いついたギャヴィンがそっと彼女の腕をとった。「リー、逃げないで」彼は悲しげに頼んだ。

ギャヴィンの後悔の表情を見て、リーは少しほっとした。「あなたのことはもう好きになれないわ。だから私にかまわないで」音楽やおしゃべりが騒々しくて、リーは大声を出さなければならなかった。

「昨日のことは悪かったよ、リー」ギャヴィンはリーのために持って来た飲み物を彼女に渡した。「君にひどいことをしたと思ってる。だけど……」

「言い訳は聞きたくないわ、ギャヴィン」と、リーは冷たく言った。「あなたのゆうべの目的はよくわかったし、たとえ、あなたのお父さんがあなたと同じくらい軽蔑《けいべつ》すべき人間だとしても、じゃまにはいってくれたことには感謝してるわ」

ギャヴィンはリーの腕をとって静かなすみへ連れて行った。「そんなつもりじゃなかったんだ……ただ、ちょっと……」彼は口に出せない言葉に顔を赤らめた。

「ただ、ちょっと私をベッドへ誘い込もうとしただけでしょう」とリーは憎しみを込めて言った。

「違うよ、ぼ、ぼくは……」ギャヴィンは恥ずかしそうにうなだれた。「ほんとにそこまでするつもりはなかったんだ」と彼は苦笑いを浮かべた。「よく言うだろう？　あいつは口ばっかりで、何もできやしないって。僕はそれなんだよ」

リーはバカルディのコーク割りに口をつけながら眉をひそめた。「言ってることがわからないわ、ギャヴィン。どういうこと？」

ギャヴィンは肩をすぼめた。「つまり……その……つまり、僕はまだ、一度も……」

突然、ギャヴィンの言おうとしていることに気がついて、リーはあぜんとした。「まだ一度もですって？　それなら、どうしてあんな、ドンファンのイギリス版みたいな大口をたたいたの」

ギャヴィンはしばらく黙っていたが、やがて深いため息をついた。「みんなが期待してるからさ」

「私は期待なんか、してないわ！」

「僕はおやじの子なんだよ。君だって、僕のおやじの評判は知ってるだろう？」

「い、いいえ、お父さんのことは、あなたから名前を聞くまで知らなかったわ。それに、お父さんに女性関係の噂《うわさ》が多いからって、あなたもそうでなきゃいけないってことはないでしょう」

ギャヴィンが急に、にやりとした。「君、僕のおやじがあまり好きじゃないようだね」

リーの顔が曇った。「それはお互いさまよ」

「たぶんね。でもどうして僕に、君がほんとはどういう女の子なのか説明させてくれなかったんだい？　そうすればおやじだって君に失礼な態度はとらなかったのに」

「あなたなんか当てにしたくなかったのよ」

「ねえ、もう許してくれる？　カレンと二人がかりで油をしぼられたんだから、もうじゅうぶんだろう」

「カレンが？」リーは笑った。胸のつかえが下りたようだった。「カレンにも叱《しか》られたの？」

「そうなんだ。すっかり改心したよ」彼はリーの飲みかけのグラスを取り上げた。「さあ、踊ろう」

リーはダンスが大好きで、肩の力をぬき、音楽に身をゆだねた。やがてカレンとキースの姿を見つけたリーは、ギャヴィンを二人の所へ連れて行った。

「楽しんでる？」と、リーはカレンに尋ねた。

「まあね。でも、頭痛がするから、もう帰ろうと思ってたの」カレンはギャヴィンをちらりと見た。

「リーも一緒に帰らない？」

リーはやさしくカレンの腕をつかんだ。「大丈夫よ、カレン。私、ギャヴィンを許すことにしたの」

「それじゃあ甘すぎるわ！」

キースがけげんな顔をした。「なんの話だ？　君、リーを困らせてるんじゃないだろうね」キースはギャヴィンをいぶかしげに見た。

「私を助けてくれる男性がまた一人現れたわ」とリーは笑った。「なかなかいい気分よ。でも心配しないで、キース」

「また一人？」キースは首をかしげた。「ああ、ギャヴィンのお父さんもか」

「僕のおやじが？」とギャヴィンが尋ねた。「僕のおやじとどんな関係があるんだ？」

「今夜、カレンを迎えに行った時、アパートにいたんだ」キースが説明した。ギャヴィンが喜んでいないことは顔を見ればわかった。「リーはバスタオルを体に巻いただけの姿でね！　そりゃあもう可愛らしかったよ」

ギャヴィンが疑いのまなざしでリーをにらんだ。

「おやじが今夜、君のアパートにいたって？　いったいなんのために？」

「しまった。また、よけいなことを言っちまったかな、僕の悪い癖でね」とキースは言った。「キース、カレンが大げさにキースの腕をとった。「キース、私をおくってくれるんじゃなかったの？」

「ああ、僕たちは退散したほうがよさそうだな。ごめんよ、リー、知らなかったんだ……」

「いいのよ」けれど、リーは心から笑えなかった。

二人が帰ってから、リーはしかたなくギャヴィンにその日の午後の出来事を話した。「あなたのお父さんはね、道で車が故障して困ってる私を助けてくださったのよ」なんと作り話のように聞こえることだろう。でも、これは事実なのだ！

「いかにもありそうな話だな」とギャヴィンは鼻で笑った。「僕がこうやって自分の不道徳を謝ってるのに、君は前からおやじと何かあったんだ」

「違うわ！」

「ちっとも気がつかなかったなんて！」

「ねえ、ギャヴィン、ばかなこと言わないで、ここを出て、どこか話のできる所へ行きましょう」

「話すことなんかないと思うけど、とにかく出よう」ギャヴィンは喉《のど》に何かいやなものがくっついたように、ごくりと唾をのみ込んだ。

たばこの煙のこもった部屋を出て外の新鮮な空気を吸うと、リーはほっとした。

「うちへ寄って、コーヒーでもどう？」リーのアパートの前に着いた時、彼女はギャヴィンにこう言った。帰り道でギャヴィンがひと言も口をきかなかったのが、リーにはたまらなく恐ろしかった。

「遠慮するよ」と彼はすねたように言った。「おやじの残り物なんか、たくさんだ」

「ギャヴィン！　私、昨日まで、あなたのお父さんには会ったこともなかったわ。勝手な想像はやめて」

「想像しなくたってわかるさ――おやじがどんなに

手が早いか、知ってるんだ。どうした、ゆうべはおやじの部屋に泊まったのか？　おやじが田舎の家に帰って来なかったのは、わかってるんだ」

リーはギャヴィンの辛らつな言葉に戸惑うというよりも傷ついて、ため息をついた。「そんなこと言うなんて子供っぽいわ、ギャヴィン。あなたのお父さんはほんとに車をなおしてくれたのよ。お父さんと私が会ったのは、まったくの偶然よ」

「それじゃ、夕方、君のアパートでおやじは何してたんだ？」

リーは顔を赤らめた。それをきかれなければいいと思っていたのに。「私が貸したハンカチを返しに来てくださったの」なんてまずい答えだろう！

「手が油だらけになったから。それだけよ、ほんとうに」

「僕をばかだと思ってるんだな、リー。ばかでなきゃ、そんな話、信じないよ。君は僕よりおやじのほうが魅力的だと思ったんだろう？　おやじは女に甘いって噂だ。ほんとかどうか教えてくれないか？」

ギャヴィンは恨みがましく言った。

いきなり、リーの平手が飛んだ。ギャヴィンの頬を打つ音が静かな車の中に響いた。リーは歯ぎしりして怒った。「あなたたち親子とは、話をするだけ時間のむだだわ！」リーは車から出ると、一度も後ろを振り返らずに、さっさと家の中へはいった。

4

リーは、糊《のり》のきいた真っ白な帽子をつややかした黒髪の上にきちんと載せ、いく筋かのおくれ毛を後ろでとめてから更衣室を出た。黒いフラットシューズにはき替えても、リーはまだ背高のっぽで、清楚な准看護師の制服を優雅に着こなした彼女は、他の准看護師にうらやましがられていた。

制服は白とブルーのシンプルなデザインで、リーの細いウエストに締めたブルーのベルトが、かろうじてアクセントを添えている。リーは胸にとめた懐中時計をのぞいて足を早めた。九時五分前。急がなければ遅刻しそうだ。遅刻したら外来の師長はいい顔をしないだろう。

リーは一年前から――正確には十七歳になる少し前から――聖デーヴィッド病院で准看護師として働いている。初めは秘書になろうと勉強を始めたのだが、興味が持てなくて、前からあこがれていた看護師の道を選んだのだった。幼いころ、盲腸炎で入院していた兄を見舞った時から、リーは看護師になりたいと思っていた。

リーは准看護師の試験に合格した時の興奮を今でもおぼえている。そして、一年が過ぎ、いよいよ二カ月後に看護実習が始まろうとしている今も、リーの心は変わらなかった。つまり、この准看護師という期間は、自分がほんとうに看護師に向いているかどうかを確かめるための期間なのである。また、病院は准看護師を週二日、専門学校《カレッジ》に通わせ、生物学や社会学の勉強をさせている。ギャヴィンとは、そこで知り合ったのだ。

ギャヴィンのことを考えるとリーの口はこわばった。

た。幸い、学校はクリスマスホリデーで三週間ほど休みになる。ギャヴィンの冷たい視線や、口汚くののしり合うことには、これ以上耐えられない。

　リーは階段を上りながら、ギャヴィンのことを心から閉め出した。間に合った。九時二分前。ふう、危なかった！　時間にルーズなのは病院では困りものだ。特に患者の命がかかっている時は一刻一秒を争う。しかし、よほどの緊急事態でもない限り、走ることは許されない。

「おはようございます、ナース・スタントン」クーパー師長が書類から目を上げてあいさつした。クーパー師長は見たところ小柄でブロンドの可愛い女性だが、外来で働く看護師たちを厳しく、しかも上手にまとめている。

　リーは「ナース」と呼ばれたことがうれしくて、頬を染めた。「おはようございます、師長《シスター》」と、リーも丁寧にあいさつを返した。今日はどんな仕事を与えられるだろうか。

　師長はリーを見て自分の准看護師時代を思い出し、ほほ笑んだ。「今朝は、十時からの診察の準備が整っているかどうか、すべての診察室を点検することと、洗たくしたシーツやカバーの包みを解いて棚にしまっておく作業をあなたにお願いします」

「はい、師長」

　勤務当番表を見ていた師長の眉に影がさした。

「困ったわねえ」と師長は考え込んだ。「ナース・スタントン、受付をやったことはありますか？」

「ええ、あります、師長」受付係はリーの大好きな仕事だ。患者が来たら名前を記録し、その患者のカルテを用意するのである。准看護師に与えられる仕事は直接患者と接しないものがほとんどだから、リーは患者と直接話のできる受付の仕事が好きだった。

「それはよかった」師長はうなずいた。「チャールズ先生の午後の診察の受付係が今日は病気でお休みだから、代わりの人を探してたの。受付は二時半からです。いいですね？」

「はい。ありがとうございます、師長」リーはさっそく各診察室の点検に取りかかった。たとえ受付でも、チャールズ先生の診察に立ち会えるなんて、わくわくするわ。火曜の午後は予約患者だけの診察で、たくさんの有名人が高名なチャールズ先生の診察を受けに来る。


お昼にカレンと会ったリーは、太る食堂のランチをやめて、カロリーの少ないサラダを注文した。二人は、リーが初めてここへ働きに来た時に知り合い、お互いに自宅から通うよりも病院の近くに住んだほうが便利だと考えて今のアパートで共同生活を始めたのだった。カレンは現在、病理学部で働いている。

「ねえ、ちょっと聞いてよ！　私、今日の午後、チャールズ先生の受付をやるのよ。すごいでしょう！」

「素敵じゃないの。でも、チャールズ先生って、短気らしいから、気をつけてね」とカレン。

「チャールズ先生ほどの大人物が私なんかに話しかけるわけないじゃない」

「うーん、それもそうね。ところで、あと三日でクリスマスだってこと知ってる？　クリスマスのプレゼントはもう買い終わった？　私、まだなのよ」

「全部買ったと思うけど、いつも誰かの分を忘れてるのよ。クリスマスは好きだけど、買物はうんざり」リーは胸の懐中時計をのぞき込んだ。「もう戻らなきゃ。午後の休憩《ティー・ブレイク》で会えなければ、五時にね」

准看護師全員が同じ時間に休憩をとれるわけではなかった。


リーが受付に腰を下ろした時、チャールズ先生はもう診察室にはいっていた。けれど、最初の患者が来るまで、まだ十五分あったので、その間にリーはすべての書類が間違いなくそろっているかどうか調べた。もしそろっていなければ、大変なことになる。

　患者のリストに目を通し始め、半分くらいのところでリーの目は釘《くぎ》づけになった。信じられない！　こんなことが起こるはずがない！　ピアーズ・シンクレアだなんて！　リーは長い間、穴のあくほどリストを見つめていた。たぶん彼じゃないわ。そうよ、私の知ってるピアーズ・シンクレアのはずがないわ。リーの顔は青ざめ、気分が悪くなった。いや、彼に違いない。ピアーズ・シンクレアなんて、どこにでもある名前ではない。

　ピアーズ・シンクレアと最後に会ってから、そして、そのことでギャヴィンとけんかをしてから、二週間が過ぎていた。ギャヴィンとは、学校や共通の友達のパーティで顔を合わせたが、お互いに無視した。それなのに、今度はその父親と顔を合わせなければならないなんて！　でも、ピアーズ・シンクレアはリーを見てもわからないだろう。看護師の制服を着たリーと、彼の見慣れたズボンやセーター姿のリーでは、ずいぶん違うし、髪を首の後ろで丸めているので、まったく別人のようだった。

　最初の患者が到着した時、リーはピアーズ・シンクレアを頭から追い払おうと努め、ある程度成功した。リーは患者が診察室にはいるまでの少しの間、彼らとおしゃべりするのが好きだった。

　ピアーズ・シンクレアが、その長身のしなやかな体にまわりの視線を集めながら、大股でゆっくりと廊下を歩いて来るのを見た時、リーの胸はつぶれそうになった。彼の体から出る磁石のような力にひきつけられて、看護師たちが一人残らず彼を振り返り、頰をほんのりと染めるのが見えた。

　リーは下を向いて仕事に専念しているふりをした。彼が口を開く前に、彼が目の前に立っていることを感じ取った。いつものアフターシェーブローションの香りだ。恐らく、彼専用のものを特別に作らせているのだろう。それは少しつんとする男性的な香りで、彼にはぴったりだった。

「すみませんが、看護師さん」ピアーズ・シンクレアは下を向いているリーに声をかけた。「チャールズ・ウェンライト先生に診《み》てもらうことになってるんですが」

「わかりました」リーはまだリストをのぞき込んだまま、もぐもぐ答えた。これなら、糊のきいた白い帽子とつやつやした黒髪しか彼には見えないはずだ。リーは彼に気づかれないことを祈った。「お名前は？」

「三時半に予約のピアーズ・シンクレアです」

リーはリストを上から指でたどって、彼の名前を捜すふりをした。「ええ、シンクレアさん、確かにございます。間もなく番が来ると思いますので、おかけになってお待ちください」リーはまだ顔を上げなかった。

「ありがとう。前にどこかでお会いしませんでしたか？」リーの顎《あご》を持ち上げたピアーズ・シンクレアは、驚いて彼女のすみれ色の瞳を見つめた。彼の目が細くなった。「君か！」彼はやっと口を開き、唇をゆがめた。

リーは混乱した頭をなんとか落ち着かせ、こわばった唇に作り笑いを浮かべた。「こんにちは、シンクレアさん。もっと独創的な誘い方をなさったら？前にどこかで会いませんでしたか、だなんて！」リーは実際よりもずっと冷静なふりをして彼をあざ笑った。ピアーズ・シンクレアの存在はいつもリーを落ち着かなくさせる。今日の彼は黒っぽいロールネックのセーターの上にシープスキンのジャケットをはおり、筋肉質のももにはりつくような黒のスラックスをはいている。

「しかし、ほんとのことだろう？　それに、私は君を誘ったわけじゃない、看護師ごっこをするために制服を着るような女の子は私の誘いたいタイプじゃないんでね。糊のきいた制服にフラットシューズか！　あんまり魅力的じゃないな」

「そんなつもりで着てるんじゃありませんから」リーは厳しくやり返した。「さあ、待合室で座ってらしてください。まだ三時半になりませんから」

「わかっている。君に話があるんだ。君はギャヴィンにどんなくだらん話を吹き込んだんだ？　ギャヴィンは、君が私の一番新しい恋人だと誤解しているようだ」

「そんなばかな！」

「まったくだ。どうしてギャヴィンがそんな印象を受けたのか、説明してくれないか？」

「あなたの息子さんがどう考えようと、私には関係ありませんわ、シンクレアさん。彼の心の動きまでは責任とれません」

ピアーズ・シンクレアが一歩前に踏み出し、リーの手首をぎゅっとつかんだ。「よく聞くんだ、お嬢さん、私は……」

「ナース・スタントン、次の……まあ！」二人の姿を見て、若い看護主任《スタッフ・ナース》は思わず足を止め、けげんな表情でピアーズ・シンクレアを見つめた。「シンクレアさんですか？」

ピアーズ・シンクレアはリーの腕を放し、ジャケットをきちんと直してから、若い主任ににっこりとほほ笑みかけた。「ええ、そうです」彼はすらすらと言った。「どうか気になさらないでください。リーとは古い……友達なんです」

リーは主任におかしな目で見られて顔を赤らめた。主任はとんでもないことを想像しているに違いない。ピアーズ・シンクレアがあんな意味ありげな言い方をしたのでは、無理もないわ！

「そうですか。あのう……診察の用意ができましたので、シンクレアさん」主任は彼のカルテを持ってリーは冷たくほほ笑んだ。「勝手なことばかりおっしゃるのね、シンクレアさん。でも、私には、あなたに従う義務はありません。今は勤務中なので、あなたの言いなりになって、ここを離れるわけにいかないんです。私は……」

「ナース・スタントン！」知らぬ間に、さっきの看護主任が二人の後ろに立っていた。「たとえシンクレアさんがあなたのお友達でも、患者と言い合いをすることは許しません。すぐに謝りなさい」

「はい」リーはおとなしく頭をさげた。主任の目には、リーが大罪を犯しているように見えるに違いない。准看護師の務めは観察と手伝いであって、患者と口論することではない。「すみませんでした、シンクレアさん」リーの目は言葉と裏腹に怒りをむき出しにしていた。リーの謝罪に対してピアーズ・シンクレアは無愛想にうなずいた。

主任は満足げに言った。「よろしい、ナース・スタントン。診察室へもどって行った。

「後で話そう」とピアーズ・シンクレアはこわい顔で言った。

「もう話すことはありません」リーは冷静だった。

「しかし、私のほうは話したいことが山ほどあるんだ」と彼は頑固に言い張った。

リーは彼がはいって行ったドアをにらみつけた。あんな口をきくなんて、いったい彼は自分をなんだと思っているのだろう。シンクレア親子とはかかわり合いになりたくないとリーは心から思った。

十五分ほどしてピアーズ・シンクレアが出て来た。リーを見ると、彼の顔からほほ笑みが消えた。「さあ、話の続きだ。どこか話せる所へ行かないか？」

「だめです。勤務中ですし、これ以上あなたとお話ししたくありません。他にすることがありますから」

「私だってそうだ。それでも君と話したいんだ」

タントン。それでは休憩に行っていいですよ」

「ありがとうございます」リーは頭を上げ、しっかりした足どりで二人の前から遠ざかった。リーは、ピアーズ・シンクレアのせいで、自分が患者に失礼な態度をとったと思われたことが悲しかった。その彼が自分の横を歩いていることに気がついた時に、リーは彼を鋭い目で見上げた。「何かご用ですか?」

「さっき言ったとおり、話があるんだ」彼は廊下を歩きながらリーの腕をつかんだ。「外に車が止めてある」

「それで?」リーは怒ってピアーズ・シンクレアの方を向いた。「ねえ、シンクレアさん、休憩時間はたった十五分で、その間に私は職員用の食堂で骨休めにお茶を一杯飲むつもりなんです。その手を放してください!」

「こんなことを言っては気に障るかもしれんが、君の仕事はそれほど骨が折れるようには見えんがね」

ピアーズ・シンクレアはリーをばかにしたように言った。

リーは彼の腕を振りほどいた。「大いに気に障りますわ」リーは、やはり食堂へ向かうカレンを見つけてほほ笑んだ。「失礼」引き止めようとする彼を無視して、リーは職員用の食堂へ逃げ込んだ。いくら彼でも、たくさんの看護師の視線に立ち向かう勇気はなかったらしく、彼が追って来ないのを知って、リーはほっとした。

「いったいどうなってるの?」紅茶のカップをリーに渡しながらカレンがきいた。二人は窓際のテーブルへ向かった。その時刻、食堂は病院の職員で混み合っていたが、幸い、そのテーブルには他に誰も座っていなかった。

「きかないで」とリーはため息をついた。「このごろあの人に取りつかれてるみたいなの。三週間前は彼の存在さえ知らなかったのに!」

「今度はどうやって出会ったの？」

リーは外の駐車場に気を取られて、すぐには答えなかった。駐車場では、ピアーズ・シンクレアがこわい顔で緑のフェラーリに乗り込むところだった。

「彼、チャールズ先生の患者だったの。それに、私が彼の一番新しい恋人だって公言したとかなんとか、ギャヴィンが彼に言ったらしいの。そんなこと考えられる？」リーは怒りをむき出しにして言った。

リーの表情を見てカレンがくすくす笑った。「あら、私だったら気にしないけどなあ。彼みたいな人がほんとうの男って言うのよ。私なんか、会うたびに背筋がぞくぞくするわ」

「私もよ。でも、違う意味でね。彼と会っても、いらいらするだけだわ。いつも思いがけない時に現れるんですもの」リーは残念そうに懐中時計をのぞいた。「もうもどらなくちゃ」

リーが受付にもどって五分ほどすると、看護主任がこわい顔で診察室から現れた。「シンクレアさんが友達であろうとなかろうと、あなたが他の患者の前でシンクレアさんに失礼な態度をとったことには変わりありません。今回は大目に見て、師長には報告しませんが、これからは気をつけなさい」

「わかりました」とリーは穏やかに答えたが、お腹《なか》の中は煮えくり返っていた。ピアーズ・シンクレアが現れると必ずごたごたが起こる。もう彼の顔なんか二度と見たくない。

帰りがけにカレンがリーに言った。「今晩、映画に行かない？　キースと、他にも何人か行くんだけど、私たちも行けるだろうって返事をしちゃったの」

リーは首を振った。長い髪が黒いカーテンのように背中で揺れた。「今夜はやめておくわ。みんなと楽しくやる気分じゃないの」

「午後の出来事をまだ気にしてるのね？　リーを叱《しか》

った主任だって、今ごろはもう忘れてるわよ」

「ええ、そうかもしれないわね。みんな……あいつが悪いのに、あいつのほうは何もなかったみたいに涼しい顔して帰って行くなんて！」

カレンが忍び笑いをもらした。「私は彼が涼しい顔して帰って行ったとは思わないわ。今まで、あんなふうに追い払われたことなんて一度もなかったって顔だったわ」

リーは愉快そうにくすくす笑った。「もしそうなら、うれしいわ。威張ってて、ほんとにいやなやつ！　誰かが勇気を持って彼に立ち向かうべき時なのよ。ギャヴィンは父親の言いなりだし……」リーは考え込んだ。「ほんとに変なのよ。ギャヴィンはすごく父親を好いてるけど、その反面、恐れてもいるの。もっと変だと思うのは、父親の女性関係を自慢してることよ。もし私の父がそんなことになったら、私は親子の縁を切るわ」

「ちょっと待ってよ、リー。あなた、シンクレア氏の行動をろくに知らないじゃないの。そりゃあ、彼の過去の噂《うわさ》については私が教えたんだけど、新聞ていうのは、とかく大げさに書くものなのよ」カレンは突然、笑い出した。「それにしても、あなたのお父さんが田舎のプレイボーイになるなんて、想像もつかないわ。そんなタイプじゃないもの」

「まったくだわ」リーも笑った。

カレンはリーの笑顔を見て安心した。リーはピアーズ・シンクレアのことを大げさに考えすぎているのだ。彼のすることなすこと、はなから毛嫌いしている。カレンから見れば、彼は魅力的な男性だし、リーの彼に対する態度には驚くばかりだった。

「リー、映画を見に行きたくない？」

リーはうなずいた。しかし、表情は前より明るかった。「映画を見るような心境じゃないのよ。カレン、行くなら急いで支度しないと、もうじきキースが迎えに来るわ。その間に私は簡単につまめるものを用意するわ」

カレンは感謝を込めてほほ笑み、オーバーを肘掛け椅子に投げ出した。「急いで支度するわ」

リーは台所へはいり、いつものように手際良く動きまわって、カレンのためにサンドウィッチとコーヒーを用意した。ほんとうに不思議だが、どんなに独立した生活が気に入っていても、リーにとっては、やはり両親の住む田舎の家が自分の家だった。

もちろん、それは結婚するまでのことだが、しかし、結婚なんて、まだまだ先の話だ。看護師として一人前になることと結婚は両立しない。一人前の看護師になるのをじゃまする男なんか、こちらからお断りだ。でも、もし、誰かを深く愛し、その人が仕事をやめてほしいと言ったら、あくまでも自分の考えを通すことができるだろうか。これは今まで考えたこともない問題だった。

リーは、はっと我に返った。どうして結婚のことなど考えたのだろう。まだ愛する人にさえ巡り合っていないのに。リーはサンドウィッチとコーヒーの盆を居間に運び、カレンが現れるのを待った。

やっと寝室から出て来たカレンは、細い紫色のコーデュロイのズボンと、金髪のカーリーヘアを見事に引き立たせる黒のブラウスに身を包んでいた。

「素敵よ」とリーはほほ笑んだ。「これもみんなキースのため？」

「そういうわけじゃないわ」カレンは薄い唇にコーラルピンクの口紅を差した。きらきら光る緑の瞳は化粧しなくても、じゅうぶん美しかった。「そんなこと、きかないでよ」

リーはにやりとした。「ごめんなさい。明日の夕食にキースを招待するのを忘れないでね。でも、言っておくけど、ひと晩中、キースとクリスの仲裁役をさせられるのはごめんんよ。二人を同じ日に招待しようと言い出したのはカレンなんだから――私には関係ないわ。でも、キースとクリスは競ってあなたを喜ばせようとするから、結局、私が仲にはいらなきゃならないのよね」

「ああ、もてるって辛いわ!」カレンは瞳をいたずらっぽく輝かして笑った。「でもキースはただの友達よ」

「じゃあ、クリスは?」

「クリスは……ええと、クリスはリーのお兄さんよ」カレンは赤くなってリーの視線から逃れた。

「そんなことはわかってるわ。クリスはカレンにとって、どんな存在かときいてるのよ」

「クリスは……どんな存在でもないわ。まだ三回しか会ってないから、彼のことをよく知らないもの」

「そうかもしれないわね」リーはそれ以上追求するのをやめた。クリスとカレンが気が合うのはわかっていたが、二人はまだ若い。クリスは明日の晩、そのままリーのアパートに泊まって、あさっての朝、つまり、クリスマスイブの朝、帰ることになっていた。リーは病院の勤務が終わる夕方の五時まで兄に待ってもらって、兄と一緒に家へ帰りたかったのだが、クリスにとっては妹の頼みよりもフットボールの試合のほうが、はるかに大事だった。

ドアを強くノックする音が聞こえた。「私が出るわ」リーは、空の皿とマグを台所へかたづけに行ったカレンに叫んだ。リーはドアを開ける前にあくびをした。この二週間、外来は目がまわるほど忙しかったので、今夜はテレビの前で静かな夜をすごしたかった。

ところが、ドアの外に立っている人を見た時、そうもいかないことがわかった。キースはいい。問題は、キースの隣で、まったく悪びれもせずに立っているピアーズ・シンクレアだ。

「やあ」とキースがにっこり笑った。「下の入口でばったり会ってね」

　リーは無理に笑顔を作り、二人のために大きくドアを開いた。「カレンはすぐに来るわ、キース。よかったら、ちょっと座って待っていて」そう言うと、リーは改めてピアーズ・シンクレアの方へ向き直り、彼が玄関から奥へはいるのをうまくじゃました。

「何かご用ですか、シンクレアさん？」

　彼のブルーの瞳は、リーを見ると深みを増した。

「私がどんな用で来たか、よくわかっているだろう？　それについては居間でゆっくり話し合ったほうがいいと思うがね」

「あなたを奥へお通しするつもりはありません。第一、あなたに、中へどうぞなんて言ってませんわ」

とリーは憤慨して言った。

　ピアーズ・シンクレアは玄関のカーペットに目を落としていたが、やがて目を上げて、リーを見つめた。「こうして、すでに中へはいってしまってるというのに、君は少し子供っぽくないかい？　しかも、君が招き入れたんだよ」

「そんなこと絶対してません！　私が招き入れたのはキースであなたじゃないわ。どっちにしても、私、こ、これから出かけるので、あなたと話し合う暇はありません」

「ほほう？」彼はからかうように片眉を上げ、リーの止めるのを無視して居間へはいろうとした。「もしそうなら、君のエスコート役はこれから来るのかな？　ここへ上がって来る途中でキースが教えてくれたが、キースとカレンはすぐ映画に出かけるそうじゃないか」

「え、ええ、そうよ。私も誘われたの。で、でも、私は私で、これから出かけなきゃならないんです」

「それなら、話をする時間はあるな」

「でも、私、支度がありますから」

「君のように美しい女性に待たされるのなら、どんな男だって怒りゃしないよ。さあ」ピアーズ・シンクレアは居間のドアを押し開けた。「少し話をしよう」

「でも、私……」

「ねえ、リー、キースに聞いたけど……」ドアの方を振り返ったカレンは急に口をつぐんだ。キースの言ったとおり、ピアーズ・シンクレアがまたやって来たのだ。しかも、前よりハンサムに見える。「こんばんは、シンクレアさん」とカレンは丁寧にあいさつした。

「やあ、ミス・モーガン。出かけるところだと聞きましたが……」

「ええ、そうですの」カレンはピアーズ・シンクレアがリーと二人きりになりたがっているのに気がついて、キースに出かける合図をした。でも、リーの不安そうな顔を見ると、心配になった。「大丈夫、リー？」

ピアーズ・シンクレアの瞳が皮肉っぽく輝き、引きしまった口元が侮辱的にゆがむのを見た時、リーは思わず大丈夫でないと答えそうになった。どうして彼は私をからかうの？ リーは彼に挑むように、つんと顔を上げた。「大丈夫。あなたは楽しんでいらっしゃいよ。じゃあ、後でね」

カレンは心配そうにリーを見てから、キースと一緒にアパートを出て行った。カレンはほんとうは今出かけたくなかったし、リーも行かないでほしいと思っていることは、よくわかっていた。でも、出かけなかったら、ピアーズ・シンクレアに対して失礼になる。

カレンとキースが行ってしまうと、リーの胸は不安でつぶれそうになった。行かないで、この男の毒舌から私を守ってと、どうしてカレンに頼まなかったのだろう。その答えはリー自身にもわからなかった。いずれにせよ、リーはピアーズ・シンクレアと二人きりになってしまった。もう逃げられない。

5

リーは部屋の中をうろうろ動きまわり、そのせわしない動きを見守るピアーズ・シンクレアの深いブルーの瞳から逃れようとしていた。黒のコーデュロイのズボンと厚いシープスキンのジャケットに包まれた彼のすらりとした筋肉質の体は、完全に居間を占領し、狭い部屋がよけい狭苦しく感じられた。リーはテレビに手を伸ばし、スイッチを切ろうとした。

「消すな」とピアーズ・シンクレアが命令した。

「話の途中で言葉に詰まった時、気まずい沈黙を埋めてくれるだろうから――ただし、言葉に詰まるのは私のほうじゃないがね」

「私のほうでもありませんわ」リーは両手をきつく

にぎり合わせ、彼の存在など気にならないふりができればいいのにと思った。でも、気になる。気になってしかたがない！「言いたいことがあるなら、さっさと言って、お帰りになってください。私、もうすぐ出かける支度をしなければなりませんから」

「でも、今すぐじゃない」ピアーズ・シンクレアの視線にはリーをひきつける力があり、彼から目をそらすには、かなりの努力が必要だった。「今日の午後、私がした質問に、今すぐ答えるんだ」

「どの質問かしら？　あなたは、初めて会った日から、私に質問ばかりなさっているようですわね」リーは必死に彼から目をそらし続けた。いったん彼と目が合ったら、二度とそらすことはできないだろう。こんなふうにリーを不安にさせる力が彼にあるなんて不公平だ。彼はリーにとってなんでもない。なのに、どうしてこんなにもリーの心を乱すのか。

「君はいつもこんなに無愛想なのか？　それとも、私にだけか？」

　リーは彼の叱《しか》るような口ぶりに顔を赤くした。

「あなただけです」と彼女はしかたなく白状した。

「でも、私には、あなたを嫌う理由があるということも認めていただきたいわ」

「私は何も認めない」彼は静かな声で言った。「家に帰ってみたら、十代の息子が年端も行かぬ娘を家に連れ込んでいたというのに、いったい私にどんな態度をとれと言うんだ？　しかも、その娘はウイスキーの臭《にお》いをぷんぷんさせて、明らかに息子と二人きりで週末をすごす気でいたんだ」

　燃え上がる怒りがリーのすみれ色の瞳に火をつけたが、ピアーズ・シンクレアは少しも動揺しなかった。「ウイスキーのことはもう説明しましたから、改めて説明はしません。それから、家にいるのが私とギャヴィンの二人きりだとわかったら、帰るつもりでした。私はあなたがいつも家にいると思ってたんです。でも、そのことはもうご承知でしょう?」

「私が? まあ、君がそう言うんなら」彼はゆっくりとジャケットのボタンをはずし、脱いだジャケットを無造作に置くと、さっきまでリーが座っていた椅子に腰を下ろした。「しかし、それではまだ、君がギャヴィンにうそをつかなければならない理由にはならんな。それとも、復讐《ふくしゅう》のつもりか?」

彼の声の冷たい響きに気づいたリーは、この精力的な男性からできるだけ遠ざかろうとした。彼はすり切れた肘掛け椅子に座ってくつろいでいる時でさえ、相手を威圧する雰囲気を漂わせていた。ジャケットの下に着ていたクリーム色のシャツは、引きしまった体や力強い肩をぴったり包み、大きく開いた胸元からは、濃い胸毛と、金のメダルのペンダントがのぞいている。そんな男性的魅力をむんむんさせたピアーズ・シンクレアは、リーを不安にするばかりだった。リーは彼を帰らせる言葉を頭の中で探していた。

「私はギャヴィンに何も言っていません」とリーは頑固に主張した。「パーティの夜、あなたがここへ来たことを、たまたまキースがギャヴィンに話したら、ギャヴィンがそれを誤解してしまったんです。ギャヴィンは私をひどい言葉で非難したけれど、あの場合、当然だったと思います」

彼の目に冷酷な光が走り、顎《あご》に怒りが脈打つのを見た時、リーは言いすぎたかもしれないと思った。でも、彼はリーにどうしろと言うのだろう。黙ってギャヴィンの非難を受け入れろと言うのか。もしそうなら、ピアーズ・シンクレアは間違っている。リーはずるずると相手の考えを受け入れるようなことはぜったいしない。

「それは私がギャヴィンの父親だからという意味かね?」とピアーズ・シンクレアは険しい顔できいた。「私はいちいち息子の行動の責任はとれんよ」

リーは冷たくほほ笑んだ。「行動を起こしたのは私のほうです。ギャヴィンの顔をひっぱたきました――すごくいい気分でしたわ」

「ギャヴィンはなんと言って非難したんだ？」

リーはためらった。ギャヴィンがリーに言った言葉はあまり気持のいいものではなかった。しかしそれはピアーズ・シンクレアにとっても同じだろう。それに、いくら責任がないと言っても彼はやはりギャヴィンの父親だ。

「息子はなんと言ったんだ？」と彼は言い逃れを許さぬ強い口調で再び尋ねた。

「ギャヴィンは……私があなたの部屋に泊まったというんです」リーは早口で言った。

「それだけか？」

「それだけ！　どういう意味ですか？　それでじゅうぶんじゃありませんか」

「いや、私は今まで、もっとひどいことを言われてきたんでね」

「そうでしょうね。でも、実の息子や見ず知らずの人にまで、非難されて……」

「君を見ず知らずの人とは言えないな」

「私は言えます。いずれにしても、それだけじゃないんです」リーは言いづらそうにもじもじした。

「言ってみなさい」と彼はうんざりした声で言った。

「あなたは自分の息子にどう思われているか、まったく興味がないんですか？」

「特にない。私は息子の行動をとやかく言いたくないし、私のほうも、息子からとやかく言われたくない。私たちはそれぞれ独立した生活をしているんだ」

「とても父親らしい、と言うべきかしら」リーはあきれ顔でピアーズ・シンクレアを見た。

「君からも、とやかく言われたくないね、お嬢さん。黙って君の作り話の先を続けてくれないか？」

「作り話じゃないわ！」リーはかっとなって、もう少しで床を踏み鳴らすところだった。「ギャヴィンはまったく失礼よ。私があなたの残り物だとか、あなたが女に甘いという噂《うわさ》だとか、それがほんとうかどうか教えてくれとか言ったのよ」

彼は怒って、歯をかちっと鳴らした。「まったく、なんてやつだ！　そんなことを軽々しく口にするようでは、今に痛い目に遭わされるぞ」

「あなたに？」

「いや、私ではない。ギャヴィンが私について言ったことは恐らく正しい。私は今まで、たくさんの……女性がいた。そして、息子の言うとおり、私は女性に対して、興味がある間は甘い。しかし、君をそんなふうに中傷するとは許せん。今度会ったら、ひと言言っておこう」

「私のために気を遣わないでください。ギャヴィンは、私が彼のことをどう思ってるか、すでに知っています。そこへまた、あなたが何か言っても、事態を悪くするばかりですわ」リーはピアーズ・シンクレアに歩み寄った。「これで納得していただけました？」リーは話し合いを終わらせるつもりで、そう言った。けれど、彼は帰る気配を見せなかった。それどころか、椅子にどっかりと座りなおしてテレビを見始めた。リーはいらいらした。早く帰ってリーに心の平和を与えてくれないだろうか。「シンクレアさん、他にまだ何か？」リーはつんとして尋ねた。

彼はリーの方へ、ちらりと顔を向けた。「もし君がコーヒーをすすめてくれてるのなら、一杯ごちそうになりたいんだが」

「いいえ」

「どっちにしても、私は飲みたいんだ。砒素《ひそ》ぬき、砂糖二つで頼むよ」

リーは怒ってばたばたと台所へはいった。アパートへ押しかけて来て、こんなことまで頼むなんて、厚かましいにも程があるわ！　彼は自信家だから、リーが彼と喜んで付き合っているとでも思っているのだろう。ほんとうに砒素でもあればいいのに、とリーは思った。

「砂糖は三つじゃなくて二つと言ったよ」と、楽しそうな声が開け放したドアの方から聞こえた。リーはピアーズ・シンクレアをにらみつけた。

リーが両手に湯気の立つコーヒーカップを持って彼の方へ向かっても、彼は戸口に寄りかかったまま動かなかった。彼に見つめられてリーの手は震え、彼の横を通りぬけようとして肘が彼の引きしまった体に軽く触れた時は、息が詰まりそうになった。カップがかたかたと音を立て、コーヒーが少し受け皿にこぼれた。リーはぶつぶつ言いながらピアーズ・シンクレアのカップを乱暴にテーブルに置いた。

「ありがとう」彼はまだ戸口に寄りかかったまま腕を組み、深いブルーの瞳でリーをからかうように見ている。

リーは彼が居間へもどって来る気配を感じながら、黙って椅子に座った。彼の体が再び椅子に沈んだ時、椅子が少しきしんだ。

彼は熱いコーヒーをおいしそうに飲んだ。「うん、私の注文どおりだ」彼はじっとしているリーをカップ越しに見た。「君は飲まないのかい？」

リーは何も答えずに立ち上がって、数分後に、いれなおしたコーヒーを持ってもどって来た。「まだ長くいらっしゃるんですか、シンクレアさん」

「頼むから……ピアーズと呼んでくれ。それから、長居するつもりはない。君、出かけるんだろう？」

リーはうそのばれそうな目を彼に見られないように下を向いた。「ええ」

ピアーズは腕時計をのぞいた。「少し遅いんじゃないかい、彼は」

「誰？」

「君のデートの相手だよ。彼であることは確かだろう。私が来た時、君はすぐに出かけると言ったね。彼は遅れているのかな」

「たぶん」とだけリーは答えた。

「ほんとに誰か来るのかね？」と彼はやさしく尋ねた。「ほんとは出かけないいんだろう？」

「どうしてそう思うんですか？」

「君の態度でね」

彼の自信たっぷりな言い方にリーは口をとがらせた。「なんでもご存知なのね、シンクレアさん」

「いや、なんでもじゃない。しかし、君がうそをつく時はわかるよ」

「それなら、私がギャヴィンについてお話ししたことは信じていただけますね？」

「もちろんだ。うそをついてまで人に話したいような内容じゃないからだよ」彼は長い脚を投げ出した。

「もし出かけないのなら、私に何か食べる物を作れるだろう」

「作れますとも！　シンクレアさん！」リーはかっとなって立ち上がった。「だけど、作る気はありません。そうすべき理由が私にはないからです。あなたにはあるんですか？」

「あるとも、私は腹ぺこだ。それに君はいくつか私に借りがあるだろう？　それから、今夜の埋め合わせに、明日の晩、食事に連れて行こう。それならいいかな？」

リーは彼の言葉が信じられなくて、ただ彼を見つめるばかりだった。彼はほんとうにリーを食事に誘っているのだろうか。ピアーズ・シンクレアのようにハンサムで魅力的な男性が、リーのような取るに足りない女を誘うはずがない。でも、明日は出かけられない。兄のクリスが訪ねて来るし、ひと晩中、カレンにクリスとキースの相手をさせるわけにはいかない。リーはため息をついた。「シンクレアさん、有り合わせのものでよかったら、食事の支度をします。でも、明日の食事はお断りします。明日はほんとうに約束があるんです」

「有り合わせでけっこう」彼は疲れたようにあくびをして、椅子の背に頭を休めた。「ほんとうに明日都合が悪いなら、あさってにしよう」

「でもあさってはクリスマスイブよ！」

「だから？　クリスマスイブだと、何か特別なことでもあるのかい？」と彼はつまらなそうに言った。

「イブの夜に家へ帰るんです」

「おくって行くよ」その言葉はもぐもぐと聞きとりにくかった。見ると、彼は目を閉じ、ぐったりして、今にも眠りに落ちそうだった。

「無理よ」彼の眠りをじゃましたくなかったが、リーは、自分の考えをはっきり主張する必要があった。さもないと、この人はリーの考えなど、まるで無視してしまう。「遠いし、あなたの家とは逆方向ですから」

「かまわないさ」彼の目は閉じたままだった。「食事が済んだら、君をご両親の家へおくり届ける。いいね？」

「いえ！　よくないわ」

「もう、たくさんだ！　頼むから、何にでも口答えするのはやめてくれ。もう決めたことだ」

「私のほうは決めてません。あなたを両親に会わせたくないんです。家までおくってもらえば、紹介しないわけに行かないでしょう」

「私に秘密をばらされるのがこわいのかい？　それとも、ボーイフレンドの趣味が悪いと思われるからかな？」

「どちらでもありません。両親は私の人を見る目を信用していますから。それに、あなたは私のボーイフレンドじゃありません——あなたのこと、何も知りませんし」

ピアーズ・シンクレアは疲れた手で額にかかる髪をかき上げた。「私について知るべきことは、すべて知っているじゃないか。ボーイフレンド云々に関しては、確かに君の言うとおりで、私はボーイフレンドと言うほど若くはない。むしろ、男友達と言ってほしいね」

リーは返事もしなかった。その話は後でもできる。とにかく今は、なるべく早く食事の支度をして、なるべく早く彼に帰ってもらおう。彼がここでいったい何をしているのか、リーには今だに謎《なぞ》だった。

リーは狭い台所を忙しく動きまわった。ピアーズ・シンクレアは疲れているようだから、今のところ、それほど危険はないだろう。しかし、まったく危険がなくなったわけではない。冷蔵庫をのぞくと、明日のごちそうの材料がぎっしり詰まっていた。今夜使った分は、明日また買い足しておけばいい。まさかピアーズ・シンクレアに、今夜リーが食べようと思っていた豆料理とトーストを出すわけには行かない。彼がそんな質素な食事をしている姿を想像して、リーはにやにやした。

リーはグレープフルーツを半分に割って、食べやすいように、さらに小さく切り、彼の好みがわからないので砂糖はかけずに置いた。ステーキの皿に生野菜を盛った。ステーキはすべての準備が整ってから焼く。それから明日のために作っておいたマンダリンのチーズケーキを切った。それも、明日また作ればいい。

リーがようやく居間をのぞいた時、ピアーズ・シンクレアはぐっすり眠っていた。うるさいテレビの音もまったく気にならないらしい。リーは彼の隣に腰を下ろし、テレビの音を小さくした。口元や鼻の皮肉っぽいしわがすっかり消えて、なんと安心し切ったあどけない寝顔だろう。かき上げるのを忘れてしまった前髪がぱらりと額にかかり、いつもより近づきやすい感じに見える。しかし、それはあくまでも、そう見えるだけのことだ。

　リーは肩をすぼめ、椅子の上に脚を上げて、膝小僧をかかえた。リーはピアーズ・シンクレアを起こさないことにした。食事は置いておけるものばかりだし、ちょうど、テレビで面白い映画をやっていた。それに、彼を警戒せずに、のんびりとすごせるのは、ありがたかった。

　映画の殺人事件に夢中になって時のたつのを忘れていたリーは、視界のすみでピアーズ・シンクレアの長い脚が動いた時、やっと自分が何をしていたのかに気がついた。彼は目が覚めて、大きく伸びをし、眠そうな深いブルーの瞳でリーを見た。

「申し訳ない」彼はすっかりもつれた髪を指でとかした。「眠るつもりじゃなかったんだ」

「夜ふかしばかりするからよ」リーは警戒心をゆるめていたところへ不意を突かれた。ピアーズ・シンクレアは、目を閉じていると眠そうな猫のように見えたが、こうして目を開くと、獲物を狙う虎《とら》そっくりだ。

　彼はつんつんしたリーの様子を見て笑った。「君の思ってるような理由でじゃないんだ。今日までに終わらせなきゃならない仕事があって、それが今朝の五時までかかったんだ」

「わかったわ」リーはテレビを消して立ち上がった。「食事の支度をするわ。食事の前にさっぱりしたかったら、バスルームはあのドアですから」

「ありがとう」

　リーは台所でてきぱきと働いた。ステーキの下ごしらえを済ませ、切って冷蔵庫にいれておいたグレープフルーツを居間の食卓に並べた。

　ピアーズ・シンクレアがさっぱりと身づくろいを済ませてバスルームから出て来た。髪が濡《ぬ》れている。彼はリーの向かい側に座った。「私のためにこんなに手間をかけることはなかったんだ」

「私も食べるのよ」

「でも、君が今夜食べるつもりでいたものでじゅうぶんだったのに」彼は白い歯でグレープフルーツにかぶりつき、その酸っぱい刺激を楽しんだ。

リーはおかしくて、首を振って笑った。「それじゃあ、あなたの口には合わなかったでしょうね」

「どんなメニューだったんだい？」

「ベークド・ビーンズとトーストよ」

ピアーズ・シンクレアはしばらくリーのほてった顔を眺めていた。「君は笑顔が美しい。もっと笑うべきだよ。ベークド・ビーンズに関しては君の言うとおりかもしれない。ただ君の一週間分の食料を横取りするようなことにならなきゃいいが。君がすきっ腹をかかえて暮らすなんて、いやだからね」

リーは彼にきれいだと言われて、まだ赤くなっていた。「飢え死になんかしませんから、ご心配なく。私は貧乏かもしれないけど、お腹《なか》をすかしたことはないわ。とにかく、有名なピアーズ・シンクレアさんには最高のものでなきゃ、出せないでしょう？」

「皮肉なら食事の後にしてもらえない？　さもないと、消化不良を起こしそうだ」

「お望みなら、そう致しましょう」

ピアーズ・シンクレアは、空になったグレープフルーツの皿を持って台所へ消えて行くリーを、目を細めて観察した。この若い娘は彼にとって、まったくの謎だった。一瞬、警戒をゆるめたかと思うと、次の瞬間はもう、とげだらけになる。

二人は黙々と食事をした。リーが彼に早く帰ってほしいと思っていることなど、彼にはちっとも気にならないらしい。どうして彼はこんなふうにたびたび姿を現してリーの心を惑わすのだろう。彼が、こうしてそばに座っているだけでリーの脈を狂わせる力を持っていることは認めざるを得ない。もし、彼がリーにキスをしようものなら……彼がリーにキスを！　彼がリーにキスなどするはずがない。そんなことは考えられない。でも、リーは実際にそれを考えたではないか！

「おいしかったよ」ピアーズ・シンクレアは満足げに椅子に寄りかかった。「私がごちそうする食事もこれくらいおいしいと思ってもらえるといいんだが」

「なんの食事？」リーは彼に夕食に誘われたことをちょっとの間、忘れていた。彼にからかわれているのだと思ったのだ。「私を食事に連れて行ってくださるのはいいんですけど、さっきお話ししたように、あさっての夜は家に帰るんです」リーは皿を重ねて台所へ運び、流しに張っておいた湯の中へ皿をつけた。もう十時半だ。カレンが帰って来た時、ピアーズ・シンクレアがまだここにいては困る――カレンに釈明のしようがない。

「だから、私がおくって行くと言っただろう――食事が済んだらな」知らぬ間に、彼が猫のように音もなく台所へやって来て、リーのすぐ後ろに立っていた。「ふきんはあるかい？」

「なんですって？」リーは聞き間違いかと思い、ぽかんとして彼の顔を見た。

「ふきんはあるかい？」と彼はくり返した。

「お皿をふいてくださるの？」

「そうだよ」

リーは笑い出した。「ごめんなさい」リーは笑いながら苦しそうに言った。「あなたにそんなこと、させられないわ。第一、あなたらしくないわ」

彼は流しの横の食器棚に寄りかかった。「それじゃあ、私をどんなふうに思っていたんだ？」彼はわざと眠そうな目をして、リーのほてった頰や柔らかく震える唇をじらすように眺めた。

リーは、彼の唇がすでに自分の唇に触れているような感覚に捕らわれて、体が彼の方へ引き寄せられて行くのを感じた。「わ、わからないわ……」

「リー！　リー、ただいま」居間からカレンの声が聞こえた。「どこにいるの？」

リーはほっとため息をついた。もしカレンがじゃましなかったら、次にどんなことが起こっただろう。リーはそれを考えまいとした。居間のドアへ向かいかけた時、いきなり彼がリーの腕をつかんだ。

体の熱が伝わるほど彼はリーに近づいた。「今は私の質問に答えずに済んだかもしれないが、この次はそうはいかないぞ」彼はリーの耳元でそうささやき、首筋の感じやすい部分にさっと唇をはわせた。

「その時を楽しみにしている……」彼はリーから離れ、居間へ向かった。リーも彼の後を追った。

「まあ！」カレンは驚いて二人の顔を代わる代わる眺めた。「ご、ごめんなさい。まさか……」

「まさか私がまだいるとは思わなかった」とピアーズ・シンクレアはカレンの言葉の後を続け、無造作にジャケットを着た。「ご心配なく。今帰るところですよ」

「私がもどったからって、何もあわてて帰らなくても……」カレンは言いかけた。

「そうじゃない」彼はカレンを安心させるようにほほ笑んだ。「どっちにしても、もう帰るところだったんですよ」彼はリーの方を見て眉を上げた。「下までおくってくれるね？」

リーは首筋に彼の唇が触れた時の驚きで、まだぼうっとしていた。「え、ええ、そうね」リーはカレンに弱々しくほほ笑んだ。「すぐもどるわ」

ピアーズ・シンクレアは階段の下で立ち止まった。「ここまででいいよ、寒いから」

リーはホールの薄明かりの中で彼の顔を見上げた。「急にやさしくなるのね」

彼は白い歯を見せ、両手をリーの肩に置いた。

「たまにはね。明日はほんとうに約束があるのかね？　私を遠ざける口実じゃないのかい？」

「そんなことはないわ。あなたに会いたくなければはっきりそう言います。そんなまわりくどい手を使う必要ありません」

彼はやさしく笑った。「今までの経験から、私にはそういう手が効かないとわかってるしね」彼の顔がふいに覆いかぶさって、唇があっという間にリーの唇を奪った。リーは彼が出て行ったばかりのドアを見つめて立っていた。彼はほんとうにキスをしたのだろうか。それとも、リーが彼の唇の感触を想像しただけだろうか。わからない。あるいは、ピアーズ・シンクレアがリー・スタントンにキスをしたということを納得するには、あまりにもリーは動揺しすぎていたのかもしれない。

次の晩は、リーの予想したとおり、クリスとキースがカレンの気をひこうとして終始張り合った。リーにできることといえば、二人が殴り合いを始めないように気をつけるくらいだった。二人の客のもてなしをカレンにまかせて、リーは息ぬきに台所で皿を洗った。

リーは前夜のつかの間のキスをまだ忘れていなかった。一日中、そのことばかり考えて、ぼうっとしていた。ピアーズ・シンクレアを心の中から追い出さなければ、仕事にも差し障りがある。けれど、そう簡単に忘れられるような人ではなかった。彼は世慣れた皮肉屋で、ただリーをもてあそんでいるだけに違いない。それ以外、彼がリーに興味を持つ理由が考えられなかった。

「手伝いましょうか」カレンが来たので、リーの考え事は中断した。

「大丈夫よ。あなたのことでクリスとキースがほんとにけんかを始めないうちに、居間へもどったほう

「私の言ってる意味、わかるでしょう？　私が出かけると言ったら、それが彼を追い払う口実だと、彼はすぐ見ぬいてしまうの」

「そんなにいやな思いをしたの？　私がもどった時はとても仲が良さそうに見えたけど」

リーは含み笑いをした。「こんなこと信じないかもしれないけど、カレン、彼はここにいる間、ほとんど椅子で眠っていたのよ。あの有名なピアーズ・シンクレアがよ！　評判とはまったく違うじゃない。それに、考えてみたら、私に対して失礼よね」

「きっと疲れてたのよ」

「なぜ彼の肩を持つの？」

「そうじゃないわ。彼の行動を解明しようとしただけよ。彼のことで、そんなにかっかしないで、彼に会ってから、リーは人が変わったみたい……」

「そうね、あなたの言うとおり、疲れてたのね。前の晩、急ぎの仕事で徹夜したんですって」

「なんでも？」

「あの二人、冗談ばかり言ってるわ。あまり大げさに考えないでよ」カレンはふきんを取り、それから何か言いかけた。

「ゆうべのことなら、きいても何も答えないわよ」

「でも、どうしてシンクレアさんは、あんな時間までここにいたの？　それほど親しくもないのに。それに、あなたは彼を嫌いだと言ったばかりじゃないの、あれはうそなの？」とカレンはけげんな顔をした。

「つまり」とリーはゆっくり話し始めた。「ピアーズ・シンクレアという人は、好かれるか嫌われるか、どっちかなのよ。もちろん私は好きじゃないわ！　彼は……私をいらいらさせるの！」リーは興奮を静めるために深呼吸した。「彼はなんでもわかっちゃうの」

「なんでも？」

「それじゃあ、彼と少しは話をしたんじゃない」

「そうよ。でも少しだけね」リーはカレンに勝手な想像をされないように、あわてて付け加えた。その時、玄関の呼び鈴が鳴った。「私が出るわ」リーはタオルで手をふいて、青いベルベットのパンタロンの上にしていたエプロンをはずし、おそろいのベルベットのベストのしわを伸ばした。いつもはそのパンタロンスーツの下にシャツブラウスを着るのだが、今日は部屋が熱いくらいだったので、ベストをじかに着て、滑らかな腕や首をむき出しにしていた。

居間へはいったリーは驚いて息をのんだ。ピアーズ・シンクレアが堂々と部屋の中央に立っていた。

「こんばんは」とピアーズはリーにあいさつをして、まぶしそうにリーの姿を眺めた。「通りかかったら、君の部屋にあかりがついていたもので」

「あら、そう？」とリーはつんとして言った。

「そうだよ」コートを脱ぐと、彼はその下に黒のタキシードと真っ白なワイシャツを着ていた。「彼を紹介してくれないか、リー？」とピアーズはクリスの方を見た。

「ええ。クリス、こちらピアーズ・シンクレアさん。シンクレアさん、兄のクリストファー・スタントンです」

二人が握手を交わすのをリーは怒りながら見ていた。ピアーズは女友達の所から来たんだわ！　どういうつもりかしら！　リーの瞳は激しい怒りで一対の宝石のように輝いた。

「あなたは、あの有名なレーサーのシンクレアさんですか？」とクリスが尋ねた。

「元レーサーですがね。それから、私のことはピアーズと呼んでください。リーのお兄さんなら、私も君のことをスタントンさんとは呼びづらいですから」

リーは自分とピアーズ・シンクレアがいかにも親

しいような彼の言い方に顔を赤らめ、他の三人の探るような視線を意識した。彼はゲームを楽しんでいるのだろうか。どんなゲームにせよ、リーには少しも面白くなかった。「何かご用でしたの、シンクレアさん？」リーは無愛想にきいた。

リーを見つめるブルーの瞳が、うろたえるリーをからかっているように見えた。「べつに。さっきも言ったが、通りがかりに寄ってみたんだ」

彼はいっこうに帰る気配がない。カレンがあわててその場を取りつくろった。「ちょうどコーヒーをいれようと思ってたの。シンクレアさんもどうぞ」

ピアーズ・シンクレアの顔にはほほ笑みが浮かんだ。うっとりするような美しい笑顔だった。「そう願えればありがたい。それから、リーが怒って口もきけないようだから、一緒に台所へ連れて行ってくれ」

リーはくるりと背を向け、すごい剣幕で台所へ姿を消した。「女に会いに行ったその足でのこのこアパートまでやって来て、私がうそをついていないかどうか調べるなんて、まったく、どういう神経かしら！」とリーは後からやって来たカレンに怒りをぶちまけた。「どうして私があの人にうそをつかなきゃならないの？」

「リーにはわからないのよ」カレンの瞳がうっとりとなった。「彼は最高だと思うわ」

「確かにそうね」リーはしぶしぶカレンの言葉を認めた。「でも、彼が自分でそう思ってるところが問題なのよ」

「私は彼がうぬぼれてるとは思わないわ。彼は自分に自信があるのよ」

「横暴なのよ」リーは意地悪くそう言うと、彼に出すコーヒーに、わざと四杯も砂糖をいれた。

「立ち聞きする人は決して良く言われていないというが、ほんとうだな」と二人の後ろで低い声がした。

後ろを振り返ったカレンはピアーズ・シンクレアの顔を見て真っ赤になり、あわてて居間へ逃げて行った。

彼はそっとドアを閉め、音もなくリーの横へ来た。「私のコーヒーにもう砒素はいれたかい？　それとも、その冷たいまなざしで私を凍らせて殺すつもりかい？」

「どっちもはずれよ」とリーは冷たく言って、彼のコーヒーを新しくいれなおした。彼はみんなの前でリーの子供っぽい仕返しを暴露するに決まっている。

彼はリーのむき出しの柔らかな腕に指をはわせ、リーを身震いさせた。「柔らかな肌だ。とげだらけだとは、もったいないね」セクシーな声でそう言うと、急にリーから離れた。リーは彼の温かい体が遠のいて、ふいに寒さを覚えた。「私がなぜここにいるかは、さっき説明したとおりだ。君は今夜、外出すると言わなかったかい？　窓のあかりを見て、泥棒がはいったのかと思ったんだ」

「もし、ほんとうに泥棒がいたら？」

ピアーズ・シンクレアは肩をすぼめた。

もし泥棒がいたら、痛む顎をさすりながら部屋から逃げ出すのが誰か、リーには想像がついた。リーはしばらく彼に対する憎しみを忘れて、にやにやした。「とられる物なんか何もないわ」リーは貧しいけれど清潔な部屋を見まわした。「それに、カレンだっているし。もし、カレンがひとりで留守番をしてたら、どうするつもりだったの？」

「たぶん、今と同じようにコーヒーをごちそうになるだろうね。私は出たくもないディナーパーティに出た帰りで、ちょうど退屈してたんだ。君が私の誘いを断るからいけないんだ」

リーは驚いて目を丸くした。「私が今夜あなたと食事に行かなかった、いえ、行けなかったから、退屈なディナーパーティに出たとおっしゃるの？」

「そのとおりだ」

「よしてください、シンクレアさん。私は誘いを断ったかもしれないけど、あなたの誘いに喜んで飛びつく貧しい女の子は、他にもいるでしょうに」

「そうかもしれない。しかし、その貧しい女の子という言い方は気に入らないがね。それじゃあ、今夜の君のデートの相手は兄さんだったのか」と彼はつぶやいた。「どうして、そう言わなかったんだ？」

「言わなきゃいけないの？　まさか、やいてるんじゃないでしょうね、シンクレアさん」

彼は目を伏せた。「そうだとしたら？」

「あなたにそんな権利はないわ。私、あなたのこと何も知らないんですもの」挑発的な目で彼の顔を真っすぐに見た。「私の相手は兄じゃないかもしれないわ。キースが私の相手で兄のクリスはカレンの相手だと考えられないかしら？」

彼の深いブルーの瞳が射るようにリーを見つめ、彼女の瞳を釘《くぎ》づけにした。「そうなのか？」

「まあね」

「ほんとうにそうなのか？」と再び荒々しく言った。

リーは首を振った。長い髪がつやつやと輝いた。

「ほんとは、二人の男性の仲裁役でもうくたくたよ」

リーはため息をついた。

「カレンをめぐる恋のさや当てかい？」

リーは唇の震えを止めようとして唇をかんだ。ピアーズ・シンクレアにやさしくされると泣きたくなる。リーは自分から話したくなるのを忘れて、黙ってうなずいた。

「かわいそうに、君のために大騒ぎするやつはいないのか」彼がリーに近づいた時、ドアを軽くノックする音が聞こえ、クリスが照れ臭そうにはいって来た。

「じゃまをして、すみません」クリスは二人の方を見ないようにして言った。「キースがもうすぐ帰るんだけど、コーヒーをいれるのに、時間がかかりすぎると思って」

「どうぞ」リーはコーヒーカップを二つ、クリスに差し出した。「後は私が持って行くわ」

「また逃げるのかい？」クリスが急いで台所を出て行った後、彼は、小声できいた。「明日こそ君に同じつきがまわってこないように祈るよ」

6

リーはいつもより念入りに身支度を整えた。ピアーズ・シンクレアに恥をかかせるようなことだけはしたくなかった。彼はいつも、超一流の美女たちをエスコートしているのだ。超一流の美女とは言い難いリーは、自分の持っているものを最高に美しく見せなければならなかった。リーは鏡に映る自分の顔を眺めた。唇を丸く描きすぎたかしら。目はもう少し大きくしたほうがいいわね。でも、まつげだけは濃くて長いわ。

ドレスは瞳と同系色の紫色で、だいぶ前に買ったものだった。デザインは、肩や背中のあいたホールターネックで、体の線がよくわかり、むだのない優雅な体つきのリーにはよく似合った。いくらピアーズ・シンクレアでも、リーのスタイルには文句のつけようがないだろう。

「まあ！」クリスマスで田舎に帰る支度を済ませたカレンが賛美の声を上げた。「ピアーズ・シンクレアがほめてくれるといいわね」

リーはカレンにほめられて、ますます自信を持ち、にっこりと笑った。その時、呼び鈴が鳴った。リーは緊張して天を仰いだ。「彼だわ。ねえ、ほんとにこの格好、おかしくない？　肌が出すぎかしら」

「大丈夫。すごくきれいよ。さあ、早く行って、彼を悩殺しちゃいなさい。いい？」

リーは思わず笑った。「彼を悩殺できる人なんて、いやしないと思うけど、がんばってみるわ」

今夜の彼は黒のズボンと黒の絹のワイシャツに真っ白なタキシードという装いで、とび色の髪をすっきりと後ろになでつけている。彼はリーの体に素早く視線を走らせ、謎《なぞ》めいた表情を浮かべた。「こんばんは」彼はかしこまってリーとカレンにあいさつし、カレンのスーツケースを見て眉を上げた。「どこかへ旅行ですか？」

カレンは優雅な微笑を浮かべた。「クリスマスで田舎へ帰りますの」

「そうですか。じゃあ、見おくらせてください」

カレンはふくれっ面のリーを見て首を振った。「ありがとうございます、シンクレアさん。でも、もうじき父が迎えに来ますので、おかまいなく」

彼がカレンとばかり話している間、リーは様子が変だと思っていた。リーがまた彼のきげんをそこねるようなことをしたのだろうか。最初にあいさつをしたきり、彼はリーの存在をまったく無視しているのだ。

「支度はいいかい？」突然彼はよく日やけした手首にはめたゴールドの腕時計をのぞいて、そっけなくリーに言った。リーは態度の変化に、ただ驚くばかりだった。

「二人とも良いクリスマスを」カレンが言った。

リーはカレンを素早く抱きしめた。「いいこと？　プレゼントをのぞいたりしちゃだめよ」

「わかったわ。楽しんでいらっしゃい」

リーはスーツケースをフェラーリのトランクにおさめ、彼の隣りの席に乗り込んだ。「わかったわよ」とリーはため息をついた。「今度は私が何をしたと言うの？」

「キースにゆうべきいたが、彼は医者の卵だそうだね」

「それがどうしたの？」

「それなら、どうしてそう言わなかった？　それを知っていれば、私だって、君がバスタオル一枚で彼に会ったことをとやかく言わなかったのに。君のセミヌードなんか医者の卵にはなんでもなかったんだ」

「大きなお世話よ！　私の体がそんなに醜いとは知らなかったわ」

「そうじゃない。私の言いたいことはわかるだろう。つまりキースは女性の裸を見慣れているんだ」

「でも、私の裸じゃないわ。それに、私は、あなたが思っているように、家に来る男性全員に裸を見せびらかしてるわけじゃありません」リーは窓の外に目をやった。「ねえ見て、雪よ」

「そんなに喜ばないでほしいな。もし雪がひどくなれば、デートを早めに切り上げなきゃならないだろう。さもないと、君をご両親の家までおくって行けなくなる」彼は横目でリーを見た。「どっちにしても、君が早く帰りたがってることはわかっているよ。でも、何も言わないでくれ。今夜は君に侮辱される気分じゃないんだ」

「わかったわ」リーはおとなしくうなずいた。

それで険悪なムードはいっぺんに消えた。「やっぱり好きなだけ侮辱してくれてもいい。君の怒った顔はきれいだ」

駐車場にフェラーリを止め、手に手をとって雪の中をレストランまで走った。リーの黒髪に雪が散った。彼はそれをやさしく払いのけ、ちょっとかがんでリーの鼻の頭にキスをした。「雪がついてたんだ」彼は目をきらきらさせて言い訳した。

「信じるわ」とリーは震えながら笑った。その瞳は、白い肌に咲いた大きなすみれの花のようだった。

彼は、奥まったほの暗いテーブルに二人を案内してくれたウエイターにかなりのチップをはずんだ。そこはお金持や有名人の出入りするレストランで、サービスが行き届き、料理の味も申し分なかった。リーは車えびのカクテルと鶏の丸焼きを注文し、デザートにはレモンシャーベットを選んだ。彼も同じものを注文し、デザートだけ、チーズとビスケットに変えた。彼はもてなし上手で、リーをよく笑わせ、帰りに彼の行きつけのクラブへ寄ることを、いつの間にか承知させてしまった。

「もう私がこわくなくなったかい？」食後の葉巻を楽しみながら、彼は何げなく尋ねた。

「こわいと思ったことなんかないわ。少なくとも、あなたの言うような意味ではね」

「今にわかるさ」と彼は謎めいたことを言った。

暖かいレストランを出ると、まだ雪が降っていた。リーはコートをしっかり体に巻きつけ、二人で車まで走った。それから十分後にはいった店は、どこがどうなっているのか、わからないほど暗かった。階段を下りて、そのクラブにはいった時、リーは不安そうに彼の顔を見た。

「そんなに心配しなくても大丈夫だ、リー。悪の巣窟《そうくつ》へ君を連れて来たわけじゃないんだから」彼はリーの腕をとった。「迷子にならないように、私について来なさい」

いったん中へはいってしまうと、その店は思ったほど暗くなかった。彼が先に立って部屋のすみの、少し引っこんだ席を選び、ウエイターに飲み物を二つ注文した。

リーはこわごわ、その飲み物の香りをかいだ。

「これ、何かしら」

薄暗闇《うすくらやみ》の中でピアーズ・シンクレアの歯が白く光った。「べつに毒じゃないさ。バカルディ・ラムをコーラで割ったんだ」彼は目の前のフロアで踊るカップルに何げなく目をやった。「君を酔わせるつもりはない」

「どうせ酔わないわ」とリーは笑った。

「君は酒を飲んでもいい年ごろになったんだろうね？」

「なったばかりよ。十八歳と二カ月」

「そうか。ところであの人たちの中にはいって踊る勇気はあるかい？　それとも、もう少しこうしてるかい？」

リーは立ち上がった。「踊って」リーはひそかにこの瞬間を——彼の腕に抱かれる瞬間を待ちわびていたのだ。しかし、二人がフロアに立った時は曲のテンポが速くなり、離れて踊るしかなかった。リーは自分のしなやかな体に注がれる彼の視線を意識しながら、本能に身をまかせて踊り続け、曲が終わった時には、すっかり息をはずませて幸せそうに瞳をきらきらさせていた。

曲が変わってスローテンポのラブソングになると、彼はリーの体を抱き寄せ、頭を自分の肩にもたれさせて、そのうなじをやさしくなでた。「楽しかったかい、可愛い悪魔君」と彼はささやいた。「君はいつもこんなに……奔放な踊り方をするの？」

「いつもじゃないわ」自分を大胆にさせたのが彼の存在であることに気づいたリーは、恥ずかしそうに答えた。「ごめんなさい。私……あなたを困らせるつもりじゃなかったの」

「君は私を困らせてなんかいないよ。そうだろう？　君を私のものにできたら……そうしたら、君がどんなに私を困らせたか教えてあげるよ……」

彼にぴったりと寄り添い、彼の筋肉がきゅっと引きしまるのを感じることが、彼の言葉に対するリーの答えだった。「今度はあなたが私を困らせてるわ」とリーは頰を染めた。

「どうして君はいつも、こんなふうにやさしくなれないんだ？」彼の唇がそっとリーの首筋に触れ、両手がリーの裸の背中を、くすぐるようになでた。

「そうなったら、今よりもっと君を私のものにしたくなるだろうな」

リーは喜びに震えた。それを寒さのせいだと勘違いした彼が、リーの両手をとって自分の上着のふところにいれ、絹のシャツの上から温かい胸に押しつけた。二人は黙って踊り続け、彼の手はリーを激しく興奮させた。テンポの速い曲に変わっても、二人は寄り添って踊った。

リーは忍び笑いをもらした。「私たち、変に見えるでしょうね」

「かまうものか」彼はリーの首筋に唇を近づけて言った。「君はどう？」

「私もかまわない」とリーは甘い吐息をもらした。

「君は不思議な娘だ。今、私の顔を見るのもいやがってたかと思うと、もう私をちっとも嫌っていないように見える」

リーは彼の言葉に頰を染め、残念そうに腕時計を見た。「もうこんな時間。父や母が心配するわ」

「私をがっかりさせるのかい？」彼はリーの頰を両手ではさんで、リーのすみれ色の瞳をじっと見つめながら彼女に体をすり寄せた。「もう一曲だけ踊ろう。そうしたら、シンデレラみたいにうちへ帰してあげるよ——無事にね」

リーは彼の男性的な体に戸惑いを感じながら体をあずけた。両手を彼の胸から肩へゆっくり滑らせると、彼の腕に力がこもるのがわかった。彼に抱かれながら、リーは幸せのため息をもらした。彼とこうしてすごせる日が、いつまた来るだろうか。

店を出て、身を切るような風に吹かれると、リーは少し身震いした。雪はますますひどくなり、道路は危険な状態だった。

「幹線道路が除雪されていればいいんだが」

幹線道路の除雪は行われていなかった。リーは、いつもなら大好きな雪を、車の窓から恨めしそうに眺めた。この雪では家へは帰れそうもない。クリスマスを家族と祝えないのは残念だけれど、そのことで彼を責めるのは筋違いだ。「私はアパートへ帰って、明日の朝まで様子を見てもいいのよ。父も母もわかってくれるわ」

「ご両親はわかってくださるだろうが、君自身は不満が残るだろう。私だって、また君に嫌われる理由を作りたくない。それとも、今夜は一時的な休戦だったのかい？」

「なんの話かわからないわ」とリーはすまして言った。

「わかってるはずだよ。しかし、今は口論してる時じゃない」視界が悪いので、彼はボタンを押して運転席の窓を開けた。「まったく、なんて夜だ！」

リーはためらいがちに彼の腕に触れた。「お願い……田舎の家までおくってくれるなんて、むちゃだわ。私はアパートに帰っていいのよ」

「クリスマスに君をあのアパートでひとりぼっちにしておけないよ。もちろん、私に一緒にいてほしいと言うなら話はべつだが。私にご両親の家までおくらせるか、アパートで私とすごすか、決めるのは君だ。誰だって、クリスマスにひとりでいたくないからね」

「でも、あなたはそうするつもりだったんでしょう？　ギャヴィンも友達と旅行に出てしまったし」

「私は十八の乙女とは違うんだ。クリスマスが楽しかった時代は、とっくの昔にすぎてしまったよ。さあ、どっちにするね？」

「あなたはどっちがいいの？」

「私にきく必要があるのかい？」

「家へおくって。もちろん両親の家よ」とリーは赤くなって答えた。彼がどういうつもりでリーとアパートへ行くと言ったかは知らないが、彼はそういう機会を逃すようなタイプではない。

「君が妙な想像をしないうちに言っておくが、私は君とベッドを共にしようなんて気は、まったくない。子供を誘惑するのは私の主義に反するからね」

「シンクレアさん、あなたは私を侮辱してるの？」

リーは彼をにらみつけた。


車が激しく横滑りして、リーは腕をドアにいやというほどぶつけた。彼は車を止めてリーの方を見た。

「大丈夫かい？」

大丈夫ではなかった。しかし、リーは、腕の打ち身くらいで彼に心配をかけたくなかった。「大丈夫よ。それより、あなたは？」

「ああ、私は大丈夫さ」彼は即座に答え、再びエンジンをかけた。「どうして除雪車を出すとか、道路に砂をまくとかしないんだろう。まったく、どうかしてる」

リーは何も言わず、痛む腕をさすっていた。車は前よりもゆっくり走り始めた。降りしきる雪で前がほとんど見えなくなり、これ以上走るのは無理だとわかった時、二人はリーの家まで、あと四分の一の道のりを残すばかりだった。ここまで来るのに普段の倍の時間がかかり、すでに時刻は零時をすぎていた。彼はとうとう道端に車を止め、肩の力を抜いて、ぐったりとシートに寄りかかった。

「ごめんよ。雪がやむまで、ここで待つしかない。君、もっと温かい服を持って来てるかい？」

「え、ええ、もちろんよ。でも、ど、どうして？」

「理由は至って簡単。ここで待たなきゃならないとしたら、暖かくしていたほうがいいからさ」彼が車のドアを開けると、冷たい空気が車内になだれ込んでリーを震え上がらせた。彼は雪の吹きだまりに足をとられながら、車のトランクからリーの小さなスーツケースと自分の厚手のセーターを取って来た。

「ここじゃ狭いから、後ろの席で着替えたほうがいいな」

「着替える？　で、でも、私……」リーは困って言い淀んだ。いったいリーに何を要求しているのだろう。

「芝居だかどうだか知らないが、純情ぶってる場合じゃないだろう。さあ、後ろへ行って！」

リーは前のシートを乗り越えて後ろへ移り、スーツケースから紫色のセーターと黒のコーデュロイのズボンを出した。まず、ドレスの上だけ脱いでセーターを頭からかぶった。ズボンはそう簡単にはいかなかった。リーが五分もズボンと闘っていると、彼がいらいらして、ため息をついた。

「やれやれ！　先にそのドレスを脱いで、ちゃんとズボンをはけよ。私は急に飛びかかったりしないから」

「わかってるわ。ただ、妙な気分」リーはズボンのボタンをはめ、ドレスをスーツケースに押し込んだ。

「どうしてヒーターをつけないの？」

「そうすると、エンジンをかけっぱなしにしなきゃならないから、バッテリーが上がってしまって、雪がやんでも走れなくなる。済んだかい？」彼は振り向いてリーを見た。「いい子だ。さあ、おいで」

「お、おいで？」

「ああ、そうさ」と彼はいら立ちを抑えて言った。「今夜は少し頭の働きが鈍いんじゃないのかい、リー。ヒーターをつけずに二人の体を温かく保つ方法は一つしかない。いいかい？」

「ええ。でも、どうやって？」

「人間の体はそれ自体が熱を出している。わかるかい？　つまり、お互いの体の熱で温め合うのさ」彼は車を降り運転席を前に倒して、リーのいる後ろの席へ乗り込んだ。「そんなに心配そうな顔をするなよ。これは単なる手段なんだ、わかるね？」

リーは長い髪を後ろへ払った。「ええ、まあ。あなたは着替えないの？」

「あんなお上品な着替え方をする君には私の着替えなんか耐えられないだろうね」と彼はからかった。

「ばかを言わないで。ただ、こういうことに慣れてないだけよ」

「私だってそうさ」そう言って前の席からセーターを取った。「上着を脱ぐのを手伝ってくれ」リーは言われたとおりにし、彼がワイシャツを脱いでクリーム色の厚手のセーターを着る時には顔をそむけていた。「これでよし。こっちへおいで」彼は片手でリーの肩を引き寄せた。

リーは腕の中でもそもそと動いた。心臓がドラムのように高鳴り、アフターシェーブローションの香りと清潔な男の匂いがリーを包んだ。

「もじもじするのをやめてくれないと、どうなっても知らないぞ」

「ごめんなさい」リーは口の中でもぐもぐ言った。

「落ち着いたかい？」と彼はやさしく尋ね、リーの頭に自分の頭を軽く載せた。「思わぬボーナスだな」

「ここに長くいるのかしら」

「もう飽きたのかい？　自信をなくすなあ」彼はくすりと笑い、リーの顎《あご》を持ち上げて目をのぞき込んだ。「それから、眠っちゃいけないよ」

「どうして？　他に何をすればいいの？」

「後の質問には答えたくない。初めの質問だが、眠ってしまうと体温が下がって、凍死するかもしれない。だから起きているんだ。まだ私のことを横暴だと思っているかね？」

「思ってやしないわ――確信してるのよ。でも、前ほど腹が立たないわ」彼がリーに話しかけて、リーを眠らせまいとしていることはわかったが、飲みつけない酒を飲んだせいで眠くなってきたリーは、目を開けているのがひと苦労だった。

ピアーズ・シンクレアのたんたんとした話し方と体のぬくもりが、よけいリーの眠けを誘い、彼の肩にがっくりと頭を落とした。「おい」彼はリーをそっと押した。「眠っちゃいけないと言っただろう」

「ごめんなさい」とリーはあくびをした。「でも、私……とても疲れてるの」

彼はリーを静かに揺らした。「起きるんだ、リー！　起きないなら、ショック戦法を使うぞ」

その言葉がいくらかリーの気をひいた。「ショック戦法？　それ、なあに？」

「こういうことだ」彼の固い唇がリーの唇に重なり、リーの眠けを吹き飛ばした。「力を抜いて……リー」と彼がささやいた。「力を抜くんだ」

「でも、そうしてるわ。ピアーズ……」

「いや、まだだ」彼はリーの唇をやさしく開かせた。「君の唇がほしい……、リー！　キスさせておくれ」

彼の声は低くかすれた。力強い唇がリーを求めると、リーは体中の感覚が燃え立つのを感じ、彼にすべてをまかせてしまいたいという気持に駆られた。

リーの手が勝手にピアーズの首にまわり、指が彼の豊かな髪の中に沈むと、ピアーズの唇にいっそう力がこもった。ピアーズはリーをきつく抱きしめながら、彼女のセーターをズボンからたくし上げた。脇腹《わき》が夜の冷たい空気に触れた時、リーは軽く身震いしたが、背中から胸へさまよう彼の手を拒む気にはならなかった。

リーは喜びにあえぎ、さらにぴったりと彼に寄り添った。彼がやさしくリーの体を後ろに倒し、二人は上半身だけシートに横になった。リーは初めての経験に震えた。

「リー……」ピアーズはうめくようにささやき、その唇がリーの細い首筋を熱く焦がした。「ああ、リー！　君はきれいだ！」

リーが彼のセーターの下に手をいれて裸の背中に触れると、彼の筋肉が固く引きしまった。自分のしていることがいけないことだとわかっていても、リーの態度は彼を受けいれていた。でも、愛する人とこうすることが、ほんとうにいけないことだろうか。愛する人？　リーはピアーズを心から愛しているのだろうか。そうなのだ。リーは他のことなど、もうどうでもいいと思うほど、ピアーズを愛している！

ピアーズは顔を上げて、リーの上気した顔をのぞき込んだ。彼女の胸が月の光の中にくっきりと浮かび上がって見える。彼の息が喉《のど》で苦しそうな音を立てていた。「やめろ、リー！　自分のしていることが、わかってるのか？　私がこれ以上深入りできると思うか！」

「どうして、ピアーズ？」リーのすみれ色の瞳が彼を駆り立てた。「私があなたに何をしていると言うの？」

「きかなくても、わかっているだろう」と彼はあえぎながら言った。「でも、もう、かまうものか！」

彼が自分のセーターをたくし上げてリーと肌を合わせると、やけるような震えが走った。二人には熱い吐息以外、何も聞こえなかった。彼のすべての感覚がこの若く美しい娘に反応していた。しかし、やがて、一つの音が二人の世界を引き裂いた。頭を上げたピアーズの耳に、遠くから近づいて来る車の音が聞こえた。彼は乱れた髪をかき上げ、セーターを下ろし、湯気で曇る窓をふいた。いつの間にか雪はやみ、再び車が走れるようになっていた。

リーはまだ情熱のこもった目で、ぼんやりとピアーズを見ていた。彼が急に態度を変えたことが、リーには理解できなかった。「どうしたの、ピアーズ？」

彼は何も答えずに車のドアを開け、外へ出た。リーはひどくみじめな気持で後ろのシートに転がっていた。彼はきっと、今、二人の間に起こったことを恥じているのだ。リーはまくれ上がったセーターを下ろして起き上がり、もつれた髪を指でとかした。二人の愛の行為を終わらせるのに、これほどひどいやり方はない。リーは、ついさっきまで自分を情熱的に愛していた男を、窓から恨めしそうににらんだ。彼は再び分別のある大人にもどったのだ――いや、もともと分別を失ってはいなかったのかもしれない。

ピアーズが車にもどった時、リーも助手席にもどっていた。二人が今まで抱き合っていた証拠など、跡形もなく消えてしまった。ピアーズが他の車の誘導でフェラーリを発車させる間、彼の表情は厳しく、リーに話しかけるすきを与えなかった。誰が話しかけるものですか！　腕の打ち身がまた痛み出し、リーは早く家に帰って、こんな不愉快な男から逃れたいと、それればかりを願った。

他の車の後について走っているのでスピードは出せなかったが、視界が良くなって、運転はずっと楽になった。ピアーズはリーのこわばった顔をちらりと見て、さらに車のスピードを落とした。雪はすでにやんでいたので、もう一度、車を止める理由はなかった。「今度はなんだ？」と彼は乱暴にきいた。

リーは、今まで泣いていたことを彼に見破られるのを恐れて、彼の方を見なかった。哀れみだけはかけてほしくなかった。「なんでもないわ」とリーはきっぱりと答えた。

　彼はとうとう車を止め、エンジンをかけたままにしてリーの青い顔をのぞき込んだ。「私にどうしろと言うんだ、リー？」彼は腹立たしげに言った。

「謝れと言うのか？」リーが答えずにいると、彼は手でリーの顔をねじ曲げて、自分の怒ったブルーの瞳を真っすぐに見させた。「私は謝らなきゃならないようなことはしていない」

「誰も、したとは言ってないわ」と、かすれた声で答えながら、リーは放っておいてほしいと思った。

「それなら、どうして辛そうな態度をとる？　リー！」ピアーズは興奮して髪をかき上げた。「後ろのシートで二人が何をしようとしていたか、君にもわかっているはずだ。お互いに望んでやったことを私のせいにしないでくれ」

「してないわ」リーはピアーズを恐ろしい目でにらんだ。「でも、あんなふうに私を置き去りにして、やり切れない気持にさせなきゃならなかったの？　一生の恥だわ！」

　ピアーズがリーの肩をつかんで、歯が音を立てるほど乱暴に揺さぶった。「恥だって！　よく聞きなさい、お嬢さん。さっき二人の間に起こったことは、避けられないことだったんだ。もし、さっき起こらなかったら、近い将来、必ず起こっただろうし、もし、あの車が来なかったら、もっと深い関係になっていたかもしれない。でも、あの車は来たんだ！　私は、助手席に乗っていた男がこっちへ来ないうちに、その男を止めなきゃならなかった――君は客を迎えられるような格好じゃなかった」

「じゃあ、私のために……？」リーの目に新たな涙がこみ上げて来た。

　ピアーズは無理に笑顔を作った。「そうとは限らない。私も外の空気が吸いたかったんだ――情熱をさますには、身を切るような冷たい風にあたるのが一番だからね。さあ、元気を出して。この世の終わりじゃあるまいし」彼は車をゆっくりスタートさせた。「ここからは道順を教えてくれ」

「いいわ。ところで、今、何時かしら」

　ピアーズは腕時計をのぞいた。「二時だ。ご両親はまだ起きているかな？」

「たぶん。私から連絡がないから、二人とも、死ぬほど心配してるわ。遅くなりそうな時は、いつも電話をいれるようにしてるの」

「私のせいにすればいい」

　リーはまた殻に閉じ込もり、自分を責め続けた。

「自分を責めるのはよしなさい」ピアーズが突然リーに言った。「自分を責めてみても始まらないし、第一、自分を責める理由なんか、ないじゃないか。いったい何が起こったと言うんだ。互いにひかれ合う二人が、ちょっとキスしただけじゃないか」

　二人が分かち合った情熱をピアーズがあまりにも簡単な言葉で片づけてしまうのを聞いて、リーの顔はこわばった。「あなたにとってはそれだけのことかもしれないけど、私はこんな行動をとったのは初めてなのよ」

「私がそんなことを知らないとでも思ってるのかい？　私だって、ただの人間だ。弱いところもある」

「そして、誰かがあなたの前にその身を投げ出せば、拒むことができないのよね」リーは吐き出すように言った。「私、今ほど自分を恥じたことはないわ」

「そんなに大げさに考えるな。そりゃあ、あの時、じゃまがはいらなかったら、キスぐらいでは済まなかったかもしれない。しかし、実際、じゃまがはいったんだ。だから、それはそれでいいじゃないか。私も忘れるように努力するよ」

　ピアーズの言葉は、よけいにリーの気持を重くした。彼なら、そんなつかの間の出来事など簡単に乗り切れるだろうが、リーはそうはいかない。リーはほてった頬に手を当て、一刻も早く自分の寝室に逃げ込みたいと思った。この男のいない所なら、どこでもいい。しかし、リーが、自分よりずっと年上で、人生経験も豊富な男と、こんな時間に帰宅したら、両親はなんと言うだろう。

ピアーズが車の強力なエンジンを止めた時、リーの家にはまだ、こうこうとあかりがついていた。

「君の予想どおりらしい」と彼は皮肉っぽく言った。

リーは何も答えずに凍りついた小道をたどり、持っていた鍵《かぎ》で家にはいった。両親はそんなリーの様子を窓から見ていたようで、居間から小走りに出て来て、リーを代わる代わる抱きしめた。

「良かったわ、リー」母親は胸をなで下ろした。

「ほんとにはらはらさせる子ね！　私たち、あなたのことをどんなに心配したか」

「ごめんなさい、お母さん」リーは今にも泣きそうだった。「雪がひどくなったから、私たち、やむまで待たなきゃならなかったの」

「私たち？　おや！」リーの父は、ひかえ目に立っていたピアーズに、やっと気がついた。「さあ、どうぞ」父はピアーズを家の中へ招きいれ、ドアを閉めた。「居間へ行きましょう。ここより暖かい」

暖炉のそばに座って手を温めていたリーは、ピアーズの何か問いたげな瞳に気がついた。「ピアーズ、父と母を紹介するわ」リーは改まって言った。「お父さん、お母さん、こちら、ピアーズ・シンクレアさんよ」

「そうですか」とリーの父は笑みを浮かべた。「息子のクリスから話はうかがっております。レーシングカーの設計をなさっているそうですね？」

ピアーズはお得意の、温かく、人をひきつける魔力を秘めたほほ笑みを浮かべた。「そうなんです。

お目にかかれて良かった。リーはよくあたながたの話をするんですよ」そう言って、ピアーズはリーの父と握手を交わした。

かなり前からリーと知り合いであるかのようなピアーズの口ぶりに、リーは開いた口がふさがらなかった。リーは父と母のけげんそうな顔を見て、あわててピアーズに警告の目くばせをした。

「シンクレアさんねえ……シンクレアさんという人は他にもいなかったかしら、リー」と母が尋ねた。

「私の息子ですよ」とピアーズがすぐに口を出した。

「私には、リーと同じ年ごろの息子がいます。ギャヴィンというんですが……」

「ええ、存知ておりますわ」と母はほほ笑んだ。

「コーヒーでもいかがですか、シンクレアさん」

ピアーズはその言葉に感謝して、リーの心臓が止まるほど美しい笑顔を作った。「ありがとうございます。それから、私のことはピアーズと呼んでくださ い」

「手伝うわ、お母さん」リーはピアーズから逃れる口実ができてうれしかった。母親と台所へ消えるリーを、ピアーズが愉快そうに見おくった。母がミルクを温める間に、リーは食器棚からカップと受け皿を出した。「兄さんたちはどこ？」

「ベッドよ。私とお父さんだけが起きて待ってたの。今夜は天気が悪いから、あなたはロンドンにとどまることにしたのかと思ったわ」

「それなら電話をいれるわ」

「私たちもそう思ったの。雪で電話線が切れたのかと思って、あなたのアパートへかけてみたけれど、不通じゃなかったようだし」

「雪はすごかったけど、ピアーズの運転が上手だったから帰れたの。私の腕じゃあ、危なくて、とても走れなかったわ」

「シンクレアさん、お砂糖はおいれになるの？」

「ええ、二つ」リーは母の意味ありげな表情に顔を赤らめた。

「息子さんが心配なさるんじゃないかしら」

「ギャヴィンは友達とスキーに行ってるわ。ピアーズがクリスマス休暇をすごす田舎の家には、家政婦と庭師の夫婦がいるだけなの」リーはコーヒーに熱いミルクをいれ、カップを二つ持って居間へ行き、一つをピアーズに、もう一つを父に手渡した。「ピアーズ、家政婦のニコルさんに電話をなさったら？　きっと心配してるわ」

「そうだな。電話をお借りしていいですか？」

「どうぞ」とリーの父が言った。「でも、今夜はぜひ、うちに泊まってください。こんなに遅く雪の中を帰るのはむちゃですよ」

リーは青い顔をして父を見た。どうして、そんなことを言うの？　リーがこれ以上ピアーズと一緒にいたくないと思っているのが、両親にはわからないのだ。すでにリーの自尊心はずたずたなのに！

「それはできません」ピアーズは丁寧に礼を言い、立ち上がった。「でも、ご親切には感謝します」

「親切で申し上げてるんじゃありませんわ。私たち、リーのお友達に会えて、うれしいんです。リーに聞きましたけど、あなたのお帰りを待っているご家族はいらっしゃらないそうじゃありませんか。どうぞ好きなだけ、うちにいらしてくださいな。うちはクリスマスに一人ぐらい増えたって、同じことですから」

ピアーズはリーのほてった顔をちらりと見た。彼がひとりでクリスマスをすごすことをリーが母に話したのは、彼を引きとめたかったからだ、なんて、勝手な想像をしているのかもしれない。でも、ピアーズの想像は間違っているだろうか。ピアーズはしばらく考えている様子だったが、やっと口を開いた。

「それでは、ほんとうにご迷惑でなければ、そうさせていただきます。おっしゃるとおり、ドライブには最悪の晩ですからね」

リーの父はうれしそうにほほ笑んだ。「そうですとも。さあ、電話をおかけください。家内と娘にベッドの用意をさせますから。あなたとクリスマスをすごせて、リーもうれしいでしょう」

ピアーズは父の言葉を疑うように、少しだけほほ笑んだ。「ほんとにそうなら、いいんですがね」

7

「シンクレアさんは、どうしてあんなことをおっしゃったのかしら」と母がきいた。

リーはうそをつかずに母の質問に答えられれば、そうしたかったが、結局、なんとかごまかすのが一番いいと考えた。「あれは彼の冗談よ。私が彼の滞在を喜んでるのを知ってて言ってるのよ。でも、ほんとにかまわない？」リーは心配そうに尋ねた。

母は笑いながら立ち上がった。「ばかなことをきかないでちょうだい。彼、とても素敵な人ね」

「年が離れすぎてやしない？」リーは母の気持を探った。ピアーズに対する両親の反応は、リーの想像とだいぶ違っていた。両親は彼とのことに頭から反対するだろうと思っていたが、むしろ喜んでくれているように見えた。

「あなたがそう思わなければ大丈夫よ。さあ、あなたの寝室からシーツを取って来て、彼のためにソファーベッドの用意をしましょう。引っ張って幅をいっぱいに出せば、ゆったりと眠れるわ」

リーと母が玄関を通りかかると、ピアーズはまだ電話をかけていた。ソファーをベッドに作りかえるのに、それほど時間はかからず、ピアーズが居間にもどった時は、もうみんな、寝るばかりだった。

「リーに私のパジャマを持って来させましょう。あなたにはぶかぶかで丈が短すぎるでしょうが」と、リーの父がピアーズに笑いながら言った。

ピアーズもほほ笑み返した。「かまいませんよ」

「では、おやすみなさい。それから、リー、寝室へ上がって来る時は静かに頼むよ」

リーが両親に何か言おうとまごまごしていると、ピアーズが、すかさずこう言った。「リーはすぐにお返ししますよ。私もリーもくたくたですから」

リーは両親におやすみのキスをして暖炉の前に座った。ピアーズは車から荷物を取って来た後、挑むようにリーの前に立った。

「君はそこにただ座って、適当に時間が過ぎるのを待ってもいいし、それとも、ご両親の期待どおり、私にキスしてくれてもいい」と彼はそっけなく言った。「どっちにするかね?」

リーはピアーズを意識して目を伏せたまま、手をそわそわと動かした。「わ、わからないわ。あ、あなたは、どっちにしてほしいの?」

ピアーズの力強い手がしっかりとリーの腰をつかみ、苦もなくリーを立たせた。そっと顎《あご》を持ち上げられたリーは、やさしさの漂う彼の深いブルーの瞳をじっと見つめた。「私の気持は、きかなくてもわかるだろう」と彼がセクシーな声で言うと、温かい息がリーの顔をくすぐった。「でも、最後の選択は君にまかせる」

「私は……ああ、ピアーズ！」敗北のため息をもらしたリーは、自分の気持に正直に、彼の腕に飛び込んだ。

ピアーズの唇がむさぼるようにリーの唇を求め、リーの感覚を激しく揺さぶった。彼の唇が強く押しつけられると、リーの唇から力が抜けていった。やがて彼はリーを放し、額にやさしくキスした。「さあ、また、さっきのようにならないうちに自分のベッドへお行き。一度起こったことは我々の心の中から二度と消えやしない。さっきのことは忘れろと君に言ったが、忘れられないだろう？　私だって、忘れられないんだ」ピアーズの唇が再びリーを求め、リーも彼を拒まなかった。

やがてリーは恥ずかしそうに彼を見た。「そろそろ行かなくちゃ。今夜はもう遅いわ」

ピアーズは静かに笑った。「わかった。逃がしてあげるよ」ピアーズはリーをじっと見つめた。「ほんとうに今夜、泊まっていいのかい？」

「私は……ええ、もちろんよ。父や母の言うとおり、帰るには遅すぎるわ」

「でも、君は帰ってほしかったんだね」ピアーズは急にこわい目をしてリーから離れた。

「わからないの」とリーは正直に言った。「つまり、こんなこと、あなたには似合わない気がしたの。家族が暖炉を囲んで昔ながらにクリスマスを祝うなんて。あなたにふさわしい場所は他にいくらでもあるわ。父や母だって、あなたが正直に説明すれば、きっと……」

「もういい！」ピアーズはリーの手を痛いほどきつくにぎった。「明日の朝帰るから、心配するな。しかし、君が言ったような理由で帰るんじゃない。君が私にいてほしくないと思ってることがわかったからさ」彼は急にリーの手を放し、ぷいと背を向けると、スーツケースの中をかきまわし始めた。

「ピアーズ、私はそんなつもりで言ったんじゃないわ」

「もういい！」と彼はくり返した。「私が暴力に訴えないうちに、早くここから出て行け！」

「聞いて！　私は……」

「忘れてくれ！　さあ、出て行くんだ！」

ピアーズのこわばった背中がリーに、これ以上何も言うなと警告していた。リーは家族を起こさないように、忍び足で自分の寝室に上がった。今夜はもう、じゅうぶん家の中を騒がせてしまったのだから。

リーが目覚めて下へおりて行った時は、すでに午前九時だった。父と母はもう台所にいて、フライパンの中ではベーコンがおいしそうな音を立てていた。

リーは父と母を順番に抱きしめた。「素敵なセーターとスカートをありがとう」両親から贈られた新しい服がどんなに自分に似合うかを見せるために、リーはくるりとまわった。例年のように、両親からのプレゼントはリーのベッドの足元に置いてあった。二人がリーを起こさずにそっとプレゼントを置いて行くのには、リーも毎年驚いてしまう。二人は子供たちが大きくなってからも、そのやり方を続け、リーもそれが楽しみだった。今年のプレゼントのセーターはやわらかなピーチカラーで、一緒に贈られた黒いスカートと合わせると、とても愛らしかった。

リーは、ふいにいやな予感に襲われて、あたりを見まわした。「ピアーズはどこ？」恐る恐る尋ねた。どうか、彼が帰っていませんように！

「散歩だよ」父が言った。安心したリーは、両親に聞こえるほど大きなため息をついた。「シンクレアさんは午前中に帰るとおっしゃっているが、ゆうべ、私たちが引き上げてから、けんかでもしたのか？」

「あなた！　そんなことをきくものじゃありません。私たちには関係ないことですから」と母が怒った。

「しかし、私はただ……」

「あなた！　リーが話したければ話すでしょう。今はリーと彼の間のことに口出してはいけませんよ」

「いいのよ、お母さん」と、リーはまだピアーズが帰っていないことを感謝して言った。「お父さんの言うとおり、ピアーズとけんかしたの。みんな私のせいなのよ」リーが訳を話そうとした時、ピアーズが帰って来た。こげ茶のシャツとスラックスの上に革のジャケットをはおった彼は、一段と魅力的だった。「おはようございます」リーはぎこちなく彼にあいさつした。どうしてもっと自然にふるまえないのかと、リーは自分をのろった。「よくおやすみになれたかしら」

「ええ、ありがとう」ピアーズもリーの方をろくに見ずに答え、すぐに父親に話しかけた。「このあたりは景色がいいですね。川まで行って来ましたよ」

リーの父は含み笑いをした。「それじゃあ、この村の一番いい所はまだご覧になっていませんね」

ピアーズは眉を上げた。「それはどこです？」

「川と反対の方――パブですよ。昼食が済んだら、ご案内しましょう。皿洗いの手伝いをなまける口実ができて、ちょうどいい」父はウインクした。

ピアーズは残念そうに首を振った。「せっかくですが、私は昼前に帰るつもりです。リーにはゆうべ、理由を話しておきました」

「ええ、私も今、娘からききました。こういう時は、娘を膝に載せて尻《しり》をたたくのが一番ですよ。私はリーが子供のころ、どうも、お仕置を怠ったようですな。今では、私がお仕置をしようにも、娘が大きくなり過ぎました。でも、あなたなら大丈夫、きっと効き目がありますよ」

「お父さん！」リーは憤慨した。

ピアーズの表情が和らぎ、リーの怒った顔を見て笑い出した。「そうら、お父さんのお許しをもらったぞ」

「二人とも居間へ行ったらどう？　朝食の支度ができたら呼んであげるわ」

リーはしかたなくピアーズを隣の居間へ案内した。目を伏せていても、彼がジャケットを脱ぎすて、今、たばこに火をつけようとしているのがわかる。彼はどうして何も言わないのだろう。どんなひどいことを言われようと、この重苦しい沈黙が続くよりはましだ。

「しばらく……うちにいることにしたの？」とリーはためらいながら尋ねた。

「私がそうしなきゃならない理由でもあるのかい？」とピアーズはこわい顔をした。

「このままじゃ、いやよ、ピアーズ」

「どうして？　私を帰したくないのか？」

「そうよ！　わかってるくせに」リーは涙を浮かべた。「どうして私にこんなことをするの？　私を苦しめて楽しい？」ピアーズを思って眠れぬ一夜をすごしたせいか、脚が震えて立っていられなくなって、リーは椅子に腰を下ろした。

ピアーズはやさしくリーの涙をふいた。「君に言うことをきかせるには、お尻をたたくより他に方法がありそうだな」彼は広い肩にリーの頭を抱き寄せた。「何が原因なんだ」

「あなたよ。あなたが残酷だからよ」

「でも、君だってそうじゃないか。ここへ着いてからの君の態度は、とても丁寧とは言えなかった。いったい私が何をしたと言うんだ？　私だって自分の心ひかれる美しい娘が、それこそ肌が触れ合うほど近くにいたら、他の、ごく普通の健全な男子と同じような行動をとる。君はあの車の中の出来事を永久に許してくれないのか？」

リーは赤くなった。「そのことは、もう言わないで。恥ずかしくなるだけだから」

「どうして？　私の愛撫《あいぶ》に君の体が反応したからかい？　しかし、私のことを虫ずが走るほど嫌いでなければ、そうならないほうが異常だよ。ああ、リー、自然の欲求を備えた健康な女性であることが、どうしてそんなにいけないんだ？　それとも、君にそういう感覚を目覚めさせたのが、父親と年の変わらない男だったから、戸惑っているのか？　どうなんだ？」とピアーズは問い詰めた。

リーは首を振った。「ばかなことを言わないで！　私、あなたのことを父と同年代の人だなんて思ったこともないわ。いっそ、そう思えればいいのに」

「三十七歳を年寄りだと思わないのかい？」

「ちっとも。私がいやなのは、あなたが、たまたま一緒にいた私を利用しただけだってこと。相手は他の女性でもよかったのよ」リーはピアーズの瞳に浮かんだ軽蔑《けいべつ》の色を見て、うなだれた。

ピアーズはきっぱりと言った。「もし君が相手でなかったら、あんな感情は起こらなかっただろう……」

「やあ！」ふいにクリスが居間にはいって来た。

「おや、ピアーズ！　いつ来たんですか？」

ピアーズは穏やかに質問に答えたが、その目はまだ怒っていた。「ゆうべ、リーをおくって来たんだ」

彼はクリスの後ろにいる青年にも握手を求めた。

「君がデールだね」

「そうです。あなたがピアーズ・シンクレアさんですか。クリスから話はきいています。表に止めてある車はあなたのですね？　後で、ちょっと見せていただけませんか？」

「いいとも」ピアーズは答えた。「天気が良ければ運転させてあげたいが、ご覧のとおりの天気ではね。しかし、お母さんが、天気が良くなるまでいていいと言ってくださってるんだ」

「そいつはすごいや」とクリスは大喜びした。「今までに出場したレースの話をしてくれませんか？」

「今はだめよ」と、台所から出て来た母親が叱《しか》った。「お食事の支度ができましたよ」

ピアーズはリーの存在を無視して、家族とばかり話し、すっかりみんなの人気者になった。クリスマスのごちそうをお腹《なか》いっぱい食べた後、男性四人は、父の予告どおり、パブへ出かけて行った。リーは皿を洗い、母がそれをふいた。リーは母がピアーズのことをききたがっているのを知っていた。

「彼とは、だいぶ前からの知り合いなの？」と母が切り出した。

「そうでもないの。まだ三週間か四週間よ」

「それにしては、ずいぶん彼を……好きらしいわね」

「え、ええ」誰が見てもはっきりしていることを否定するわけにはいかなかった。ただ、どんなにピアーズを好きか――いえ、愛しているか、母親には気づかれたくないとリーは思った。

「彼もあなたが好きなのね」これは質問というよりも母のひとり言のようだった。「でも、どうやって知り合ったの？　あなたは彼の息子さんと友達かと思ったわ」

「友達だったわ。でも……ギャヴィンは、あることを私に強要しようとしたの。その時、ピアーズが、やり方はともかく、助けてくれたのよ」

「でも、大丈夫だったの？　ほんとに何も……」

「なかったわ」とリーは断言した。「ギャヴィンは、ちょっと大人ぶってみたかっただけ。その点、ピアーズはほんとうに大人で、すごく魅力的だと思わない？」

「ええ、そうね。でも、あなたが傷つかなければいいけど。彼が大人だってことは、それだけ……」

リーは母の取り越し苦労を笑った。「安心して、お母さん。ピアーズは私のことを子供としか見てくれないの。妙な下心なんか持ってないわ」リーはそう言いながら、母の顔がまともに見られなかった。でも、ピアーズとの間のことは彼が計画的にやったわけではない。二人が会うと、自然にそうなってしまうのだ。

リーが母とテレビを見ていると、男たちが上きげんで冗談をとばしながら帰って来た。気がつくと、いつの間にかピアーズがリーの隣りに座って、気安く彼女の肩に手をまわしていた。

「私がいなくて寂しかった？」ピアーズは他の人に聞こえないように、小声でささやいた。

「寂しがってなきゃいけなかった？」リーは無愛想に答えた。

ピアーズは気を悪くしたようにリーの肩から手をどけた。「君のその口の悪さが今に災いするぞ！」

リーは悲しげに唇をかんだ。どうして、また、彼にいやな態度をとってしまったのだろう。彼はただリーと仲良くしようと思っただけなのに。リーはテレビに神経を集中しようとしたが、脚が触れ合うほど近くに座っているピアーズのことが気になって、テレビどころではなかった。ピアーズのほうはクリスやデールと楽しげに冗談を言い合って、リーのことなど少しも気にしていない様子だった。

リーは自分がすっかり仲間はずれにされたような気がして席を立った。散歩でもすれば気が晴れるだろうと思い、オーバーを着てブーツをはき、長いマフラーを首に巻きつけた。外気はまだ身を切るように冷たかったが、雪は解け始めていた。もうすぐピアーズも帰るだろう。でも、帰したくない！　彼のいないクリスマスなんて少しも楽しくない。

リーは雪を川の中へけちらしながら、冷たい水の中を泳いでいる二羽の勇敢なあひるを眺めていた。

「あひるは楽しそうだね」

リーが驚いて振り返ると、すぐ後ろにピアーズが立っていた。「あなたは楽しくないの？」リーがこんな態度をとっているのに、彼が楽しいはずがないではないか。「私の家族が気にいったみたいね」

「ああ、大いに気にいったよ。これで、もう少し君が私の存在を気にしないでくれたらなあ」ピアーズは深いため息をつきながら、リーの横へ来て並んだ。

「雪も解け始めたから、今日中に帰れるだろう。君としては、早いほうがいいだろうね。私が帰ったら、君はやっとクリスマスが楽しめるわけだ」

「でも、どうして帰るの？　父も母もあなたが気に入って、ずっといてほしいと言ってるのよ。それに、あなたは他に行く所もないんだし」

「そんな理由でご両親に私を引き止めさせたのか？」ピアーズはリーの腕をつかみ、激しい口調で言った。「この休暇中、ほんとに私に予定がないと思ってるのか？　やれやれ、なんてのんきなお嬢さんだ！」彼はリーを突き放した。「私は今日……人を招待していたんだが、昨日電話でニコルさんに、その……人に延期してもらうように手配してくれと頼んだんだ」

「その人って、女の人なのね」

「もちろん女性さ！　でも、私は君とすごすほうを選んだんだ」

「そんな言葉で私が喜ぶと思うの？　選ぶも選ばないも、あなたはゆうべ、ここに泊まるしかなかったじゃない」

「私が帰ろうと思えば帰れたことが、わからないのか！　道路はほとんど除雪されてたんだぞ」

「それなら、どうして帰らなかったの？」リーはピアーズに背を向け、家と反対の方向へ歩き出した。

ピアーズは乱暴にリーの腕をつかみ、彼女を振り向かせた。「ゆうべは、ここに泊まるのも悪くないと思ったんだ。しかし、やっぱり帰ればよかった。君は私の手におえないよ。もう、どうでもいいことだがね。とにかく今日は帰るから安心しなさい。でも、ご両親が気を悪くなさらなければいいが……」

ピアーズが家の方へ行ってしまうのを見て、リーはうろたえた。「ピアーズ……」彼の名前が喉《のど》につかえて、うまく声にならない。「ピアーズ！」リーはもっと大きな声で呼んだ。「待って。お願い！」ピアーズは立ち止まったが、振り返らなかった。彼に追いついたリーは、そっと彼の腕をとった。「帰らないで、ピアーズ。そばにいてほしいの」

ピアーズは首を振った。「また、今朝のくり返しさ。君は子供だ！　私は子供には用はない。私が求めているのは大人の女だ。私の腕に抱かれても、女であることを恥ずかしがったりしない人だ」

「でも、ピアーズ！」

「君は、男の反応が、君という女性に対して起こったものか、単に美しい女性に対して起こったものかを見分けることさえできない。私が単に肉体的欲求を満足させるために女性を求める場合は、相手の女性がそれを承知していることが大前提だ。君との間のことは、まったく予期してなかったんだ。そりゃあ、君に魅力を感じていたことは認めるが、それは抑制できない感情じゃなかった。君がそんな態度をとっていると、まるで私が君をレイプか何かしたように思われるよ」

「魅力を感じていた？」リーの頭の中に、その言葉が何度も何度もこだましていた。「もう、魅力を感じてはいないの？」

ピアーズは冷たい目でリーをにらんだ。「だから君は子供なんだ。そういう感情は、そう簡単に変えられるものじゃない」

「それじゃあ……」

「しかし」ピアーズはリーの言葉を無視して話を続

けた。「私はやっとここを出て、君の子供っぽい妄想から解放されるんだ。私が帰るまで、君が少なくとも礼儀をわきまえた態度をとってくれることを信じてるよ。親切なご両親まで巻き添えにしたくないからな」

涙がリーの頬をつたった。こんなふうに彼を帰したくない。彼を愛している！　彼が大人の女になれと言うなら、どうなってもいい！　もう、どうなってもいい。リーはなんのためらいもなく爪先立って、両手をピアーズの首にまわし、唇を彼の唇に近づけた。彼が後ずさりし、リーの腕をほどこうとしても、リーはいっそう強く彼に唇を押しつけた。とうとう彼はリーの情熱に負け、いつの間にか彼女をリードしていた。

ピアーズの唇がリーの柔らかな唇を求め、リーの脚は、立っていられないほど震えた。しかし、彼はそれ以上深くリーを求めず、リーの豊かな髪に顔をうずめ、骨が折れるほど強くリーを抱きしめた。

「なぜ、こんなことをした？」とピアーズは苦しげに言った。

「そうしたかったからよ。私が……大人の女になれることを、あなたに見せたかったの。私、あなたに、こんなふうに……愛されるのが好き」

「それはすごい進歩だ」ピアーズはリーに、にっこり笑って見せた。「どうだった？　つまり、大人の女になった気分は」

「すばらしいわ」リーは震えながらほほ笑んだ。「もう一度、やってみてもいい？」

彼はやさしくリーにキスした。「だめだ」

「どうして？」とリーは無邪気にきき返した。

「私がだめだと言ったら、だめなんだ」ピアーズはリーを放し、ひと握りの雪をリーにぶつけた。

リーは驚いて叫んだ。「なんなの、いきなり……」

ピアーズは次から次へとリーに雪をぶつけた。リーも負けずに彼に雪を投げ、やがて二人は頭から足の先までびっしょり濡《ぬ》れてしまった。彼がリーを抱きしめた。二人の頬は真っ赤に燃えている。「君は美しい！」彼はリーを抱く腕に、いっそう力を込めた。

ピアーズはリーの肩を抱き、リーはピアーズの腰に手をまわし、二人は黙って家の方へ歩き出した。

「ピアーズ……」とリーはささやいた。

「うん？」彼はリーの耳をいとおしげにかんだ。

リーはくすぐったそうに体をよじった。「この前、チャールズ先生の診察を受けたでしょう？　どこが悪いの？　よかったら教えてくれないかしら」

「何年か前に事故に遭ってね」リーが身震いした。

「レーサー時代、何度か事故は経験したが、その時はほんとにひどい事故で、脊髄《せきずい》をやられてしまった。今はもう治っているが、時々、検査に通わなければならないんだ」

リーはカレンから聞いた事故の話を思い出した。確か、他の人の奥さんが関係しているとかいう話だった。けれど、それは済んでしまったことで、リーにはなんの関係もない。「じゃあ、今は大丈夫なのね？」

「私のために心配してくれるのかい？　リー、君はほんとに心を開いてくれたんだね」

「お願い……家にはいる前に、もう一度キスして」

「なんなりと」ピアーズはリーの鼻の頭に軽くキスをした。「これでいいかい？」

「いや」リーは怒って、ちゃんとしたキスをせがんだ。「ううん……このほうが素敵」

ピアーズはリーの背中で両手をからめた。「一日中、こうしていたい。でも、もう中へはいらなきゃ」

リーは彼の肩に顔をうずめた。「休暇の間、ずっとうちにいてくださる？」

ピアーズはリーの額に自分の額をつけた。「うん、しかし、こういうのは、もうなしだぞ、いいかい？　だめだと言ったら」と彼はリーの肩をつかみ、無理やり自分の胸から引き離した。「私をあまり信用するな。君が私をこんなに簡単にその気にさせることができるとわかっただけで、じゅうぶんだろう」

「いいわ、あなたがそう言うなら」リーは内心がっかりした。「あなたから離れているわ」

「あまり離れすぎてもだめだよ。いつも君を身近に感じていたいんだ」

「お二人には、よくしていただいて、心から感謝しています」ピアーズはリーの両親に笑顔で礼を言った。「おかげさまで楽しくすごさせてもらいました」

「それはよかった」リーの父はほほ笑んだ。「また近いうちにお出かけください」

「私もそうしたいと思っています」ピアーズはリーの方をちらりと見た。「用意はいいかい？」

リーは自分のスーツケースと、母から持たされた食べ物の箱に目をやった。「ええ、いいわ」リーは父と母を順番に抱きしめてから居間をのぞいた。

「さよなら、お兄さん。また近いうちに来ます」

クリスとデールが立ち上がった。「もう帰るのかい？」クリスとデールが残念そうに言った。

「ええ。ピアーズが明日から仕事なの」

デールがリーの横へやって来て、妹を案ずるようにリーの肩を抱いた。「おまえにボーイフレンドができたなんて、妙な気分だよ、おちびさん。しかも、ピアーズみたいなボーイフレンドがねえ」

「でも、お兄さん、彼のこと好きでしょう？」

「ああ、彼はいい人だ」とデールはうなずいたが、その目は心配そうだった。「しかし、傷つかないようにしろよ。ピアーズは僕らの思いもよらないことを見たり、やったりしている人だからな」

「わかってるわ。でも、もう手遅れよ」

「ピアーズを愛してるんだね？」

「ええ、愛してるわ。でも、彼には絶対知られたくないの。彼は結婚できるような相手じゃないもの」

「ピアーズに君と同じくらいの息子がいると思うと、妙な気がしないかい？」とクリスがきいた。

リーは考え込んだ。「少しね。でも、関係ないわ。ピアーズは……ピアーズよ」

「そのピアーズがお待ちかねだよ」とドアの方から、もったいぶった声がした。

リーはピアーズの顔を見て赤くなった。今の話をきかれてしまっただろうか。「ごめんなさい。もういいわ」

「よし。さようなら、デール、クリス」ピアーズはリーの兄たちに笑顔であいさつした後、リーと自分の荷物を車のトランクにしまった。

「こんなに早く君を帰らせてしまって、すまなかった。君はもう少しゆっくりすればよかったのに。せっかくお父さんが車でおくってくださると言うんだから」

「ええ」とリーは穏やかに答えた。「でも、あなたと帰りたかったの。どうせ明日は仕事があるし。ご迷惑だったかしら」

「いいや。私もどうせロンドンへ帰るんだ。田舎の家へ帰ってもしかたがないからね」

リーはいつの間にか黙り込んだ。この二、三日、ピアーズの様子がおかしく、リーと二人きりになるのを避けて、他の家族とばかりすごしていた。その時はリーも傷ついたが、後になって考えてみると、それはピアーズがリーの家族と打ち解けた証拠かもしれないと思った。ピアーズは束縛されるのが嫌いなタイプだから、リーは自分の気持を彼に知らせまいと決心した。もし、リーが愛していることを彼が知ったら、彼はリーのもとを去るだろう。だから、それだけはしたくなかった。ピアーズは今のリーにとって、たった一つの生きがいなのだ。

「やけにおとなしいんだね」静けさを破ってピアーズが言った。

リーは元気を出した。「ごめんなさい。考え事をしてたものだから」

ピアーズがちらりとリーの方を向いた。「今だけじゃない。この二、三日、ずっと、おとなしかったじゃないか。何か訳でもあるのかい？」

リーは肩をすぼめた。「べつにないわ。食べすぎて眠かったせいじゃないかしら」ピアーズがリーをかまってくれなかったせいだと言ってもしかたがない。

「うん、君のお母さんは料理の天才だ。この三日間で私も少し太ったようだ」彼は眉間にしわを寄せた。「君、明日は仕事だと言ったが、病院に出るということかい？」

「もちろんよ。他にどこで働くというの？」

「君のような感受性の強い娘が、どうして看護師なんて職業を選ばなきゃならないのか、わからないよ。ほんとうに看護師の仕事が好きなのか？」

リーはほほ笑んだ。「大好きよ。私が看護師になるのが不思議だと言うなら、あなたのような頭のいい人がレーサーを職業に選んだことのほうがもっと不思議だわ」

「いや、レーシングカーの運転には非常に高度な技術が必要なんだ。その上、精神的にも肉体的にも最高の状態でなければならない。もしあの事故さえなかったら、私はまだサーキットで、自分の持っているすべての力を注いで可能性に挑戦しているだろう」

ピアーズは今、リーと離れて遠い世界をさまよっていた。それは、二年前までの彼のすべてだった。そして今でも彼の生活の一部である、興奮と勝利の世界だ。

「ごめんなさい、私、そんなつもりで……」

「大したことじゃないさ。女の人の中には、いつも自分の命を危険にさらしているような人間とかかわりたくないと思っている人もいる。パメラもそういう女だった」

「パメラ？」

「私の妻、つまり、ギャヴィンの母親だよ」と彼は苦笑いをした。「いや、パメラは、そのどちらでもなかった！　彼女は人生の現実と戦えない瀬戸物の人形だったんだ。だが、君はその反対だ。君は毎日、生や死という厳しい現実と戦うことを選んだ」

「別に選んだわけじゃないけど、誰かが病気の人の世話をしなければならないんですもの」

「そして君は、あの可愛いナイチンゲールのようにその世界に飛び込んだ。でも、なんのために？　君は人の痛みや苦しみを自分の痛みとして感じることができるのか！」

「わざと意地悪を言ってるみたいね、ピアーズ。なぜなの？　私が何かいけないことをしたの？」とリーは声を詰まらせた。

「そうじゃない！　しかし、君はまだ私の質問に答えていない。どうして自分に不幸しかもたらさないような仕事を君は選んだ？」

リーは首を振った。「あなたにはわかってないのよ、ピアーズ。いいえ、わかろうとすらしないんだわ」

「そうだ。わかろうとしないんだ」

二人のドライブも終わりに近づいた。ピアーズはずっと黙りこくっていた。リーは彼の冷たい無表情な顔を観察したが、そこにはリーに対するやさしさはひとかけらもなかった。顔をそむけたリーの目に大きな涙の湖ができた。車はもうロンドンにはいり、リーは別れの時が近づくのを恐れた。

「リー」ピアーズがかすれた声で言った。

「なあに？」リーはやさしく答えた。

「私の所に寄っていきなさい」

「な、なんと言ったの？」

「私の所へ寄りなさいと言ったんだ」

「でも、ど、どうして？」

「とぼけるな、リー。わかってるだろう。私は君がほしいんだ。今までの何よりも、誰よりも、君がほしい。これで答えになったかね？」

もし、その言葉にほんの少しでも情熱がこもっていたら、リーも心を動かされただろうが、彼の言い方は、まるで、どうでもいいことのように冷たかった。

「ええ、答えになってるわ、じゅうぶんにね」とリーは悲しげに言った。「私の返事はノーよ。でも、それはもう、わかっているはずでしょう？」

「そうかもしれない……。さあ、君のアパートに着いたよ」ピアーズはリーの顔を見た。

「ありがとう」リーは彼の後から車を降り、荷物を受け取った。

「よかったら、君の荷物を上まで運ばせてくれないか？」

「いいえ、けっこうよ。あなたを引き止めては悪いわ。あなたには他にすべきことや、会うべき人がいるでしょうから」

「わかった」ピアーズはリーの言葉を否定せず、ただ、リーの唇に軽くキスしただけだった。「体に気をつけて。それから、悪い狼には近づかないように」

「あなたのような？」

「私のような……」ピアーズはリーの頬にやさしく触れた。「さようなら、リー」

「さようなら」その言葉には、これで何もかも終わってしまうような、もう二度とピアーズに会えないような響きがあった。でも、もうほんとうに会えないかもしれない。彼は私にまた会いたいと言わなかった！　ああ、どうしたらいいの！

8

それから数日間、リーはそのことばかり考えていた。ピアーズからはなんの連絡もない。でも、リーは電話が鳴るたびに廊下の電話に走った。

「リー？」受話器から母の声が聞こえた。「リーなの？」

リーは失望を必死に抑えた。リーをこんなふうに無視するなんて、ピアーズはどうしたのだろう。

「ええ、お母さん。私よ。そちらは、みんな元気？」リーは無理にはしゃいだ声を出した。

「ええ、元気よ。でも、みんな、あなたに何かあったんじゃないかって心配してたのよ。体の具合でも悪いんじゃないの？」

「いいえ、元気よ」体は元気でも、心は瀕死《ひんし》の重傷だった。「この二、三日、病院のほうが忙しかったのよ」急に寒くなったので、かぜで休む人が多くて、実際てんてこまいだった。「お父さんやお兄さんはもう仕事にもどったの？」

「ええ、いやいやね。長い休みの後はいつもそうね。ところで、昨日、お客さまがあったのよ」

「そう。誰なの？」

「誰って、もちろんシンクレアさんよ」と母がうれしそうに言った。「でも、あなた、知ってると思ったけど。彼に聞かなかった？」

「い、いいえ。昨日は彼に会わなかったわ」昨日も、おとといも、先おとといも、とリーは叫びたかった。

「それで、どんな用事だったの？」

「べつに用があったわけじゃなくて、私にきれいな薔薇《ばら》の花束と、お父さんに素敵な葉巻を一箱、持って来てくださったのよ」と母は笑った。「お父さんに葉巻だなんてねえ。もったいないって言ったのよ。そうしたら、クリスマスにお世話になったから、どうしてもお礼がしたいとおっしゃって」

「なんてやさしい人なの」とリーは小さな声で皮肉を言った。「彼は長くいたの？」

「一時間くらいかしら。用があるとおっしゃって、早くお帰りになったわ。あなたはいつ、こっちに帰って来るの、リー？」

「週末の仕事が終わってからよ。土曜日も病院に出るかもしれないの」

「わかったわ。もう切らないと、お父さんたちがお茶を飲みに帰って来るころだわ」

リーは笑いながら電話を切った。しかし、心はずたずたに引き裂かれていた。ピアーズには、リーの両親を訪ねる時間はあっても、リーと会う時間はないのだ。もう彼の生活の中にリーのはいり込む余地がなくなってしまったことを認めなければならない。

今まで散々彼に逆らってきたけれど、とうとうピアーズの魅力のとりこになってしまった時には、リーはもはや彼の興味をひかない女になっていたのだ。

リーのプライドはどこへいってしまったの？　あんな男の冷たい仕打ちで、これからの人生を破壊されては、たまらない。時がたてば、彼にふられた心の傷もいえるだろう。今から、新しく出直すのだ。リーはそう固く決心しながら胸を張って部屋へもどった。

「まだ今夜のパーティに行く気ある？」とリーはカレンに尋ねた。

カレンはリーの顔が新たな決意に輝いているのを見て、ほっとした。クリスマス休暇の間にリーの家でピアーズと何があったかは知らないが、もどって来たリーは別人のように、絶望と戸惑いの表情ばかり浮かべていた。

「やめようかと思ったけど、リーが行く気になったのなら、私も行くわ」カレンは正直に答えた。

「よかった」リーはにっこり笑った。「さあ、早く着替えないと、パーティが終わってしまうわ」

大急ぎで支度をしていると、リーは気持が軽くなるのを感じた。黄色の絹のブラウスに黒のロングスカートをはき、つやが出るまで髪をブラッシングしたリーは、今夜は思い切り楽しもうと思った。いつまでもピアーズ・シンクレアのことで悩んでいる必要はないのだ。

看護学校の友人の家で開かれたパーティは、もうだいぶ前から始まっている様子だった。その家はあかりを落としていたが、外まで大きな音楽が聞こえていたので、すぐにわかった。中は人の顔もわからないほど暗かったが、二人は人をかき分けてバーへたどり着いた。

幸い、その急ごしらえのバーで酒の世話をしている人の中にキースがいた。リーはキースにほほ笑んだ。「こんばんは。誰か面白そうな人は来た？」

「ああ、たった今ね」キースはリーとカレンを両手に抱いた。「僕の大好きな女の子が二人も来てくれたよ」

カレンは笑った。「今夜は、もう何人の女の子にそんなことを言ったの？」

キースは胸に手を置いた。「誰にも言いません――誓います。ところで、何を飲む？」

キースに飲み物を頼んでいる間に、リーとカレンはパーティを開いてくれた友達にあいさつを済ませ、踊りながらもどって来た。たくさんの人の間を進むには、それが一番の方法だ。「やれやれ！」とリーはため息をついた。「学校と病院がそっくりここへ来ちゃったみたいね」

「まったくだ」とキースもため息をついた。「これじゃあ、明日のマキシーンの所のパーティはもっと混むぞ」

「明日？　何か特別なパーティ？」リーは尋ねた。

カレンがあきれた顔をした。「明日はニュー・イヤーズ・イブじゃないの」

「ああ、そうね。忘れてたわ」

「よく、そんなことを忘れるものだね」そう言ってリーをからかったキースが、カレンの肩越しに何かを見つけた。「ああ、振り向かないで、二人とも。どうやらじゃま者が現れたぞ。特にリーにはありがたくないやつだ」

「やあ」と耳慣れた声がした。「リー、しばらく姿を見なかったけど、元気？」

リーはギャヴィンの方を見た。「元気よ。このところ忙しかったし、その前はクリスマスで休暇をとっていたの。あなたはクリスマスにスキーへ行ったんでしょう」

「どうしてそれを……ああ、そうか」ギャヴィンは皮肉っぽく笑った。「おやじだな」

リーは照れくさそうにほほ笑んだ。「そうよ。それで、スキーは楽しかった？」

「まあね。君が一緒なら、もっと楽しかったのに」

リーは吹き出しそうになった。なんという皮肉だろう。ギャヴィンはリーとクリスマスをすごせなくて残念がっているのに、リーとクリスマスをすごしたピアーズのほうは、大して喜ばなかったなんて。

「だって、誘われなかったわ。どっちにしても、休暇は家に帰ることにしてるから、行けなかったけど」

「まだ僕のこと許してくれない？」

「何を許せというの？　あなたは、その時感じたことを言っただけでしょう。それで私が気を悪くしても、それは私の責任よ。ああ、そのことで、お父さんに何か言われたのね？」

ギャヴィンは首を振った。「いや、ただ、君とおやじの間を勘ぐるなんて、ばかげてるって教えてくれただけさ。君とのことは完全に僕の誤解だし、第一、おやじは、君の父親と言ってもおかしくない年齢なんだからってね」とギャヴィンは笑った。

「お父さんは、ほんとにそうおっしゃったの？」リーは胸が締めつけられる思いだった。やっぱりピアーズはリーを子供だと思っていたのだ。しかし、ギャヴィンにそう言っておきながら、クリスマスイブにピアーズがリーに示した態度は、とても父親らしいとは言えなかった。今はリーのことをどう思っているのだろう。まったく連絡がないということは、もうなんとも思っていないのかもしれない。

ギャヴィンは肩をすぼめた。「もう、おやじの話はしたくない。それより、君が明日の晩のパーティに僕と行ってくれるかどうか、ききたいんだ」

リーはギャヴィンを軽蔑《けいべつ》したように眉を上げ、唇に薄笑いを浮かべた。「あなたには散々いやな思いをさせられたのに、私が行くと思う？」

「思わない。でも、一緒に行かないか？」

リーはギャヴィンのばか正直な答えを聞いて笑わずにはいられなかった。ギャヴィンも一緒になって笑った。「マキシーンの家のパーティなら、もうカレンと行くことになってるの」

ギャヴィンは首を振った。「違うよ。おやじが開くニュー・イヤー・パーティだ。もちろん僕も招待されてる。パートナーとね。だから僕は君にパートナーになってもらいたいんだ」

「あなたのお父さんの……」リーは、急に顔色が変わったのをギャヴィンに気づかれないように祈った。ギャヴィンに、彼の父を愛していることを打ち開けたところで、どうなるものでもない。

ギャヴィンはひと口酒を飲んだ。「おやじは毎年、新年を迎えるお祝いのパーティを開くんだ。僕は今年は一番美しいパートナーを連れて行きたいんだよ。ねえ、いいだろう？」

リーの考えはすっかりもつれてしまった。ピアーズにもう一度会いたいという気持が強いくせに、自分がピアーズを追いかけているという印象を与えるのを恐れていた。でも、彼の息子と一緒なら、その心配はないのだろう。だが、その前に、彼には恋愛感情を持っていないことを、ギャヴィンにわからせる必要がある。ギャヴィンには、確かにピアーズを若くしたようなところがあるが、リーがどちらを愛しているかは疑う余地がなかった。リーを変えることのできる男性はピアーズ一人だ。

「私をあなたのものにしようという魂胆なら、お断りよ」リーはやっと返事をした。「でも、友達としてなら、行ってもいいわ」

「心配いらないよ、リー。明日は、また僕らが友達になれたことを見せるだけだ。まず、そこから始めようよ、いいだろう？」

「いいわ」明日はピアーズに会える！　夢のようだ。

急に目の前が明るくなったようでリーはうきうきし始めた。

ギャヴィンは翌日の午後九時半にリーを迎えに行くと約束し、パーティは夜遅く始まるので帰りは明け方になるだろうと言い添えた。そして、リーに対して妙なトリックを使わないようにという約束を彼は少し顔を赤らめながら快く受けいれた。

シャワーを浴び、ギャヴィンと出かける支度をする間、リーは複雑な心境だった。ピアーズには会いたいけれど、彼に冷たくあしらわれたらどうしよう。あるいは、もっと悪いことに、ただ知らん顔されるかもしれない。そうなったら死んでしまう。でも、いくらピアーズでも、そこまでひどい仕打ちはできないだろう。とにかく冷静な態度をとり、彼に会えなくて辛い思いをしていたことを悟られないようにしなければならない。


ギャヴィンはリーの姿を見て、そのあまりの美しさに目をみはり、彼女の頬にキスをした。リーはギャヴィンの心を探るように見つめた。「純粋にプラトニックなキスさ」と彼は弁解した。「それにしても、今日はすごく華やかだね」

「ありがとう」リーは恥ずかしそうに言った。今日のドレスは光沢のある淡いブルーの柔らかなシフォンのロングドレスで、えりぐりはあまり大きくなく、そでもストレートで、落ち着いたデザインのものだった。そのドレスを着ると、リーの髪は、いっそう黒く輝いて見えた。

思ったとおり、ピアーズの住まいはテームズ河の近くの高級住宅地にあった。玄関のドアをはいると、部屋の中には、静かな音楽が流れ、使用人がリーとギャヴィンのコートを取りに来た。壁には防音装置が施されていて、中の音はまったく外に聞こえない。居間にはいると音楽はずっと大きくなった。

ピアーズはこんなぜいたくな雰囲気の中で毎日生活しているのだ。リーは大勢の有名人の中にはいって、すっかり気おくれしてしまった。ギャヴィンが通りかかったウエイターからシャンパンのグラスを二つもらい、一つをリーに渡した。

「そんなにびくびくするなよ、リー。連中だって、僕らと同じ、ただの人間だぜ」ギャヴィンはリーの手をとった。「おいで。知り合いになれそうな人を何人か紹介しよう」

それから三十分間、女優やモデルの輝くばかりの美しさや、男優やレーサーの精悍《せいかん》な魅力に、リーの目はくらみっぱなしだった。普段は飲まない酒をお代わりするうち少しづつ緊張がほぐれ始めた。しかし、リーの会いたい、たった一人の人は、まだ姿を現さない。もしかしたらピアーズはここにいないのかもしれないと思い始めたころ、リーは広い部屋の中の反対のすみに、やっとピアーズの姿を見つけた。

ピアーズのほうはまだ気がついていないので、リーは彼を自由に観察することができた。

友達に囲まれたピアーズは、相手が恐れるほどよそよそしい態度をとっている。それを見たリーは、自分がピアーズになれなれしくしすぎたのではないかと反省した。二人きりでいると、彼が有名なピアーズ・シンクレアであることを、つい忘れてしまう。けれど、今夜のように大勢の人たちに囲まれた彼を見ると、リーなどの付き合える人でないことがよくわかる。リーがテレビや映画でしか見たことのない人たちがピアーズの友達なのだ。考えただけでも恐ろしい。こんな魅力的な女性たちに囲まれている彼に、リーのような子供が何を与えられると言うのだろう。

自分とピアーズの関係について抱いていた子供っぽい妄想が、どんなに報われないものであったか、リーは今初めて、気がついた。もちろん、ピアーズはリーをデートに誘い、あふれんばかりの魅力でリーをとりこにした。けれど、リーのような世間知らずの女の子を目の前にしたら、どんな男だって、そんな気になるのではないか。たかが見習看護師のくせに、ピアーズ・シンクレアに口答えし、失礼な態度をとるなんて、なんと大それたことだろう。彼はリーの手の届くような人ではないのだ。

「ギャヴィン……」リーはこみ上げてくる吐き気をごくりとのみ込んだ。「ギャヴィン、うちへ帰りたいの。おくってくれなくてもいいわ。タクシーを拾えるから」リーはひとりになって泣きたかった。

ギャヴィンはリーの腕をとった。「とんでもない！　帰るんなら僕がおくって行く——前に一度、君をおくるのを断ったのは紳士的じゃなかった。今も後悔してるんだ」ギャヴィンは暖かいオレンジ色のあかりの中でリーの顔をのぞき込んだ。「気分が良くないのかい？」

リーは何も答えず、ピアーズが二人の姿に、あるいは、少なくとも自分の息子の姿に気がついたのを見て、恐怖におののいた。ピアーズがまだリーの存在に気がついていないようなので、リーは急いで彼に背を向けた。彼が近づいて来るのを体のすべての細胞で感じとったリーは、彼に気づかれないうちに逃げてしまいたいと心から思った。しかし、もう手遅れだった。ピアーズはギャヴィンの隣に立ち、かつてリーに熱烈なキスをした、その引きしまった唇に、息子への歓迎の笑みを浮かべた。

「よく来たね、ギャヴィン」とピアーズは明るく声をかけた。「今まで放っておいて悪かった。マーリンがまた、かんしゃくを起こしてね……リー！　来ていたのか！」ピアーズは最後の言葉を怒りをかみ殺すように言った。

リーはすみれ色の目を上げて、愛する男の冷たいブルーの瞳を見つめ、冷静に言った。「シンクレアさん、またお会いできて光栄です」なんという言い方だ！

「私もだ」ピアーズも礼儀として、一応そう答えてから、ギャヴィンの方を向いた。「おまえの今夜のパートナーがリーだとは知らなかった。おまえが友達としか言わなかったから。これで二度目だな」

ピアーズはリーと初めて会った晩のことを言っているのだ。赤くなるのを必死にこらえだリーは、いかにも親しげにギャヴィンの腕に自分の手を通した。

「私とギャヴィンのせっかくの夜なのに早く切り上げるのは残念ですけれど、今、ギャヴィンにおくってもらうところですの」心の奥までのぞかれそうなピアーズの鋭い瞳から、リーは一刻も早く逃れたかった。

「ほう？　それはまた、どうして？」ピアーズは目を細めてリーを探るように見た。

「リーは気分が良くないんだ」と、ギャヴィンがリーの代わりに答えた。

「ほんとうか？」ピアーズの観察がいっそう鋭くなった。「外の空気を吸えば、きっと良くなるだろう。しばらく音楽でも聴いていたらどうだ、ギャヴィン。私はリーをバルコニーに連れて行くから」

「でも、私……」

「僕はいいけど……」

ギャヴィンとリーは同時に口を開いた。しかし、二人の気持におかまいなしに、ピアーズはリーの腕をしっかりつかみ、バルコニーの方へ歩き出した。リーはギャヴィンに目で最後の助けを求めたが、ギャヴィンは肩をすぼめただけだった。

ピアーズはパーティのホストとして、にこやかにほほ笑みながら客の間をぬうように進んだが、その手は常にリーの腕をしっかりつかんでいた。リーが鋭い視線を感じて顔を上げると、すらりと背の高いブロンドの若い女性の、敵意に満ちた緑の瞳がそこにあった。その魅力にあふれた体は、まるで第二の皮膚のようにぴったりした金色のドレスに包まれている。

その女性は、自分の体の美しさをよく承知しているとひと目でわかる優雅な身のこなしで近づいて来た。「ピアーズ」と、その女性はハスキーな声で言うと、なれなれしくピアーズの腕をとって彼の足を止めさせた。「どこへ行くの、ダーリン？」

ピアーズはその官能的な美しさに少しも惑わされない様子で無愛想に答えた。「リーに外の新鮮な空気を吸わせに行くんだ」

その女性の肌は、あかりを抑えた部屋の中で金色に輝き、ピアーズを見つめるその瞳は熱く、誘惑的だった。「リー？　リーって誰なの？」

リーはそのわざとらしいきき方に、ぱっと顔を赤くした。こんなふうに無視されることが急にいやになった。

「すまない。君たちはもう紹介が済んでるとばかり思っていた」ピアーズがそう思っていないことはリーにもわかった。ピアーズはどうしてうそなどつくのだろう。「マーリン、こちらはリー・スタントン。息子の友達だ。リー、こちらはマーリン・ショー」

リーとマーリンは形どおり握手を交わした。ピアーズはマーリン・ショーが何者なのか言わなかった。けれどリーにはわかっていた。マーリン・ショーはトップクラスのモデルだ。そして、ピアーズを見るマーリンの目を見れば、二人の関係が決してプラトニックなものでないことは明らかだった。

「気分が悪いの？」とマーリンは心配そうに言った。しかし、そのエメラルドのような瞳は言葉と裏腹にリーを鋭くにらんでいた。

ピアーズがリーの代わりに返事をした。「外の空気を吸えば、すぐ元気になるだろう。じゃあ、悪いけど失礼する……」

「待ってよ、ピアーズ」とマーリンは可愛らしく口をとがらせた。「私も外の風に当たりたいわ」

ピアーズはそんな彼女をばかにしたように笑った。

「ねえ、マーリン、君はもう何年も外の風になんか、あたったことがないじゃないか。そんなことをしたら病気になってしまうよ。それより、ロジャーの所へ行ったらどうだ。彼なら君を歓迎してくれるよ」

「でも、ピアーズ……」

「マーリン！」ピアーズは怒ってマーリンから離れた。

リーはついにひと言もしゃべれなかった！　ピアーズがしゃべる機会を与えてくれなかったのだ。でも、彼を責めることはできない。リーのせいで彼は気まずい思いをしたに違いない。ああ、やっぱり来なければよかった。

ピアーズはバルコニーのドアをしっかり閉めた。暗くて彼の表情はよくわからない。リーは冷たい風に吹かれて身震いした。眼下には、リーの初めて見るロンドンの夜景が、息をのむほど美しく広がっていた。川面《かわも》にうつる街の灯が宝石のようにきらめき、昼間は汚くて騒々しいロンドンを華やかに彩っている。ここまで上がると、下の車の音も聞こえない。外界から切り離された妙に平和な世界がそこにあった。

ピアーズを思い出させるアフターシェーブローションとたばこのかすかな香りが、リーを空想の世界から引き戻した。リーの肩にはピアーズのタキシードがかけられていた。リーは、まだ彼のぬくもりの残るタキシードに顔をうずめたい衝動と戦いながら、月の光の中にたたずむ彼を見た。真っ白なワイシャツが彼の力強い胸や引きしまった体をぴったりと包み、胸元のフリルが、女性的に見えるどころか彼の男らしさをいっそう強調していた。

リーはタキシードを脱ごうとした。「ほんとうに大丈夫です」彼女は、すんだ夜の静けさを壊さぬように小声で言った。「すぐに中へもどりますから」

ピアーズは手を伸ばし、タキシードの両方のえりをつかんで、リーの体ごと自分の方へ引き寄せた。

「まだもどっちゃいけない。まず、ここで何をしているのか、きかせてもらおう」

「ご覧のとおりよ、シンクレアさん」リーは彼の口元が怒りにゆがむのを見て、ある種の満足感を味わった。「息子さんに誘われたんです」

「そんなことはわかっている！　私がききたいのは、君がいったいここで何をしているかだ」

リーは肩をすぼめた。「だから言ったでしょう。息子さんに誘われて……」

「もう一度そんなことを言ったら……」ピアーズは急に口をつぐんで、オールバックの髪をかき上げた。

「すまない。どなるつもりはなかったんだ。さあ、正直に答えてくれないか？　ギャヴィンの魅力だけで君がここまでやって来たとは思えない。いったい何なんだ？」

「好奇心よ」

ピアーズはいぶかしげに目を細めた。「それは、どういう意味だ」

リーは彼を反抗的な目でにらんだ。「お金持の生活をのぞいて見たかったんでしょうね」

「うそだ。君はそんな娘じゃない。私は正直な答えがききたいんだ」と彼は追求の手をゆるめなかった。

リーは彼の手から逃れた。「私のことをそんなふうに見てくださって、うれしいわ。でも、うそじゃないの。いい経験になったことは確かよ」

「私を鼻であしらうのは、やめなさい。私のことをシンクレアさんなどと呼ぶな！　君は私の名前を知っているし、この前は恥ずかしがらずに名前を呼んでくれたじゃないか」

リーの目は彼をあざ笑っていた。「そうかもしれないわ、ピアーズ。でも、私のデートの相手の前であなたをそう呼んだら、彼が許さないわ。ええ、ギャヴィンが許すものですか」

ピアーズの瞳に不吉な色が漂った。しかし、彼が自制心を失いかけていることに、リーはまだ気づかなかった。「ギャヴィンが許さないことが、君にとって、そんなに大事なことなのか？」

「そうね」とリーはうそぶいた。「あなたにとって、マーリンの気持が大事なのと同じじゃないかしら」

「それなら、ちっとも大事じゃない」ピアーズはあっさり言った。「今夜は君に来てほしくなかった。君はこんな所にいるような人じゃないんだ」

リーの白い頬に赤みが差した。「そのとおりよ」リーは悔し涙をこらえ、歯ぎしりしながら言った。「どうせ私は、ここに——こんな上辺《うわべ》ばかりの薄っぺらな世界にいるような人間じゃないわ。でも、あなたは違う！　ええ、あなたには、こんな魔法のような世界がふさわしいわ！　なぜなら、あなたもここにいる人たちのように、上辺ばかりの薄っぺらな人間だからよ！」

「それで終わりか？」ピアーズは怒りをこらえて言った。

「いえ、まだよ！　あなたたちはみんな、言ってることと思ってることが違うのよ。たとえば、あなたのガールフレンドのマーリン。『気分が悪いの？』なんて言いながら、ほんとは私の目玉をくりぬいてやりたいと思っていたに決まってるわ。でも、私に関する限り、あなたを奪われるなんて心配はいらないとマリーンに伝えてちょうだい」

「それは君の本心じゃないんだ、リー。君は傷つき、頭に血が上っているから、そんなことを言うんだ。君のことを、こんな所にいる人じゃないと言ったのは、つまり……」

「そんなこと、どうでもいいわ！」リーはピアーズの手を振りほどいた。「あなたがどんな意味でそれを言おうと、あなたの言うとおりよ」リーはタキシードを肩からはずしてピアーズに投げた。ピアーズが受け取ろうとしなかったので、タキシードは下に落ちた。「帰るなら早いほうがいいわね！」

リーは部屋にもどって必死にギャヴィンを捜したが、彼の姿はどこにも見当たらなかった。それなら、ギャヴィンに伝言を残して、ひとりで帰ろう。そうだ、それしかない。

「ああ、リー」ピアーズが後ろから声をかけると同時に、リーの腕をぎゅっとつかまえた。「リー、まだ話が終わってないんだ。さあ、一緒に来たまえ」

リーはまたもピアーズの言いなりになるより他にしかたがなかった。もちろん、大騒ぎすれば逃げられないこともないが、人目をひくのはいやだった。

「どうして放っておいてくれないの？」リーはピアーズに連れられて、バルコニーのちょうど反対側のドアに向かいながら、やけを起こして言った。「手を放してちょうだい。痛いじゃないの」

「おとなしくしないと、もっと痛くするぞ。君は言いたいことを言ったんだから、今度は私の番だ」ピアーズはドアを開けて部屋のあかりをつけ、リーを中へ押し込むと、ドアを閉めて、鍵《かぎ》をかけた。「君を閉じ込めるためじゃない。他の人を閉め出すためだ」

驚いたことに、そこは寝室だった。しかも、渋い茶色と白に統一された男臭い寝室で、華やかさを添えるものといえば、ベッドの横のランプと、こげ茶色の絨毯《じゅうたん》に散ったレモン色の小花模様くらいなものだった。かなり広い部屋で、白い壁にはレーシングカーの写真が掛けてあり、特別製の飾り棚には、おびただしい数のカップやメダルやトロフィーが並べてある。みんな、ピアーズが獲得したものに違いないとリーは思った。

　リーは動揺を隠すために、わざと横柄な態度をとった。「私をこんな所へ連れて来なければ話ができないの？　私をあなたの寝室へ引きずり込んだら、他の人になんと思われるか、わからないわ」

「私はわかるよ。でも、残念ながら、今回は彼らの見当違いだ。私が君をここへ連れて来たのは、私が君のことを、ここにいるような人じゃないと言った訳を説明するためさ。私は……」

「かまわないで！」リーのすみれ色の瞳が怒りに燃えた。「あなたの説明なんか、私には、どうでもいいのよ。私の……」

「リー！」ピアーズはリーの腕をつかみ、部屋を占領する大きなベッドにリーを座らせた。「五秒間、黙っていてくれ！　君みたいに早合点な女は見たことがない！」

　リーはすぐにベッドから立ち上がった。ピアーズがマーリンのような女とそのベッドで愛し合うのかと思うと、ぞっとした。

　すると、ピアーズがまた、無理にリーを座らせた。

「そこに座っていろ！　私が君に言いたかったのは、ただ、ここに来てるようなタイプの人たちと付き合ってほしくないということなんだ。ここにいる男たちの半分は、君が断る暇もなく、君をベッドへ誘い込んでしまうようなやつらだ」

「どうして私が断ると思うの？　私があなたを拒んだからって、他の人も拒むとは限らないわ。私が処女で何もわからないから、あなたを拒んだと思っているのなら、シンクレアさん、あなたもかなりうぬぼれが強いわ」

「それなら、どうして拒んだんだ？」

　リーは肩をすぼめた。「あなたとそうしたくなかったからよ。いけない？　何度かキスしたら私が喜んであなたの手に落ちると思ったの？」リーは首を振った。「あなたには私という女がわかってないようね、シンクレアさん」

　ピアーズがリーの前に立つと、彼の筋肉質の体がリーの目に迫った。「君のことは、君が思っている以上によくわかっている。わかりすぎるくらいだ！」と彼は荒々しく言った。「それから、私はキスぐらいで君に恩を着せるつもりはない。第一、あんなのはキスのうちにはいらないさ！」

　リーは、目の前に迫ったピアーズの体から、やっとの思いで目をそらし、膝に載せた自分の手の、マニキュアを塗った爪をじっと見つめた。「キスでないなら、なんなの？　動物的欲望？　そうね、そう言ったほうがぴったりだわ」

　ピアーズはリーと並んでベッドに座り、リーの顎《あご》をつかんで無理やり自分の方を向かせた。リーがそこに見たものは、激しい怒りと、ある種の欲望だった。ピアーズがリーに対してできる唯一の方法でリーに罰を与えたいという炎が、彼の瞳の奥に燃えていた。彼の唇がリーにキスを求め、彼女の唇を乱暴に開かせた。しかし、いつの間にか乱暴な攻撃はやさしい愛撫《あいぶ》に変わり、リーも自分からピアーズにキスを求めた。

「ああ、ピアーズ……」リーは深いため息をついた。

「黙って！」ピアーズは、じらすようにリーの喉《のど》にキスをした。

　二人はベッドに横になった。リーの腕が彼の首にまわり、彼はリーの目に、頬に、そしてまた唇にキスの雨を降らせた。リーは彼を押しのけようとしたが、彼の力がそれを許さなかった。いつしかリーも我を忘れて彼の情熱にこたえ、熱い吐息をもらした。

　ピアーズが顔を上げてリーを見つめ、かすれた声で言った。「これでもまだ動物的欲望だと言うのかい？」

　リーは起き上がろうとしたが、またピアーズにやさしく押し戻された。「もう、わからなくなったわ……」リーはぼうっとしたまま首を振った。「これはお互いの体が反応しているだけよ」

日やけした長い指がリーの柔らかな唇や滑らかな頬をくすぐり、それに反応しないようにすることがどんなに難しいかをリーに教えた。「それが純粋に肉体的なものだと思うかい？」ピアーズはリーの髪を指にからませた。

リーは頬を染め、彼に自分のほんとうの気持を読まれないように、彼から目をそらした。「そうに決まってるでしょう？　だって……」

「ピアーズ！」

声のする方を見ると、マーリンが玄関へ通じるもう一つのドアの所に立って、ベッドの上の二人を見ていた。

ピアーズはぶつぶつ言いながら、ゆっくり立ち上がり、リーはまたひとり、恥ずかしい格好のまま取り残されてしまった。「なんの用だ、マーリン」ピアーズが、リーの乱した髪をかき上げながら、憤然と尋ねた。

マーリンはリーを意地悪な目で眺めながら、さも愉快そうに笑った。「私があなたの寝室に来たら、なんの用かわかるでしょう、ダーリン？」マーリンの猫のような緑の瞳が、やっと立ち上がったリーをあざ笑っていた。「でも、先客がいるとは知らなかったわ。あなたがそんなに……忙しくない時に、また出なおすわ」

リーは、たまらない気持だった。マーリンがピアーズと愛し合ったこの部屋で、このベッドで、ピアーズに抱かれるなんて！　「その必要はないわ」リーはマーリンに言った。「私はもう帰るところだから」リーはピアーズの手をうまく逃れて、玄関へ通じるドアへ向かった。このドアを、マーリンは何度も通ったに違いない！　部屋を出る時、リーは二人を振り返った。「良いお年をお迎えください、シンクレアさん。おくってくださらなくて、けっこうです。玄関はわかりますから」

「リー、話はまだ終わってないんだ」

リーは彼の声のセクシーな魅力に心を動かされまいと努め、決して彼を見なかった。「私のほうは、もうお話しすることはありません。ピアーズはあなたのものよ、マーリン。幸運を祈ってるわ。彼とうまくやるには幸運が必要でしょうから」リーはドアを乱暴に閉めて立ち去った。

9

「散々だったね」とギャヴィンがやさしく言った。

リーとギャヴィンは、リーのアパートでコーヒーを飲んでいた。ギャヴィンはピアーズの部屋の玄関で、打ちひしがれたリーの姿を見つけ、アパートまでおくって来てくれたのだった。リーは、正直に彼の質問に答えた。「散々だったわ」

「ごめんよ。君がそこまで真剣だとは気がつかなかったんだ。つまり、君が……」と彼は口ごもった。

「いいのよ、ギャヴィン。わかってるんでしょう？　私があなたのお父さんを愛してることをよ」とリーは率直に言った。「彼を愛そうと思って愛したわけじゃないの。たまたま、そうなってしまったのよ。

そんなこと、当たり前よね。誰が好き好んでこんな苦しい愛を選ぶものですか」

「でも、おやじも君が好きさ。僕にはわかるんだ」

「ええ、彼は私が好きよ。でも、好きなだけじゃいやなの。どうしてほしいかは言えないわ。あなたは彼の息子ですもの」

ギャヴィンは笑った。「言わなくてもわかるよ。僕は今まで、こういうことを女の立場から考えたことがなかった。まったく、気がきかないなあ！　僕は……」

「心配しないで、ギャヴィン。私だって、彼が女性にもてることに気がつかないほど純情じゃないわ。彼に魅力を感じたのも、たぶん彼が……」

「経験豊富だから？」ギャヴィンの口元が皮肉っぽくゆがんだ。「おやじは運がいいな。もし、君が僕の恋人なら……」

「でも、お父さんの恋人でもないわ。恋人なんて、ほど遠いわね。今夜のパーティに私が行ったことを彼はひどく怒ってるの」

「おやじがそう言ったのかい？」ギャヴィンは少年のような顔に驚きの表情を浮かべた。

リーは顔を曇らせた。「そういうわけじゃないの。でも、彼の顔を見ればわかる。それに、彼の友達のマーリンだって、きっと、彼と同じ気持よ」

「ああ、マーリンか。彼女は第一級のあばずれさ――いや、これはおやじの言葉だ。マーリンはおやじの友達なんかじゃないよ。彼女のほうは友達になりたがってるけど、おやじのほうは、ぜんぜんその気がない。今夜だって、きっと、おやじにふられてかんしゃくを起こしたに決まってる。それでわざと、彼女とおやじが親密な仲になってるみたいな印象を君に与えようとして、やっきになってたんだ」

「でも、どうして？」

「マーリンは君を恋敵と見たからさ」

「でも、私は……」

「恋敵なんかじゃない？　いや、そうさ。おやじが君のような美しい娘を放っておくわけがない。現に、おやじが君とばかり一緒にいるのをみんなが見てるんだ。そして、二人で寝室へ消えた！」

リーは驚いて顔を上げた。「あなた、見てたの？じゃあ、お父さんと私の間に何かあったと思っているのね」リーはそれもしかたがないと思った。「でも、あなたの想像どおりにはいかなかったの。マーリンが現れてね」

「じゃあ、マーリンがその場に踏み込んだというのか！　プライドのかけらもない女だな。その時、君はおやじと……」ギャヴィンはためらった。

リーは顔を赤らめた。もし、マーリンがじゃましなかったら、ギャヴィンの言おうとしていることが実際に起こったかもしれない。「そうじゃなかったの。でも、マーリンの目から見れば、そうしたも同然かもしれないわ。ああ、ギャヴィン、私、自分がひどくふしだらな女になったような気がしたわ！」

「その時のおやじの反応は？　いや、だいたい想像はつく。おやじは出しゃばり女が大嫌いなんだ。マーリンは自分で自分の首を締めちまったのさ」

「ねえ、ギャヴィンは平気なの？　お父さんがつまり、お父さんに……」

ギャヴィンは冷静に言った。「ああ、平気さ。おやじだって普通の欲望を持った男なんだ。そりゃあ、できれば、心から愛せる人を見つけて結婚してほしいけど、付き合ってる女の中に、おやじが生涯を共にしようと思う人がいないのなら、しかたないだろう」

「あなたはほんとうにお父さんが好きなのね」ギャヴィンとピアーズの親子関係は、一見いいかげんに見えるが、ほんとうはお互いのことをとても思いやっているのだ。

ギャヴィンは照れ臭そうに笑った。「もちろん好きさ。お互いの生活に干渉しない限り、僕たちはうまくやっていけるんだ」

リーは腕時計をのぞき込み、苦笑した。「新年おめでとう、ギャヴィン。今年はいい年でありますように」

立ち上がったギャヴィンは、リーを立たせて頬にやさしくキスした。「純粋に友達としてのあいさつさ」と彼は笑いながら弁解した。「さあ、僕は帰るから、君は少し眠ったほうがいい。いつか、また、デートしてくれる？」

リーは首を振った。「だって……」

「もう、君にばかなまねはしないよ。これからは、きっと、いい友達になれると思うんだ。だから……」

リーはまだ迷っていた。ギャヴィンと会っていれば、いつまでたってもピアーズを忘れられない。ギャヴィンはピアーズに似すぎている。でも、ギャヴィンと会わなくても、ピアーズのことは、忘れられないかもしれない。ギャヴィンとは、彼が自分の気持を押しつけなければ、もともと気の合う友達同士だった。ピアーズに対するリーの気持を知ったのだから、もうギャヴィンも無理は言わないだろう。リーはうなずいた。「いいわ、ギャヴィン。でも、お父さんに対する私の気持は変わらないわ」

ギャヴィンはリーの両手をきつくにぎり、にっこり笑った。「わかってる。君の気持は尊重するよ。そして、きっと君を楽しくさせると約束するよ」

ギャヴィンの言うとおりだった。リーはギャヴィンといると、とても楽しかった。一緒に映画やバレーや芝居を見に行ったり、アイススケートやボーリングをしたり、楽しいことならなんでもやった。二人でいると悲しみを忘れることができた。しかし、ピアーズのことは片時もリーの頭から離れなかった。

夜は特にひどくて、寂しさをまぎらすすべもなかった。カレンを起こさないように気を遣いながら、ベッドの中で声を殺して泣いた。カレンも時々それに気づいていたようだが、何も言わなかった。あのニュー・イヤーズ・イブのパーティ以来、二人の間ではピアーズの名前は禁句《タブー》になっていた。

リーは何度か劇場でピアーズの姿を見かけた。しかし、彼が声をかけてこないのだから、リーのほうからわざわざ声をかけることもなかった。彼はいつも違う美女を連れていた。もう、リーのことなど忘れてしまったのかもしれない。彼の連れている美しい、女性たちに比べたら、リーの誇れるものなど何一つない。ピアーズへの愛だけだ！　でも、彼はそれを望んでいないのだ。

「今夜はギャヴィンと出かけないの？」簡単な夕食を済ませて後かたづけをしながら、カレンがリーに尋ねた。

「それが……パーティに連れて行ってくれると言うの」とリーは浮かぬ顔をした。「彼のお父さんのパーティなのよ」

「ピアーズの？　ピアーズ・シンクレアのパーティ？」カレンは驚かずにいられなかった。

「ええ。でも、気が進まないのよ」リーは洗った皿を戸棚にしまい終えて、カレンの後から居間へ行った。「だけど、ギャヴィンがどうしても行けと言うの。この一カ月、ギャヴィンにはとても良くしてもらったから、断れなくて。ああ、カレン！　私、二度とピアーズに会いたくないのよ」

カレンはリーの腕をとって元気づけた。「彼に食われるわけじゃないでしょう」

「たぶんね。でも、それよりもっとひどいかもしれないわ。彼は私なんか眼中にないような目で見るのよ。面と向かって悪口を言われるより、よっぽど辛いわ」

「私も彼にそういう目で見られたことがあるから、あなたの気持はわかるわ」

リーはその夜、ピアーズと最初で最後のデートをしたクリスマスイブと同じ紫色のドレスを着た。リーはそれが自分に似合うことを知っていたし、今夜は自分を一番きれいに見せたかった。今のリーに必要なものは、自信と、ピアーズに占領されてしまった弱い心を守る鎧《よろい》だった。

雰囲気も、それから客の顔ぶれも、この前のニュー・イヤーズ・イブのパーティとほとんど変わらず、リーをおぼえていてくれる人も、主に男性だが、かなりいた。ハンサムな男たちに囲まれてギャヴィンの姿を見失ったリーは、彼らに誘われるままに次々と踊った。

その優雅な男性の大半は、うぬぼれが強くて、自分をほめることしか知らない人たちだった。なんていやな連中だろう！　しかも、部屋の少し暗い所でリーに好き勝手なことをしようとする人もいた。リーが、そんなしつこい男の手から逃れてほっとしていると、目の前にピアーズが現れた。ギャヴィンから離れなければよかったとリーは後悔した。

「こんばんは」とピアーズはなんのためらいもなくリーにあいさつした。「楽しそうだね」

「あら、そう？」とリーは甘い声で答えた。「どうして、そう思うの？」

ピアーズは肩をすぼめた。「私が招待した連中が――つまり男性だが――新顔の美女に夢中になっているようだ。君は何か彼らの気をひくようなことをしたに違いない。こうやって君を見ると、それがなんだかわかるよ」

「なんなの？」

「そのドレスさ。それがいけないんだ」

リーは怒りを抑えるのに苦労した。ピアーズは彼女を侮辱しようとしているのだ！「この前、これを着た時には、そんなこと言わなかったわ」リーは冷静に言った。「むしろ、気にいってくれていたわ」

「ああ、今も気にいってるよ。他の男が君に色目を使わなければね」ピアーズはリーの手からグラスをもぎ取り、踊っているカップルの真ん中へリーを引きずって行った。「踊れ！」と彼は命令した。

リーは音楽に誘われて体が踊り出しそうになるのを抑えて、ピアーズの腕の中で身を硬くしていた。

「踊りたくないの……あなたとは」

ピアーズはリーの抗議を無視して、彼女の体を強く抱きしめた。リーの体に、服を通して彼の引きしまった筋肉が感じられた。「ロバートと踊りたいんだろう。ロバートの……踊り方が気に入ってたようじゃないか」

「私が今踊っていた人のことを言ってるのなら、あなたの目はどうかしてるわ……あの人、体中をさわるのよ」

「見ていたよ。君がロバートを撃退したところも。そうでなきゃ、今ごろ、私があいつをのしてるさ！」

「どうして？」

「どうしてだって！」ピアーズはリーの体を引き寄せた。「他の男が君にさわっているかと思うと、我慢がならないからさ」

リーは、ぼう然として首を振った。「なんだか、言ってることがよくわからないわ、シンクレアさん。あなたの言動は、私にはとても理解できません」

「そうだろうとも！　君は子供だ！　どうしてまたギャヴィンと付き合うことにしたのか、言ってみろ。この前会った時は、それほどギャヴィンに興味を持っていなかったじゃないか」

リーは彼の言葉に一瞬、たじろいだ。「この数カ月、私はギャヴィンがあなたの息子だという不愉快な事実を忘れようと努めたわ。ギャヴィンはいい人よ。私たち、お互いの要求を完全に理解し合っているの」とリーはピアーズを挑発した。

「そうだろうな！　しかし、私の要求はどうなる？　私の要求は勘定にはいらないのか」

「それはあなたの女友達が面倒みてくれるでしょう。私は子供ですもの、そうでしょう？」

「ああ、君は子供だ！　しかし、なぜ私にこんなことをする？　この四週間、ギャヴィンから君のことばかり聞かされた。君が息子と、どこへ行ったとか、ここへ行ったとか、毎晩のように聞かされたんだ。私の息子と！」ピアーズは苦しそうにあえいだ。

「ああ、リー、ギャヴィン以外の男をどうして選ばなかった！　君は私にどんなことをしているか、わからないのか？　それとも、わかっていて、やってるのか？」

「どうして私があなたに何かしなきゃならないの、シンクレアさん？」リーは自分の心をさらけ出さないように、努めて冷静に尋ねた。「それとも、私をものにできなかったことを気にしてるの？　あれは、あなたの努力が足りなかったせいよ」

「そんな言い方はよさないか！　私には、君をものにするくらい簡単だったが、あえてそうしなかった。それは君もよくわかっているはずだ」ピアーズは耳障りな声で笑った。「君のことを若すぎると思っていたが、私の間違いだったらしい。ロバートなんかに君の無知を利用されるくらいなら、私は喜んで君の誘いを受けいれよう」

「やっぱり、それがあなたの本心なのね！」リーは感情を抑えることができずに激しく彼をにらんだ。

「誘いだなんて！　私が誰かにその手の誘いをかけるとしたら、あなたは一番最後でしょうね、シンクレアさん。あなたを愛するには、大きな犠牲が必要だとわかったの。あなたは、わがままずぎるわ」

「君をそばに置いておきたいと思うことが、そんなにわがままかい?」とピアーズがセクシーな声でささやいた。

「私から見れば、そうよ。あなたは他の人に絶対服従を求めるくせに、自分からは何も与えないのよ。あなたの女友達の中には、そういう関係がいいと思う人もいるでしょうけど、私はいやよ」

「じゃあ、ギャヴィンのほうが君に似合ってると言うんだな?」

「それはどうかしら。でも、ギャヴィンとは気が合うし、彼が好きよ」

「少なくとも私よりはましだな」ピアーズはリーの顎《あご》を持ち上げ、彼女のすみれ色の瞳の奥をのぞき込んだ。「でも、私には君が必要なんだ、リー! それは君にとって、どうでもいいことなのか?」

「以前、私があなたを必要としていた時は、どうでもよかったんでしょう?」

「もう私を必要じゃないと言うつもりかい?」ピアーズはかすれた声で笑い、リーを自分のすらりとした体にぴったりと抱き寄せた。リーの体が震えた。

「君の体はうそをつかない。私をまだ求めていると認めるんだ、リー。さあ、早く!」

リーはギャヴィンの姿を見つけて、彼に目くばせをした。幸い、すぐにその意味を悟ったギャヴィンが二人に近づいて来て、ピアーズの肩をたたいた。

「ねえ、父さん、リーは僕の女だよ。父さんはもう、じゅうぶんリーを独占しただろう?」ギャヴィンはピアーズににらみ返されてもひるまずに、にっこりほほ笑んだ。

「まだリーに話があるんだ」とピアーズは怒った。

「ねえ、頼むよ、父さん。子供にもチャンスをくれよ! 今夜こそ、リーを僕の腕に抱けると思って、リーをここへ連れて来たんだ。自分の父親にその特権を与えるためじゃないんだ」ギャヴィンは、わざと父親を刺激するようなことを言った。そして、それはピアーズの痛い所を突き、ピアーズはおとなしく引きさがるしかなかった。

「君、僕に助けを求めてたんだろう？」リーと二人きりになってからギャヴィンが尋ねた。

「そうなの」リーは感謝を込めてギャヴィンに抱きついた。ピアーズと違って、ギャヴィンといると安心できた。「私たちのデートを、いちいちあなたがピアーズに報告してるなんて、知らなかったわ」

「いけないかい？　おやじには、昔ながらのやきもち作戦が効果的だと思ったんだ」

「やきもちですって！」リーは思わず吹き出した。「あなたのお父さんが、やきもちをやくなんて！あなたは彼のことを知らないのよ」

「最近まで、確かに知らなかった。このごろ、おやじの様子が変なんだ。僕が君の名前を口にするたびに、ふさぎ込んじゃってさ」

「あんまり、それればかり聞かされるから、うんざりしてるのよ。お父さんの口振りだと、あなたは他のことなんか、ほとんど話さないらしいわね」

ギャヴィンのほほ笑みは、何か意味ありげだった。

「そら見ろ！　もう効き始めた。あと二、三週間この作戦を続ければ、おやじはきっと君の前にひざまずくだろう」リーが信じられないという顔をした。

「いや、ひざまずかないまでも、おやじのほうから折れるに違いない。かわいそうなおやじ！　よっぽど君にまいってるんだ。なんたる悲劇！」

「ちゃかさないでよ、ギャヴィン」とリーはもじもじした。「これで、あなたのささやかな実験は終わったの？　それとも、もう少し、ここにいなければならないのかしら？」

ギャヴィンは大声で笑った。「いや、その必要はないよ」彼は満足げに言った。「後は、じっと座って結果を待つばかりだ」

リーは田舎へ帰って、久しぶりに家族とのんびりした週末をすごした。もうすぐ看護実習が始まる。そうなったら、とてもこんな自由な週末はおくれなくなるだろう。ありがたいことに、リーの家族はピアーズの話をほとんど持ち出さなかった。リーの気持はギャヴィンに移ったと思っているようだった。

いつものように、リーのミニクーパーはエンジンのかかりが悪く、発車までに、たっぷり十分はかかった。その夜は特に調子が悪く、この前、田舎から帰る途中で車が走らなくなった時に何が起こったかを思い出したリーは、エンジンが止まらないうちに、なんとかアパートまで帰りつこうと、思い切りアクセルを踏んだ。

リーの小さな車が矢のように家路を急ぐのに、リー自身の心は遠く旅立っていた。今もギャヴィンとは毎晩のように会っていたが、ピアーズは一向にリーの前に姿を現さなかった。不思議なことに、以前はよくピアーズを見かけた劇場でも、彼の姿は見られなくなった。ギャヴィンは父親のことを、まったく口に出さないし、リーのほうからきくのも照れ臭かった。

ピアーズを愛している――自分のほうから降参して、彼の出す条件をすべて受けいれてしまうのも、時間の問題かもしれない。でも、そうなった時、ピアーズはもうリーを必要とせず、リーはぼろぼろに傷ついたプライドを引きずって彼の元を去ることになるかもしれないのだ。

リーが深く考え込んでいると、突然、猫が道に飛び出して来た。リーは考える暇もなく反射的にハンドルを切った。車は大きく揺れて生け垣を突き抜け道路脇《わき》の溝にはまって横倒しになった。リーはフロントガラスに頭を強く打ちつけられた。

それから二時間、リーは意識を失っていた。溝にはまって傾いているリーのミニクーパーを通りがかりの車が見つけて、救急車と警察を呼んでくれたことなど、もちろん知るはずもなかった。警察が到着すると、リーはつぶれた車の中からそっと引き出され、ただちに最寄りの病院に運ばれた。幸運なことに、そこはたまたまリーの勤める病院だった。

気がついた時、リーは真っ白いシーツに暖かく包まれていて、どうして体中が痛むのか、わからなかった。あたりは真っ暗で、ベッドのそばの終夜燈だけが、ぼんやりと光を放っている。横を向くと、ベッドの脇に看護師が座っていた。

「あのう、今、何時ですか？」こわばった唇で尋ねると、頭が割れそうに痛んだ。

若い看護師はリーにほほ笑みかけた。どこかで見たことのある顔だとリーは思った。「午前二時よ。打ち身だらけだから、あまり動いちゃいけないわ」

「動こうと思っても動けそうもないわ」リーは目の奥がずきずき痛むにもかかわらず、不思議そうにあたりを見まわした。「ここはどこ？」

「聖デーヴィッド病院よ。打ち身の他に、あなたは頭を強く打ってるの。痛みはない？」と若い看護師はやさしくきいた。

痛みはないかですって！　リーの体の中で、痛まない所など一カ所もないように思われた。「ほんの少しね」リーはあまり筋肉を動かさないように慎重にほほ笑んだ。「ほんとうに聖デーヴィッド病院なの？」

「ええ。あなたは一時間半くらい前に運び込まれたのよ。あなたの意識がもどって、何があったのか話せるようになるのを、みんな待ってるわ。警察は、他の車との事故ではなさそうだと言っているけど」

「ええ、そうなの」とリーは悲しそうに言った。「猫をよけようとしてハンドルを切りそこねたのよ。でも、患者の世話をする立場の自分が、こうして患者になるなんて、妙な気分」リーはくすくす笑った。

「きっと、今までと違った物の見方ができるようになるわね。こうしていると、かわいそうな患者さんの気持がよくわかるわ」

「そうね。来月からの看護実習には、きっと役立つでしょう。さあ、あなたの意識がもどったことを先生に知らせて来なければ」看護師は立ち上がった。

「あなた、ジャニス・ヘイリーじゃない？」

「ええそうよ。じゃあ、すぐもどるから、どこにも行かないでね」とジャニスはリーをからかった。

リーは笑いながら、出て行こうとするジャニスを引き止めた。「私のルームメイトや家族には知らせてくれたかしら」

「みなさん、外で待ってらっしゃるわ」ジャニスはリーを安心させた。「先生がいいとおっしゃったら、中へお連れするわ」

「ありがとう」リーはぐったりと枕に頭を落とした。頭を少し打ったくらいで、こんなに体がまいってしまうものかと驚いた。

十分後にやって来た医師は、リーも一、二度会ったことのあるキースの友達だった。「それで、車ごと溝に飛び込むなんて、いったいどうしたんだい？」

彼のからかうような青い目を見ると、リーはほほ笑まずにはいられなかった。「溝が好きなんです」と冗談を言った後、リーは泣き出した。「ほんとは猫をよけようとしたんです」

「それで一巻の終わりか」と若い医師は舌打ちした。「これだから女性ドライバーは困る。自分の命より猫のほうが大事なんだからな」彼はリーの脈と血圧を測り、瞳孔の反応を調べた。

「そんなことじゃないんです。考える暇もなく反射的にハンドルを切ってしまったんです」

「どっちにしても、猫は助かったらしい。警察は猫のことを言ってなかったからね」若い医師は診察を終えて体を伸ばした。「君も大丈夫らしい。もちろんレントゲンは撮ってあるが、異常がなければ、二、三日中に家へ帰れるだろう」

「二、三日ですって？」リーの声が病室に響いた。「いくつか痣《あざ》ができたぐらいで？」

医師の目に失望の色が浮かんだ。「リー、君がそんな大ざっぱなことを言っちゃ困るなあ。事故の後遺症が出るかもしれないから、二、三日、様子を見る必要があるんだ」

医師が出て行った後、リーは大きなため息をついた。二日間も、いったい何をしてすごせばいいのだろう。入院生活は初めてだが、あまり好きになれそうもなかった。両親と二人の兄とカレンが病室にはいって来たのを見て、リーの顔は輝いた。

「二分だけにしてください」と看護師が注意した。

「気分はどう？」母がやさしくきいた。

「まあまあよ、お母さん」みんなに心配をかけたことに気がついて、リーは笑顔を見せた。「あちこち痛いところはあるけど」

「ずいぶん心配したのよ」とカレンが言った。「あんまり帰りが遅いから、私はまた、てっきり、ピ……」カレンはためらった。「そうしたら、警察の人が来たの。いったい何事かと思ったわ。それからすぐ、ご両親に連絡したのよ」

「そうだったの。みんなに心配かけて悪かったわ」

「いいんだよ」父が娘の無事を確かめるようにリーの手をにぎった。「大したけがもなくて、私たちも、ほっとしたところだ。みんな、あの車のせいだ」

リーは首を振った。鎮痛剤が効いて、痛みはだいぶ和らいだ。「ところが、違うのよ」リーは、みんなに猫の話をした。三度目ともなると、ばかばかしい気さえした。

「女性ドライバーはこれだから困るよ！」と兄のクリスが憤慨した。

「やめてよ。先生にも同じことを言われたわ」

「当然さ」とデールも口を出した。

「申し訳ありませんが、二分たちましたので」と看護師が言った。「明日の面会は二時から三時までです」

父は感謝を込めて看護師にほほ笑んだ。「さあ、みんな、看護師さんの仕事のじゃまをしないうちに引き上げよう。娘を頼みますよ、看護師さん。私たちには大切な娘ですから」

「承知しました」と看護師は答えた。

「ああ、カレン」とリーは友達を呼び止めた。「ギャヴィンに、明日――いいえ、今日は会えないと伝えてくれないかしら」

「いいわ。じゃあ、お大事に」

リーは、たった二分おしゃべりしただけで、こんなに疲れるものかと驚きながら、ぐったりと枕に寄りかかった。頭の痛みさえとれれば眠れるのに。体中が硬直してしまったような感じがする。まあ、いいわ、猫が助かったんだから。

翌朝、リーはお茶のワゴンのかたかたいう音で目がさめた。朝の光の中で改めて病室を見まわすと、驚いたことに、そこは主病棟からはずれた個室だった。普段、そこは重態患者か個室希望者のためにあけておく所で、見習看護師などのはいる部屋ではなかった。ジャニス・ヘイリーは夜勤を終え、別の看護師が朝食を運んで来た。

「オートミールくらい食べられそう？」とその看護師が尋ねた。

「少しにしてください」リーは体を起こした。頭痛はほとんどおさまったが、打ち身のひどい脚を曲げる時、少し顔をしかめた。

「ねえ、どうして私はこの個室にいれられたんですか？」とリーは真剣にきいた。

「心配しないで。あなたは重態じゃないわ。病院のスタッフは、いつもここを使うことになってるの」

「そうですか」

朝食後、リーは看護師に手伝ってもらって洗面を済ませ、前夜カレンが持って来てくれた自分の寝巻に着替えた。一日中ベッドの中でじっとしていなければならないかと思うと、うんざりした。雑誌を開いても読む気がしなくて、すぐに眠くなってしまった。

十一時に、大きな花束を抱えたキースが、五、六人の医学生を連れて陽気にやって来た。「こんにちは、子猫ちゃん」とキースはリーの頬にキスした。リーは話し相手ができて、うれしかった。キースたちが冗談を言い合うのを聞いていると、おかしくて、痛みもどこかへ吹き飛んでしまった。

「またか」と、聞きおぼえのある声がドアの方から聞こえて来た。「君はいつも男に囲まれているんだな」

ベッドを囲んでいた医学生の一人が脇へどくと、ドアの所に立っているピアーズの姿がリーの目にはいった。リーはきまり悪そうにシーツを引き上げ、からかうようなピアーズの視線に顔を赤らめた。「ピ、ピアーズ、よく来てくださったわ」リーは上ずった声であいさつした。

キースは、自分たちがいることに対してあからさまに不快感を示すピアーズの鼻もちならない態度に少しも腹を立てずに立ち上がった。「おい、みんな、ライバルのお出ましだ。残念ながら、僕たちじゃ、歯が立ちそうもないな、シンクレアさん」

「ああ、ありがとう、キース」ピアーズは豹《ひょう》のような足どりで近づいて来た。「私が来たから出て行かなきゃいけないなんて、思わんでくれ」

「思いませんよ」とキースは笑った。「実は仕事中なんです。でも、誰にも言わないでくださいよ！」とキースはささやいて、医学生たちと出て行った。

リーはおずおずと体を起こし、シーツを顎まで引き上げた。ピアーズに会いたいとは思ったが、こんなふうに会いたくはなかった。ピアーズは目を細めてしばらくリーを観察してから、ベッドのそばへやって来た。「気分はどうかね？」

リーはピアーズの鋭い目で心の中を見ぬかれるのを恐れて下を向いた。「いいわ。ありがとう。どうして……どうして私がここにいることが、わかったの？」

「どうしてわかったと思う？　ギャヴィンが教えてくれたんだ！」

「でも……でも、どうして？」とリーは、おどおどと尋ねた。

「どうしてだと思う？」とピアーズは腹立たしげに言った。「ギャヴィンは私が君に関心を持っていることを知っているからだ——君にとっては考えられないことだろうがね」

「そ、そうね……でも……どうして、あなたが私に関心を持たなきゃならないの？」

ピアーズはベッドから離れた。「私も同じ質問を自分自身にしているんだ」彼の表情は暗かった。「私が会うたびに、必ず君のまわりには、君のごきげんをとって喜んでるような連中が集まっているな」

リーはその質問を軽く笑い飛ばそうとしたが、実際はしゃくり上げてしまった。「キースは違うわ……。私を元気づけに来てくれただけよ」

「君があんなおんぼろ車で出かけなければ、そんな必要もなかったんだ。私が危ないと言ったのに、君はいつものように私の意見を無視した。君は自分がどうなってもかまわんだろうが、君を愛する者の身にもなってみろ」

「お説教はやめて。私が事故を起こしたのは車のせいじゃないわ。道に飛び出した猫をよけようとしたのよ。それが事故の原因。だから、お説教はよして！」

「こんな事故に遭ってもまだそんなことを言うのかい？」

「どうして、放っておいてくれないの？」とリーは打ちひしがれて言った。「あなたは、初めて会った時から、いつも、私をいじめるか、その気にさせるかしか、しなかったわ。でも、もうたくさんよ。出て行ってちょうだい。出てって！」

二人の言い争う声を聞きつけた若い看護師がドアから顔をのぞかせた。「申し訳ありませんが、シンクレアさん、スタントンさんを興奮させるのでしたら、お帰り願います。患者さんを興奮させないという条件でお通ししたのですから」

ピアーズの口元が苦しげにゆがんだ。「そんなつもりではなかったんです、看護師さん。それから、私をわざわざ放り出すには及びませんよ。どっちみち、今、帰るところですから。さようなら、リー」

ピアーズの言葉がリーの耳に永遠の別れのように響いた。

10

リーはゆったりと自分の椅子に座って、静かで平和な時がもどったことを感謝した。退院してからの三日間、リーのまわりには見舞客が絶えなかった。話し相手がいるのはうれしいけれど、しょっちゅう人に囲まれていると、うんざりしてくる。病院から二週間の自宅療養を命じられて田舎の家に帰ったのだが、アパートにひとりでいるカレンのことが気になって、一週間もたたずにロンドンへもどって来た。

あいにく、その週末はカレンが親元へ帰っていたので、リーは前から読みたいと思っていた本を持ってストーブの前に座り、静かな一時をすごした。

その本はリーが期待していたほど面白くなかったので、一時間ほどして玄関の呼び鈴が鳴った時、うれしいような悲しいような気分だった。人は、事故に遭ったりすると、自分にどんなにたくさんの友達がいたかに初めて気がつく。リーの元には、数え切れないほどの見舞状と花束が届いた。けれど、ピアーズからは何も言って来なかった。彼が仕事でアメリカへ行っているという話をギャヴィンから聞いたが、それ以上は何もわからなかった。

ドアを開けるとギャヴィンが少年のように、にっこり笑って立っていた。ギャヴィンは病院でも家でも、リーにとっては一番うれしい見舞客だった。ギャヴィンはきょろきょろとあたりを見まわした。

「おやじが怒ってここへ来なかった？」

リーの顔が青ざめた。「ピ、ピアーズが？　どうして？　アメリカへ行ってるんじゃないの？」

ギャヴィンは難しい顔をしてリーの後から居間へはいり、オーバーを脱いだ。「行っていたというのが正しい表現だ。昨日の夜、帰って来たんだ。そして僕の顔を見て十分もたたないうちに、かんかんに怒り出したんだ。あんなひどいけんかは、めったにあるものじゃない」ギャヴィンは楽しげに笑った。

「君のことが原因なんだ」

「私の？　でも、なぜ？」何があったのか、リーにはさっぱりわからなかった。「また何かたくらんだのね、ギャヴィン」

「誰が？　僕がかい？」ギャヴィンは無邪気な目を丸くした。

「そうよ！」リーは彼を椅子に押し込んだ。「その無邪気な青い目はうそをつけないわ。さあ話して」

「おやじはゆうべ、急にアメリカから帰って来たんだ。僕の知る限りでは、あと二週間は帰って来ないはずだったんだけどね」ギャヴィンはリーがじれったそうにしているのを見て先を急いだ。「とにかく、おやじから電話があって、おやじの部屋へ来いと言うんだ。だから、ゆうべは君と会うことになってたんだけど、断らなきゃならなかった」

「ギャヴィン！　早く先を言ってよ。わざとじらしてるのね？」

ギャヴィンはにやにやした。「だから、僕は行ったんだ。顔を合わせた時から、おやじが険悪なムードだったことはわかったけど、僕の発言がついにおやじの怒りを爆発させた。君に見せたかったよ、リー。おやじがあんなに怒ったの初めてだぜ。ほんとにかんしゃくを起こしたって感じさ」とギャヴィンはくすくす笑った。

リーはいらいらして、ため息をついた。「私だって、かんしゃくを起こしそうよ。それが私とどんな関係があると言うの？　あなたがお父さんとけんかして困ってることはわかったけど、私にはどうしようもないわ」

ギャヴィンはそれを聞いて笑った。「僕は困っちゃいないよ、リー。むしろ、自分でも良くやったと思ってるんだ。僕がおやじの部屋に着いた時、おやじの様子が変だった。何か言いたいことがあるみたいで。そのうち、僕にこうきくんだ――おまえ、リーのことをどうするつもりだ？　なんてね」

「なんですって！」怒りがリーのぼんやりした瞳に輝きを取り戻した。「いったいなんのために？」

「それは言わなかった。でも、僕は真面目に君に結婚を申し込もうと思ってるって答えたんだ」

リーは自分の耳を疑い、おびえた目でギャヴィンをじっと見つめた。「信じられないわ、ギャヴィン。これは、ただの冗談でしょう？」

ギャヴィンは怒って鼻を鳴らした。「そんな冗談は誰も笑わないよ。特におやじはね」

「でも、わからないわ、ギャヴィン。どうしてそんなうそをつくの？」リーは鋭く彼を見すえた。「本気じゃないんでしょう？」

「もちろん本気じゃない。君を侮辱するつもりもない。僕たちはただの友達だ。でも、おやじは僕の言葉を信じた」ギャヴィンは満足そうに言った。

「何をそんなにひとりで悦に入ってるのか、わからないわ。お父さんには、あなたを私と結婚させる気なんか、さらさらないのよ」リーは天井を仰いだ。

「お父さんが怒るのも無理ないわ！」

「怒ったなんてものじゃないよ、リー、いかり狂っちまったんだ。だから僕は先まわりして、君に警告に来たんだ」ギャヴィンは腕時計を見た。「それにしても、まだ来ないなんて変だなあ」

「どうして、お父さんがここへ来るとわかるの？『君は息子の嫁にふさわしくない』とでも言いに来るというの？　なぜ、こんなうそをつかなきゃならないのよ、ギャヴィン。私は気にしないけど、他人が迷惑するわ。それに、私だって、あなたたちの親子のいざこざに巻き込まれるのはいやよ」

「子供みたいなことを言うなよ、リー。君はもう、そのきれいな首まで、すっかり巻き込まれちまってるんだぜ。これが爆発したら、僕たちはもっと幸せになれると思うんだ」

「子供みたいだなんて言わないでよ。それはもう、お父さんから散々言われて……」その時、玄関の呼び鈴が鳴ったので、リーは口をつぐんだ。

ギャヴィンが立ち上がった。「きっと、おやじだよ」

リーは口をきつく結んだ。「私、出ないわ」

「なんだって！」とギャヴィンはあきれた。「僕がこんなに骨折ったのに？」彼は意を決して玄関へ向かった。「君が出ないのなら、僕が出るよ。さあ、元気を出して」

やがて玄関で男の話し声がして、ピアーズとギャヴィンがそろって居間へはいって来た。ピアーズの表情は厳しかった。彼と目が合ったリーは、すぐに目をそらした。ギャヴィンだけが楽しそうにしている。リーは、二人とも帰って、早く平和な一時がもどることを祈った。

「おまえは今、帰るところなんだろう？」ピアーズは傲慢《ごうまん》な眉を上げてギャヴィンを見た。

ギャヴィンはそれに動じないで、にっこり笑った。「違うよ。でも、気をきかしてもいいよ」

リーは帰り支度をするギャヴィンを、おろおろしながら見ていた。「待って！　帰らないで、ギャヴィン」

「ああ、もてる男は辛いね」とギャヴィンは冗談を言った。「でも、おやじは君の意見に反対だよ。心配するな、リー。最後には僕に感謝することになるさ。明日電話するよ」

「ギャヴィン！」とピアーズがどなった。

「わかったよ。今、帰るよ」

ギャヴィンが帰ってしまうと、重苦しい沈黙が二人を包んだ。ピアーズはなかなか口を開かず、部屋の中をうろうろと歩きまわるリーを見ていた。初めて出会った夜のように、彼は黒の細いスラックスと、やはり黒の、体にぴったりフィットしたシャツを着ている。そして、その上にはおっていたシャークスキンのジャケットを脱ぎすて、シャツのえり元をさらに広げて、ストーブのそばの肘掛け椅子にゆったりと腰を下ろした。

ここのところ、タキシードやスーツ姿のピアーズを見慣れていたリーは、久しぶりにカジュアルな服装の彼を見ると妙な気がした。だからと言って、彼の魅力が損われるわけではなかった。リーは彼の強烈な男っぽさに圧倒され、またいつものように彼の魔法にかかってしまいそうな自分を感じた。

「ギャヴィンは、君さえよかったら君と結婚したいと思っている」とピアーズが沈黙を破った。「君の返事は？」

「あなたには関係ないわ。これはギャヴィンと私の問題だから、あなたと話し合う必要はありません」

ピアーズの瞳が危険な光を放った。リーはどんなひどい言葉で彼に攻撃されるかと、体を固くした。

「どうして私をこんな目に遭わせるんだ？　訳を言いたまえ！」

リーはピアーズの鋭い視線に突き刺されて身動きがとれず、真っ青になった。「私はあなたに何もしてないわ。ピアーズ。少なくとも、自分では、そんなつもりはないの。クリスマスの後、あなたはもう私と会わないことにしたわね。いえ、あなたを責めてるんじゃないのよ。あなたがいつか言ったように、私たちの間には何もなかったのよ。何かあったとしても、私はあなたから何も期待しなかったでしょう。あなたはハンサムだし、すごくもてるんですもの。ただ、礼儀だけは、わきまえてもらいたいわ。あなたって人は、会うと必ず騒ぎを起こすんですもの」

「私が騒ぎを起こすだと！」ピアーズは怒って椅子から身を乗り出した。「君がそう言うなら、もっと派手にやればよかった。君はいつも息子との仲を私に見せつけて、私なんか、おとなしく引っ込んでいろと言うんだ！ 確かに私はクリスマスの後、君に会わないことにした。それは、私が年をとりすぎて君の相手にふさわしくないと思ったからだ！ 私は君より、君のお父さんやお母さんと共通点の多い人間なんだ。それがわからないのか！」

リーもかっとなって彼をにらんだ。「それなら、こんな所で私を困らせてないで、私の両親の所へ行ったらどう？」リーの声は怒りのあまり上ずった。

「ギャヴィンはあなたにうそをついたのよ。今だって、ギャヴィンは、あなたがもうすぐ、すごい剣幕でここへ乗り込んで来るだろうと教えに来てくれたのよ。そして、彼の言うとおりだったわ！」

「ああ、そうだとも！ 私がそう簡単に君をギャヴィンと結婚させると思ったら大間違いだぞ」

リーのすみれ色の瞳に涙が光った。「私はお金を積まれてもギャヴィンと結婚するつもりはないわ。いくらギャヴィンが好きでも、彼があなたの息子だという事実を忘れることはできないわ」

ピアーズの口が引きつった。「君はそんなに私が嫌いか？」

リーは苦しげに笑った。「嫌いだなんて、とんでもないわ。あのパーティの夜、私は、まだあなたを求めていることを否定できなかった。求めていないと言ったらうそになるからよ。あなたはいつだって、そうやって私の心をかき乱すのよ」

「それだけか？」とピアーズはかすれた声で尋ねた。

「ええ、それだけよ！ 他に何があると言うの？」

心を引き裂くこの痛みと、彼が近づくたびに感じる、体の力がぬけるような感覚以外に、何があると言うのか。

ピアーズは素早くリーを後ろから抱きしめた。「私が君に対して抱いている感情と同じものが、君にもあったはずだ」ピアーズは低くうめき、リーの喉《のど》に燃えるような唇をはわせた。「君を抱くこの二本の手の感触が君の中に呼び起こす熱い感覚があったはずだ。君を激しい情熱に駆り立てる何かが……」ピアーズの声は甘くリーをくすぐった。

リーは彼の言葉の誘惑に負けまいとして、辛かった時のことを思い出そうと努めた。確かに、蜜《みつ》のように甘い一時もあった。しかし、それさえも、別れた後の苦しみには、かなわなかった。リーはもう、自尊心だけが頼りだった。ピアーズの人生に現れては消えて行く女たちの一人にはなりたくない。一時、彼の瞳の奥に潜む欲望を満たすことができたとしても、やがて彼の情熱は冷め、彼にうとまれる存在になってしまうのだ。

「確かにあったかもしれないわ」リーはあえて彼の唇を避けようとはしなかったが、彼につられてはいけないと自分に言いきかせた。「でも、今はないわ」とリーはきっぱり言い切った。

ピアーズはリーを振り向かせ、その細い腰をしっかりと抱き、彼女のこわばった青い顔を探るように見つめた。「君はうそをついてるね。なぜなんだ。訳を言ってくれ」リーが首を振った。「言うんだ！」

「私……」リーはピアーズの顔をまともに見られなかった。見たらもうおしまいだ。「あなたに対して、そんな気持にならないのよ」

ピアーズはリーの腰を強く締めつけ、唇を真一文字に結んだ。「リー！　まだうそをついてるね。前にも言ったが、君がうそをついている時はわかるんだ。私が君を求めているのを知っているのに、どうして君も同じ気持だと認めないんだ？　プライドが許さないのか？」

リーはくるりと彼に背を向けた。「違うわ。あなたの言うことは、もう、じゅうぶん認めてるのよ。でも、他の女性たちのように、飽きたらすてられるような存在はいやなのよ」

ピアーズは後ろからリーの髪に顔をうずめた。

「君に飽きるなんて、あり得ないよ。私は君を愛しているんだ。一刻も早く君を自分のものにしなければ気が狂ってしまうほど、君を愛している。私は君をなんとか忘れようとした。しかし、アメリカにいて、もう我慢できなくなったんだ。早く帰って、君の気持を確かめたかった」ピアーズはリーの肌の甘い香りを胸いっぱいに吸い込んだ。「愛してるんだ、リー。愛してる！」

リーは振り返ってピアーズを見つめた。彼がそんなことを本気で言うはずがない。「私を……愛してるですって？」

ピアーズは不安そうに小声で笑った。「今まで、こんなに人を愛したことはなかった。私のすべてをかけて君を愛している。体中が君の降伏を求めて叫んでいるんだ。リー、お願いだ、なんとか言ってくれ。なんでもいいから！」

長い間こらえている涙が、ついに、リーのほてった頬をつたった。「信じられないわ」リーは声を詰まらせながら首を振った。「そんなのむちゃよ！」

ピアーズは手をだらりと下げ、再び冷たい表情にもどった。「私の年齢のことを言ってるんだね？　私を愛していないと言うのなら、私の手で必ず愛するようにさせてみせるんだが……」ピアーズはリーの前に頭をがっくりと垂れた。

リーは、彼の顔に表れた苦しみと悲しみのしわに、そっと手を触れた。ピアーズもリーと同じ恐れや望みを持った、傷つきやすい人間なのだ。「年齢なんか問題じゃないわ」リーは彼の肌の強く滑らかな感触を指で愛しながら、彼をやさしく叱《しか》った。「たとえ、あなたが八十歳でも、私はあなたを愛するわ」

リーは目に涙をためてほほ笑んだ。「でも、八十でなくてよかった。今のままのあなたを愛してるの」

リーは彼の温かい胸に飛び込んだ。

リーの言葉が信じられないというように、ピアーズはしばらくリーの顔を眺めていた。そして、やっと安心したのか、リーを荒々しく抱き寄せ、彼女の甘い唇に熱いキスの焼き印を押した。それは、今まで二人が交わしたキスと違い、二人の胸を愛と情熱で焦がした。リーは、二人の体に翼がはえて、愛の世界を漂っているような感覚に捕らわれた。

やがて、ピアーズはリーを自分の胸から引き離した。彼の顔は、リーのすべてを自分のものにしてしまいたいという激しい欲望を必死に抑えているために、真っ青だった。「ああ、リー」

リーは恥ずかしそうにほほ笑んだ。「私、経験がないの。あなたを満足させる方法がわからないから、きっと、あなたにすてられるわ」そう言って、リーは思わず身震いした。「あなたに満足してもらえないなんて耐えられない！」

「私は今の君でじゅうぶん満足だよ。君と結婚したら……」

「結婚ですって！　で、でも、あなた、今までひと言も言わなかったわ、私と結婚するなんて」

彼のブルーの瞳がリーをからかっていた。「私が君をどうすると思ったんだ？　男の欲望を満足させるだけのために君を部屋に閉じ込めておくとでも思ったのかい？　君は私のものになり、私はみんなにそれを知らせるんだ。逃げるなら今のうちだ。それとも一生、私のそばにいるか、二つに一つだ」

「そんなこと、困るわ！　私、世間知らずだし……妻になるってことが、どんなことか、ぜんぜん知らないし」

「結婚は助け合って暮らしていくことだ。私だって、君にふさわしい相手かどうか、悩んでるんだよ」

「でも、あなたは私よりなんでもよく知ってるわ。私はあなたを喜ばせる方法も知らないし……」

「そんなことは知らなくていいんだ。セックスと愛し合うことは違うんだ。セックスは、ただ肉体的欲望を満たすだけだが、愛し合うことは、相手を心から愛し、その人に自分を捧げたいと思う者同士の結合だ。それは私にもまだ経験のないことだから、君と同じくらい不安なんだよ」ピアーズはリーの顎《あご》を持ち上げた。「私を愛しているかい?」

リーは彼の胸に顔をうずめた。「痛いほど愛してるわ。ああ、ピアーズ！　どんなにあなたを愛してるか、みんなに教えたいくらいよ」

「君がそう言ってくれるなら、人になんて言われようとこわくないよ」くすぶった情熱が彼の瞳を暗くした。「さあ、私がほんとうに望んでいることを実行に移さないうちに、君は台所へ行ってコーヒーをいれたほうがよさそうだ」

「それ、なんのこと?」とリーは彼をからかった。

「この生意気な娘！」ピアーズはリーをまわれ右させて、台所の方へ軽く押しやった。「今は私を信用しないほうがいい……」感情を押し殺すように彼の声は低かった。「しばらくひとりにしておいてくれ！」

リーは言われたとおりにした。コーヒーをいれてリーが居間にもどると、ピアーズは肘掛け椅子にゆったりと座っていた。しかし、リーを見ると、眠っていた情熱が再び燃え上がったようだった。

「きれいだ……」ピアーズは愛に満ちた穏やかな顔でため息をついた。「だめだ。向こうへ座りたまえ。お願いだから」とピアーズは、彼の椅子の肘掛けに腰を下ろそうとしたリーを止めた。「君がそばにいると、まともに考えられなくなる。それに、少し話し合わなければならないことがあるんだ」

「でも、ピアーズ！」リーは甘えた。

「だめだ。言うとおりにしなさい」

リーは渋々命令に従った。「ピアーズ、私を愛してることに初めて気づいたのは、いつ？」

ピアーズはにっこり笑った。「初めて会った時から、君のことは心にひっかかっていた。君のような態度をとる娘は初めてだったからね。そして、その美しい目でにらみつけられた時、私は君のとりこになってしまった」

「でも、そんな素振りなんか見せなかったわ。私を侮辱するような態度ばかりとって」

「動揺してたんだよ。三十七年間の人生を、愛という捕えどころのない感情を持たずにすごして来たこの私の目の前に、突然、反抗心をむき出しにした、すみれ色の瞳の美しい娘が現れたんだ。しかも、その娘はまだ子供同然だった！　我が身に起こったことが信じられなくて、ずっと自分の気持と闘っていたんだ」

「知ってたわ」と、リーは膝小僧をかかえながら言った。「でも、私はあなたの言葉や態度でずいぶん傷ついたわ」

「でも、いつもじゃなかった。あの車の中の出来事はまんざらでもなかっただろう？」

「とんでもない。ああ、いえ、私がいやだったのは出来事自体じゃなくて、その後のあなたの態度よ。私……利用されたような気がしたわ」

ピアーズは首を振った。「そんなつもりじゃなかった。もし、あの時、君を私のものにしてしまったら、君はもう私から逃げられなくなると思ったんだ」

「でも、私は逃げたいなんて思ってなかったわ」

「あの時は、そんな君の気持を知らなかった」

「あの夜、私は初めてあなたを愛していると気がついたの。それまで、あなたを憎むのに忙しくて、なぜ憎いのか考えもしなかったのよ。じゃあ、あなたは、わざと私に冷たくしたのね？」

「君と会わないようにして、君に自分の気持を確かめさせようと思ったんだ。そうしたら、君はギャヴィンとまた付き合い始めた。私は君の義理の父親にだけはなりたくなかった！」

リーは首を振った。「あれはギャヴィンの策略なの。私が彼とデートすれば、あなたがやきもちをやくと思ったのね」

「じゃあ、二人で計画したのか」

「違うわ。全部ギャヴィンがひとりで計画したのよ。私は今になって、やっと彼の考えがわかりかけてきたわ。私たちがお互いに愛し合ってるのを知っていた彼は、二人のどちらかにそれを気づかせるだけでよかったのよ」

「なんて悪賢いやつだ」

「お父さんそっくりね」リーは急に真面目な顔になった。「でもギャヴィンは私たちの結婚をどう思うかしら」

「心配いらないさ、リー。ギャヴィンは初めから君のことが好きなんだから。それより、君のご両親に反対されるんじゃないかな」

「いいえ、父も母もあなたが気にいってるわ」

「でも、私は一度結婚に失敗した男だ。パメラとの悲惨な結婚のことは君も知ってるだろう？　私たちは互いに若く結婚したが、そのうちにパメラが麻薬のとりこになり、それを買う金がほしくて、まだ駆け出しのレーサーだった私と別れて金持の男と結婚した」ピアーズのにぎりこぶしに力がこもった。「二年後、パメラはまだ二十五歳なのに五十ぐらいの姿になって死んでいったんだ」

「彼女を愛していたの？」とリーはやさしくきいた。

「愛してなんか、いなかった！　しかし、それに気づいた時には、もうギャヴィンがいた……。結婚に失敗した後は私は女を抱いても決して心を許さなかった」

「あなたの二年前の事故を仕組んだレーサーの奥さんにも？」

「あれは単なる事故だし、彼の奥さんのジュリアとは、世間の噂《うわさ》しているような関係はなかったよ。私にだって良識というものがあるからね」

「これからは？」とリーは心配そうに尋ねた。

ピアーズはいたずらっぽく笑った。「だって君はもうすぐ人妻になるんじゃないか。そして私はわがままな亭主になる。いやかい？」

「いいえ、私だって、すごくわがままな奥さんになるでしょうから。もう、そっちへ行っていい？」

「お行儀よくすると約束すればね」

すらりとした体を紫のスラックスと黒のセーターに包んだリーは、愛に満ちたまなざしでピアーズの前にひざまずいた。「キスして」

ピアーズはリーの体を楽々と持ち上げて膝の上に座らせた。彼の温かい息がリーの頬にかかる。「もう、わがままかい？」と彼はかすれた声で言った。

「いけない？」

「いや、でも、まだ約束をしてないじゃないか」

「ええ、でも、お行儀よくしたくないの。だって、あなたに私の愛を見せられる日を長いこと待っていたんですもの。もう誰も私を止められやしないわ」

「私でもかい？」彼の唇がリーの頬をくすぐった。

「あなたなら、よけいよ」

リーはピアーズをじっと見つめながら、手を彼の胸から肩へはわせ、彼の髪に指をからめた。突然、低いうめき声と共に、彼の唇がリーの唇に強く押しつけられた。

彼の手がリーの厚いセーターの下をさまよい、柔らかな肌を刺激すると、リーはあえぎながら彼に抱きついた。彼のキスで、リーの中に今まで知らなかった感覚がわき上がり、彼にすべてを捧げたいという熱い痛みが体を走った。

やがてピアーズは青い顔をして、苦しげにリーを自分の体から引き離した。リーが彼を引きもどそうとすると、彼は叫んだ。「やめろ、リー！」彼は脱ぎすてたジャケットをつかんで立ち上がった。

リーも必死に立ち上がって、彼の胸にすがり、彼が今かけたシャツのボタンをはずし始めた。

ピアーズがリーの顔を見下ろして、ささやくように尋ねた。「何をしてるんだ？」

リーの瞳は燃えていた。「ボタンをはずしてるのよ」

ピアーズはこわばったほほ笑みを浮かべた。「それはわかっている。でも、なぜ、そんなことをする？　今ここを出て行かなければ、私は良識を守れなくなってしまうんだ。それがわからないのか？」

「良識なんか、どうでもいいわ。あなたに、そばにいてほしいの。私をあなたのものにしてほしいの……」

ピアーズはリーの腕を痛いほど強くつかんだ。「君は自分が何を言ってるか、わかっているのか？　私がここにとどまれば、もう二人とも、後もどりはできないんだぞ。わかってるのか？」

「私はあなたがほしいの」とリーは素直に言った。

「ああ、私だって君がほしい！」ピアーズはリーを抱き上げ、やさしくベッドに運んだ。

しつこく鳴り続ける電話のベルで目ざめたリーは、腰に妙な重みを感じて少し体を動かした。目を開けると、そこには愛するピアーズの眠そうなブルーの瞳があり、腰には彼のたくましい腕が巻きついていた。リーは目ざめたばかりの子猫のように手足を伸ばした。

「おはよう、ダーリン」とピアーズがリーの唇に軽くキスした。「君の起きるのを待っていたんだ」

「だいぶ前から起きてたの？」彼の唇が裸の肩をくすぐるので、リーは体をよじった。

「いや、電話が鳴り始めてからだ。誰だか知らないが、ずいぶんしつこいやつだな」ピアーズはリーの唇にやさしく触れた。

リーは首を振り、彼の手のひらにキスした。「ああ、ダーリン、愛してるわ」リーは昨夜の情熱を思い出して頬を染めた。

「ああ、リー……」ピアーズはリーの首筋に顔をうずめた。リーは彼の情熱が再び燃え上がるのを感じた。「愛してるよ」

リーはぼうっとした頭で言った。「ダーリン、まだ電話が鳴ってるわ。大事な用件かもしれないわ」

「私を愛するよりも大事な用件かい？」

「それより大事なことなんて、ないわ」

「よろしい。じゃあ、電話に出ておいで」とピアーズはリーを抱く腕をほどいた。


リーはベッドを降り、無意識に彼を誘惑するようなしぐさでバスローブをはおり、部屋を出る時、彼に投げキスをした。廊下は寒くて、早くピアーズの温かい胸にもどりたかった。

「君かい、リー？」ギャヴィンの声だった。

「そうよ。なんの用？」

「おやじと話したいんだ。いないとは言わせないぜ。おやじのいそうな所はもう全部あたってみたんだ」

「なんでもわかるのね」とリーは皮肉まじりに言った。その時、ピアーズの姿が見えたので彼を手招きした。もうすっかり身支度を済ませたピアーズは、けげんそうな顔で受話器を受け取った。

「ギャヴィンよ」

「ああ、ギャヴィンか？」ピアーズはリーの長い髪をもてあそんだ。しばらく沈黙が続いた。「ああ、そうだ、できるだけ早く。ああ、そうするよ」また沈黙。「わかったよ、彼女にそう伝える。それから、ギャヴィン……ありがとう」

リーとピアーズは仲良く腕をからめて部屋にもどった。「ギャヴィンはなんて言ったの？」とリーは心配そうに尋ねた。

「いつごろ、君を私の奥さんにするつもりかときかれたんだ。それから、結婚式の日は、花婿の介添人をやらせてくれと言うんだ」ピアーズはリーの目をのぞき込んだ。「それから、未来のおふくろによろしくって」

「まあ、どうしましょう」とリーは笑った。「そんなこと、考えてもみなかったわ」

クリスマスに間に合えば

Yuletide Reunion

シャロン・ケンドリック

霜月　桂 訳

シャロン・ケンドリック

英国のウエストロンドンに生まれ、ウィンチェスターに在住。11 歳からお話作りを始め、現在まで一度もやめたことはない。アップテンポで心地よい物語、読者の心をぎゅっとつかむセクシーなヒーローを描きたいという。創作以外では、音楽鑑賞、読書、料理と食べることが趣味。娘と息子の母でもある。

主要登場人物

クレミー・マクスウェル……シングルマザー。
ジャスティーン……クレミーの長女。
ルーエラ……クレミーの次女。
ビル・マクスウェル……クレミーの元夫。
ヒラリー……クレミーの母親。
ダン……クレミーの継父。故人。
アレック・カトラー……建築家。
ステラ……アレックの娘。
アリスン……アレックの妻。故人。

1

アレック・カトラーを初めて見た時点で、クレミーは自分のものにすべき相手だと直感した。

ただひとつだけ、ちょっとした障害があった。当時の彼にはつきあっている娘《こ》がいたのだ。

しかも、まだ十八歳という若さなのに、彼はその娘に本気みたいだった。みんなそう言っていた。アレックは本気だと。ものすごく本気だと。

クレミーは信じなかった。少なくとも最初は。十八で結婚する人なんかいないんだから、そんなに本気ってことはありえないわ。もちろん十八でも恋はするけど、ふつうは結婚なんてしない。だって意味がないでしょう？

それに、と机の上の万年筆をにらみながらクレミーは考えた。アレックがアリスン・フレミングに恋しているわけはないのよ。たとえ本人は恋しているつもりでもね。だってわたしの人生設計では、彼が恋する相手はこのわたしなんだもの、わたしが一目で彼に恋したように……。わたしのためにドアをささえながら〝やあ〟って言ったとき、彼はグリーンがかったブルーの目の端に皺《しわ》を寄せ、世にも魅力的な笑顔を見せてくれた。

まるで魔法にかかったようだった。それ以外に表現しようがない。もうじき彼も気づくはずだ。わたしと彼が互いのために生まれてきたことに！

開いてある教科書を見おろし、クレミーは深いため息をついた。彼女はうんざりしていたのだ。この一カ月、ずっとうんざりしていた。アッシュフィールド・ハイスクールの六年生に転入して以来ずっと。新しい学校、新しい家、新しい町、新しい父親に、なんとか慣れようとしてきたけれども……。

昼をかんで万年筆を手に持つが、ノートをとるだけの集中力が続かず、すぐにまた机に置いて窓から校庭を眺める。べつに継父が嫌いなわけではない。ダンはいい人だし、ママを心から愛している。クレミーの実父は彼女が幼いころに亡くなっており、おかげで母は苦労したのだ。でも……。

クレミーはまた吐息をもらし、太い三つ編みの先のリボンを結びなおした。あの二人、どうして四六時中、しかも娘のわたしの前で、あんなに熱っぽい目で見つめあわなくちゃならないの？　実際にいちゃいちゃするわけではなくても、あんな二人を見ただけで同じ部屋どころか、同じ家の中にさえいてはいけないような気になってしまう！

学校も楽しい。ロンドンで通っていた学校よりずっと自由だ。学力が高いと評判のうえ、大きすぎもせず、そのわりに校庭は広いし。同じクラスの女の子たちは感じがいい。男の子たちには……ちょっとなれなれしすぎるのが何人かいるけれど。

もちろんアレック・カトラーは違う。

あのすてきな笑顔を見せてくれた初日をのぞけば、彼はいつもクールで淡々としている。

彼は上級生で、この高校のスターだ。完璧《かんぺき》すぎて憎らしく感じるけれど、最後にはうっとりとため息をつかされてしまうタイプ。スポーツ好きで、勉強嫌いなのに、成績は常にトップ。うぬぼれたところが全然なく、見た目には全然構っていないようだけど、何をしても格好いい。泥だらけのショートパンツ姿にも、ラグビーの右も左もわからないよう女の子たちが目を輝かせて見入っている。

アッシュフィールドの端の農場が彼の家で、週末や長い休みのときには彼も親を手伝って働いている。きつい肉体労働のおかげで、同年代の誰よりもたくましくて強い。

ほんとうに、あらゆる面ですてきだ。クレミーはそう思った。唯一目ざわりなのは彼のガールフレンド、アリスン・フレミング。

クレミーはひそかに情報を集めて、アレックが半年前からアリスンとつきあいはじめ、以来ほかの娘には見向きもしなくなったことを知った。アリスンは淡いブルーの目に蜂蜜《はちみつ》色の豊かな髪を肩に垂らした美人だった。

アレックの目にとまりたくて、クレミーはできるかぎりのことをした。彼が下校するまで――アリスンといっしょであろうが、なかろうが――自分もさりげなく居残り、時間をあわせてすぐ近くの家にぶらぶらと帰った。赤褐色の長い髪を揺らし、スカートのウエスト部分を折り曲げて丈を短くした格好で。

学校のディベート同好会に入ったのも、アレックが会長だったからだ。だけど、彼の前だとせっかく練りあげた論理が頭から吹っ飛び、何も言えずに彼を見つめることしかできなくなってしまう。これでは人前でしゃべる職業には絶対つけないだろう。

だが、年度の終わりが近づくにつれ、クレミーはこの恋は運命ではないのかもしれないと徐々に認めはじめた。アレックはもうじき卒業し、大学進学のためにこの町から出ていってしまうのだ――アリスンといっしょに。それに彼はアリスン以外の女の子にはまったく興味がなさそうだった。たまにあのブルーグリーンの目をこちらに向けることはあっても。

だから年度の最後の夏の晩、卒業生を送りだす記念のダンスパーティが開かれなければ、恋は静かな終焉《しゅうえん》を迎えていたかもしれない。クレミーはそのパーティには行きたくなかった。アレックの見おさめがアリスンを抱いて踊るシーンだなんて、まるで拷問を受けるようなものだから。

だが、結局母に説得された。「行かなきゃだめよ、クレミー」ヒラリー・パワーズは娘に向かって説教した。「この町には何もすることがないって年じゅう不平を鳴らしているのに、こんなチャンスを棒にふるなんて」

クレミーはむっつりと押し黙った。だって何が言えるだろう？　わたしの大好きな彼は別の娘にぞっこんなんだと？

「お小遣いをあげるから、新しいドレスを買っておいで」ダンが笑顔で言った。「それでどうだい？」

これには勝てなかった。

クレミーはおしゃれだが露出度の高いドレスを買った。黒のシルクのスリップドレスで、その下には黒いレースのビキニショーツをはいた。

「どう？」母親に尋ねると、母は顔をしかめた。

「ちょっとどうかと思うわね。露出過剰だわ」

「もう、ママったら！」クレミーもしかめっつらになった。「わたしの自信を打ち砕くつもりなの？」

「ブラジャーは着けてる？」

「着けられないわ。見えちゃうもの！」

「それじゃ、わたしの黒いシフォンのショールを貸してあげるわ。それを首に巻けば、少しは品よく見えるでしょうよ」

クレミーは同級生のメアリー・アダムズのところでいっしょに支度をし、濃いまつげに不慣れなマスカラを塗った。緊張して落ち着かなかったので、メアリーが冷蔵庫から出してきたワインを一杯、二杯飲み、学校に着いたときには頭がふわふわしていた。

そしてパーティではダンスを申しこんできた男の子全員と踊ってあげた。

すすめられるままフルーツパンチを飲み、純白のドレスを清楚《せいそ》に着こなしているアリスン・フレミングのほうは極力見ないようにした。

アレックを見たのは、女子トイレからちょっと頼りない足どりで廊下を戻ってくる途中のことだった。

彼は空っぽの暗い教室の窓辺で、こちらに背を向け、じっとたたずんでいた。

慕わしさでクレミーは胸がいっぱいになったが、このまま通りすぎるべきだった。彼はアリスンにしか興味がないのだから。

だが、ワインとパンチで口が軽くなっていたし、もうこれで会うのは最後になるかもしれない。

「ハーイ」明るい廊下に立ったまま、クレミーは無謀にも声をかけた。

アレックはゆっくりとふりかえった。驚いたとしても、そんなそぶりは見せない。もっとも彼はだいたいいつも無表情なのだ。

「やあ」その声もクールそのものだ。

クレミーは息をのみ、彼のそばまで行くと窓の外を見た。窓はテニスコートに面しており、その向こうはサッカーの競技場になっている。アレックのいない学校は、いったいどんな感じになるのだろう？

「ねえ」夜の闇《やみ》に目が慣れてくると、クレミーは言った。「いったい何を見ていたの？」

アレックは小さく笑った。「べつに何も」

クレミーは大胆な気分になった。「嘘《うそ》！　何か見ていたのをわたしは見たのよ」おどけた口調で言う。

アレックはわれ知らずほほえんだ。彼女は子犬みたいに元気いっぱいだ。「あの古い家を見ていただけさ。ほら、きみにも見えるだろう？」

クレミーは彼の視線をたどったが、どの家のことかはわかっていた。町を睥睨《へいげい》する荒れ果てた館《やかた》。彼女の寝室から、そこの雑草だらけの庭が見おろせるのだ。秋にはりんごや梨《なし》の木から果実が落ち、拾われることもなく地面で腐っていく。悲しい家だ。放置された家。「古いグレーの家でしょう？　幽霊屋敷と言われている……」

アレックは首をふった。「そんなのでたらめだよ。長年空き家になっているから無気味なだけだ」

「なぜ空き家なのかしら」クレミーはぽつりとつぶや

やいた。

アレックは彼女の顔を見た。この娘はすごく話しやすいけれど、この空気には何か未知の危険なものを感じる。「大きいからさ。それに荒廃している。あれだけの家を修繕し、維持していくには莫大《ばくだい》な金が必要だ。そういう金のある連中は、アッシュフィールドみたいな小さな町には住みたがらないんだよ」

「あなたはここが好き？」

彼は肩をすくめた。「まあね」

つかの間、沈黙が続く。クレミーには自分の心臓が脈打つ音が聞こえるような気がした。アレックの物思わしげな横顔を見て、そっと問いかける。「悲しいの？」

アレックは自分の心情を問われることに慣れていないのか、怪しむように目を細めた。「なぜ？」

「この町を去らなければならないから」彼がこちらの目ではなく、シルクのドレスをじっと見ていることにクレミーは気がついた。

また間があいた。「多少はね。人生の一幕をおろすのはいつでも悲しいものだ」アレックは低く笑って顔をそむけた。だが、またクレミーを引きずりこみそうなクールな目でじっと見つめる。「悲しいと言うより、せつないと言うほうが適切かな」

「そうね」クレミーは胸にかかっている赤褐色の髪を指で梳《す》いた。ワインと恋しさでめまいがし、何か気のきいたことを言おうとしても頭がまわらない。「ここを去るのは寂しい？」窓枠に腰で寄りかかり、彼にほほえみかける。

その動きや誘いかけるような目に気をそらされ、アレックはまた胸もとにのぞく白い肌を見おろした。欲望がゆっくりと頭をもたげ、全身の血を力強く波打たせる。「ああ、寂しいね」かすれた声がまるで他人の声みたいだ。「いろいろ寂しくなりそうだ」

そばにいられるうえに、彼の賞賛するようなまなざしが嬉《うれ》しくて、クレミーは出来の悪いセックスシンボルみたいに甘ったるい声で言った。「一番寂しいのは何？」

彼女が窓枠にしなだれかかるようにもたれると、アレックは身をかたくした。逆Vの字を二つ並べたようなドレスの身ごろから若くみずみずしいバストがこぼれだしそうだ。シルクの生地は体にぴったりと張りついて、小さなショーツのラインが浮きあがって見える。

「きみに会えなくなることかな」アレックはささやくように言った。

クレミーは心の底から驚いたように黒っぽい目を見開いた。「ほんとうに？」

「ああ」

「わたしなんか目にも入らないかと思っていたわ」クレミーは正直に言った。

アレックはアリスンのことも忘れてうつろな笑い声をあげた。「目にも入らないだって？　冗談はやめてくれよ。よほどの間抜けでないかぎり、きみが目に入らないわけはないよ、クレミー」

その表情には内心の葛藤《かっとう》が表れていたが、クレミーは自分の欲望にとらわれるあまり気づく余裕がなかった。彼の悩ましげな顔つきに有頂天になっていたのだ。毎晩のように夢見ていた顔つき、だが現実には決して見られないと思っていた顔つきだ。自分でも正体のわからない気持ちに突き動かされて両手を頭の後ろで組むと、そのポーズで胸がますます強調された。「ずいぶんすてきなせりふを聞かせてくれるのね」微笑して言う。

アレックは自分の行動に驚いた。しかし自制する気もないまま、彼女に一歩近づいた。彼女が明らかにほしがっているものを与えて何が悪い？　ぼくも同じものがほしいのだ。「そうかい？」彼はささやいた。「ぼくはすてきなせりふを聞かせるだけじゃないんだ、クレミー。すてきなこともできるんだよ……」

彼の唇が近づいてくるのを見ながら、クレミーはいまのささやき声に警告するような暗い響きがまじっていたように聞こえたのは気のせいだろうかと思った。だが、次の瞬間には唇に唇が重ねられ、まるで火がついたような感覚に襲われた。

アレックはクレミーが夢見ていた繊細さなどまるで見せず、ただ彼女を抱きよせて、衝撃的なほど熱っぽく唇を貪《むさぼ》りはじめた。その遠慮のなさには腹を立てるべきだと感じながらも、クレミーはこの瞬間のために生きてきたような気がして夢中でキスにこたえた。

アレックがさらに彼女を引きよせ、シルクにおおわれたバストが彼の胸で押しつぶされた。

その先端が小石のようにかたくなっているのを感じ、アレックはこらえきれずに張りつめたふくらみにそっと指先で触れた——平手打ちされるのを覚悟しながら。だが、平手打ちはされなかった。

クレミーはそれどころではなかったのだ。彼に触れられたとたんわれを忘れ、官能の海に沈んで溺《おぼ》れてしまった。こんなことをさせてはいけない、押しのけなければ、とわかっているのに、死にそうなほどの喜びに酔いしれていた。ワインと孤独感、それに初めて会ったときからアレック・カトラーに抱いていた熱い思いがあいまって、若い体を酔わせる強いカクテルになっているのだ。

唇を重ねたまま、アレックはクレミーの脚のあいだに腿を割りこませると、指をドレスの身ごろの内側にすべりこませ、つんととがった胸の先端を愛撫《あいぶ》した。

「クレミー」うめくようにささやく。

「な、何?」

ワーズと二人でわたしのオフィスに来なさい。話がある」

クレミーはアレックの顔を見た。ほんの一瞬視線がぶつかり、彼の目からクレミーは見間違えようのない自己嫌悪と非難の色を読みとった。

そして彼女はなぜ世の母親たちが娘に向かって簡単に男になびくなと注意するのかを知った。アレック・カトラーの美しい目から蔑《さげす》みの表情を消し去るためなら、どんなことでもしたい気分だった。

「ああ、きみはきれいだ」彼はなんとか言った。クレミーが頭をのけぞらせると、今度は首筋にキスをする。「そんな……わたしなんか……」

「きれいだ」彼は陶然とした口調で繰りかえした。「きみがほしい。わかるかい？　たまらなくほしいんだ」

「わたしもあなたがほしいわ」クレミーは彼の髪をまさぐりながらかすれ声で言った。

アレックの手が後ろへと動き、シルクにおおわれたヒップを両手に包みこんだ。そしてそのしなやかな生地をゆっくり引きあげようとしたとき、足早に近づいてくる足音がしたかと思うと、室内の明かりがぱっと点灯した。

二人は目をくらまされながら慌てて離れた。照明のスイッチのそばに立つ教科主任や、その後ろでくすくす笑う五年生の女の子たちの姿が見える。

「カトラー」教師はかたい声で言った。「ミス・パ

2

「ママ……ママ！　ここがほんとうにわたしたちの新しいおうちなの？」

クレミーは自分が引っかきまわしていた荷箱から顔をあげ、嬉《うれ》しそうに問いかけた十歳の娘にほほえんでみせた。「そうよ、ジャスティーン。ここがほんとうにわたしたちのうちなのよ」

「それにわたしがうんと小さいとき、ここに来たことがあるっていうのもほんとうなの？」ジャスティーンは床にしゃがみこんで母親の顔を見あげた。

「ほんとうよ。あなたは覚えていないでしょうけど、ここはお祖母《ばあ》ちゃんが住んでいた家で――」

「お祖母ちゃんとダンお祖父《じい》ちゃんの家？」

「ええ、そのとおりよ」クレミーはさっきから探していたブルーのケトルをようやく見つけだして言った。「ああ、あったわ！　それじゃ、ルーエラを呼んでいらっしゃい。一休みしてお茶にしましょう」

「ケーキもある？」

「いい子にしていれば、ジンジャーケーキがあるわよ」

「わーい！」ジャスティーンは歓声をあげ、妹を呼びに行った。

クレミーはがらんとした部屋の中を見まわし、自分がほかのみんなのように順調な人生を歩めないのはなぜかしらと思った。とはいえ、この生活に不満があるわけではない。少なくとも、いまは。こんなにすてきな家をわが家と呼べるようになった。長いあいだ探しつづけて、ようやく家を持てたのだ。

クレミーは自分と母親に大きな幸福をもたらしてくれた男性をしのんで、ため息をついた。優しいダン。継父の彼が自分を愛してくれるとは期待していなかったけれど、彼はまるでほんとうの父親のようにかわいがってくれた。だが、それでも……。

ダンが亡くなったとき、この家は自分ではなく彼の血縁の誰かが相続するのだろうとクレミーは漠然と思っていた。ダンはどこかに甥《おい》がひとりと、また別のどこかに年配の伯母さんがいるのだ。それにクレミーはそうしょっちゅうダンと会っていたわけではない。彼女がアメリカから会いに行くのはだいたいが経済的な余裕のあるときに限られ、実際そのような機会はそう多くはなかった。まして母親が死んでからは、アッシュフィールドに帰省することはまったくなくなっていた。

クレミーの母親は六年前に他界しており、ダンは彼自身からの手紙によると、その死をついに乗り越えられなかったようだ。彼がアメリカにいるクレミーに、実は自分も病気でもう長くはないのだと電話してくると、彼女は費用も気にせず飛行機に飛び乗って彼の枕《まくら》もとに駆けつけた。その同じ日、ダンは息を引きとった。わが子と思ってきたクレミーが手を握って最期を看取《みと》ってくれることに感謝しながら……。

ダンを見送ったクレミーは、愛する娘たちが待つアメリカに帰ると、自分の人生が無残にも挫折《ざせつ》したその小さな町ではもう暮らしていけないと悟った。人生をやりなおすためには、何かを変えなくては……。

そこにダンの遺産が思いがけずころがりこんできたのはありがたいかぎりだった。この家と、しばらく生活できる程度のお金。それは救いの手だった。新規まきなおしの第一歩、イギリスでの新生活のスタートなのだ。

離婚によりクレミーはそれまで以上に困窮し、やりくりに四苦八苦していた。アメリカでアメリカ人の夫と別れたために、突如外国人になってしまったのだ。しかも魅惑的な黒っぽい目とセクシーな体を持った外国人だ。そういう女は、ほかのあまり幸福でない人妻から概して恐れられてしまう。

だからクレミーは母娘《おやこ》三人分の荷物をまとめ、アッシュフィールドに帰ってきたのだった。大学進学前の二年間を過ごしたこの町、アレック・カトラーへの愚かな情熱で景色そのものが美化されていたこの町に。ああ、当時のわたしはなんてばかだったのだろう！

心の一部は帰ってくることを疑問視していたけれど、それはほんとうにごく一部でしかなかった。クレミーのような立場の女は、住む場所に贅沢《ぜいたく》は言っていられない。ダンが家を遺《のこ》してくれたのはほんとうにありがたいし、アッシュフィールドには妙に心を惹《ひ》かれてもいた。若気の至りの過ちをおかした場所ではあるが、アッシュフィールドは唯一なつかしさを感じる土地なのだ。そして先の見通しがあまり立たない現状では、とりあえずそのなつかしさにしがみついている必要があった。

クレミーはケトルで湯を沸かして紅茶をいれ、ジンジャーケーキを分厚く切って皿に並べた。

どすんどすんと足音高く階段を飛びおりてくる音がする。クレミーはトレイを居間に運んで、下りてきた二人の娘に笑いかけた。

二人とも、ほんの数時間前に大西洋を渡る飛行機から降りてきたとは思えないほど元気だ。この二人が、まさにクレミーの人生を照らす光だった。

これまでほかに何もなしとげられなかったとしても、これだけは自分の手柄だと思う――ほとんど自分ひとりの。かわいくて賢くて愛嬌《あいきょう》たっぷりの女の子を二人も育てたのだ。親の欲目もあるかもしれないけれど！　これからは、この子たちに幸せになってもらわなければ。それが何より大事で、ほかのことはどうでもいい。

「ねえママ、わたしの寝室を決めたわ！」ジャスティーンが言った。「すっごくすてきな部屋」

「どうしていつもお姉ちゃんが先に選ぶの？」ルーエラがふくれっつらで言った。

「あんたはまだ八つだけど、わたしはもう十歳だからよ！」ジャスティーンが得意げに言った。

「そんなの不公平だわ！」

人生とは往々にして不公平なものなのよ。そう言いたいのをクレミーはぐっとこらえた。娘をこんな若いうちからさめた人間にしたくない。「自分のお部屋が気に入らないの、ルーエラ？」優しく問いかける。「あそこはママがここに住んでいたときに使っていた部屋なのよ。一番広くはないけど、眺めは一番いいわよ」

「それはそうね」ルーエラはウエストまであるブラウンのおさげ髪をはずませてうなずいた。「塀の向こうに大きな庭が見えるの。プールのある庭よ。そこで女の子がぶらんこに乗って遊んでいたわ」

「そう」クレミーは適当に相槌《あいづち》を打ちながら紅茶をついだ。

「手をふったら、その子もふりかえしてくれたよ」

「それはよかったわね」

「その子がうちの一番近いお隣さんってこと？」

「ええ、そうなるでしょうね」クレミーは厚く切ったジンジャーケーキを渡してやり、ルーエラが食べるのを見守った。「あの家にも、やっと人が住むようになったのね。以前は空き家だったのよ」そう言ったとたん昔の会話の断片が記憶の表面に浮かびあがってきて、十八歳のアレック・カトラーのハンサムな顔がそこに重なった。

クレミーは首をふってその面影を追いやりながら、なぜ思い出にこれほど自分を揺さぶる力があるのかと考えた。たぶん、ほかの女性と結婚している男に報われぬ恋心を抱く二十九歳の女ほど哀れなものはないからだろう。

アレックはアリスンと結婚したのだ。

「ママにとっては、全然知らないところに引っ越すのとはわけが違うのよね？」ジャスティーンが考えこむように言った。「ママはいまでもこの町に友だちがたくさんいるんじゃない？」

クレミーはかぶりをふった。赤褐色の髪をいまだに伸ばしているけれど、いつも髪型に凝る時間はなく、たいていい今日のようにポニーテイルにしている。

「ママは十八でこの町を離れたんだけど、いまでは誰とも連絡をとっていないの。友情って、時間をつぎこまないと薄れてしまうものなの。でもママにはその時間がなかったのよ。ほかの町の大学に行って、そこで――」

「パパと出会ったんでしょ？」ルーエラが明るく言った。

「ええ、そうよ」クレミーはそう答えながら、表情を変えないよう努めた。別れた夫のこととなると、成熟した寛容な人間でいるのは難しくなってしまうのだが、それでも彼女は努力していた。ほんとうにどれほど努力していることか！　ジャスティーンとルーエラが父親を慕うように、子どもが親を慕うのはごく自然なことなのだ。だが、ビルは娘たちを長年にわたって何度も失望させ、そのたびに彼女たちの愛を少しずつ削りとってきた。クレミーが彼については無理にでも肯定的な発言をせざるを得なくなるほどに。

「そしてパパといっしょに暮らすためにアメリカに渡ると、もうこっちにはめったに帰ってこなくなったのよ」

「それじゃ、ママもアッシュフィールドの町のことはあまり知らないの？」ジャスティーンが言った。

「教会やお店や学校がどこにあるかは知っているけ

ど、それ以上のことはよくわからないのよ。あなたたちが面白いところを見つけてくるのを期待しているわ。頼んだわよ」

「任せて」ジャスティーンはにこっと笑った。

三人は床に座りこみ、お茶を飲みながらジンジャーケーキを食べた。そうしてクレミーがまだ終わらない荷解《にほど》きのことを考えていたとき、玄関のほうから女の子の声がした。

「こんにちは！」

ジャスティーンとルーエラが目を輝かせて顔を見あわせ、勢いよく立ちあがると玄関に駆けていった。

「わが家のお客さま第一号ね」クレミーはほほえみながら娘たちのあとに続いたが、玄関口に立っている少女を見ると、たちまち口の中がからからになった。

少女はジャスティーンと同じ十歳くらいだが、その年にしては背が高く、なめらかな白い肌や肩まである淡い色の髪がきれいだ。だが、クレミーの口をぽかんとあけさせたのは彼女の目だった。

濃いまつげに縁どられたグリーンがかったブルーの、うっとりするほど美しい目。こんなに美しい目はこの世にあと一組しかありえない。クレミーは唾《つば》をのみこんだ。この子はアレック・カトラーの娘なのだ。はっきりとそう確信して、胸がどきどきした。

「こんにちは」声に驚愕《きょうがく》が表れていないことを祈りながら、クレミーは言った。「わたしたちの新しいお隣さんかしら？」

「そうです」少女はおとなびた声で礼儀正しく言った。「わたしは裏の家に住んでいるんです。名前はステラ・カトラーです」

やっぱり！　クレミーはジーンズのヒップポケットの中に隠している手に思わず力をこめ、爪がデニム生地を通して体に食いこむのを感じた。傾きかかっていた世界がようやくまたまっすぐになる。アレックの娘がここにいるのだ！

「わたしはクレミー・マクスウェルよ。以前はクレミー・パワーズという名前だったけど。こちらはわたしの娘のジャスティーンよ」気を静めて娘たちを紹介する。「それにジャスティーンの妹のルーエラ。二人ともご挨拶《あいさつ》なさい」

「こんにちは」二人は恥ずかしそうに声を揃《そろ》えて言った。

「いまちょうどお茶を飲んでいたところなの」年若い隣人が来たときにはこう反応するのがふつうだろうと思い、クレミーは続けた。「よかったら、あなたもいっしょにいかが？　それとも、すぐに帰らなくちゃならないかしら？」

「いえ、大丈夫です」ステラは即答した。

「お母さんかお父さんにきいてこなくていいの？」クレミーはしいてそう尋ねた。

ステラは妙に感情の欠落した顔でブロンドの頭をうなずかせた。「ええ、大丈夫。うちにはいま誰もいないんです。だから喜んでお茶をいただきます」最後は笑顔で言う。

「それじゃ、どうぞ入って」クレミーは居間に案内しながら、あのときにわたしは何か感情面に障害でも負ってしまったのだろうかと自問した。アレックの娘が来たからといって、なぜこんなに動揺してしまうの？　彼に熱をあげ、キスをしたのは十二年も前のことなのよ！　それだけの関係でしかないのに、どうしてこれほど大げさにとらえてしまうの？

「うちのママはケーキを作るのがじょうずなのよ。わたしたちの誕生日に作ってくれるケーキ、あなたにも見せてあげたいわ！　虹《にじ》色のデコレーションがきれいで、とってもおいしいの！」ルーエラがステラに言った。

ステラも楽しそうに応じた。「あなたたちはアメリカ人なの？」興味津々といった口調で尋ねる。

ジャスティーンは首をふった。「パパがアメリカ人だった――いえ、アメリカ人なの」過去形で言ったのを急いで訂正する。「いまも新しい恋人や赤ちゃんといっしょにアメリカで暮らしているわ。わたしたちはこっちに引っ越してきたの。だけど育ったのがアメリカだから、アメリカ英語になっているのよ。ほかの子たちにからかわれちゃうかな」

「まさか！」ステラは言った。「みんな羨《うらや》ましがるわ！　アメリカなまりの英語をしゃべる人は、こっちでは映画スターだと思われるのよ」

「冗談でしょ？」

「ほんとうよ！」

クレミーはおしゃべりしている少女たちをあとに、また湯を沸かしに行った。

だが、沸きはじめるより早く階段のほうで足音がして、ジャスティーンが叫んだ。「ステラに二階を見せてあげるの。いいでしょ、ママ？」

「もちろんいいわよ！」おかげで荷物を片づける時間ができる……。

クレミーはひとり鼻歌を歌いながら、キッチンの床に雑然と積まれている箱をあけはじめた。荷作りの際にはひどく迷った。娘たちがなじみ深いものに囲まれて安心できるように、残らず家具を持っていきたかったのだが、その一方で何もかも放《ほう》りだしたい気持ちもあった。新たな人生に踏みだすために、ビルや彼との不毛な結婚生活を思い出させるものはすべて置いていきたかった。

結局、クレミーは気に入っているものだけを持ってきた。結婚祝いとしてプレゼントされた高級な食器のセット、結婚当初のまだ幸せだった時期にビルが作ってくれたロッキングチェア、何年もかけて買い集めたシェーカー様式の小物。驚きだわ、と心の中でつぶやきながら、箱から水差しを出し、包んである紙を丁寧にはがす。外国で十年も暮らしたというのに、ほとんど得るものがないまま帰ってきたなんて。

あちらで得たのは二人のかわいい娘と、もう男はこりごりだという強い決意だけ！　男なんてトラブルと失意の種でしかない。女を骨の髄までしゃぶりつくして捨てるだけ。

だけど、アレックやアリスン・カトラーと塀ごしに対面しなければならなくなるとは、ずいぶん皮肉な気がする。

でも、とクレミーは自分に言い聞かせながら花瓶を窓棚に置いた。わたしは外国で孤独と裏切りに耐えて生きぬいたのだ。高校時代に夢中になった相手や、彼が求愛し結婚した女性と会うことに耐えられないわけはない！

午前の時間が過ぎるうちに、クレミーはずいぶん仕事を片づけた。荷解きがすむと拭《ふ》き掃除とペンキ塗りをしたが、部屋のペンキ塗りは娘たちがまた学校に行くようになってからでもいいだろう。

いまはステラが来ているおかげで、娘たちにわずらわされずにすんでいる。ステラはとても理知的な少女みたいだ。ジャスティーンとルーエラに自分たちの大きなドールハウスを片づけさせ、さっきクレミーが覗《のぞ》きに行ったときには三人で頭を寄せあってその生産的な遊びに熱中していた。

午後一時十五分になると、クレミーは手を洗い、ケトルを火にかけた。そしてみんなのお昼に何を用意しようかと考えているとき、玄関のドアが手荒にどんどんと叩《たた》かれた。

クレミーは鏡に目をやり、自分のジーンズや古い黄色のTシャツに顔をしかめた。もう少しましな格好をすべきだった。誰であれ近所の人と初めて顔をあわせるのに最適な格好とは言えない。髪は埃《ほこり》まみれだし、顔は完全なノーメイクだ。頬や鼻のあたりに散っているそばかすがよけい目立っている。

それでも歓迎の意をこめてにこやかに玄関のドアをあけたが、そこに立ちはだかっている長身の男性の正体に気づいた瞬間、笑みが口もとで凍りついた。クレミーはアレック・カトラーの顔を見つめた。

十二年の歳月は誰にとっても長い。まして十八歳から三十歳までの十二年間は青少年からおとなに変《へん》貌《ぼう》する時期だ。だが、クレミーはアレックの本質的なところがまったく変わっていないことに驚嘆しないではいられなかった。

確かに、あのときよりさらに背が伸びたし、体に肉もついた。細くてしなやかな腰つきのティーンエイジャーは大きくてたくましいがっしりした男性に成長していた。豊かな黒っぽい髪に幾筋か銀色のものがまじっているけれど、目は昔と変わらず生気に満ちてうっとりするほど美しい。クレミーはにわかに顔がほてりだすのを感じた。

「ア、アレック！」舌がもつれて言いよどむ。「アレック・カトラー！」

アレックは彼女を見つめかえしたが、挨拶をするでもなくひややかに言った。「やっぱりほんとうだったのか。帰ってきたんだな」

もし彼の目がこんなに冷たくなかったら、クレミーはほほえみかけていたかもしれない。だが、彼から伝わってくる敵意に、彼女は肩を怒らせて身構えた。「ごらんのとおりよ」彼に負けないほどそっけない口調で言う。

「ぼくの娘が来ていないか？」

「あ、あなたの娘って……ステラのこと？」彼の好戦的な雰囲気に狼《ろう》狽《ばい》しながらもなんとか言う。

「ぼくにはひとりしか娘がいないんだから……そうだ、ぼくの娘とはステラのことだ」アレックは皮肉るように繰りかえした。

クレミーはどんなことにも耐えられる自信があったが、無礼な態度だけは許せなかった。悲惨な結婚生活で侮辱されつづけてきたせいで、もう二度と男にあんな仕打ちはさせないと強く心に誓っている。アレックの顔にうかんでいる侮蔑《ぶべつ》的な表情をぞうきんで拭きとってやりたかった。

「ステラなら、ええ、ここに来ているわ」ぴしゃりと言いかえす。「だいたいあなたに娘がひとりしかいないなんて、わたしにわかるわけがないでしょう？　テレパシーなどという特異な才能はないんだから」

アレックはまじまじとクレミーを見た。ブルーグリーンの目が彼女の頭のてっぺんから爪先まで時間をかけてじっくり検分する。クレミーはまるでその目に服を脱がされているような気がした。

「そのとおりだ」アレックは言った。「クレミー、きみには確かにさまざまな才能があったが、テレパシーに限っては皆無だったと記憶している」

「いったい何が言いたいの？」クレミーは彼の値踏みするようなまなざしに腹を立てて詰問した。だが、彼が自分の名前を覚えていたと気づいたとたん、いっそう胸が高鳴りだしたことにはもっと腹が立っていた。

アレックはせせら笑うように頬をゆるめた。「言わなくてもわかっているだろう？」

「いいえ、わからないわ」クレミーはわざと甘ったるい口調で言った。「遠まわしな当てこすりは嫌いなのよ。言いたいことがあるんなら、はっきり言ったらどう？」

アレックは黒っぽい眉をあげ、尊大な驚きの表情で彼女を見た。「はっきり言っていいのかい？　あのときは教師に見つかってしまったが、もし見つからなかったら、ぼくたちは教室で最後までいっていただろうって。机の上で、きみの足首まで下着を下ろした格好でのセックスまでね」

クレミーの顔からさっと血の気が引いた。あの晩のことをそんな露骨な言葉で表現するなんて。彼女はひどいショックを受けていた。まったくなんて言いかたなの！「よくそんなことが言えるわね？」うつろな声でつぶやく。

アレックは彼女の蒼白《そうはく》な顔にも震える唇にもいっこうに構わずに肩をすくめた。「だって事実だろう、クレミー？　それとも、きみはぼくたちのあの行為を本物の〝愛〟と呼びたいのかい？　ひょっとしたら、いつもそうやって自分の行動を正当化しているのかもしれないな」

彼が口にした〝愛〟という言葉にはたっぷり毒が含まれていた。クレミーはぞっとして彼を見すえた。「あんなの、ただのキスじゃないの」そう言いかえす。

「ただのキス？」アレックは警告するように目を細めた。「あれが？　ただのキスとはよく言うよ！　きみは初めてキスをかわす男にいつもあんなふうに胸にさわらせているのかい、クレミー？」

クレミーはアレックを引っぱたきたくなった。少なくとも引っぱたけば、彼の〝胸にさわらせている〟という言葉に体が反応してしまった現実から気をそらすことができるだろう。ほんとうに、どうしてそんなひどいことが言えるの？　乱暴にアレックの顔を引っかきたくて指がうずうずしたが、そんなことをしてもヒステリックな危険人物というレッテルを彼に貼《は》られるだけだろう。

「いったいなぜ十二年も前のことをこんなふうに話題にしなくちゃならないの？」怒りと欲望を抑えこみ、せいぜい威厳のある態度で彼女は言った。

「ぼくはまたきみが話題にしたがっているのかと思っていたよ。この話題に固執したのはきみのほうだろう？　ぼくはただ娘を迎えに来ただけなのに、きみが——」

「だったら、いまステラを連れてくるわ」クレミーは抑揚に欠けた声音で言った。

「ちょっと待った、クレミー」彼は片手をあげた。腹立たしいことに、クレミーは思わず足をとめていた。

「親が心配するとは思わなかったのか？　うちに電話して、ステラが来ていることを知らせるくらいのことはしてもよかったんじゃないのか？」

「もちろん、そのくらいのことはわたしも考えたわ」クレミーはむきになった。「だけど、ステラが大丈夫だと言ったのよ。いまうちには誰もいないからって――」

「ぼくがいたんだよ！」押しかぶせるようにアレックは言った。「ぼくは書斎にいたんだ。ステラはたぶん、退屈しているところにきみたちが引っ越してきたのを見たんだろう。あの子はまだ十歳なんだ。先にぼくに確かめるのが筋というものだろう？」

残念ながら、それはそのとおりだった。ステラに電話させるか、もしくは自分自身が電話して確かめるべきだった。自分の娘が何も言わずにアレックの家に行った場合にも、やはり連絡してほしいと思う。なのにそれを怠ったのは、ステラの親がアレック・カトラーとアリスンだったからなのだろうか？

アレックは明らかに蔑《さげす》むような目をして言った。

「それとも、あの子を引きとめておくほうが自分には都合がいいと判断したのかな？」

「なぜわたしがステラを引きとめたがるの？」クレミーはそう問いかけた。だが、彼が何を言わんとしているのかうすうす気づいて、頭の中で血が激しく脈打ちはじめる。

「長く引きとめておけば、ぼくがあの子を探してここに来るかもしれない。そうしたら……」

「そうしたら何？」アレックが信じがたいことを口にするのを自分の耳で確かめようと、クレミーはせっついた。

「そうしたら大昔に始めたことを最後までできると思ったのかもしれない……」

これまでこんなに他人を殴りたくなったことはないけれど、クレミーは命がかかっているつもりで懸命に感情を抑えた。がみがみ女みたいに騒ぎを起こすのがいやで、しいて冷笑してみせる。「そんなことを思うわけはないでしょう？　十代のころの熱病なんてとっくに卒業したわ。だいいち、かりにいまもあのときの興奮が続いていたとしても、既婚者と火遊びするのはわたしの主義に反しているのよ」

アレックは髪で眉が隠れるほど大仰に目をむいてみせた。「ほんとうに？　それじゃ、きみは昔とはずいぶん変わったんだな、クレミー。昔のきみはぼくに身を投げだすことに、なんのためらいもなかったじゃないか。ぼくにはアリスンがいるのを知っていたのに」

クレミーははっとした。確かに彼の指摘は的を射ている。だけど……。「責任転嫁がおじょうずね、アレック。あのときあなたがひとことノーと言えば、それですんだのよ」ひややかに続ける。「ほかの人とつきあっていたのはあなたであって、わたしではないわ。しかもわたしの記憶では、あなたのほうから先に働きかけてきたのよ。あなたがわたしにキスしたんだわ！」

アレックはほほえんだが、その目は北極のように荒涼としていた。「確かにぼくはキスしたが、あの状況では誰だってするだろう？　セクシーなドレスを着たきれいな女の子がしなだれかかってきたら、そのチャンスを棒にふる男はめったにいないよ、クレミー」

彼女の堪忍袋の緒はついに切れた。もう我慢ならない。片手をふりあげ、彼の顔を張ろうとした。が、クレミーの動きも速かったが、アレックはもっと速く、彼女の手首をすかさずつかむと、ぐいと引きよせた。ブルーグリーンの目に欲望の炎が燃えあがっているが、そこには何か別のものも宿っている。何か憎悪に似たものが。

顔に彼のかぐわしくあたたかい息を感じ、クレミー自身の息遣いが突然乱れた。まるで溺《おぼ》れていたのが急に呼吸できるようになったみたいだ。手首をつかまれているだけで心臓がとどろき、アレック・カトラーがいまも自分を圧倒する独特の存在感を放っていることを思い知らされる。

でも、わたしは屈しないわ！

離婚して以来、何人もの男が無遠慮に迫ってきた。みんな夫がいなくなったからにはセックスに不自由しているはずだと決めつけていた。だから、まったく好みでない男との手軽なセックスにも応じてくれるはずだと。

だが、アレックは……好みでないどころか、この上なく魅力的だ。彼は誘惑の魔の手そのものだ。が、既婚者でもあるのだ。

「放して」クレミーは静かに言った。

意外なことにアレックは素直に放した。ブルーグリーンの目に嘲《あざけ》りの色をにじませ、無造作に彼女の手を放す。

彼にとってはすべてゲームなのだ、とクレミーは気づいた。

「奥さんは、あなたがこんなふうによその女に面白がってちょっかいをかけているのを知っているのかしら？」低い声で言う。「あなたの目は女を誘惑し、さんざんじらして楽しんでいる。その興奮がさめないうちに、急いで帰って奥さんをベッドに引きずりこむってわけ？」

アレックの顔が無気味なほど白くなり、唇がかたく結ばれた。両手を拳《こぶし》にかため、身をこわばらせているのを見ると、クレミーはふいに警戒心を抱き、次はどんな行動に出るのかと思った。そして自分はどう反応するのかと……。

「ステラを連れてこい」彼は低い声で命じた。「いますぐ連れてくるんだ！」

「ご心配なく。ちゃんと連れてくるわ」クレミーは言い、動揺を隠して昂然《こうぜん》と彼を見すえた。「だけど、あなたはもう二度とわたしに近づかないで。聞こえている、アレック・カトラー？」

アレックは彼女の視線を受けとめた。

「ああ、聞こえているよ」やんわりと言う。「だが、この町は小さいんだ。ときどき顔をあわせるのは避けられないだろう。それが耐えられないんなら、アッシュフィールドに帰ってこなければよかったんだよ」

「わたしが耐えられないのは、既婚者がこんなふうに図に乗ってくることなのよ！」クレミーは叩きつけるように言い、アレックの目の光がふっと消えたのを軽蔑のまなざしで見た。

「外で待っている」彼はかたい表情で唐突に言った。そしてドアの外に出ると、そのドアをばたんと乱暴に閉めた。

クレミーの背後で三組の足音が階段を下りてきた。クレミーははっとわれに返り、三人の少女をふりかえった。少女たちは不安そうな顔で最後の数段を飛びおり、クレミーのそばに着地した。

「わたしのパパだったんでしょう？」ステラが下唇をかんだ。「パパ、怒っていました？　どうしてあんなふうに出ていったの？」

「いったいどうしたの、ママ？」ジャスティーンが心配そうに言った。「顔が真っ青よ」

「それは……ちょっと疲れただけよ」クレミーは口早に答え、背をかがめてステラを見た。「もうパパのところに戻ったほうがいいわ。あなたがここに来ていること、パパは知らなかったんでしょう？」

ステラは泣きそうな顔でうなずいた。「言わずに来ちゃったんです。言ったら外に出してくれないような気がしたから」

「なぜ出してくれないと思ったの？」クレミーは声をひそめて尋ねた。

ステラはブロンドの頭をふった。「あなたたちが帰ってきたと聞いて、パパが悪態をついたから」

「まあ、そうだったの」

「でも、言ってくれればよかったわ。黙って来るんじゃなかった」

「ええ、そうね。これからは必ず許可をとっていらっしゃいね。さあ、もうお帰りなさい」クレミーは優しく言うと、ドアをあけた。「パパを探して謝るのよ。大丈夫、話せばわかってくれるわ」

「あ、ありがとう」ステラはそう言うと外へと駆けていった。

クレミーは顔に血の気が戻るように唇をかみしめ、それから笑顔を作って娘たちに向きなおった。内心の動揺を悟られたくない。娘たちにことの次第を説明するのはとうてい不可能なのだ。「ステラとの時間はどうだった？　楽しかった？」

ジャスティーンは鼻に皺《しわ》を寄せた。クレミーの問いかけが話をそらすためのものだと見抜いて、無視するつもりらしい。「ママ、ミスター・カトラーがあんなふうに怒って出ていったのはなぜなの？」

ルーエラも母親を見あげ、無邪気な目をして言った。「そうよ、ママ。どうしてなの？」

「それはその……説明するのは難しいわ」クレミーはごまかしながら、何か適当な言いまわしはないかと頭をしぼった。「ママは昔、ミスター・カトラーのことをなんとなく知っていたんだけど、当時からあまり気が合わなかったのよ。いまもそれは変わってないみたいだわ」

「ミスター・カトラーは奥さんのことで怒っていた

んじゃないの？」ジャスティーンが言った。

クレミーは罪の意識で首まで赤くなった。「奥さんのことで？」

「うん」ルーエラが言った。「ミスター・カトラーの奥さんは死んじゃったの。ママは聞いていないの？　ミスター・カトラーの奥さんが死んで、ステラはママがいなくなっちゃったのよ」

3

娘たちの言葉が信じられず、クレミーは二人の顔をじっと見つめた。

「ミスター・カトラーの奥さんが死んだ？」声に出して言えば信憑《しんぴょう》性が出てくるかのように繰りかえす。「ほんとうなの？」

ジャスティーンは年齢よりもはるかにおとなびた目でクレミーを見つめかえした。「ママ」たしなめるような口調だ。「人って、そういうことで嘘《うそ》はつかないものなんじゃない？」

「そうね……それはそのとおりだわ。ただ、あまりにも……」

「なんなの、ママ？」ルーエラが言った。

「あまりにもショックだったから……。だって、まだ若かったでしょうに。いったいいつ亡くなったの？　ステラから聞いた？」

　ジャスティーンは居心地が悪そうな顔をした。

「聞いていないわ。尋ねるのは悪いような気がしたから……」

「そうよね、当然だわ」クレミーは両腕で娘たちを強く抱きしめた。かわいそうなアリスン、と心につぶやく。まだ幼い娘を残して逝くのは、どんなに心残りだったか。だけどアレックはどうして何も言わなかったの？

　自分がアリスンにからめて彼を嘲《あざけ》ったことを思い出し、クレミーは恥ずかしさでいたたまれなくなった。わたしったら、どうしてあんなことを言ってしまったのだろう？　彼は激怒しているかしら？　深く傷ついてしまったかしら？

　自分が口にしたいやみに身震いし、アレックのあとを追いかけようかとクレミーは思った。いますぐ、まだ傷がなまなましいうちに謝罪したい。だけど衝動的な行動は慎まなければ。わたしはもう十七歳の子どもではないのだ。慌てて謝りに行っても、娘たちをとまどわせ、ステラを悲しませるだけかもしれない。

　だからクレミーは次にアレックに会ったときに、そっとわびることに決めた。アリスンが亡くなったことを心から残念に思っている、と告げよう。それをアレックがどう解釈するかは彼の自由だ。

　そう決意すると、クレミーはもうアレックのことは頭から追いやり、その後の数日を引っ越しの後片づけに費やした。するべきことがたくさんあるのは、ある意味、ありがたかった。電話を開通させたり、郵便物の転送の手続きをしたり、これから世話になる医師や歯科医を探したり、娘たちの転校の手配をしたり……。幸い地元の学校に空きがあり、二人とも来週、新学期のスタートと同時に転入できることになった。

木々の葉はすでに金色に色づきはじめ、外気からは薪《まき》の燃える匂《にお》いや初秋の薄ら寒さが感じられるようになっていた。クレミーはダンが遺《のこ》してくれた家を見てまわり、まだいろいろすることがあると気がついた。

まず、どの部屋の窓もカーテンをかけかえる必要があった。母が亡くなってから、ダンはこの家をほったらかしにしていたようだ。いまかかっているカーテンはあまりに古くて虫食いもひどいので、カーテンの用をなさないほどだった。クレミーは裁縫ができるので、安い生地を探すだけですむのは幸いだった。

さらに彼女は生活費を稼ぐために仕事を探さなければならなかった。ビルは最低限の養育費しか送ってくれない。彼のことをよく知っているクレミーは、もし養育費が滞るようになったらそれから先の送金は期待できないと覚悟していた。

生活が落ち着いたら、アッシュフィールドで友だちを作る必要もあった。自分のためというより娘たちのためだ。ジャスティーンとルーエラが大きくなったときに、娘にべったり依存する孤独な母親にはなりたくなかった。だが、アレックとの再会を思い出すと、身のすくむような気分になった。あまり幸《さい》先《さき》のよいスタートは切れなかったみたいだ。

貯金の残りは娘たちの学校の制服に使った。衣料品店でグリーンとゴールドの真新しい制服を試着してはしゃいでいる二人を見ながら、クレミーはなんてかわいいのかしらと思った。アメリカの学校には制服がなかったので、物珍しさもあって二人はこのジャンパースカートとシャツとストライプのネクタイという制服がおおいに気に入ったようだ。

中古の制服という選択肢もないではなかったが、

プライドゆえにクレミーはその選択肢を検討すらしなかった。娘たちは、ただでさえ不利な立場にあるのだ。両親が離婚しているし、いままでよその国に住んでいたし、これから新しい学校に編入するのだ。お古の制服を着て、いたずらに目立ってしまってはかわいそうだ。そんな目にあわせるくらいなら、自分が食事を抜いたほうがまだましだ……。

娘たちが試着室で着がえるのを待っているとき、背後でためらいがちな声がした。「クレミー？　クレミー・パワーズじゃない？」

ふりかえると同年代とおぼしき女性が立っていて、年相応の小皺《こじわ》の向こうからどことなくなつかしい顔が笑いかけていた。

「やっぱりクレミーだわ。帰ってきたと話では聞いていたのよ！」女性は言った。「わたしのこと、覚えてない？　メアリー・アダムズよ。ほら、いっしょに――」

「あなたの家で年度末のダンスパーティに行く支度をしたわね？」クレミーはにっこりした。「もちろん覚えているわ、メアリー。元気だった？」

「ええ、元気よ。結婚して、七歳になる息子がいるわ。この息子が日に日に大きくなってて……。おかげで、また制服やら何やらを新しくしなくちゃならないのよ！」メアリーは手にしている大きくふくらんだショッピングバッグを持ちあげてみせた。

クレミーは明るい表情を保っていたが、胸の中には自分は結婚に失敗したという挫折《ざせつ》感がいやおうなく広がっていた。でも、わたしが挫折したわけではない。そう自分に言い聞かせる。わたしはベストを尽くしたけれど、夫のほうが平気で浮気を繰りかえしたのだ。わたしは娘たちのために傷ついたプライドを押し隠し、夫婦でカウンセリングを受けようと提案したけれど、ビルはカウンセリングなんかばかばかしいと受けつけず、それで二人の関係は終わってしまったのだった。

「わたしには愛する娘が二人いるの」クレミーは誇らしげに言った。「でも、夫はいないのよ。アメリカで離婚してきたの。彼はいまもアメリカにいるけど、わたしは継父《ちち》の家を相続して、こっちに引っ越してきたのよ」

メアリーは痛ましそうな顔をした。「でも、少なくともあなたのほうがわたしよりずっと広い世界を見てきたわね。わたしなんかアッシュフィールドから一度も出たことがないのよ」

「あら、それはかえっていいことなんじゃない?」クレミーは羨《うらや》むように言った。「ここから出たことがないのは、この地にしっかり根を張っているってことだわ」

二人は顔を見あわせて笑いだした。

「わたしたち、仲間うちでたたえあってるわね」メアリーが言った。

「隣の芝生は青いっていうやつかもよ」クレミーは笑いながら応じた。

「きっとその両方だわ!」

そのとき店の前で車がとまり、クラクションを鳴らした。メアリーがふりかえった。

「ああ、まただわ! わたしの夫よ。男って、どうして現れてほしくないときに限って現れるのかしらね。しかも駐車禁止区域に! もう行かなくちゃならないけど、わたしの電話番号を教えていくからちょっと待ってて」メアリーはショルダーバッグの中からペンと紙をとりだし、いくつかの数字を書きなぐった。そしてその紙を差しだして言った。「近いうちに夜、一杯飲みに来ない?」

「あら、嬉《うれ》しいわ」クレミーは心から言った。「アッシュフィールドには、もうひとりも知りあいがいないのよ」むろんアレック・カトラーは別だ。だが、アレックは数のうちには入らない……。

月曜日の朝、クレミーは学校の前までジャスティーンとルーエラを送り届けた。そして校門のところで二人を見送りながら、真新しい制服を着た娘たちはなんと幼く頼りなく見えるのかと思った。だが、ふりかえった二人は大きく手をふってみせ、クレミーは彼女たちが不安よりも期待に顔を輝かせているのを見てほっとした。教師に出迎えられて校庭のほかの生徒たちのところに連れていかれると、二人は間もなく集まっている頭の海にまぎれてしまった。彼女たちのイギリスでの新生活がいよいよ始まるのだ……。

チャイムが鳴り、騒がしかった校庭が空っぽになると、クレミーは複雑な感情を胸の底に押しこめた。わが子が成長していくのを誇らしく感じながらも寂しく思う気持ちを。

だけど、わたしは自由なのだ！　三時半にまた迎えに来るまでは、なんでも好きなことができる。

それなのに気が重いのはなぜだろう？　罪悪感が毛布のように心におおいかぶさっているのだ――どんなに払いのけようとしても。アレックに謝らなければならないのに、別の理由で会いたがっていると早合点されずに会う方法が皆目わからなかった。

と、そのとき見覚えのある長身の人影が校庭をあとにするのを見て、ふいに呼吸がとまった。クレミーは自分の心が幻を見せているのではないかと考え、ぱちぱちとまばたきした。わたしの思いがなんらかの形で魔法のように彼を出現させたの？

だが、アレックは色あせたジーンズに厚手の紺のセーターというくだけた格好で確かにそこに存在している。

どうしよう。思いきって声をかけてみる？

アレックは丘の上へと歩いている。クレミーはどちらとも決めかねて激しく迷いながらその姿を見つめた。これ以上迷っていたら、いなくなってしまう。

そうなったら、次にいつこんな機会が来るかわからないんじゃない？

クレミーは彼のあとを追いはじめた。追いかけているように見えるのは不本意だから、最初はふつうの歩調で歩いていたが、じきにアレックは角を曲がって見えなくなってしまった。

だが、彼の行き先はわかっていた。十二年前に教室の窓から二人で見た、大きな古い家だ。

そこに着くまでの十五分のあいだに何度か臆病《おくびょう》風に吹かれて引きかえしたくなった。けれど、それでも何かに背中を押され、クレミーは古いジープが私道の奥にとまっているところまで来た。

そして十二年ぶりにその家をじっくり観察した。

最初に気がついたのは、記憶にあるほど大きくはないということだ。いや、アッシュフィールドのほかの家に比べれば十分大きいのだが、十代のころにはもっと巨大で四方八方に広がっているように見えていた。

あの倒壊しそうな奇怪な館《やかた》が、こんな優雅な家に生まれ変わったなんて。アレックは――それにきっとアリスンも、時間とお金を相当つぎこんだに違いない。欠けた煉瓦《れんが》や朽ちかけた窓がとりかえられ、庭の雑草はきれいに刈られてなめらかな芝生が広がっている。生け垣もきちんと刈りこまれ、柔らかなグレーの石を背景にピラカンサの実が赤く燃えたつようだ。手入れの行き届いた糸杉の木々は、この庭に地中海風の雰囲気をもたらしている。

自分を場違いなむさ苦しい人間のように感じ、クレミーは神経質に髪を撫《な》でつけて、ヘアバンドを押しあげた。それから気が変わらないうちに木の玄関ドアに近づき、ノックした。

すぐにアレックがドアをあけた。そのあまりに無表情な顔に、一瞬自分が来るのを予期していたのではないかと思う。

彼は何も言わずにただクレミーを見つめた。彼女はその冷静さに感嘆すると同時に憤りを感じた。

「やあ、クレミー」ようやくアレックが口を開き、大げさに顔をしかめてみせた。「ぼくの記憶力が衰えてきたのかもしれないが、きみは確かぼくに二度と近づくなと言ったんじゃないかな」目がきらりと光る。「しかし、きみのほうからホームレスみたいにうちにふらふらやってくるようでは、近づかないようにするのは難しくなりそうだ」

クレミーは道すがらなんと言って切りだすかを何通りか練習しておいた。だが、緊張してすっかりそれを忘れてしまい、彼の美しい目をひたすら見つめながら、いたって凡庸なことを口にした。「何をしに来たのかきかないの？」

アレックは口もとを引きしめた。「ぼくに話があるんだろう」

クレミーはうなずいた。だが、いきなり本題に入ることもできず、彼はセールスマンの相手でもするように玄関先で話を聞く気なのだろうかと思った。

そのときアレックがそれを読みとったかのように言葉をついだ。「中で話を聞こう」

「ありがとう」クレミーはそっけなく言った。「でも、あなたはもう仕事に行かなければならないんじゃない？」

アレックはかぶりをふった。「ぼくは建築家なんだ」それですべて説明がつくかのように言う。

クレミーは驚いて目をしばたたいた。彼が建築家になるとは想像もしていなかった。彼女がイメージする建築家とは、青白い顔をした細身の芸術家肌の人間で、繊細なボーンチャイナのカップで紅茶を飲むようなタイプなのだ。古いジーンズをはいて、くしゃくしゃの髪をした野性的な男にはそぐわない。

「それじゃ、ご両親の農場は継がなかったのね？」

「両親は何年も前に農場を売って、スペインに家を買ったんだ。あっちの気候があっているらしい。乳しぼりなんてたいして面白くなさそうだし、建築家なら自宅で仕事ができるからね。仕事をする時間も自分で自由に決められるんだ」

「それは恵まれているわね」クレミーはそう言ってから、よけいなひとことだったと唇をかんだ。アレックは子持ちの男やもめなのだ。恵まれているなんてとんでもない。

クレミーが恥じ入っているのを見てとったのか、彼はなんとなく優しい口調になって言った。「さあ入って」

彼女はアレックのあとから廊下を進んだ。面白いものがいろいろ並んでいる。木彫りのチェストや騎士の甲冑《かっちゅう》を見ると、建築家の家にしては楽しすぎて雑然としているとコメントしたくなってくる。

だが、彼が案内してくれた居間はひどく無機質な感じで、クレミーは自分の感想を訂正せざるを得なかった。まるで誰もくつろいだことがないかのようで、これほど整然として無個性な部屋は見たことがない。真っ白な壁や金属製のランプは手術室みたいだし、優雅だがとっつきにくい大理石の暖炉の前では、誰も寝そべってマシュマロを焼いたことなどないに違いない。

デパートのショーウィンドーに飾られている分にはすてきなインテリアに見えるだろうが、実際の家庭にはふさわしくない。向かいあう二脚のアイスブルーのソファもまるで映画のセットみたいだ。

ほかには写真以外何もないに等しい。クレミーはかすかに身震いした。いたるところに飾られている写真にはどれもアリスンが写っていた。永遠に若く美しいアリスンが。

予想もしなかった光景に、クレミーは胸を締めつけられた。この部屋はなんと言うか、とても禁欲的だ。それにアレックのクールで隙《すき》のない態度――これまたクレミーにとっては予想外だった。先週会ったときには火花を散らして言い争ったのに、今日は……あのときとはずいぶん様子が違う。

写真の一枚にちらりと目をやり、彼女は急にいがらっぽくなった喉を咳払《せきばら》いで落ち着かせた。「あなたの奥さんのこと、お悔やみを言いたくて——」

「おい、頼むよ」アレックはいらだたしげに首をふった。

クレミーは彼を見すえた。「頼むって何を？」

「頼むから嘘はやめてくれ」アレックはやんわりと言った。

「嘘？」クレミーはわけがわからずきょとんとした。

「なぜわたしが嘘をつかなければならないの？」

「とぼけるなよ。理由は明白だろう？」

「わたしにとっては、ちっとも明白じゃないわ」

「きみはアリスンが好きではなかったんだから、彼女が死んだいまになって好きなふりをすることはないんだ。きみは彼女が邪魔だった。ぼくがほしくてたまらなかったから。目を見ればわかったよ。昔も、そして先週もだ。ぼくもあのときは、きみがほしかった……」良心の呵責《かしゃく》にさいなまれているかのような苦々しげな口調だ。

クレミーはしいて理性的に対応しようとした。もう誰かに気に食わないことを言われて癇癪《かんしゃく》を起こすティーンエイジャーではないのだ。それにアレックはまだ悲嘆が深すぎて、誰かに八つ当たりしないではいられないのだろう。

だが、それを差しひいても、彼のこの上なくもっともな非難にクレミーは悔恨で心が重く沈みこんでしまった。

「ええ、確かにあなたがほしかったわ」動揺しているわりには平静な声で言う。「だけど、それがなんだというの？　女子高生が男の子に熱をあげて、ちょっと暴走しただけでしょう？　それともわたしがこの十二年間、あの教室での一件をずっと心にあためつづけてきたとでも思っているの？」

アレックの目が燃えあがる火のように揺らめいた。

「それじゃ、全然思い出さなかったというのかい？一度も？　ほんとうに？」

そのとおりだと言いたかったが、言葉が出てこなかった。

「ぼくだって忘れられはしなかったんだ」ようやくアレックが言った。「どうしても消えない記憶というのはあるものなんだよ」

彼の言葉に不安とときめきを覚え、クレミーはしいて突き刺すような視線を受けとめた。だが、アレックが発する強烈なオーラに体が反応し、ブラジャーの内側で胸の頂がかたくなってレース生地にこすれているのを自覚しないではいられない。「なぜいつまでも消えないの？」傲然《ごうぜん》と問いかける。「それほどよかったってこと？」

「中途半端なままのせいだ。邪魔が入って最後までできなかったからだ」アレックは目をきらめかせた。「だから慣れによって色あせることもないんだ。満たされなかった情熱は決して記憶から消えないんだよ。わかるだろう？　それはこの世で一番甘い果実なんだ」

「シニカルね」クレミーはつぶやいた。

「シニカル？　現実的なだけだろう？」

クレミーは唾《つば》をのみこんだ。こんな話をしていては体がうずいて困惑するばかりだ。「アリスンのことはほんとうに残念だわ」また話を戻す。「心から残念に思っているのよ」今度は気持ちが通じたらしく、アレックのまなざしがいくらかやわらいだ。

彼はうなずき、客をもてなすことに不慣れな男みたいにぎこちない手ぶりでソファのひとつをすすめた。「かけたらどうだい？」

クレミーは言うべきことを言ったら帰るつもりで

いたが、彼が思いがけず軟化したことに驚き、おおいに興味をそそられた。だからソファにごく浅く、そっと腰をおろした。自分のジーンズに土か何かついていたらソファを汚してしまうから。「ありがとう」

アレックは暖炉に背を向けて立ったままだ。彼のジーンズやセーターが、この冷たく優雅な部屋には似あわないことにもクレミーは気づいた。彼女はアレックの背後に並んでいる銀の写真立てに目をこらした。赤ん坊を抱いたアリスン。幼いステラといっしょのアリスン。ちゃんとした写真スタジオで撮った写真の中では、母娘《おやこ》揃《そろ》ってクリーム色のドレスに身を包み、顔に笑みを張りつけている。

クレミーはアレックの顔に視線を移し、彼の悲しみや寂しさを思った。もしかしたら死んだ妻のことを語りたいのではないかしら？　家族を亡くした人はみんな言っていたでしょう？　まわりが気を遣って死んだ人のことをいっさい口にしないから、なんだか最初からいなかったみたいな感じになってしまうと……。

「いつ亡くなったの？」

アレックの周囲も彼の妻の死などなかったかのようにふるまう人たちばかりなのか、彼はわずかに目を見開いた。「もう五年半になるかな」ゆっくりと答える。

「あら、わたしはもっと……」クレミーは口ごもった。

アレックは彼女をじっと見つめた。「もっと、なんだい？」

彼の目に射すくめられ、クレミーは虫ピンでとめられた蝶《ちょう》のように肩をくねらせた。「もっと最近のことなのかと思っていたわ」

「なぜ？」

「わからない。このあいだ、うちでわたしが彼女のことを口にしたときの、あなたの……反応からそう感じたのかもしれないわ。あなた、ひどく感情的になっているように見えたから」アレックがひるみ、クレミーは勇気を得て続けた。「アリスンはどうして亡くなったの？」静かに問いかける。「いったい何があったの？」

「誰からも聞いてないのかい？」アレックは言った。

「きみに教えてくれる人はいなかったのかい？　田舎町の噂《うわさ》話も意外に広がらないものなんだな」

「わたし、この町に知りあいはほとんどいないのよ。十六のときに引っ越してきて、二年後にはまた引っ越してしまったんだから。それに、きく相手がもしいたとしても、わたしは噂話を喜ぶたちではないわ」

「そうなのかい？」

「ええ」

アレックは長く重いため息をついた。「スイスでの出来事だった。アリスンは雪崩に巻きこまれて死んだんだ」

クレミーは片手で口を押さえた。「そんな……。まだ若かったのに、雪崩で命を落とすなんて……」

アレックは彼女の同情には反応せず、話すことで最初の衝撃がやわらぐかのように淡々と言葉をついだ。「ぼくたちは休暇でスキーをしに行っていた。アリスンはスキーが大好きだったんだ。翌日には帰るという日の朝のこと、アリスンはガイドと出かけることにした。ステラはまだ小さく、スキーもあまりじょうずではなかったから、ぼくといっしょにホテルに残った。アリスンははりきっていた。ぼくよりもうまいくらいスキーが得意だったし、ガイドがふつうの客にはすべれない難しいゲレンデに案内してくれると言ったんだ。そしてありがちなことが起きた。〝不運な事故〟と言われたよ。その知らせが届いたとき、ステラは大泣きした」

「まあ、かわいそうに」クレミーは思わず口走り、アレックがさっと表情を閉ざすのを見た。

哀れみを受けたくはないのだ、とクレミーは気づいた。いまさらいたわりの言葉をかけてもなんにもならないだろう。まして、わたしが言うことになどなんの意味もないとみなしているのかもしれない。だったら、さっさと本題に戻ったほうがいい。

「わたしはただ、このあいだ言ったことを謝りたかったの。今日来たのはそのためよ。あのときは頭にきて、言いすぎてしまったわ」

アレックは首をふった。「ぼくも悪かったんだ。きみに対してひどいことを言った。わざときみを挑発したんだよ、クレミー。ただ、あんなに簡単に挑発できるとは思いもよらなかった」

クレミーは翳《かげ》りを帯びた彼の目を見て、その目に引きこまれまいと懸命に抵抗した。わたしとこの男性はいったいどうなっているのだろう？　十代のころにわたしをとらえて放さなかった彼の魅力は、年を経ても少しも変わっていない。それをかたくなに認めまいとするのは子どもじみているかもしれない。

「つまり……わたしをいまでも簡単に虜《とりこ》にできるなんて信じられなかったということ？」

「いや、どう表現したらいいのかわからないが」アレックは顔をしかめた。「ともかく、ぼくたちのあいだにはとても強い磁力が働いているんだ。いまでもね」

「人はそれを欲望と呼ぶんだと思うわ」クレミーはゆっくりと言って彼の燃えるような目を見つめかえした。「ただの欲望なのよ」

「ほんとうにそれだけかい？」アレックは嘲《あざけ》るような笑い声をあげた。「だとしたらがっかりだよ、クレミー。ぼくはきみとのあいだにあるものを特別だと思いたかったんだからね」

残念ながら、クレミーが感じているのは確かに特別なものだった。だが、そんなことを彼に知られてはならない。彼がセックスのことを言っているのに対し、わたしはまったく違うことを考えている。女性はいつもセックスと愛を混同してしまう。男性とのつきあいにおいて女性がおかす最大の間違いだ。でも、わたしは同じ間違いは繰りかえさないと心に誓っている。

「うぬぼれているのね」クレミーはやんわりと言った。

「ぼくが？」アレックは考えこんだ。「そうかな」そしてクールな目でクレミーの全身をゆっくりと眺めまわした。

クレミーは怒ろうとしたが、怒るどころか彼の目に眩惑《げんわく》され、身じろぎもできなかった。まるで自分の欠点や弱点をさらけだす強力なスポットライトを当てられている気分だ。学校から思いきってここに直行してほんとうによかった。この服装なら誘惑しに来たと誤解される恐れだけはない。

だが、自分の中の女の部分は、やはりもう少しましな格好で会いたかったと悔やんでいる。ジーンズはおしゃれに見えるほど古くも色あせてもいないし、腰にぴったり張りついてもいない。薄茶色のセーターは古くて毛玉だらけだし、ブルーのスエードのモカシンもやはり古びてすりへっている。実際いまのクレミーは彼女の境遇にふさわしく見えた。顔に年齢が出はじめた二十九歳の離婚経験のある女らしく。

神経質に唇をなめ、いつまでもここで何をしているのかと思う。言うべきことは言ったし、その過程で自分がいまもアレックへのやみがたい情熱に翻弄《ほんろう》されがちだということを思い知らされたのだ。

「きみはどうなんだい？」アレックが唐突にきいた。「なぜアッシュフィールドに帰ってきたんだ？」

「継父が遺してくれた家を相続したのよ」

「理由はそれだけかい？」

クレミーは小ばかにしたように彼を見た。「あなたがここに住んでいることが何か関係していると思っているの？」

アレックはほほえんだ。「いや。ぼくもそこまでうぬぼれてはいないよ」クレミーをじっと見つめて続ける。「きみのご主人はどうしたんだい？」

「どうもしないわ。いまもアメリカにいるわよ」

「それで？」

「離婚したのよ、わたしたち。それだけ聞けば十分でしょう？」

「実に興味深いな」

「いいえ、よくある話だわ」アレックの目に柔らかな光がともったのを見て、クレミーは彼に聞いてほしくなった。誰にも打ちあけたことのない話を、洗いざらいぶちまけてしまいたかった。よりによってアレックに。「離婚の理由はほんとうにありきたりなの」

「ずいぶんシニカルだな」アレックは静かに言った。

「離婚を経験すると、人はシニカルになるのよ」自嘲《じちょう》的に言いながら、これ以上よけいなことを口走らないよう腰をあげることにする。「わたしはもう帰るわ、アレック」

「子どもたちは学校だろう？」

「ええ」

「それならいいじゃないか。家にどんな急用があるんだい？」

「家に用があるわけじゃないのよ」クレミーは苦笑した。「ここを出たいから帰るの」

「なぜ？」

わかっているくせに。「あなたがいるから」

「なぜぼくから逃げたいんだい？」

あなたといるとその顔に手を伸ばし、唇を指先でなぞりたくなってしまうから……。そんなことを言うつもりはなかった。「あなたの顔にでかでかと

〝トラブル注意〟って書いてあるからよ。わたしはもうトラブルはご遠慮申しあげたいの。すでに一生分のトラブルを経験してきたから」

「なるほど」アレックは口の端に笑みらしきものをうかべた。「それじゃ、ぼくが何をしても引きとめることはできないのかな？」

挑発の意図がこもったその問いかけから、クレミーは欲望のかすかな響きを聞きとった。このままでは彼女自身も同じ欲望をかきたてられてしまうだろう。彼女は家の中の静けさを意識し、彼と二人だけだという現実を意識した。アレックへの思いは十二年前とたいして変わっていないような気がした。

だが、クレミーがアッシュフィールドに帰ってきたのは静かに暮らすためであって、アレックのような男性にまた思いを寄せて失恋させられるためではない。アレックに深入りしたら、ビルのときよりさらに深い傷を負うはめになることが本能的に察せられる……。

クレミーはしぶしぶ首をふった。「残念ながら、そうとは言いきれないわ。だから、わたしたちはお互い距離を保ったほうがいいのよ、アレック」

アレックは彼女の目をひたと見つめた。「それは残念だな」やんわり言って立ちあがる。「じゃあ、玄関で見送るとしようか」

4

九月がいつの間にか十月になり、木の葉は燃えたつようなトパーズ色から赤銅やシナモンの色に変わって散っていた。そうした落ち葉を踏みしだいて二人の娘を学校まで送るのが、クレミーの楽しい日課になっていた。

アレックとはあの朝彼の家に行って以来、ほとんど口をきいていない。お互い子どもを学校に送ってきたときに挨拶《あいさつ》するだけだ。クレミーはなんだか物足りなかった。距離を保ってほしいと自分から頼んだくせに、いまはもっと近づいてくれればいいのにと思ってしまう。われながらつむじ曲がりな女だ。

アレックのことを考えずにすむよう、クレミーは全精力を家の片づけにつぎこんだ。いまでは窓ガラスはダイヤモンドのように輝き、床のしみは残らず拭《ふ》きとられ、窓には自分で縫ったカーテンがかけられている。

ありがたいことに仕事も見つかった。新聞から食料品までなんでも売っている雑貨店――アッシュフィールド・ストアで午前中だけ働けることになったのだ。

確かに高い能力が必要とされる仕事ではないし、給料がいいわけでもないけれど、クレミーにはこの仕事があっていた。一日四時間働けばいいのだから、朝と午後に娘たちを学校まで送り迎えできる。

それに店主のミセス・ハンフリーズに一目で気に入ってもらえた。実際、彼女がクレミーを雇うにあたって心配したのは一点だけだった。

「学校が休みに入ったらどうするの？　そのときに子どもの世話をどうするかは考えてある？」

もちろん考えてあった。「学校誌で協力しあえる人を探します。午後に働いているお母さんと、交代で両方の子どもたちを見るような形にするんです。最近ではワークシェアリングで働く母親が増えているから、そういう相手はすぐに見つかるでしょう。どうかご心配なく。必ずなんとかしますから」

「自信があるのはいいことだわ」ミセス・ハンフリーズは微笑した。

クレミーは首をふった。「必要に迫られてのことですわ。わたしには仕事が必要なんです」

その晩クレミーは娘たちに話した。二人の娘はハロウィンに備えてテーブルでオレンジ色のカボチャ形のお面を作っていた。クレミーはホットチョコレートを作って自分もテーブルについた。

「ママがお店で働くの？」ジャスティーンが怪しむような口調で言った。

「お店で働くことの何がいけないの？」すかさずクレミーはききかえした。

ジャスティーンは肩をすくめた。「べつに何も」

「正直に言いなさい。何かあるんでしょう？」

「ママはデコレーションケーキを作れるんだから、自分でケーキのお店をやればいいんじゃないかと思っただけ」

「ここで？」クレミーは笑いながら言った。「だいいち、お店を開く資金がないわ。それに、お祝いのケーキは安定した収入には結びつかないの。秋は結婚式やパーティも少ないしね。ケーキ作りじゃ三人で食べていくのは無理よ」

「いつから働きはじめるの？」ルーエラがきいた。

「明日からよ」クレミーは笑顔で答えた。

ジャスティーンはパンケーキに木いちごのジャムを塗ってかぶりついた。「ステラのうちでハロウィンのパーティをするんだって。毎年やってるそうよ。行ってもいい？」

クレミーは胸が高鳴るのを感じた。「招待されたの？」

「もちろんよ！　わたしたちが誘われもしないのに押しかけると思う？」

「何時からなの？」

「ステラのパパからママに電話をするって……」

「なぜ？」

「わたしがそのほうがいいって言ったからよ。どういうパーティなのか、ママがステラのパパから直接話を聞けるから」

「まあ、ジャスティーン！　どうしてそんなことを言ったのよ？」

ジャスティーンはとまどったように母親を見た。

「だって、いつもそうだったじゃない。アメリカでわたしたちがパーティによばれると、ママはいつも相手の親に確認してたわ」

「そ、そうね」確かにジャスティーンの言うとおりだと思ったとき、電話が鳴りだした。クレミーは受話器をとった。「もしもし？」

「クレミーかい？」深々とした声が言った。

一瞬わからないふりをしようと思ったが、アレック・カトラーが女のそういう策略を見抜けないはずはない。「ああ、アレック」静かに言う。

「元気かい？」

「ええ、元気よ」興味なんかないくせに。

ちょっと間をおいてアレックは言った。「毎年ハロウィンにはうちのステラがパーティを開くんだ。子どもたちから聞いたかな？」

「二分ほど前にね」

「今度の金曜の晩に七時からうちで開く。ジャスティーンとルーエラは来てくれるかな？」

「喜んでうかがうわ」

彼はまた間をおいた。「きみは？　きみも来るかい？」

「わたし？」クレミーは笑いながら言った。自分も誘ってもらえたのが嬉《うれ》しい。「わたしはりんご食い競争をやるには年をとりすぎているわ」

「親も全員招待しているんだ。パーティが終わったら親は子どもを連れて帰る。つまり、ぼくの好きな時間にパーティを終わらせられるってことさ」

「それはいい考えね」

「だからきみも来ないかい、クレミー？」

「わたしに選択の自由はあるの？」

「もちろんあるさ」

「それじゃ……」クレミーは壁の鏡に目をやり、しかめっつらを作った。分別のある女なら断るに決まっている。「わたしも行くわ」

「よし。それじゃ金曜に」

こういう場合のごく一般的なマナーとして、彼女はやむなく言った。「何か持っていきましょうか？デザートとか？」

「いや、手ぶらで来てくれ」アレックはそう言って電話を切った。

いらだたしいことに、金曜までの日々は学生時代の試験期間のようにやたらと長く感じられた。クレミーは毎朝、ミセス・ハンフリーズがくれたピンクの上着を着て、アッシュフィールド・ストアで新聞を売ったり、マッシュルームの重さを量ったり、大きなチーズのかたまりを切ったりした。

難しい仕事ではないので、いまでは目をつぶってもできるような気がするが、そんな単純な仕事に耐えられるのは客とおしゃべりする機会が多いからだ。ことに年配の客は暇らしく、ほかに客がいないとよくおしゃべりをしていった。中にはクレミーの母親やダンを知っている人もいて、クレミーはなぜ自分がアッシュフィールドで再び暮らすチャンスに飛びついたのか、初めて気がついた。自分にも故郷があるという実感を一番持てたのがこの町だったのだ。

ここには彼女のルーツがある。

金曜日、ジャスティーンとルーエラは学校から帰ってくるとクレミーが用意した衣装に着がえた。ルーエラは白いシーツをまとい、顔にそれらしいペイントをして食屍鬼《グール》になり、ジャスティーンはオレンジ色のTシャツに黒のジーンズでカボチャの扮装《ふんそう》をした。

「ママは何を着ていくの?」ルーエラが言った。

クレミーは肩をすくめ、自分のジーンズと毛玉だらけのセーターを見おろした。「この格好で行くつもりだけど」

ジャスティーンが渋い顔をした。「だめよ、ママ。いつもその服じゃない。今夜はおしゃれをしなくちゃ。それに、たまにはお化粧もすべきよ。最近全然してないでしょ?」

「そうだっけ?」クレミーはにっこり笑った。

「もう、とぼけちゃって!」

確かに化粧はしなくなっていた。夜になったら落とすのに、毎朝顔にファンデーションをつけるのは面倒な気がするのだ。それに、誰かの気を引きたいわけでもないし。また自分に言い訳をする。

だが、ジャスティーンに言われて鏡をのぞきこむと、自分の顔の欠点が気になった。口のまわりにはかすかな笑い皺《じわ》が寄り、目の下はうっすら黒ずんでいる。

ジャスティーンの言うとおりかもしれない。二十九歳の女は、もう素顔で出歩くべきではないのかもしれない。多少はごまかしたほうがよさそうだ。

「それじゃ、十分待ってて」クレミーは言った。

そしてぴったりした黒のジーンズと黒のセーターに着がえ、髪をとかして背中に垂らした。それから古い化粧ポーチを探しだし、ファンデーションとアイシャドーとマスカラで黒っぽい目がより黒く大きく見えるようメイクした。仕上げに度を超して赤いつやつやした口紅を塗り、頬に大きなほくろを描いた。

キッチンに戻ると、少女たちは歓声をあげた。

「ママ、格好いい！」ルーエラが言った。「その扮装は魔女？」

「ばか言わないの、ルー！」ジャスティーンが言った。「魔女じゃなくて吸血鬼よ！」

「やっぱりお化粧を落としたほうがいいかしら」クレミーは心配そうな声を作って言った。

「だめ！」

三人は一番あたたかなコートを着て、夜風に吹かれながらアレックの家まで歩いた。木の枝にはオレンジ色のランタンが吊《つ》るされ、闇《やみ》を照らしている。家のそばに来ると、カーテンのない窓の前にろうそくをともした大きなカボチャのランタンや、十月の風に揺れる黒とオレンジの風船が見えた。

アレックがドアをあけると、クレミーはその姿にはっとした。彼女と同じく、黒のジーンズに黒のセーターを着ている。見ているだけで息遣いや心臓の鼓動までもが乱れ、またもや彼がほしくなってしまう。クレミーはそんな自分に内心絶望した。

アレックは二人の少女に笑いかけた。「やあ、カボチャとグールが来たね。ようこそ。子どもたちはみんな娯楽室で粉まみれになっているよ。場所はわかるかな？　わかるわけないか。ステラ！」

父親に呼ばれ、悪魔の扮装をしたステラが駆けてきた。二人に向かってにんまり笑う。

「ジャスティーンとルーエラを案内して飲み物をあげなさい。パパは十分したら、みんながいい子にしているか見に行くからね」

少女たちははしゃいだ笑い声をあげながら奥に行き、あとにはクレミーとアレックだけが残った。クレミーは身の置きどころをなくしたような気がして、子どもたちのあとを追いかけたくなった。

「もしかしたらきみは来ないかと思ったよ」

「行くって言ったじゃない」

「ああ。だが、このあいだのぼくにおじけづいて、気が変わってしまうんじゃないかと思ったんだ」

「わたしはもうひとりになって長いのよ」クレミーは口早に言った。「強気な男をあしらうくらいのことはできるつもりだわ」

「それは心強い」そう言ったアレックの目は揶揄《やゆ》するように笑っている。

ユーモアはときとして強烈な誘惑になることにクレミーは初めて気がついた。

「これ、どうぞ」手に持った缶をぎこちなく差しだす。「手ぶらでって言われたけど、作ってきたの」

「それはそれは。中身はなんだい？」

「ハロウィンのケーキよ」

「ハロウィンのケーキ？」アレックは目を輝かせて蓋《ふた》を持ちあげ、蜘蛛《くも》の巣を模したデコレーションが施されているケーキをのぞきこんだ。「うーん、こんなにしゃれたケーキを見るのは久しぶりだな」

「そういうコメントは食べてからにしたほうがいいわよ」

「いや、これは絶対おいしいはずだ」彼は優しく言った。「おいで。みんなに紹介するから」

キッチンは人でいっぱいだった。二十人ほどのおとなが立っておしゃべりをしたり、熱いパンチを飲んだりしている。娘たちの送り迎えの際に見かけたり言葉をかわしたりする人も何人かいた。アレックが飲み物をつぐあいだ、クレミーは彼らにほほえみかけた。

香辛料のきいたホットワインを飲むと、そのあたたかさとアルコール分で少しは気持ちが落ち着いた。アレックは何人かの親を紹介してくれたが、紹介を待たずに声をかけてきたひとりがクレミーを少々驚かせた。「あら、こんばんは！　あなた、アッシュフィールド・ストアで働いている人よね？」

アレックはクレミーをその人物からそれとなく引き離した。「すまなかったね」

「何が？」

「いまの〝店員〟扱いだよ」

「だって事実だもの。べつにわたしは恥じてなんかいないわ」クレミーは誇らしげに言った。「確かに特別すごい仕事ではないけれど、わたしにはあっているのよ。生活費を稼ぎながらも、子どもたちへの影響は最小限に抑えられるんだから」

「すばらしい」アレックはつぶやいた。

クレミーはじろりと彼を見た。「わたしをからかっているの？」

アレックは首をふった。「まさか。きみをからかうなんてとんでもない」

クレミーは唇をゆがめた。「それを信じる気になれないのはどうしてかしらね」

アレックは笑いながら言った。「シニカルだからじゃないかな？」

クレミーもにやっと笑った。「あら、わたしってシニカル？」

今夜の彼女は実に魅力的だ、とアレックは心の中でつぶやき、ふいに家の中が人だらけなのを残念に思った。「ちょっと子どもたちの様子を見てくるよ」気のないそぶりで言う。「家の中をめちゃめちゃにされていないか心配だからね。ああ！　その前にミス・カミングズを紹介しよう」

彼の言葉に、陽気な赤毛の女性が笑った。「その呼びかたはやめてよ、アレック。まるで百歳のおばあさんみたいだわ。こんばんは。わたし、名前はマギーよ」愛嬌《あいきょう》たっぷりに挨拶する。

マギー・カミングズは陽気なだけでなく、きれいだった。こんなに感じがよくなかったら、クレミーはちょっぴり嫉妬《しっと》していたかもしれない。去年ステラの担任をしていたらしく、アレック・カトラーとの出会いを人類の月面着陸に次いで慶賀すべきことと思っているようだ。

彼が子どもたちのところに行くのを無言で見送りながら、クレミーは好奇心を抑えきれずに問いかけた。「アレックと知りあって、もう長いの？」

「三年くらいね」マギーは答えた。「三年って、わたしにとってはかなり長いほうなんだけど、どの程度彼を知っているかとなると……」言葉を切り、肩をすくめてみせる。

クレミーは自分があらゆる兆候を読み違えていることを祈りつつ、意を決して尋ねた。「彼とは……恋人同士なの？」

マギーはうつろな笑い声をあげ、ホットワインを飲み干した。「まさか！　恋人だなんて大げさな言いかたをしたら、アレックがいやがるわ。わたし自身、彼と恋人同士だと感じたことはなかったし。つきあっていたときでさえね」

クレミーは腹部にパンチを食らったような気がして、気持ちが悪くなった。「アレックと……つきあっていたの？」

「ええ、運よくね。彼、アリスンが亡くなってからずっと女性を寄せつけなかったんだけど、わたしはアプローチの仕方がよかったのか、受け入れてもらえたの」マギーは涙を散らそうとするようにぱちぱちとまばたきし、またホットワインのグラスをとると、そのほとんどを一息で飲んだ。「つきあいが始まると、わたしはこの関係がどこまで発展するのかについていろいろほのめかしてみたんだけど、彼は発展しなくても全然構わないみたいだった。まあ、それは意外でもなんでもないんだけどね」

「そうなの？」クレミーは羨望《せんぼう》を読みとられないように、まつげで目を隠しながらホットワインを飲んだ。

「だって、若くして亡くなった美人の妻に勝てる女なんているわけがないもの。そうでしょう？」

「そうね」クレミーはアリスンの写真でいっぱいだった居間を思いうかべた。

「あなたはアリスンを知っていたの？　確かアレックから、あなたたち三人とも同じ学校だったと聞いたような気がするわ」

クレミーは首をふった。「わたしはアリスンとアレックが卒業する前の一年間、同じ学校にいただけなの。アリスンのことは……顔と名前くらいしか知らなかったわ。ほんとうにきれいな人だった」

「わたしは冷たい人だったんじゃないかと思うわ」マギーは声をひそめた。「根っから冷たい人」

アリスンの悪口を言いあうようなことはしたくなかったので、クレミーは断りを言ってその場を離れ、全員と言葉をかわそうと室内をまわりはじめた。人との交流は得意だ。ビルに連れられてひとりも知りあいのいない場所に出入りするうちに、こちらから働きかけて仲よくなることを学んだのだ。

それでもポテトやソーセージやトマトスープを配るのを手伝うほうが気楽ではあった。ホットドッグをちびちびかじっているとき、キッチンの喧騒《けんそう》にまぎれてどこかの子が小さな声で言うのが聞こえた。

「もう疲れちゃったよ、ママ」

「子どもたちはみんな、もうおねむみたいね」

クレミーが談笑していた相手に笑いながら言うと、アレックが聞きつけてふりかえった。

「きみの子どもも？」

クレミーは彼のまなざしにどきりとしながら、かぶりをふった。「うちの子たちは朝まででも起きていられるスタミナがあるわ」

「ステラもだよ」アレックは気軽な口調で言った。

だが、クレミーは何か失言したような気になってしまった。アレックは自分のまなざしひとつで、わたしがいつまでもここに居残ると思っているのかもしれない！

だからクレミーは最初に帰る一団に自分も加わろうと決心したが、運命がそれを阻んだ。娘たちが屋根裏部屋で旧式のエアロバイクをこいでいるのを見つけたときには、ほかのみんなはもう帰っていたのだ。彼女は娘たちを階下へと引ったてた。

「でも、ママ、これからステラは紙コップを集めたり紙皿を片づけたりしなくちゃならないのよ」ジャスティーンが言った。「わたしとルーは、そのお手伝いをするって約束したの」

クレミーは娘の顔を見おろし、自分の気が変わりかけていることを自覚した。ステラはジャスティーンにとってイギリスで初めてできた友だちなのだ。父親がアレックでなければ、娘たちが残って手伝いたがるのを喜ばしく思ったに違いない。

ジャスティーンににっこり笑いかけ、クレミーは言った。「それじゃ、手伝っていらっしゃい――ルーエラといっしょにね。遊ぶんじゃなくて、ちゃんと手伝うのよ」

「はーい！　ありがとう、ママ」二人の娘は母親の気が変わらないうちに急いで駆けていった。

「さてと」後ろでアレックの声がした。「うまいこと子どもたちに後片づけを押しつけてくれたようだから、きみにお礼をしなくてはね。ワインとコーヒー、どっちがいい？」

ふりかえると彼が両方の飲み物がのったトレイを持っていた。「それじゃ、コーヒーをいただくわ」

アレックは眉をあげた。「明日は仕事も学校もないんだろう？」

「ええ。でも、おしゃべりな娘たちの話を、頭痛に悩まされながら聞きたくはないのよ」ただでさえホットワインを結構飲んでいるのだ。

「それじゃ、座ってくつろごうか？」

クレミーは彼のあとについて居間に向かった。アイスブルーのソファに腰かけると、そこが舞台のセットであるかのような落ち着かない感覚にまた見舞われた。セットか、さもなければ聖廟《せいびょう》だ。至るところに飾られているアリスンの写真を見て、ふいに思う。

　そう、これは聖廟なのだ。マギー・カミングズの言葉がクレミーを嘲《あざけ》る。〝若くして亡くなった美人の妻に勝てる女なんているわけがないもの〟胸がちくりと痛み、クレミーはセーターについた小さなごみを払いながら、しっかりしなさいと自分を叱咤《しった》した。

　アレックは彼女の神経質な仕草や堅苦しい姿勢に気づいて言った。「どうかしたのかい？」

　クレミーはコーヒーを受けとりながら、彼の大きな手に目を吸いよせられた。大きくて男らしい手だ。クレミー自身の手はいまにも震えだしそうだった。

「この部屋、なんとなく落ち着かなくて」

　アレックはうなずいた。「アリスンの写真のせいだね？」

「写真が悪いわけではないんだけど……」クレミーは唇をかんだ。

　アレックはこのアッシュフィールドでは有力者だった。ずっとここに暮らし、社会的にも成功した。それゆえ彼についてはある種の神話が作りあげられ、彼に向かって本音を語る者は多くはなかった。だからいま、彼はクレミーを興味深く見つめていた。

「だけど、なんだい？」そっと促す。

「ちょっとやりすぎだと感じるの。あまりに数が多すぎて……」彼の目に促され、クレミーは思いきって続けた。「聖廟みたいだと」

　アレックは否定もしなければ怒りもせず、またうなずいて言った。「この部屋はアリスンが死んでからまったく手をつけていないんだ。ここの内装は彼女が手がけたんだよ。彼女、インテリアデザイナーだったんだ。彼女の死後、ステラはこの部屋を何ひとつ変えたがらなかった。母親の写真を残らず持ちだし、すべて写真立てに入れて飾ったんだ」

「わたしにこんなことを言う権利はないんでしょうけど、あなたもステラもそろそろ前を向いて歩きだすべきなんじゃないかしら？」

アレックは椅子の背にもたれ、長いことじっとクレミーを見つめた。「どうやって？」ようやく口を開く。「写真を全部処分するのかい？　彼女の思い出を消すのかい？　ステラになんて説明するんだ？」

クレミーは彼を見つめかえした。もしかしたらステラのことは都合のいい口実なのでは？　写真にこだわり、しがみついているのはアレック自身なのではないだろうか？　写真はほかの女性たちを寄せつけないための、効果的な警告になっている。マギーが言ったとおり、若くして亡くなった美人の妻には誰も勝てないのだと知らしめる警告……。

「アリスンの思い出は何をしようと消せるものではないわ」クレミーは静かに言った。「彼女はステラの中で永遠に生きつづけるのよ」

「そのとおりだ」アレックはクレミーを見つめ、心の広い女性だとひそかに感嘆した。たいていの女性は、その現実となかなか折りあいをつけられない。マギーのように。マギーは彼のかつての結婚生活などなかったようなふりをしたがったものだ。

クレミーは一瞬アレックの顔に傷つきやすい繊細さを見てとり、自分が夢中になった十代の彼がつかの間よみがえったような気がした。それから彼はソファにゆったりと座りなおした。クレミーはそんな何げない動きにも突然欲望をかきたてられるのを感じた。

「また緊張しているね」アレックが言った。「ぼくのせいなのかな？」

「なぜあなたのせいなの？　あなたといると女性はみんな緊張するの？」クレミーは冗談めかして言った。

「きみほどじゃない」アレックは答えた。

クレミーはコーヒーをすすりながら、どこまで言おうか考えた。もう今日のところは十分だろうか？

「わたしが緊張しているのは、あなたとのあいだにまだ中途半端なままのことがたくさんあると感じているからかもしれないわ」

ブルーグリーンの目に警戒するような光が宿った。

「中途半端なままのこと？」

「たとえば、わたしはアリスンが知っていたのかどうかをいまだに知らないのよ。あの……」言葉に迷って口ごもる。

「盗まれたキスのことを？」

そういう言いかたをすると、やけにロマンティックで無邪気に聞こえる。だが、実際にはとうてい無邪気とは言えなかった。「ええ」クレミーは答えた。

「知っていたよ、アリスンは」アレックがゆっくりと言った。「彼女の友だちが言いつけたんだ」

「彼女、怒った？」クレミーはそこで吐息をもらした。「ばかね、わたしったら。怒ったに決まってい るわ。きっと激怒したはずだもの」

「その出来事に彼女の意識が集中した、ということは言えるかもしれないな」

アレックの持ってまわった言いかたを聞き、クレミーは思った。あの一件を思い出すのは、アレックには苦痛なのかもしれない。

彼は自分のコーヒーに角砂糖を二つ入れ、ゆっくりとかきまぜてから顔をあげた。「きみはアッシュフィールドを去ってからどうしていたんだい？」

クレミーは不意をつかれ、思い出すのもつらい事実を正直に答えるしかなかった。「大学進学のためにロンドンに行って、ビルと出会ったわ」

「きみの夫だね？」

「元夫よ」胸に押しよせる敗北感を抑えこんで言う。「彼は長い休暇をとって、ヨーロッパを旅していたの。彼と出会って、わたし……」言葉がどうしようもなく空まわりした。

「恋に落ちたのかな？」

クレミーはきっとアレックを見た。わたしをばかにしているの？　いや、彼の目に蔑《さげす》みの色はない。そこにうかんでいるのは、かつてのアレック・カトラーとはまったく結びつかなかったものだ。

理解。

「ええ、恋に落ちたの――どんな恋であるにせよ」

「そんな言いかたをするところを見ると、きみは恋というものに懐疑的なのかな？」

「十九歳では、何を恋と間違えても不思議はないわ。ともかくわたしたちはお互いに〝片時も離れられない〟状態になったのよ」

「頭に血がのぼった状態だな」アレックはそっけなく言った。

「ええ。おかげで、わたしはちょっぴりほっとしたわ……」クレミーはそう言いかけて口をつぐんだ。

「ほっとしたって？」

自分がアレック・カトラー以外の男性にも夢中になれることがわかって、ほっとしたのだ。が、そんなことを言って彼のうぬぼれを助長するつもりはない。「お互いそういう気持ちになっていっしょに未来を作っていこうと決めたら、安心感を抱けてほっとするものだわ」

「しかし、その安心感にささえられた生活は長くは続かなかった？」

クレミーはうなずいた。「わたしの父親はわたしが幼いころに亡くなっているの。当時わたしたちはロンドンに住んでいて、母は生活のために働きに出なければならなかったわ。わたしはひとりで母の帰りを待っていたのよ」卑下するように言う。「母とダンがつきあいだしたときには、母のためにほんとうによかったと思ったわ。だけど、それはここへの引っ越しという生活の激変を意味していた。十六歳で引っ越すって、なかなかなじめなくて、きついものよ」

「そうだろうな」アレックは物思わしげに言って、二人のカップにおかわりをついだ。「それで、そのあとは？　ビルとどうなったんだい？」

「結婚したわ。秘密裏にね」

「秘密裏にって、ロマンティックな理由から？」

クレミーは肩をすくめた。「べつにそういうわけではないわ」そのときにはそれが完璧《かんぺき》な解決法のように思えたのだが、知らない人に立会人になってもらって挙げた式は事務的でわびしかった。「ビルの両親はアメリカに住んでいたし、わたしの側の親だけよぶのは不公平な気がしたから誰にも知らせなかっただけなのよ。それから間もなくジャスティーンが生まれたわ。それで、わたしの書類が整うのを待って、アメリカに渡ったの」

「アメリカではどこに住んでいたんだい？」

「いろいろよ。最初はフロリダ、次がアイダホ。しばらくニューヨークにいたこともあったわ」アレックを見て問いかける。「この話、まだ聞きたい？」

アレックは黒いセーターに包まれた彼女の胸のふくらみを見て、かつて感じたことのないほど鮮烈な性的飢餓感に見舞われた。いましたいことはひとつしかないけれど、それを口にするのははばかられる。かりに口にしても、その希望がかなえられるとは思えない。「ああ、最後まで聞かせてくれ」

「もともとビルは腰の落ち着かない人だったの。仕事も飽きるとすぐに辞めてしまったわ。退屈しやすいたちだったのよ」クレミーは苦笑した。

「それで、きみに捨てられたわけか」

「いいえ、わたしが捨てたわけではないわ。子どもが二人もいたんだもの。わたしは、できるものならうまくやっていきたかったわ」

「だが、ビルにはその気がなかった？」

「ビルが求めていたのは結婚生活を破綻《はたん》に導くようなものだったの。家族を傷つけることもいとわない、彼個人の自由がほしかったのよ」

「それはつまりどういうことなんだい？」

クレミーは嫌悪感をのみこんで言った。「つまり、ビルは若くてぴちぴちした体に目がないハンサムな男だったということよ。若ければ若いほどよかったの」

「それはまた――」

「やめて！」クレミーは急いでさえぎった。言葉が毒のようにこぼれだしているのは、いままで誰にも話したことがなかったからだろう。なのに、なぜアレック・カトラーには話しているの？「わたしに続けさせて。きっとわたしにはビルを非難する資格はないのよね？　だって彼の浮気相手になった女性たちは、あなたがアリスンとつきあっていたころのわたしと同じようにふるまったんでしょうから。わたしがあなたに身を投げだしたように、彼女たちもビルに――」

「そんな見当違いの自己批判はやめろよ」アレックが静かに言ってクレミーを黙らせた。「だいいち、あの晩邪魔が入らなくても、きみはぼくに最後まで許しはしなかっただろうよ」

「このあいだはそうは言わなかったわ！」クレミーはアレックの辛辣《しんらつ》な言葉を思い出して顔を赤らめた。彼は露骨な表現で彼女を侮辱すると同時に興奮させたのだ。〝足首まで下着を下ろした格好で……〟

アレックは彼女の頬が染まったのを見てため息をついた。「あのときは、ついかっとなってしまったんだ」それに欲望のあまり頭が働かなかったのだ。いまと同様に。「だいたいあのときのぼくはアリスンと結婚していたわけじゃない。あんな昔のことで自分を責めるのはやめるんだ。もう過去のことだ」だが、その過去は未来にまで届く長い触手を持っているのだ。その触手がいまクレミーに触れている。危険な形で。

彼女はふらつく脚で立ちあがった。「もうそろそろ帰らないと」

アレックもしぶしぶ立ちあがった。まだいてほしいけれど、そう伝えても返ってくる反応は予測がつく。「わかった」クレミーが前を通りすぎて居間の戸口に行こうとすると、彼は衝動的に手を伸ばし、腕の中に彼女を引きよせた。鼻にそばかすが散ったキュートな顔を見おろしてささやく。「まだ帰らないでくれと説得しても無駄だろうね？」

クレミーは彼の腕から逃れようと形ばかりの抵抗をした。「前にも同じようなことを言われて、なんて陳腐なせりふなのかと思ったわ！」

「わかっている。やはり説得はできないかな？」アレックは彼女を抱きすくめ、キスしたいのをこらえながら食いさがった。

「説得したいんならしてみればいいわ」クレミーは挑むように言った。「ただし言っておくけど……」

その先は続けられなかった。クレミーが今夜来たときからずっとしたかったことをアレックはしていた。激しい勢いで彼女の唇を奪ったのだ。

まるでジェットコースターに乗って時をさかのぼったような気がした。いや、昔よりずっといい。クレミーはあのころよりおとなになり、多少は賢くなった。アレックは初めてのキスの相手だが、そのあとに誰かとしたキスも、ビルとのキスも、これに比べたら完全にかすんでしまう。

アレックのキスは、ほかの誰とも違うのだ。彼にキスされると、まったく違う女になったような気がする。クレミーは彼に体を預け、熱い吐息をとけあわせ、二人の中で欲望が高まるのを感じた。この狂おしい欲望は、体を重ねなければ決して満たされそうにない。

でも、廊下の先には子どもたちがいる……。

クレミーははっとしてアレックから身をもぎ離した。相手がこの男性だと、なぜこんなに簡単に屈してしまうのかと思いながら。

アレックはがっかりしたように低くうめいた。

クレミーは呼吸を整えた。脚の付け根が泣きたくなるほどずきずきうずいている。キスだけでどうしてこんなふうになってしまうのだろう？　アレックにかかったらどんな女性でもこうなってしまうの？

「あなた、マギーにそばにいてくれるよう頼むべきだったのよ」

アレックは妙な顔をした。「それはいったいどういう意味だい？」

「彼女は恋人だったんでしょう？　本人からそう聞いたわ」

アレックは反応しなかった。「それで？　まさかそんな理由で怒っているわけではないだろう？　ぼくも彼女も、いまのぼくたちと同様、独身のおとな同士だったんだ。セックスしたって罪にはならない」

まるでセックスをスポーツみたいに言うのね！

「それじゃ、今夜もマギーを選べばよかったのよ。彼女ならもっと気持ちよく応じてくれたでしょうよ」

アレックの表情が翳《かげ》った。「ずいぶん安っぽいせりふだな」

「安っぽいのはこういう行為そのものでしょう？」クレミーの声がかすれた。「顔をあわせると、ついこんなふうになってしまうことこそ安っぽいわ」

二人が対戦前のボクサー同士のようににらみあったとき、あいたままのドアの外でしゃくりあげるような声がした。

「誰だ？」アレックが眉をひそめて言った。

一瞬の沈黙のあと、またすすり泣きの声がし、アレックとクレミーは驚いて戸口に駆けよった。

ドアの外にはステラが握り拳《こぶし》で涙をぬぐいながら立っていた。

アレックはその前にしゃがみこんだ。「どうした、ダーリン？」

「ル、ルーエラが……」ステラは泣きながら訴えた。「わたしをぶって蹴《け》ったの！　もうルーエラなんて大嫌い！」

5

ジャスティーンとルーエラが廊下を駆けてきてステラをにらんだかと思うと、両者のあいだでののしりあいが始まった。

「ステラが最初にやったのよ！」ルーエラが叫んだ。

「違うわ、ルーエラよ！　あなたが先にぶったんでしょ！」

先刻までのアレックとの言い争いなどどこかに吹っ飛んでしまい、クレミーはなんとかこの場をおさめようとした。「落ち着いて、ルーエラ。いったいどうしたっていうの？」下の娘に問いかける。

「ステラなんて大嫌い！」

「ルーエラ！」

「ルーエラだけが悪いわけじゃないのよ、ママ」ジャスティーンが口をはさんだ。

「喧嘩《けんか》の原因はなんなの？」クレミーは尋ねた。

とたんに三人の少女は貝のように口を閉ざし、視線を宙にさまよわせた。

クレミーがあきらめたようにアレックを見ると、彼は〝ぼくにもさっぱりわからない〟という視線を返した。立ちあがってステラの肩に腕をまわすが、ありがたいことに、どちらが悪いのか突きとめようとはしない。少女たちは興奮しているから、今夜は筋の通った話はききだせないだろう。

アレックもそう感じているらしく、静かに言った。「今夜はもう寝たらどうだい？　二階に行って着がえなさい、ステラ。パパもすぐに行くから」

ステラは唇を震わせ、ブルーグリーンの目に怒りの涙をたたえながら階段に向かった。

「わたしたちも帰るわね」クレミーは言い、二人の娘をぎゅっと抱きしめた。「朝になれば、きっと気持ちもすっきりするわ。ね？」

だが、二人ともふくれっつらのままだ。

「コートをとってこよう」アレックはそう言ってクローゼットに向かったが、こんなに気まずい雰囲気は久しぶりのような気がした。子どもたちのあいだでいったい何があったのだろう？　そしてクレミーから発せられた矛盾だらけのメッセージはいったいどういう意味だろう？　彼女は確かにぼくにキスされたがっていた。だからキスを返し、ぼくの欲望をいっそうあおりたてたのだ。彼女だって気持ちは同じだったはずだ。なのに突如ぼくをはねつけた。まるでぼくが歓迎される限界を一歩踏み越えたかのように。

アレックはジャスティーンとルーエラにコートを渡し、クレミーのコートは着やすいように広げてやった。

クレミーは躊躇《ちゅうちょ》した。男性にコートを着せてもらうなんて久しぶりだし、あのキスとそのあとの騒ぎで気持ちが波立ち、過剰反応を起こしそうだった。が、彼の手からひったくって自分で着たりすれば、この雰囲気がいっそう悪くなる。だから素直に着せてもらい、その行為で大事にされているような愚かしい感覚を味わった。

アレックは着古されて、てかてかしている袖口《そで》にすっと指先を触れた。「きみには新しいコートが必要だな」ゆっくりと言う。

クレミーは顔をしかめた。「新しくすべきものはほかにもいろいろあるわ。家とか娘たちのものとかね。コートの優先順位は一番下よ。いらっしゃい、ジャスティーンにルーエラ。ミスター・カトラーにおやすみなさいを言って」

反抗して知らん顔をするのではないかとちょっと心配だったが、これまでのしつけが功を奏し、ジャスティーンは礼儀正しく言った。「おやすみなさい、ミスター・カトラー」

「おやすみなさい」ルーエラも小声で続けた。

「またおいで」アレックは明るく答えた。

少女たちがポーチに出ると、彼は目でクレミーだけ引きとめた。

「惨事は回避されたわね」クレミーは声を低めてささやいた。

「原因はなんだと思う？」

「帰って探りだすわ」そう答え、アレックをその気にさせておきながら、まるで彼がひどいことをしたかのようにはねつけてしまった先刻の自分を省みる。弁解の余地はない。「さっきのことだけど、わたしは……その……」

アレックは首をふってさえぎった。「きみはこれからも心のままに行動すればいいんだ。お互いにどうふるまうべきかなんて教則本があるわけではないし。もしあっても、ぼくがとっくに破り捨てているよ！」

意外なことにクレミーは声をあげて笑った。二人の娘がとがめるようにふりかえったことにも気づかない。

「きっとうまくいくさ」アレックは言った。「何がどうなるにせよ、きっとうまくいく」

クレミーはうなずき、彼の頬に手を触れたいのをこらえて言った。「おやすみなさい、アレック」

少女たちは、帰り道ではひとこともしゃべらなかった。

家に着くとクレミーは言った。「二階に行ってパジャマに着がえなさい。すぐに熱いミルクを持っていってあげるから。急いで」

彼女が子ども部屋に行ったときには、二人ともミッキーマウスの形をした常夜灯の明かりの中でベッドに横になっていた。クレミーは二つのマグカップを棚の上に置き、ルーエラのベッドの端に腰かけた。

「どう？　さっきのこと、今夜話す？　疲れているなら明日の朝にしてもいいけど？」

ジャスティーンが妹と目を見かわしてから口を開いた。「ママがステラのパパとキスしてるって、ステラが言ったの」

クレミーの顔に血がのぼった。「それで？」

「ほんとにキスしたの、ママ？」ルーエラが言った。

クレミーは唾《つば》をのみこんだ。娘たちに嘘《うそ》はつかない約束だったが、いまはそんな約束をしなければよかったと思う。「ええ、したわ」静かに答える。

「それじゃ、ステラのパパを愛しているの？」ジャスティーンが真剣な表情で尋ねた。

クレミーはちょっと考えこんだ。娘の目を見て、彼のことなどなんとも思っていないと本心から言えたら話は簡単なのに。「彼に……好意は持っているわ」慎重に答える。「すてきな人だと思っている。

それは事実よ。でも、愛とは違うわ。愛って時間がかかるものなのよ。信頼も必要だし」

「パパのことは愛してた？」ルーエラが悲しげに問いかけた。

クレミーはその質問の素朴さに泣きたくなってしまった。

感情を抑え、子どもたちの父親をなんとかおとしめない言いかたを考える。「もちろん愛していたけど、当時のママはまだ若くて、愛のほんとうの意味がわかっていなかったの。それに外国での結婚生活は……いろいろとだいへんだったのよ」

「パパと別れちゃったのはそのせいなの？」

クレミーは深いため息をついた。娘たちが抱く父親のイメージをけがさないよう、これまで残酷な現実は隠しとおしてきたのだ。だって自分の父親が救いようのない女好きだなんて、子どもには受けとめがたいことでしょう？　いつかは打ちあけなければならないとしても、いまはまだ無理だ。「まあね。それでうまくいかなくなって、いっしょには暮らせなくなったってことなの」

「だけど、パパがわたしたちに会いに来なくなったのはどうしてなの？」

「だってパパのうちはすごく遠いでしょう？」

「でも、わたしたちが隣の州に住んでたときにもパパはめったに来なかったわ」

クレミーは唇をかんだ。アメリカを去る気になったのも、そのせいだった。娘たちがめったに父親に会えないのなら、別の大陸で暮らしても同じことだと考えたのだ。「パパには赤ちゃんや新しいガールフレンドがいるから……あまり時間がとれないのは仕方がないのよ。それに、あなたたちに会いに来るため、いまお金をためているんだと思うわ。パパが自分でそう言っていたの」

話題を変えたくて、彼女はジャスティーンに言った。「それで喧嘩の原因はなんだったの？　ママとステラのパパがキスしたのをステラが見たせい？」

ジャスティーンはうつむき、おさげ髪をいじりながら答えた。「ステラはたとえ二人がキスしたって、意味なんか何もないって言ったの。ママがステラのママのかわりになれるわけはないんだって。ステラのママはすごくきれいだし、ミスター・カトラーにこの世の誰より愛されていたんだって」

マギーの言葉が耳によみがえり、ジャスティーンの言ったことをさらに補強した。〝若くして亡くなった美人の妻に勝てる女なんているわけがないもの〟胸を引き裂く嫉妬《しっと》の感情をクレミーはひそかに恥じた。

「それはそうだと思うわ」きっぱりと言う。「ステラのママはほんとうにきれいだったの。ママも学校でよく見かけたけど、ブルーの目と淡い色の髪がまるでお姫さまみたいだったわ。ステラの言うとおり、彼女のかわりになれる人なんてひとりもいない。ママだって、かわりになりたいなんて思っていないし」クレミーはさめたミルクのマグカップをジャスティーンとルーエラに渡した。「さあ、これを飲んで眠りなさい。朝になれば気分も変わっているわ」

「ごめんなさい、ママ」ルーエラが小さな声で言った。

「ステラはもう友だちをやめたがるかな？」ジャスティーンは言った。

「そんなことはないと思うわ。でも、ちょっと様子を見たほうがいいかもね」クレミーはそう答えて娘たちの額にキスをした。

翌朝は雨になり、窓ガラスを叩《たた》く強い雨音で目を覚ました。家の中は身震いするほど寒かったが、四六時中暖房しておけるような経済的余裕はない。

ベッドサイドテーブルの上の時計に目をやると、もう十時近い。すっかり寝坊してしまった！

階下に行く途中で娘たちの部屋をのぞくと、二人ともまだ眠っている。ゆうべ遅かったし、あんな騒ぎがあったからだ。そう思いながらクレミーは階下に向かった。

キッチンテーブルの前に座って湯が沸くのを待っているとき、窓を叩くかすかな音がした。顔をあげると、雨に打たれて立つ人影が見えた。

アレック！

クレミーは喜びとときめきに胸を躍らせながら、靴下しか履いていない足で勝手口に近づいていった。ドアをあけると、雨まじりの風が吹きこんだ。

「ここで何をしているの？」彼女は尋ねた。

「濡《ぬ》れているんだよ」アレックはかたい声で答えた。

「だったら早く入ったほうがいいわ」パジャマがわりのTシャツはヒップがすっぽり隠れるほどたっぷりしているけれど、あいにく髪は寝乱れたままとかしていなかった。「ステラは？」アレックを中に通しながら、クレミーはできるだけ平静に尋ねた。寝巻き姿のままキッチンに男性を通すことなどなんでもないかのように。

「乗馬クラブまで送っていったところだ。日曜の午前中はいつも馬に乗るんだよ。今朝は起こすのに苦労してしまったが、新鮮な空気を吸って体を動かせばいい気分転換になるだろう」

「そう」

アレックはキッチンを見まわし、廊下のほうに目をやった。「お宅の子どもたちは？」

「まだ寝ているわ。少なくとも、さっき見たときには眠ってた」ケトルが蒸気を噴きあげはじめた。

「お茶をいかが？」ぎこちなく問いかける。

「いただこう」アレックは防水加工を施したジャケットを脱いで椅子の背にかけ、すすめられもしないのに腰を下ろした。興味津々といった面持ちで室内を眺めまわすが、その実、クレミーのセクシーな格好につい目がいってしまう。

クレミーはなんとか手を震わせずに紅茶をいれようとした。せめてガウンでもはおっておけばよかったと思う。アレックに断って着がえてくるべきだろうが、いま二階に行ったら娘たちが目を覚ますだけでなく、母親のしどけない格好に気づいてしまうかもしれない。そして母親がそのせいで自意識過剰になっていることにも。

クレミーはティーポットに保温カバーをかぶせながら言った。「トーストでも召しあがる？　それともシリアルがいいかしら？」そう尋ねてからやけにかいがいしくなっている自分を蹴《け》とばしたくなった。まるで男に尽くしたくてうずうずしているみたい！

アレックはかすかにほほえんで首をふった。「お茶だけで十分だよ」

クレミーは二つのマグカップに紅茶をつぐと、彼が両手でマグカップを包みこむようにして暖をとるのを見守った。むきだしの脚を隠したくて、向かいの椅子に横座りする。彼の視線に気づいていたのだ。見られるのが不快なわけではないが、気が散ってしようがない。

「ステラと話をしてみた？」

アレックはマグカップから立ちのぼる湯気を見た。クレミーの腿を見ないようにするために。「ああ」

クレミーは彼を見つめた。「それで？」

アレックはそばかすが散っている卵形の顔を見つめかえした。大きな目は子鹿《こじか》の目のように黒く濡れ、髪はとかしていないのか、くしゃくしゃに乱れている。マグカップを口に運んで中身をすすり、口をやけどしそうになりながらアレックは思った。まるでたったいまベッドから抜けだしたかのようで、たまらなくセクシーだ。

「ステラは嫉妬していたんだ」彼はぶっきらぼうに言った。「要するに、そういうことだよ」

「だって嫉妬する理由なんて何もないのに！」

「そうかな？」アレックの目がクレミーを嘲《あざけ》った。

クレミーは自分の手を見おろした。指輪のない指、マニキュアも塗らずに短く切り揃《そろ》えただけの爪を。

「本人はどう言っているの？」

アレックは肩をすくめた。「新しいママなんかいらないって」

クレミーは彼の顔を見た。「一度キスしたくらいじゃ、継母《ままはは》役に立候補したことにはならないわ」

「だが、子どもの目にはそう映るのかもしれない」

「だけど、そういうことは前にもあったはずよ。あなたがマギーと……その、関係を持っていたこと、ステラは知らないの？」

アレックの目つきが険しくなった。「この上なく自然なことを、まるでいかがわしいことみたいに言うんだな」

「それはあなたも同じでしょう？」クレミーは静かに言いかえした。「高校時代のお酒のうえでのちょっとした失態をとらえて、まるでわたしを性欲のかたまりみたいに言うんだから！　で、どうなの？ステラはマギーとのことを知っていたの？」

「いや、知らなかったんじゃないかな」アレックはまた肩をすくめた。短命に終わった女教師との情事についてはあまり話したくなかった。とくにクレミーには。だが、クレミーは物問いたげな顔でじっと彼を見つめている。ここで黙りこんだら、何か隠していると思われるかもしれない。「彼女が学校に勤めていることを考慮して、なるべくひっそりつきあっていたんだ。それも一カ月あまりで終わり、友好的に別れたよ」

「そうなの？」

「だから彼女とは、いまも友だちなんだ。彼女がうちのパーティに来たのも友だちだからさ」

クレミーの経験によれば、〝友好的な〟別れとは片方が必死に平静を装うことを意味しているのだ！

「マギーはほんとうにそれで満足しているの？」

アレックは吐息をもらした。「なかなかしぶといね」どうやら適当な返事でごまかされる女性ではなさそうだ。「確かにマギー自身はぼくに恋しているつもりになっていたのかもしれないが……」

「マギーが自分の気持ちもわからない愚かな女性だとは考えにくいわ。単なる〝つもり〟でなく、ほんとうに恋していたのかもしれない」

「そうかもしれないが、その気持ちにこたえることはできなかったんだ。おっと、そんな目で見るなよ、クレミー。ぼくがマギーに好意しか持てなかったとしても、それは仕方がないだろう？」

「好意を持っただけでなく、性的魅力も感じていたのよね？　まさかお忘れではないでしょう？」

「ああ、わざわざ言うつもりがなかっただけだよ」

アレックはうなるように言った。

「ステラはまったく気づいていなかったの？」

「まだ七歳だったから、十歳のいまほど人間関係に敏感ではなかった。ぼくと彼女が親しいことは知っていても、ただの友だちとしか思っていなかったみたいだ。だが、いまでは年を重ねた分、鋭くなっている。いまどきの子どもは、ぼくたちのころよりずっとませているんだ。それに……」どこまで正直になるべきか考えて言いよどむ。

二人の目があった。「それに？」

「あの子は、ぼくたちをカップルとして見ることに耐えられないんだろう」

「カップルって、セックスをしている二人ってことを遠まわしに言っているの？」

アレックはあきれる気持ちと賞賛する気持ちが入りまじったため息をついた。「きみはいつもそんなにストレートにものを言うのかい？」

あなたにだけよ、とクレミーは言いたかった。が、それは真実ではない。彼女が率直に話せるのは、その話題を恐れる理由がないときなのだ。そしていまのところ一番気になっている問題――アリスンのことには、なんとか触れずにすんでいた。

アリスン。アレックに愛され、彼の子を産んだ女性。ほかの誰もかなわない、若くして亡くなった美しい妻。

「駆け引きにはもううんざりなのよ。結婚していたころに一生分してしまったから」クレミーは答えた。

アレックは自分自身の結婚生活を思い、口もとを引きしめた。「そうか」

「だけど、わたしたちがカップルだなんて誰が言ったの？」

「ぼくなんだろうな」

「だからここに来たの？」クレミーは誰かに聞かれるのを恐れるように声を落とした。

「わからない」彼はささやきかえした。「たぶん、そうかもしれない。きみはなぜうちに来たんだい？来るべきではないと思っていたみたいなのに、パーティに来たのはなぜだい？　ぼくがきみに引きつけられるように、きみも何か強い力を感じて来たんじゃないのかい？　ぼくたちのあいだにはいったい何があるんだ？」

高校時代のクレミーだったら自分たちの複雑な感情を恋ゆえと考えただろうが、いまの彼女は男女の関係に対して以前よりずっと懐疑的になっていた。アレックをめぐってハッピーエンドの夢を見ているなどと思われないよう、彼女は言葉を選んで言った。

「わたしたちのあいだにあるのは欲望だと前に言ったはずだわ」

「そうだったな」アレックは口の端をゆがめた。

一瞬がっかりしているのかとクレミーは思った。

「だけど、それは間違いだったわ」

彼はクレミーに目をこらした。「というと？」

「ほかの要因もからんでいると思うの。あなたが言ったように、若いころ惹《ひ》かれあった気持ちは邪魔が入って満たされなかった。いつまでも忘れられないのはたぶんそのせいだわ」

「となると、解決法はひとつしかないな」アレックは深みのあるなめらかな声でささやいた。

ブルーグリーンの目がクレミーの脚をなめるようになぞり、彼女は息苦しくなった。

アレックほどセクシーな男性にはいまだかつて会ったことがない。そのうえ幸せな気分で誰かとベッドをともにしたのはもう遠い昔の話になっている。ビル以外の男性に抱かれたことはないし、彼と結婚してしばらくたつとセックスは事務的な手続きにほかならなくなってしまった。やがて彼が浮気している証拠をつかみ、自分の不安がただの妄想ではなかったことがはっきりすると、クレミーは予備の部屋のシングルベッドにひとりで寝るようになったのだった。

だが、いまは甘くなじみのない欲望のうずきを感じ、両手を広げてアレックを受け入れたくなっている。でも、その代償は？

「きみがほしい」アレックはゆっくりと言った。

「わかっているわ」

「そして、きみもぼくがほしいんだ」それは質問ではなく断定だった。

「それも自覚しているわ」

「で、どうする？」

「どうするって何を？」クレミーの声には信じられないという思いがあふれていた。「わたしは子を持つ母親なのよ、アレック。娘たちの手本でなければならないんだから、つかの間の情事に身を投じるわけにはいかないわ。娘たちばかりでなく、わたし自身を混乱させないためにもね。そんな割りきったセックスはできないたちなのよ」

「しかし、ぼくは割りきったセックスを提案しているわけではないんだよ」

クレミーは眉を寄せた。「だったら何を提案しているの？」

「一度に一歩ずつ進んでいきたいんだ」

「どういうこと？」

アレックは紅茶を飲み干し、マグカップをテーブルに置いた。「ステラはジャスティーンやルーエラと仲直りしたいんだ。あの二人が好きだから」

「あの子たちもステラが好きよ」

「そして、ぼくはきみが好きだ」

クレミーは彼の目が〝きみは？〟と問いかけているのを見た。「同じく」

アレックは彼女を抱きよせたいのをこらえ、こぼれんばかりの笑みをうかべた。「それじゃ、みんなで友だちになろうじゃないか」

「なれるかしら？」

「もちろんなれるさ」からかうように続ける。「それとも、ぼくがきみのその魅力的な体に手を出さずにいるのは不可能だと思っているのかい？」

「わたしはそこまでうぬぼれていないわ」クレミーはつんとして言った。

いや、うぬぼれていいんだよ。アレックは心の中でつぶやいた。「それじゃ決まりだね。友だちってことで」

「ただの友だちね？」

「当面はね」アレックは目がきらめいているのを見られまいと、空になっているマグカップをまた口もとに持っていった。「手始めに、明日みんなでランチを楽しむっていうのはどうだい？」

「ステラがいやがらないかしら」

「いやがるもんか」

「それじゃ、わたしが……」家庭的なところをアピールしているとは思われたくなくて、クレミーは言葉を切った。

「なんだい？」彼女が迷っているときに軽く口をとがらせるのをアレックはかわいいと思った。

「わたしが料理しましょうか？　明日のランチ」

アレックの脳裏にいい匂《にお》いの漂うあたたかなキッチンがうかんだ。そこを気軽に動きまわるクレミーの姿も。「それは楽しみだな。ぜひ頼むよ」彼はそっと言った。

6

明くる日曜日のランチは、きれいに空になった皿やおかわりまでして食べつくされたりんごとカスタードのデザートから判断すると、大成功と言えた。クレミーは子どもたちに優しく笑いかけ、次の瞬間アレックが熱っぽい目で自分を見つめていることに気づくと、慌てて皿を片づけはじめた。

「それじゃ、いま食べた分を歩いて消化するとしようか」コーヒーを飲み干して彼は言った。

「えー、歩くなんていやよ、パパ！」

ジャスティーンはひょうきんに顔をしかめ、クレミーに言った。「どうしても歩かなくちゃだめ？」

クレミーはちらりとアレックを見た。たまには彼と外を歩きながらおしゃべりするのもいいかもしれない。「もちろん歩くのよ」

彼らはアレックの家の裏手にある森へと歩いていった。もう木の葉はほとんど散り、地面に積み重なっている。

アレックはソールズベリーの大聖堂のそばに最近建ったばかりの、彼自身が設計した学校の話をした。

「生涯最高の仕事になったよ」

クレミーは落ち葉を踏みしめながら、仕事の話をするときの彼が決まって顔を輝かせることに気づいた。「仕事にやりがいを感じているのね」

アレックは微笑した。「ああ。ぼくの仕事は夢を現実にするようなものだからね。まず頭で考え、次にそれを紙に描き、その結果、美しく機能的な建物ができあがる。それに建物は人間の生活に大きな影響を与えるんだ」そこでクレミーの顔をのぞきこむ。「きみはどうなんだい、クレミー？　アッシュフィールド・ストアの仕事は気に入っているかい？」

クレミーは肩をすくめた。「ええ、まあね。一生続けたい仕事だと言ったら嘘《うそ》になるけど、ストレスが少ないのはありがたいわ。それに、わたしは子どもを最優先したいの。子育てに影響しない範囲で働きたいんだから、贅沢《ぜいたく》は言えないわ。だいいち、お客さんとのおしゃべりは結構楽しいのよ」そう言って笑う。

その客たちを羨《うらや》みながらアレックは言った。「ステラが、きみの作るケーキは最高だと言っていた」

クレミーは笑みをうかべた。「嬉《うれ》しいわ。もしステラが望んだら、土曜日は乗馬のあと、午後からうちによこしてくれない？　ケーキ作りを教えてあげるわ」

土曜日の午後のケーキ作りは恒例の行事となり、あとからアレックも焼きあがったものを食べに来るようになった。子ども同士の喧嘩《けんか》はあれっきり一度もなく、クレミーはケーキ作りを通してステラの性格をこれまで以上に知ることとなった。ステラはいい子で、はきはきしていたが、ときおり引っこみ思案になった。クレミーがケーキの生地を型に入れ、初めてステラのほうに押しやったときもそうだった。

「はみだした生地を指でぬぐってなめてみたら？」クレミーは笑顔で言った。

ステラは唇をかんだ。「いいの？」

クレミーは驚いた。「もちろんよ。どうして？」

「ママはそういうことを許してくれなかったから。お行儀が悪いって」

クレミーはうなずき、オーブンに向かった。ステラの亡くなった母親を批判する気はなかった。「その家によっていろいろなのよね。逆にあなたはやらせてもらっているけど、うちの子はさせてもらえないこともあるんじゃないかしら」

「たとえば？」話を聞いていたらしく、ジャスティーンが言った。

クレミーは考えこんだ。「たとえば乗馬とか」

「わたしたちはいつまでたっても乗馬はさせてもらえないの？」ジャスティーンはきいた。

「そうね、あたたかい季節になったら検討しましょうか」クレミーは答え、次の瞬間、戸口に立つアレックに気づいてぱっと顔をほころばせた。「パパが来たわよ、ステラ」

アレックは薄紫のアスターの花束をかかえていた。

「まあ、そんな気を遣わなくてもよかったのに」クレミーは渡された花束に鼻先を埋《うず》めて、かぐわしい香りを吸いこんだ。

「花よりもほかのもののほうがよかったかな？」アレックはさりげなく言った。

二人の目があい、クレミーはピンクに染まった頬を花で隠した。花束よりも彼がほしいことはわかっているくせに！　夜も眠れないほど彼がほしいのだ。が、本能にも似た何かが急いではいけないとささやきつづけている。

アレックは〝友だち〟と言い、実際友だちとしてふるまっているのだ。それはクレミーにとっては新しい学びに等しかった。これまで男性と友だちになったことなど一度もなかったのだ。ビルの友人は、女をセックスと家事のための存在としか見ていなかったから。

だが、アレックといるときは心からくつろげる。緊張を解き、暖炉の前で寝そべる猫さながら、彼の好意にぬくぬくとひたっていられる。生まれて初めてよそ者ではなく、人類の仲間入りをしたような気分だ。働く母親の帰りを待つ子として育ち、やがて継子《ままこ》となり、さらに異国で花嫁になって、ついには離婚経験者になった。でも、いまは何かまったく新しいすてきなものになろうとしている気がする。

確かに、いまもシングルマザーであることには変わりないけれど、もう孤独は感じない。アレックとの友情に守られ、安心感に包まれている。こういう小さな町でアレックのような男性と親しくなったことは、ビルが何年もかけて削りとっていった自信を再びとりもどす大きな助けとなっていた。

だが、そこには他人の妬《ねた》みというデメリットもあった。

マギー・カミングズはクレミーに対してよそよそしくなっただけでなく、店に来てはトイレ用ブラシや消臭スプレーといったものばかり探させるようになった。きっといやがらせのつもりなのだろうが、クレミーはアレックに言いつけはしなかった。弱虫だとか意地悪だとか思われたくなかったからだ。まして自分はマギーがほしくてたまらなかったものを手に入れたのだから。

アレックを。

いや、アレックを手に入れたなんて……とんだお笑いぐさだ。彼はせいぜい兄みたいな存在だ。クレミーは夜になるとひとりぼっちのベッドで彼を求めて悶々《もんもん》としてしまう。つかの間の情事はお断りだと誇らかに宣言したのを、いまになって後悔している。ほんとうに子どものことさえなかったら、彼を全面的に自分のものにしてしまいたいところだ。

子どもといえば、ジャスティーンは最近やけにおとなしかった。彼女が郵便配達人を待ってうろうろするのをクレミーは何度か見ていた。届くはずのない父親からの手紙を待っているのだ。クレミーはため息をついた。ビルには彼女からも二度手紙を書き、どうかクリスマスを忘れないでくれと懇願したが、彼は返事すらよこさない。近々電話するしかないかもしれない。クレミーは憂鬱《ゆううつ》だった。

十一月の最終週の月曜日の昼どき、彼女は篠《しの》つく雨の中を店から家へと帰ってきた。中に入り、レインコートを脱ぐと、雨は下の衣類にまでしみていた。風呂の湯をためようかと思ったとき、ドアをノックする音がした。細くあけてみると、アレックだった。

一瞬の間、ためらいがあった。何をしに来たのかはきくまでもなかった。アレックを相手に駆け引きをする気はないし、彼の意図はまるでプラカードに書かれて掲げられているかのようにはっきり読みとれた。

「どうぞ入って」クレミーは言った。

アレックは後ろ手でドアを閉めた。雨のせいで薄暗い玄関ホールに立つ彼は、いつも以上に大きく生気に満ちあふれていた。クレミーはため息をついた。

アレックはひたと彼女を見つめ、それから彼女の頬に涙のように宿っている雨のしずくを指先でぬぐった。「濡《ぬ》れているね」かすれ声で言う。

二人を取り巻く空気が欲望で震え、クレミーはそっとささやきかえした。「ええ。拭《ふ》いてくれる？」

「ああ、クレミー」彼はうめくように言うと、まるで寝室に行かなければクレミーにちゃんと触れたりキスしたりする自信が持てないかのように、彼女の手をとって二階に向かった。

ラジエーターにはピンクのふかふかのバスタオルがかかっている。アレックはそれをとるとクレミーの髪を優しく拭いた。それから生真面目《きまじめ》な表情で彼女のカーディガンのボタンをはずし、コーヒー色のブラジャーに包まれた胸をあらわにした。

「ああ、クレミー……」苦しげな声で言う。

肌寒さも忘れ、クレミーは体に火がつくのを感じた。アレックはまるで初体験に臨む若者のようだ。そのまなざしにあふれる驚異の念は作りものではない。指先の震えは演技ではない。

彼がクレミーのジーンズのベルトをはずしはじめると、彼女も彼の厚手のシャツに手をかけた。ひとつひとつボタンをはずしていくと、胸毛におおわれたたくましい胸や平らな腹部が現れる。

アレックは彼女のジーンズを下ろした。クレミーは頭をさげて彼の乳首を口に含んだ。

とたんにアレックの口から喜びの声がもれた。

「ずるいぞ、クレミー！　ぼくはまだきみに触れてもいないのに」

触れてもいない？　彼の手のひらが黒いビキニショーツをヒップからゆっくり下ろしただけで、わたしは全身が燃えあがっているのよ。それに胸だって、すでに愛撫《あいぶ》を受けたかのように先端がとがり、うずいている。

アレックの手の動きに切迫感が加わった。「この濡れた服を早く脱いだほうがいいだろう？」彼はささやいた。

「え、ええ」クレミーはなんとか答えた。

二人とも全裸になったときには、もうアレックの手が発する熱で彼女の肌もかわき、タオルは床に落ちていた。

アレックは羽根布団をめくった。真新しい羽根布団だ。夫婦の寝具は離婚が成立した日にすべて処分していた。ここにビルの居場所はないということが、クレミーには突如重要なことのように思われた。ここはアレックの場所なのだ――アレックだけの。

彼を愛している、とクレミーは胸の中でつぶやいた。単純な事実に初めて気づいたかのように、軽い驚きを感じながら。

彼を深く愛しているのだ。

アレックはクレミーをいざなってベッドに横たわり、二人の体の上にふわりと羽根布団をかけた。クレミーと再会してから夜ごと夢見ていたように、ゆっくりと時間をかけて彼女のすべてを隈《くま》なく探索するつもりだった。

だが、そううまくはいかなかった。いまはとにかく彼女とひとつになりたい。彼女を自分のものにして……。

胸にしていたキスを中断し、彼は頭をもたげてなんとか意味の通る質問をした。「ピルをのんではいないだろうね？」

クレミーはうなずいてみせた。

「ちくしょう！」アレックはベッドから身を乗りだして自分が脱いだジーンズを探り、後ろのポケットから小さなパッケージをとりだした。

クレミーはくすりと笑った。「最初からそのつもりだったのね。わたしに着けてほしい？」

アレックは大きくかぶりをふった。そのほっそりした指に触れられたら、十代の少年ほどの自制心しか発揮できなくなりそうだ。「それはまた今度だ」自分で装着しながら言う。「このあとにでもね」

「いったいいくつ持ってきたの？」クレミーはからかうように言った。

「十分な数とは言えないな」アレックはそう答え、

たくましい体を誇示するように彼女に向き直った。「ああ、クレミー」彼女の紅潮した頬やきらめく目を見つめて言う。「きみはすばらしい」

そして、一気に彼女を貫いて満たした。クレミーは身震いし、目のくらむようなスピードと力強さに声をあげた。

アレックは彼女の目から涙があふれて頬を伝うのを見た次の瞬間、ぎゅっと目をつぶって信じがたい歓喜にうめき声をもらした。

やがて二人とも必死に睡魔に抗《あらが》ったにもかかわらず、圧倒的な経験に疲れ果て、深い眠りに落ちていった。

クレミーは窓を叩《たた》く雨の音と体に巻きつけられた男性の腕の感触、そして首にかかる息のあたたかさで目を覚ました。羞恥《しゅうち》も後悔もなく、ただこれでいいのだという圧倒的な感覚が心を満たしている。目を閉じたまま身じろぎもせずにその感覚をかみしめる。

だが、彼女が目覚めたことに気づいたらしく、アレックがそっと言った。「起きたんだね?」

まぶたをあけたクレミーは、彼の目が発するブルーグリーンの光に射抜かれた。「ええ」

アレックは彼女の顔がよく見えるよう身じろぎし、無言の問いかけに対する答えを探すようなまなざしでひたと見つめた。そして満足そうにうなずいた。

「悔やんではいないね」

クレミーは両手をあげ、ものうげに身をよじった。「わたしって、そんなにわかりやすい?」

アレックは彼女がかきむしったせいで乱れた髪の頭を左右にふった。「いや……幸せそうに見えるからだよ。単にそれだけだ」

それだけ? 「そんなに簡単に言わないで」クレミーはたしなめるように言ってアレックの鼻先にキ

スをした。「幸せって、なかなか手に入らないものなのよ」

「それで？　いまのきみは実際、幸せなのかな？」

「ええ」クレミーはうっとりと目を閉じた。「百パーセント幸せだわ」

アレックはかぶりをふった。「いや、百パーセントには足りないな」

クレミーはぱっと目をあけた。それって、この午後の甘美なひとときの意味をあまり深読みしすぎるなってこと？

アレックは彼女の不安を読みとり、そうした不安をここまで根深く植えつけた男を絞め殺してやりたくなった。だが、むろんその男だけの問題ではない……。「百パーセント幸せになるためには、ぼくが冬の午後、泥棒みたいにこそこそここに来なくてもすむようにならないと――」

「あら、あなた、現にわたしの心を盗んだじゃないの！」クレミーは片手で左胸の上を叩き、笑いながら言った。

アレックは彼女の手に手を重ね、胸のふくらみを包みこむように移動させた。「幸せとは、いつでも好きなところで愛しあえることさ」

「車の中でしたいの？」クレミーは無邪気を装ってきいた。

アレックは血が沸きたつのを感じ、彼女の腿のあいだに指をすべらせた。クレミーが喜びに息をのむと、うるおったその奥へいきなり情熱の証《あかし》を差しいれる。「ここでしたいんだ。いますぐ。こんなふうに……」

深く彼女を貫きながら、彼はおのれの無力さと力強さを同時に感じていた。この女性を相手にすると、ぼくは不可解な矛盾のかたまりになってしまう……。

クレミーの反応は制御がまったくきかなかった。急激に快感が高まって、早くも体が震えはじめる。

「もうだめ……」アレックと唇を触れあわせたまま なすすべもなくつぶやき、彼女は驚異の世界へと一気に飛びこえた。

「ああ！」アレックが言った。

クレミーはとろんとした目をあけた。そして彼が絶頂に達する寸前で苦しげに体を引いた瞬間、はっとした。

二人とも口がきけるくらいに呼吸が整うには少しの時間が必要だった。

クレミーは彼の体に指を這《は》わせながら言った。

「避妊具を忘れていたの？」

「自分の名前さえ忘れていたよ！」

クレミーは顔をしかめてみせた。「あなたの名前ってなんだっけ？」

アレックはふきだしたが、すぐに自分が望むほど人生は単純でないことを思い出した。「で、今後はどうする？　秘密のつきあいにしておくかどうか」

亡き妻に似た幼い娘は、父親がよその女性とこんなに親密になっている現実を受けとめきれるだろうか？　それとも、やはり衝撃が大きすぎるだろうか？　まだ早すぎるだろうか？

「子どもたちに黙っているのは、偽りの生活をすることになるのかな？」

クレミーは窓の外に目をやった。葉を落とした桜の木の枝が雨にけぶって揺れている。「わたしにはなんとも言えないわ」ようやく彼女は答えた。「しばらくはこのまま様子を見るべきじゃないかしら。まだ子どもたちには受け入れられないかもしれないし」一番恐れていることは口に出さない。もしかしたらこの関係は二、三カ月で、いや、二、三週間で終わってしまうかもしれないのだということは。目新しさが薄れてきたら、二人の情熱は下火になり、やがて消えてしまうかもしれない。だったら、娘たちには知らせずにいたほうが面倒がないでしょう？

クレミーは再びアレックのほうを向き、その頬を指先でそっと撫《な》でた。愛していると言いたい。ずっとあなたを愛していたと。でも、そんなことを言ったら彼はおじけづいて逃げだしてしまうかもしれない。わたし自身でさえ自分の感情におじけづいている！

一方アレックは、理性と父性の面では、クレミーの言うとおりだと納得していた。けれど、恋人としての感情的な部分では、先のことなど考えないで世界じゅうに彼女との関係を公表してしまいたかった。だが子どものためには、自分のしたいことより、すべきことを優先しなくてはならない。「きみの言うとおりかもしれないな」彼はため息まじりにしぶしぶ言い、クレミーを抱きよせた。「だが、もし考えが変わったら、あるいはもう話してもいいんじゃないかと思えるようになったら……」

「そのときには、また話しあいましょう」もっと押してくれたらいいのに。矛盾したことを思いつつ、クレミーはアレックとならなんでも話しあえるのを喜ばしく感じた。だが、ただひとつ、一度も話しあったことのない話題があった。

アリスン。

どこか微妙な空気が流れ、二人の視線がからみあった。アレックはクレミーが疑問を抱きながらもあえて黙っているのを察知し、その繊細さに心をなごませた。ベッドをともにする前も、ともにしたあとも、彼女は何もきいてこない。まったくたいした女性だ。

「クレミー」

「なあに？」

「アリスンのことなんだが……」

クレミーは彼の声が緊張していることに気づいてかぶりをふった。「何も言わなくていいのよ、アレック」

「わかっている。だが話したいんだ、きみには」

アレックの亡き妻について、これまでクレミーが得てきた情報はかなり混乱していた。美しいアリスン。冷たいアリスン。どんな女性もかなわないアリスン。だが、アレックは彼女については妙に口が重かった。

二人の関係は、ほんとうに見た目どおりのものだったのだろうか？　それとも多くのことがそうであるように、黒でも白でもない、濃淡さまざまなグレーがあったのだろうか？　そして、わたしは二人の結婚生活がいかなるものだったのかを、彼との関係がこのようにいちだんと深まったいま、ほんとうに知りたいのだろうか？

いや、知りたくはない。

少なくとも今日は。たぶん明日も。

クレミーは首をふった。「いいえ、ほんとうに話したいわけではないはずよ——いまはね。いまあなたがしたいことは、ひとつだけだと思うわ」

アレックの口もとに笑みがきざまれた。「そのひとつとは？」

クレミーは彼の唇に唇を触れあわせた。「こういうことよ」

7

十一月が霜をまとって十二月に変わり、子どもたちはお祭り気分にうきうきしはじめた。だが、今年のクレミーはクリスマスまでのカウントダウンというお楽しみにも上の空だった。アレックへの愛で頭がいっぱいで、ほかのことを考える余裕はない。

実際、毎年恒例のプディングやケーキ作りになんとか集中しようと努めたのに、うっかり糖蜜《とうみつ》を入れすぎて、できあがったケーキはゴムのようにかたくなってしまった。

ジャスティーンは母親の初めての失敗作であるケーキ型の中の黒いかたまりを茫然《ぼうぜん》と見つめた。「ママったら大丈夫？」


クレミーはすかさず娘に向きなおった。「もちろんママは大丈夫よ。なぜそんなことをきくの？」

「だって最近痩《や》せたみたいだし、物忘れもひどくなってるし」

「それにいつも歌を歌ってる」ルーエラが言葉を割りこませた。

「歌うのは、ちっともおかしなことじゃないわ」クレミーはきっぱりと言った。だが、アレックとベッドで過ごす至福の午後がないクリスマス休暇をわたしはちゃんとやりすごせるのかしらと心の中でつぶやいたとたん、娘たちを裏切っているような罪悪感にとらわれた。

そのとき電話が鳴りだし、クレミーは木のスプーンをカウンターに置いた。

「わたしが出る！」ジャスティーンが応答しようと廊下を駆けていった。間もなく戻ってくると、彼女は言った。「ステラだったわ」興奮の色を隠しきれずに報告する。「今日の午後ステラのうちに遊びに行っていいって」

クレミーの心臓がとどろきだした。「それじゃ、ママが歩いて送っていくわ」さりげなく言う。

「ステラのパパがママと話したいって」

「あら、それを早く言ってよ」クレミーは思わずそう口走り、自分をたしなめながら電話をとりに行った。ああ、わたしったら二十九歳ではなく十九歳の小娘みたい！

受話器をとると、ばかみたいに声がかすれてしまった。「アレック？」

「やあ、ぼくの美女」

どうやらステラは聞こえるところにはいないらしい。クレミーは年がいもなく胸がどきどきするのをなんとか無視しようとした。「うちの子たちがそちらにお邪魔しても構わないとか？」

「そうなんだ。あとできみも来るといい。ぼくがみんなの夕食を作るよ」

クレミーはため息をついた。「最高だわ」

「最高ではないさ。きみが家に帰らなくていいのなら最高なんだけどね」

「ずっと帰らなくてもいいの？」冗談半分で言う。

「もちろん」

クレミーの背後で足音がした。「で、わたしは何時に行けばいい？」

意味深長な長い間があいた。「何時でも好きな時間においで。ぼくはきみの言いなりなんだから」そうささやいてアレックは電話を切った。

「ママ、なんでそんなに赤くなってるの？」ルーエラが言った。

「なぜって暑いからよ」クレミーはごまかした。

昼食後クレミーは二人の娘を送りだすと、家事をすることにした。気のない目で居間を見まわし、クリスマスまでにペンキを塗ってしまわなければと考える。

何色にする？　レモンイエローかしら。あるいはトルコブルー。でもトルコブルーは落ち着かないって言うわよね？

クレミーはため息をついた。問題は室内装飾に自分があまり熱意を持てないことだ。いや、考えてみたら、近ごろはどんなことにも熱意を失っているような気がする。わたしの思考はターンテーブルの上のレコードのように、アレックで始まりアレックで終わる一本の溝にはまりこんでしまったみたいだ。

それでもなんとかキッチンの床を洗い、花瓶にさす花を切りに庭に出た。庭も手入れの必要があった。水仙とチューリップの球根は霜が降りはじめる前に急いで植えたけれど、ぶざまに伸びている灌木《かんぼく》をきちんと刈りこまなければならない。

腕時計に目をやると、まだ三時だ。いまから行っては早すぎるだろう。アレックはまだ仕事をしているかもしれない。それに、会いたくて待ちきれなかったと思われるかもしれない。

でも、そう思われても構わないでしょう？　わたしがどんなに彼を求めているか、彼は知っているんだもの。アレックが抱きあえる距離にいるときのわたしのボディランゲージは、決してわかりにくくはないはずよ！

クレミーは浴槽に湯をため、一番高級な入浴剤を入れて、香り高いアクアマリンの風呂に首までつかった。

娘たちがいない家は静かだった。あまりに静かすぎる。新しい年が自分たち親子にとってどんな年になるのか、考える時間もたくさんありすぎた。この人目を忍ぶロマンスは曖昧《あいまい》なまま続くのだろうか？それともいずれ公にすることになるのだろうか？

自分が子どもにどう伝えるのか、いまは想像もできない。それに正直なところ、午後になるとアレックが忍んできて情熱的に自分を抱くというこの生活はとても刺激的だった。秘密の恋人の存在によって、自分を若く自由で奔放な女性のように感じている。それにきわめて魅力的な女性のように。

結局クレミーは五時まで無駄に時間をつぶしてから、ようやくアレックの家に向かった。

月のない十二月の夕空は真っ暗だった。周囲では葉ずれの音やふくろうの鳴き声がしているが、アレックの家への小道を歩くクレミーに恐怖の念はなかった。私道の端まで来ると、しばし足をとめ、家を眺める。

ここから見ると、アレックの家はまるで古めかしいクリスマスカードの絵のようだ。訪れる者を歓迎して、すべての窓にこうこうと明かりがともっている。ドアにかけられたひいらぎのリースや、広いホールに騎士の甲冑《かっちゅう》と並んで立つ大きく華やかなツリーが目にうかぶ。それにおなかをすかせた聖歌隊にふるまうために次々と焼かれるミンスパイ。

わたしったら古い陳腐な映画の見すぎだわ！

笑みをうかべてチャイムを鳴らすと、すぐにアレックがドアをあけ、クレミーは彼に抱きつきたいのをやっとの思いでこらえた。

アレックは彼女の熱っぽい表情を見て、もう行動を起こそうと決意をかためた。ああ、彼女にキスしたい。今夜はずっといっしょにいたい。ぼくの作った食事を食べさせ、ここで、ぼくのベッドでともに夜を過ごしたい。「ぼくたちのこと、話そう」低い声でささやく。

「誰に？」

「子どもたちに」

「え……今夜？」クレミーは顔をしかめた。

アレックは苦笑した。「今夜話さずにいつ話すんだい？　クリスマスの朝？」

「そう言われてみれば……」クレミーはゆっくりと

言った。「子どもたちはどこなの？」

「ここよ！」

ステラの声で首をめぐらすと、三人の少女が書斎から出てきた。

「ああ、いたわね」クレミーはにっこりした。「いい子にしていた？」

二人の娘は手引きを求めるようにステラをさっと見た。なぜ、とクレミーはとまどった。

「わたしたち、お茶をいれたの」ステラが言った。「ビスケットも作ったわ。書斎に用意してあるから来て」

「それはそれは」アレックはほほえみ、クレミーに向かってウインクした。

きっと親を感心させたいのだろう。暖炉の前にトレイが置かれ、お手製のビスケットが二つの皿に並んでいた。

「まあ、おいしそう！」クレミーは思わず言った。「いい匂《にお》いだわ。で、このおもてなしの目的はいったいなんなのかしら？」

「わたしたち、ききたいことが――」ルーエラが言いかけた。

「黙って、ルー！」ジャスティーンが怖い顔で制した。

「とにかく座ったら？」ステラがすかさず言った。

クレミーはアレックに笑いかけた。なんだか知らないけど、楽しそう！

少女たちは紅茶をつぎわけ、カップに砂糖やミルクを入れた。そしてビスケットをあらかた平らげ、カップを置くと、大きな目でおとなたちを見た。

「わたしが代表して話すわ」ステラが真面目《まじめ》くさって言った。「これからわたしが言うことは、あとの二人も了解しているの。そうよね？」

ジャスティーンとルーエラは揃《そろ》ってうなずいた。

クレミーは何が始まるのかと眉をひそめたが、ステラは決意のみなぎる目を父親にすえた。「わたしたち、パパとクレミーがいつ結婚するのか知りたいのよ」

クレミーは動揺してソーサーに紅茶をこぼし、アレックは困惑したように娘を見つめかえした。「やぶから棒に、なぜそんなことをきくんだい？」

ステラはちょっと押し黙った。「毎日午後にパパがクレミーのうちから出てくるのを見かけるって、ミス・カミングズが言っていたの」

クレミーはアレックと目を見かわし、彼の目にうかぶ険悪な表情を見て、マギー・カミングズに一瞬同情しそうになった。

「ほかにミス・カミングズはなんだって？」アレックは危険なほど物柔らかに問いかけた。

「くすくす笑って、自分の知らないあいだに何かが進行してるんじゃないかって――」

「笑ってるのに、目は怒ってたわ」ジャスティーンが口をはさんだ。

「それでわたしたち、パパとクレミーはつきあっているんじゃないかと思ったの。ね？」

「そうなの」ジャスティーンがうなずいた。

「そうそう」ルーエラも言った。

「で、それならわたしたち子どもに隠すべきじゃないって思ったのよ」ステラがすまし顔で言った。

アレックはうろたえた。まごついて、へどもどした。「それは……いま話さなきゃいけないことなのかな？」

「もちろん！」ステラがきっぱりと答えた。「なぜクレミーを愛してるってさっさと認めないの？」

アレックは興味深げに娘を見つめた。わが子にこんな一面があったとは、ついぞ知らなかった！

「たぶん、まだクレミー本人にもそう言ってないからだろうよ」そうつぶやく。

クレミーはカーペットが敷かれた床の一点を、そこに行方不明になっていたダイヤモンドがきらめいているのを見つけたかのようにじっと見つめていた。

「なぜ言ってないの？」ステラが問いただした。

アレックは暖炉の前に集まっている四人の顔を順に見まわした。ステラとジャスティーンは、てこでも動かない意志の強さをその表情にあふれさせ、ルーエラもなんとか二人の顔つきをまねようとしている。クレミーは途方に暮れたようにカーペットを見おろし、垂れさがるつややかな赤褐色の髪で表情を隠している。アレックは彼女を抱きしめ、キスで不安をとりのぞいてやりたくなった。だが、ここにいるのは自分たちだけではないのだ。一歩一歩、段階を踏まなければ。

「ちょうどいい時機を待っているんだよ」そんな時機がほんとうに来るのだろうかと思いながら、彼はゆっくりと答えた。

「死んだママのことが関係してるんじゃない？」ステラがだしぬけに言った。

アレックはたちまち警戒した。「なぜそんなふうに思うんだい？」

「だって、パパはママの写真を全部とってあるわ」ステラはなじるように言った。「山ほどある写真をぜーんぶ！　それにあの部屋も昔のままにしてある。ママが生きていたころは、あんなにいやがっていたくせに！　だけどパパはママを愛していたわけじゃないのよ！　ママもパパを愛してはいなかった！　いつも喧嘩《けんか》してたもの！　なのに、なぜいつまでも愛しているふりを続けるの？」

「ママもパパはもうじきわたしたちに会いに来るって言いつづけてきたわ！」ジャスティーンがクレミーに向かって堰《せき》を切ったようにまくしたてた。「だけど、いつまでたってもパパは来ないし、わたしもルーももうパパが来ることはないんだとわかっているのよ！　だって手紙すらくれないんだから！」

クレミーはのろのろと顔をあげ、アレックと目をあわせた。

その瞬間、アレックはふいに悟った。この問題の唯一の解決法は正直にすべてをさらけだす以外にないと。それは苦痛を伴うかもしれない。いや、きっと伴う。人によっては、自分やクレミーがかつての配偶者をどう思っているか、本音のところを子どもに知らせるのは不適切だと考えるだろう。だが、これ以上ごまかすのは誰にとってもマイナスにしかならない。

「パパはきみのママをほんとうに愛していたんだよ、ステラ」彼は慎重に切りだした。「だってママはきみを産んでくれたんだ。そんなママを愛さずにいられるわけがないだろう？」自分とそっくりのブルーグリーンの目を見つめ、そこにたたえられた信頼と愛情に励まされて言葉を続ける。「だがきみが言ったとおり、パパたちはよく喧嘩した。二人ともいっしょに暮らすのがへただったんだよ。だから……」

ステラのひたむきなまなざしを受けとめ、喉にこみあげたものをのみくだす。「だからママが死んでしまうと……パパはすごく後悔した。もっと幸せな家族でいられたらよかったのにって。何よりもきみのためにね」

「でも、パパたちは離婚しなかったわ」ステラは言った。「喧嘩しながらもいっしょにいた」

「ああ、そのとおりだ」

「わたしのため？」

「そうだよ」アレックは静かに言った。

「ありがとう、パパ」ステラはぽつりと言った。

アレックは自分が最善の道を選んだことをいま改めて実感した。飛びついてきた娘を抱きしめながら、深い安堵《あんど》に満たされる。

クレミーはジャスティーンとルーエラが、今度は期待をこめて自分を見つめていることに気がついた。

だが、ここで彼女たちを別室に連れていき、三人だけで話をするのは不自然だろう。アレックはクレミーたちの前であんなにもオープンにふるまったのだ。

彼女は咳払《せきばら》いし、適切な言葉を探した。

「パパがあなたたちに会いに来るかどうか、正直ママにはわからないわ。パパには新しい彼女や赤ちゃんがいるし、はるばるイギリスまで来る時間やお金はないかもしれない」それに来ようという気も、と心の中で付け加える。「なんだったらパパに手紙を書いてみたら？　いつもの〝こんにちは、お元気ですか？〟っていう手紙じゃなく、あなたたちの気持ちを正直につづってみるの。パパから連絡がなくて心配だ、あんまり時間がたつと、パパに忘れられてしまうんじゃないかと不安になるって。実際そういう気持ちなんでしょう、ダーリン？」

「ええ、そうなの」ジャスティーンはかぼそい声で言った。母にとって、いまみたいなことを言うのが容易でないことは、子どもながら本能的にわかっていた。ビル・マクスウェルとは永久に縁が切れてしまったほうが、母はよほど楽に生きられるのをジャスティーンも理解しているのだ。

でも、ママはわたしのため、わたしとルーエラのために、パパと縁が切れないようできるかぎりのことをしてくれている。

「ああ、ありがとう、ママ」ジャスティーンはそうささやいて母にキスした。

ルーエラも抱きついてくると、クレミーは泣かずにいるだけで精いっぱいになってしまった。

アレックはみんなの感情が高ぶっているのを感じ、雰囲気を軽くする潮時だと思った。それに彼にはクレミーに話さなければならないことがあった。二人きりで。

「パパはクレミーの飲み物を持ってこよう。きみたちも何かいるかい？」

ステラとジャスティーンとルーエラのあいだで無言のメッセージが飛びかい、三人は揃ってかぶりをふった。
「わたしたちはいいわ、パパ――いまのところはね。ちょっと三人で遊んでくる」
「わかった」子どもたちがはずむような足どりで出ていくと、アレックはしいてキッチンに向かった。クレミーを少しひとりにしてやりたい。気持ちを整理し、自分がどうしたいかを見きわめてほしいのだ。ぼくがどうしたいかは、はっきりしているのだから。

彼は一番上等なボルドー産の赤ワインを見つけだした。シャンパンにしようかとも思ったが、そこまでお約束どおりの選択はしたくなかった。それにクレミーの青ざめた顔は、冷たく泡立つシャンパンよりも、体をあたためるもののほうがいいように見えた。

グラスを二つ、指に引っかけ、ボトルを持って書斎に戻ると、クレミーが顔をあげた。

彼女はアレックから目をそらすことができなかった。彼を愛している。こんなにも愛しているのだ。でも、二人とも過去に一度失敗しているのよね？

アレックは彼女にキスをしたかった。そうすれば何もかもうまくいくだろう。だが、いまはキスをしないことこそが重要だという気がした。

だからワインのコルクを抜くと、中身に呼吸させるためボトルを暖炉の上に置いて、クレミーを見た。
「ぼくとアリスンの関係について、もうきみに聞いてもらってもいいんじゃないかな？」
「ええ」クレミーは静かに答え、彼を見つめて待った。

アレックもひたと見つめかえしたが、言葉はなかなか出てこなかった。「さっきの会話から察しがついただろうが、ぼくと彼女の結婚生活は決して幸せなものではなかった……」

クレミーはすっと立ちあがってアレックに近づき、彼の唇を人さし指で押さえた。「そのくらい、わたしが気づいていなかったと思うの？」

アレックの目が暗く翳《かげ》った。「しかし、ぼくはひとことも――」

「ええ、言わなかったわ。アリスンをけなすようなことは何も言わなかった。父親として、それは立派なことだわ。でも、ヒントはその気になればいくらでも見つけられた。言葉ではない手がかりをね」

「たとえば？」

「たとえばアリスンの話になると、あなたの表情はかたくなったわ。それに彼女の写真を全然片づけたがらなかった。これだけ時間がたったら、整理したくなるのがふつうなのに。あなたがそれをしないのは罪悪感のせいではないかと思ったのよ」

アレックはため息をついた。「実際のところ、どうだったのか話そうか？」

クレミーの視線は揺らがなかった。「わたしも知っておくべきだと思うんなら」

「ああ、きみも知っておくべきだと思う」

「それじゃ聞かせて」

アレックは長い沈黙の末に口を開いた。「生まれてこのかた、ぼくはほしいものはすべて手に入れてきた。何をやっても不得手なことなどひとつもなかった」申し訳なさそうな顔を作ってクレミーを見る。「すごく傲慢《ごうまん》に聞こえるかもしれないが、ほんとうなんだ。すべてがたやすく手に入った。あっけないくらいにね。何かのために奮闘しなければならなかったことなんか一度もなかったんだが、ただひとつ――」

「アリスンのためには奮闘しなければならなかったのね？」クレミーが察しよく先まわりした。

アレックは少年時代を思い出そうとするように遠い目をしてうなずいた。当時は何もかもが単純だった。少なくとも単純に見えた。「ぼくは彼女がほしかった。淡い金色の髪とトルコ石のような目がとてもきれいで……」

そんな言葉を聞かされたら胸が痛みそうなものだったが、現実にはそれほどでもなかった。「話を続けて」クレミーは低い声で促した。

「アリスンは超然として近寄りがたく……」

彼の声がとぎれ、クレミーの耳にほかの人たちの言葉がよみがえった。

〝根っから冷たい人〟――マギーの言葉だが、これはあまり信頼性の高い証言ではないかもしれない。

〝ママはそういうことを許してくれなかったから〟――これはステラの言葉だ。

「ぼくはどうしても彼女を手に入れたかった」アレックが重い口を開いて言った。「そしてやがて手に入れたが……彼女はやっぱり……ひどく遠かった。まるで美しい彫像みたいによそよそしく、何を考えているんだかさっぱりわからなかった。まあ、そのとらえどころのなさが不慣れな者には魅力的に映るんだろう」

クレミーは自分が教室で彼に身を投げだしたも同然だったことを思い出し、恥ずかしさに頬をほてらせた。「そういうとらえどころのなさは、わたしには無縁だったわね」

アレックは彼女の悄然《しょうぜん》とした顔を見た。「あの晩のきみの態度に、ぼくは心の底から興奮したんだよ」

「わたしをけがらわしいものでも見るような目で見たのも興奮していたせい?」クレミーは皮肉った。

「クレミー」アレックはささやくように呼びかけた。「あのときは気がとがめていたし、そのうえ欲求不満に陥って、男がよくやる責任転嫁として、きみを責めてしまったんだ。きみはとんでもないあばずれなんだと自分に言い聞かせ、かかわりになるまいと必死に自制したんだよ」

「わたしとのことを知ったとき、アリスンはなんて言ったの？」

アレックはまた吐息をもらした。「それも問題だったんだ。彼女は嫉妬《しっと》したわけではないんだよ。ただ、ほかの女性がぼくをほしがっているのを知って急に惜しくなっただけだ。きみとぼくが疑われても仕方のない状況に陥っていたことを知ると、彼女はそれまでとは打って変わって、やたらとぼくにべたべたしはじめた」

クレミーはまたも皮肉らずにはいられなかった。

「それはさぞ不快だったでしょうね」

アレックは恨めしげに彼女を見た。「ぼくに何を言わせたいんだい、スイートハート？　ぼくはまだ十八だったんだよ」

「それで、そのあとはどうなったの？」

「ぼくたちは大学に進学し、つきあいを続けた。時がたつにつれて、ぼくの気持ちはだんだん変化してきたけどね。やがて二年のときにアリスンが妊娠した」

「それは……計画的だったのかしら？」クレミーは彼の目に怒りと悲しみを見た。

「どう思う？」

「あなたを引っかき、蹴《け》とばし、引っぱたいてやりたいわ。わたしに嫉妬する権利はないけどね」

クレミーがかすれ声で言うと、アレックは彼女を抱きよせ、かたく抱きしめた。

「ぼくだってビルに嫉妬する権利はないけど、同じ気持ちなんだよ、クレミー。だが、きみには好きなだけ八つ当たりをさせてあげよう」アレックは期待を持たせる甘い声で言った。「あとでね」

「それじゃ、早く続きを話して」クレミーはせかした。

アレックは彼女の髪を撫《な》でた。「そのときにはアリスンと別れられなくなっていたし、別れたいとも思わなかった。子どもができたからにはね。男としての責任感だけでなく、本心から赤ん坊を産んでほしかったんだ。ぼくの子でもあるんだから。さっきステラにアリスンを愛していたと言ったのは嘘《うそ》ではないんだ。彼女はぼくの子の母親なんだから、愛さずにいられるわけがないだろう？」

クレミーはアレックの声にこめられた優しさと敬意を感じとり、アリスンをけなすのでなく彼女の思い出を大事にしているアレックに、いっそう尊敬の念を抱いた。

彼は顔を曇らせて続けた。「しかし、十歳の子どもにまで噂《うわさ》を広めたマギー・カミングズは殺してやりたいくらいだ」

「お願いだから殺さないで。残りの生涯を刑務所へ面会に行くことでつぶすのはまっぴらだわ」

アレックは頬をゆるめた。やっぱりシャンパンにすればよかった！

クレミーは顔をあげて彼を見た。「アレック」アレックはクレミーの言いそうなことをあれこれ考えた。それに言わないでほしいことも。「なんだい？」

彼女が言いたいことはその目に、その笑顔に書いてあったけれど、それでもクレミーは言った。決して誤解のないように。「あなたを愛しているわ、アレック・カトラー」

アレックはぎゅっと目をつぶり、神に感謝した。「ぼくも愛しているよ、クレミー・パワーズ。どれほど愛しているかわからせるのに、月曜の午後まで待てそうもない！」

そして彼はクレミーの唇を熱っぽく貪《むさぼ》りはじめた。クレミーは身も心もとろけそうになった。これ以上続けられたら手に負えなくなってしまう……。

「きゃあ」戸口から少女たちの嬉《うれ》しそうな金切り声

が聞こえた。三人の娘が赤い顔をして笑っていた。

ふりかえった二人も同じように顔を赤らめる。

アレックが咳払いした。「何か用かな、お嬢さんがた」

「パパがみんなの夕食を作ってくれるんでしょ？」

「ああ、作るよ」アレックはにっこり笑った。

「でもパパ、外はひどい雨なのよ。なのにジャスティーンとルーエラは長靴を持ってきてないんですって！」

その言葉の意味を一瞬遅れて理解したクレミーはますます赤くなった。

「それじゃ今夜はうちに泊まってもらうとしよう」アレックが真顔で言ってからクレミーを見た。「となったら、きみだけ帰すわけにもいかないね、クレミー」

ステラがじれったそうに父親の袖《そで》を引っぱった。

「ねえ、わたしたちに何か言いたいことがあるんじゃない？」

娘たちが何を望んでいるのか、アレックにはわかっていた。同じことを彼自身も望み、クレミーも望んでいる。「パパはクレミーと結婚したいんだ」彼は言った。「そして、ここにいるみんなで幸せな大家族に――」

「いつ？」三人の少女が声を揃えてきいた。

アレックはクレミーを見た。「いつでもきみのいいときに。できればなるべく早く」

クレミーは自分の頬をつねりたくなった。かつてアレックといっしょに教室の窓からこの家を見たことが思い出された。今夜ここに着いたとき、家じゅうの明かりがともされて歓迎されているような気になったことも。そしてこの家から昔の映画を連想したことも。わたしたちの暮らしも、ああいうあたたかなものになるのだ。いや、あれ以上にすばらしいものに。

「今月中ってことでどうかな？」クレミーはアレックに笑いかけ、その目にあふれる愛にとろけそうになった。

「結婚式では、わたしたちにブライズメイドをやらせてくれる？」ルーエラが勢いこんで言った。

「もちろん」クレミーはほほえんだ。「なんだったら赤いベルベットのドレスを着て、白いマフを持ってもいいわよ」

「結婚したらここに引っ越してくるよね。いや、その前からでも」アレックが彼を取り囲む女性たちに優しく笑いかけた。「クレミーがケーキを作りたくなるように、最新式のプロ仕様のキッチンを設計するよ」

　クレミーは目をきらめかせた。子どもが増えてもいいと思っていることをアレックに告げるのはまだ早いかしらと心につぶやく。そうね、その話はあとでいいわ。

「何もかもが完璧《かんぺき》だわ」クレミーはうっとりとため息をつき、アレックの肩に頭をもたせかけた。「ほんとうに完璧！　クリスマスにちょうど間にあうわ！」

ハーレクイン®

クリスマス・ストーリー　1988年11月刊（X-1）
ハーレクイン・ロマンス　1982年9月刊（R-199）
『父の恋人』を改題したものです。
クリスマス・ストーリー　2011年11月刊（X-29）

スター作家傑作選～雪の花のシンデレラ～
2024年12月20日発行

著　者　ノーラ・ロバーツ　他
訳　者　中川礼子（なかがわ　れいこ）他

発行人　鈴木幸辰
発行所　株式会社ハーパーコリンズ・ジャパン
東京都千代田区大手町1-5-1
電話 04-2951-2000（注文）
0570-008091（読者サービス係）

印刷・製本　大日本印刷株式会社
東京都新宿区市谷加賀町1-1-1

装丁者　sannomiya design

表紙写真　© Kriscole, Rodrusoleg, Светлана Высокос, Tomert, Delbars | Dreamstime.com

ISBN978-4-596-71779-5 C0297

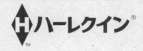